OBRA IMATURA

MÁRIO DE ANDRADE

OBRA IMATURA

Estabelecimento do texto
Aline Nogueira Marques

Coordenadora da edição
Telê Ancona Lopez

NOVA FRONTEIRA | RIO DE JANEIRO 2013

SUMÁRIO

PRIMEIRO ANDAR

A ESCRAVA QUE NÃO É ISAURA

ESTA EDIÇÃO AGIR

Telê Ancona Lopez | coordenadora

Obra imatura integra as edições fidedignas de títulos pertencentes às Obras Completas de Mário de Andrade, no protocolo que une a Editora Agir à Equipe Mário de Andrade do Instituto de Estudos Brasileiros da Universidade de São Paulo. Do mesmo modo que *Os filhos da Candinha*, *Amar, verbo intransitivo*, *Os contos de Belazarte* e *Macunaíma* – lançados em 2008 –, os textos que compõem esta coletânea foram apurados no confronto dos manuscritos com edições em vida do autor e com edições posteriores beneficiadas por manuscritos, no trabalho que procura compreender o processo criativo e o projeto literário de Mário de Andrade. Como os outros títulos citados, dá a conhecer, em uma perspectiva original, a história do texto e a do livro, na apresentação do volume e nos documentos de época compartilhados com os leitores. Inclui também estudos da crítica atual.

Em *Obra imatura*, ao reunir *Há uma gota de sangue em cada poema*, bem como contos e esquetes, os quais, reescritos, cumprem, em *Primeiro andar*, itinerários simples ou bastante complexos, e ao republicar a poética modernista *A escrava que não é Isaura*, Mário de Andrade desvenda o repensar incessante de quem afirmou a Manuel Bandeira, em 1925, "nunca hei de escrever obra definitiva pra mim".

RESTITUIR OBRA IMATURA

Aline Nogueira Marques

Entre as pastas preparadas por Mário de Andrade para guardar manuscritos de sua lavra, em seu arquivo, uma delas, de cartolina cor-de-rosa, tem no anverso, a lápis azul, a indicação *Revista Acadêmica*. Organiza textos representativos de uma produção literária plural – poesia e prosa, em autógrafos, datiloscritos e recortes rasurados de periódicos, uma coletânea, enfim. Os textos atendem à homenagem que lhe queria prestar, pelos 50 anos de vida, em 1943, a revista moderna e nitidamente de esquerda empreendida por Murilo Miranda, Moacir Werneck de Castro, Carlos Lacerda e Lúcio do Nascimento Rangel, estudantes da Faculdade de Direito do Rio de Janeiro. A amizade com estes moços da *Acadêmica* nascera em cartas de 1934, consolidara-se no convívio quando Mário vivera na então Capital Federal, entre 1938 e início de 1941, prolongando em alentada correspondência, até o fim da vida do escritor, em 1945. A proposta vem por intermédio de Murilo Miranda, em janeiro de 1942,[1] e, durante pouco mais de um ano, o homenageado busca, em suas cartas, dissuadir seus admiradores,

1. Carta no arquivo Mário de Andrade no Instituto de Estudos Brasileiros da Universidade de São Paulo; data atestada em função da resposta em 16 jan. 1942. (V. *Catálogo eletrônico da série Correspondência de Mário de Andrade*, www.ieb.usp.br.)

mas capitula em 14 de julho de 1943.[2] Em agosto do mesmo ano, conclui o plano para o número especial: "I – Poesias anteriores a 1919 e às pesquisas modernistas; II – Prosa de ficção; III – Polêmica; IV – Sátira e V – Crítica". Ao primeiro item conduz *Há uma gota de sangue em cada poema*. O número, porém, não se concretiza e o homenageado concentra-se em um projeto semelhante, que também vinha delineando em 1943 – *Obra imatura*.

Ainda em 1943, José de Barros Martins, proprietário da Livraria Martins Editora de São Paulo, compreendendo o valor daquele nome que vinha se consagrando na arte e na cultura brasileira, propõe-lhe a publicação das Obras Completas. O convite decorre, talvez, do fato de Mário de Andrade ter tirado pela Martins, em 1941, *Poesias*, em 1942, sua *Pequena história da música*, e de estar com as crônicas de *Os filhos da Candinha* e *O baile das quatro artes* no prelo da editora. Andava aborrecido com a Americ-Edit de Max Fischer do Rio de Janeiro, que, nesse mesmo 1943, lhe publicava *Aspectos da literatura brasileira* e lhe prometera o livro de contos *Belazarte* para 1944. Pela carta a Moacir Werneck de Castro, em 28 de janeiro de 1944, sabe-se que Mário fechava negócio com o editor Martins:

> Se ele passar mais de um ano sem tirar o *Belazarte*, tiro o livro da Americ. O que é ótimo, pra sair logo aqui nas Obras completas que é muito provável o Martins assine contrato comigo. De boca já estamos firmados.[3]

2. "De maneira que quando você me falou em me fazer qualquer coisa pela *Acadêmica* você bem sabe de que maneira até besta fiz você desistir. Pois agora abro mão da minha recusa. Você faça o que quiser, sempre certo que fazendo qualquer coisa ou não fazendo, a minha amizade, a minha gratidão por você e a necessidade de você não mudarão em nada." ANDRADE, Mário de. *Cartas a Murilo Miranda*. 1934/1945. Ed. prep. por Raúl Antelo. Rio de Janeiro: Nova Fronteira, 1981, p. 145.

3. CASTRO, Moacir Werneck de. *Mário de Andrade: exílio no Rio*. Rio de Janeiro: Rocco, 1989, p. 213.

Cabe lembrar que, frustrado com o desempenho de Max Fischer em *Belazarte*, o contista mandou recolher a tiragem e passou o livro para seu editor paulistano.[4]

Em janeiro de 1944, na entrevista a Jussieu da Cunha Batista, do *Diário de S. Paulo*, ao se deter nas Obras Completas, Mário de Andrade declara que os textos escolhidos – "Quase tudo que já publiquei em livro, sim" – poderiam "servir de lição", não de exemplo. Com esta afirmação, regressa à sua conferência *O movimento modernista*, de 1942, severa análise da reformulação da literatura e das artes lançada pela Semana de Arte Moderna de São Paulo, em 1922.[5] Diante da pergunta do repórter sobre o número de volumes, a resposta é:

> – Não sei nem posso saber, por causa das obras que ainda pretendo escrever e dependem da maior ou menor paciência da morte em me esperar. Em todo o caso, consegui reunir os trinta números de minha bibliografia em quinze volumes, ajuntando ensaios que publiquei esparsos, e até mesmo livros de estudos num livro só. Só os livros de ficção, aliás poucos, deixei intactos como concepção de volume, para que não perdessem a unidade.[6]

4. O livro sairá novamente após a morte do autor, em 1947, nas Obras Completas, sob o título *Os contos de Belazarte*. (V. MARQUES, Aline Nogueira. UMA HISTÓRIA QUE BELAZARTE NÃO CONTOU. In: ANDRADE, Mário de. *Os contos de Belazarte*. Rio de Janeiro: Agir, 2008, pp. 9-24.)

5. ANDRADE, Mário de. *O movimento modernista*. Rio de Janeiro: Casa do Estudante do Brasil, 1942.

6. ANDRADE, Mário de. *Entrevistas e depoimentos*. Ed. org. por Telê Porto Ancona Lopez. São Paulo: T. A. Queiroz, 1983, pp. 110-114; entrevista transcrita de *Leitura*, nº 14. Rio de Janeiro, jan. 1944; na qual o escritor repete idéia sua externada em *O movimento modernista*: "Eu creio que os modernistas da Semana de Arte Moderna não devemos servir de exemplo a ninguém. Mas podemos servir de lição." (Ed. cit., p. 79.)

Em 17 de fevereiro de 1944, o *Diário de S. Paulo* noticia "Um importante empreendimento editorial. Começaram a ser publicadas este ano as Obras Completas de Mário de Andrade, as quais se compõem de dezenove volumes". O jornal, que tivera a oportunidade de conhecer o plano, lembra cinco títulos: *Obra imatura* (v. I), *Poesias completas* (v. II), *Pequena história da música* (v. VIII), *Amar, verbo intransitivo* (v. III) e o inédito *O seqüestro da dona ausente* (v. XVI). *Obra imatura*, nesse momento, reuniria "Introdução às Obras Completas (inédito); Há uma gota de sangue em cada poema; Contos selecionados do Primeiro andar e A escrava que não é Isaura"; além de "um grupo de sonetos inéditos, anteriores ao primeiro volume de versos, bem como as ainda inéditas 'Cenas infantis', baseadas sobre as peças de Schumann do mesmo nome e escritas em 1920".

Em 1944, a Livraria Martins começa a editar Obras Completas: em junho, vem à luz *Pequena história da música* (v. VIII); em setembro *Macunaíma* (v. IV) e em dezembro *Amar, verbo intransitivo* (v. III). Todos trazem o plano geral com dezenove volumes. Durante a vida do autor, esse plano, que nunca foi obedecido quanto à seqüência, expõe obras concluídas e em andamento, como *O seqüestro da dona ausente* (folclore). Quanto à *Obra imatura*, o plano no verso da folha de rosto da *Pequena história da música* praticamente repete o índice que se lê no jornal: "1 – Introdução/ 2 – Há uma Gota de Sangue em cada Poema (poesia)/ 3 – Contos, selecionados do Primeiro Andar/ 4 – A escrava que não é Isaura (poética)", renunciando os sonetos e as "Cenas infantis".[7] *Obra imatura* encadeia à poesia de 1917 a ficção de 1926 e a obra teórica, de 1925, desprezada a cronologia.

7. Os sonetos e outros poemas da juventude foram publicados por Oneyda Alvarenga em *Mário de Andrade, um pouco*. As "Cenas infantis", focalizadas nas cartas do escritor, não fazem parte do arquivo dele, no IEB-USP.

Ao que se pode observar, Mário de Andrade polígrafo, que sempre se dedicava a escrever mais de uma obra, movendo-se no âmbito da literatura, da música, do folclore e das artes plásticas, apostou no futuro, mas a morte, em 25 de fevereiro de 1945, não lhe permitiu levar a cabo diversos projetos; entre eles, *O seqüestro da dona ausente*. Entre 1947 e 1984, a coleção continua com a colaboração de Eduardo Ribeiro dos Santos Camargo, cunhado do escritor, da musicóloga Oneyda Alvarenga e de amigos mais próximos, como o crítico Antonio Candido. O plano é aumentado em mais um livro, títulos são substituídos, e ocorre o descarte de *O seqüestro da dona ausente*. Eduardo Camargo, taquígrafo da Assembléia Legislativa e autor da genealogia *Os Novaes de São Paulo*, toma para si a área da literatura e outras, até morrer em 1966. Transcreve à máquina os originais e a eles associa, eventualmente, exemplares ou páginas de primeiras edições. Oneyda, até o final da vida, em 1984, assume a parcela do folclore e da música.

Como documentação complementar, está, no arquivo Mário de Andrade, no Instituto de Estudos Brasileiros da Universidade de São Paulo, um pacote que guarda os originais de *Obra imatura*, na primeira edição pela Livraria Martins, preparada por Eduardo Camargo em 1960, e as provas da mesma. Os originais abrangem cópias datilografadas de *Há uma gota de sangue em cada poema*, dos contos e esquetes determinados por Mário em 1943, transcritos sem rasuras, com exceção de CASO PANÇUDO, da edição *princeps* de *Primeiro andar*; páginas do CASO EM QUE ENTRA BUGRE, refundidas pelo autor e arrancadas de *Belazarte*; um exemplar da 1ª edição de *A escrava que não é Isaura*, sem reformulações autógrafas, e a transcrição datilografada de BRIGA DAS PASTORAS. A nota do organizador justifica a ausência dos fólios de OS SÍRIOS, desaparecidos na gráfica, e nada adianta sobre o fato de ter utilizado exemplares de trabalho da poética modernista e de *Primeiro andar*.

Trajetos

Ultrapassada a luta modernista, na *Obra imatura*, o escritor se dá o direito de desvelar o próprio passado, integrando-o em seu presente e de publicar textos mais recentes que reputava não plenamente amadurecidos. Assim sendo, a palavra imatura carrega o sentido de obra retomada e de obra em desenvolvimento, *in progress*. Os documentos do processo criativo deste primeiro volume das Obras Completas envolvem manuscritos de diversas obras e épocas, trajetos complexos que se cruzam e convergem para o conjunto, materializando notas de trabalho e versões. Perquirir a gênese de cada obra participante significou, nesta análise, apreender a história e esquadrinhar o dossiê dos manuscritos de *A escrava que não é Isaura* e *Primeiro andar*, na seqüência das edições, e os poucos papéis explicitamente vinculados à preparação de *Obra imatura*, deixada inédita. Desentranhar a contribuição desses manuscritos é saber que, quando se trata de títulos de Mário de Andrade editados, os autógrafos e os datiloscritos materializam-se, na maioria dos casos, unicamente após a primeira tiragem, pois o escritor tinha por hábito destruir os primeiros passos dos textos seus publicados em livro. Autógrafos e datiloscritos subsistem sob a forma de novas notas ou novas versões em fólios, afora os exemplares de trabalho. Significou também constatar, em *Há uma gota de sangue em cada poema*, a ausência total de testemunhos de fases redacionais posteriores à edição *princeps*, cuja versão perdura intocada em *Obra imatura*.

Há uma gota de sangue em cada poema traz à cena o jovem católico que, em 1917, ganha a vida como professor no Conservatório Dramático e Musical de São Paulo e custeia seu primeiro livro na gráfica de Pocai & Comp., brochura simples, *in octavo*, na qual todos os textos levam, na primeira página, um pingo de tinta vermelha. *Há uma gota de sangue em cada poema*, sob pseudônimo, merece o aplauso do crítico P. L.: "O Sr. Mário Sobral foi sincero no seu livro, e por isso mesmo se encontram ali pensamentos elevados."[8] A crítica, porém, estranha as onomatopéias e as sinestesias, permeadas ao pacifismo que condena a primeira guerra mundial.[9]

Em 1944, na entrevista a Jussieu da Cunha Batista, Mário de Andrade, ao falar sobre o critério de escolha dos títulos para as Obras Completas, dimensiona sua estréia poética:

> Foi não abusar da severidade. Há obras que não são certamente as melhores que fiz, nem boas, como, por exemplo, o meu primeiro livrinho de versos...
>
> – *Há uma gota de sangue em cada poema...*
>
> – Exatamente. É um livro que, como o Manuel Bandeira falou, é de um ruim... "esquisito". Não renego nem devo renegar esse livro, apesar do seu "ruim esquisito". Porque é extraordinariamente representativo, justamente do que eu acho que deve ser o artista: "o homem que, por intermédio da obra-de-arte e da beleza, participa da realidade da vida e busca dar definição de tudo", como diz o cantador nordestino. Ora, esse ideal do artista não-conformista, que propõe uma vida melhor, surgia inesperadamente, e confesso que inconscientemente ainda, no fato de eu resolver de sopetão

8. Um livro de versos. Recorte de jornal sem fonte e data no arquivo do escritor no IEB/USP.

9. Há uma gota de sangue em cada poema, por Mário Sobral. Artigo em recorte de jornal sem indicação de autor, fonte e data, no arquivo do escritor no IEB/USP. Mostra a recepção: "Infelizmente, não se trata de um gênio, como nô-lo esclareceram logo as primeiras páginas da obrinha. No prefácio, diz o autor que 'maio se escancara'; em seguida, que a paz é a 'geratriz do riso'; depois, que 'o crepúsculo gira'. Há ainda, nessas primeiras folhas, 'pios que voam mudos e frios', 'perfume vermelho' e um 'ferido assobiando entre seus lábios brancos'. Enfim, outras muitas impropriedades e exageros, sem se falar em versos frouxos e rimas defeituosas, que afeiam, por toda a parte, as estrofes e que são a melhor prova de que o menestrel as compôs à pressa."

publicar esse livrinho de versos pacíficos, tendo uma porção de outros, mais belos, mais "estéticos" e muito mais gratuitos.[10]

A escrava que não é Isaura, em terceiro lugar na *Obra imatura*, tem sua história principiada na Semana de Arte Moderna, em 1922. Contemporâneos contam que, em fevereiro daquele ano, Mário de Andrade leu uma poética modernista, no saguão do Teatro Municipal de São Paulo. Em junho de 1924, extraído de uma possível versão de *A escrava que não é Isaura*, existente em maio de 1922, como logo se verá, aparece, na *Revista do Brasil*, o artigo assinado pelo escritor DA FATIGA INTELECTUAL: ANOTAÇÕES SOBRE A POESIA MODERNA.[11] Parcelas desse texto são aproveitadas no APÊNDICE do livro que entra na máquina da Livraria Lealdade, no final desse mesmo ano, pois, em 28 de novembro, o modernista paulistano relata a seu confrade Joaquim Inojosa:

> Agradeço-lhe de coração o exemplar da ARTE MODERNA e breve lhe corresponderei à lembrança com a minha *Escrava que não é Isaura*, já em impressão. É um trabalho muito velho. Tem dois anos e tanto. Isso pra evolução rapidíssima em que vamos é uma existência inteira. Creio que ainda poderá ser um pouco útil aos moços do Brasil e é só por isso que o faço imprimir.[12]

Brochura simplíssima, em 24 de janeiro de 1925, sai *A escrava que não é Isaura* (Discurso sobre algumas tendências da poesia modernista), tiragem paga também pelo autor, que dá notícia de uma redação em maio de 1922:

10. Pronunciamento na mesma entrevista. V. ANDRADE, Mário de. *Entrevistas e depoimentos*. Ed. cit., pp. 110-114.

11. *Revista do Brasil*, nº 102, v. 26; São Paulo, jun. 1922, pp. 113-121.

12. INOJOSA, Joaquim. *O movimento modernista em Pernambuco*. Rio de Janeiro: Gráfica Tupy Ltda Editora, 2º vol. [1968], p. 339.

O homem instruído moderno, e afirmo que o poeta de hoje é instruído, lida com letras e raciocínio desde um país da infância em que antigamente a criança ainda não ficara pasmada sequer ante a glória da natureza. Um menino de 15 anos neste maio de 1922 já é um cansado intelectual.[13]

O texto impresso de *A escrava que não é Isaura* recebe rasuras autógrafas em um exemplar de trabalho que se torna o manuscrito de uma nova versão, a qual conjuga dois momentos, precedidos, logo em 1925, pela relação de críticas em periódicos da época, nota a grafite na folha de rosto. A reescritura, também a grafite no primeiro momento e logo após a publicação, correções a erros tipográficos e acréscimos relevantes a respeito do belo (pp. 22-23) e da rima (p. 131). No segundo momento, talvez em 1926, a tinta preta faz acréscimos, atualizando pontos teóricos. A hipótese desta data advém de um programa de cinema de 10 de setembro desse ano, documento encontrado entre as páginas de *An Introduction to Social Psychology*. Nessa sua cópia do livro de William McDougall, editado em 1924,[14] Mário de Andrade destaca trecho que transfere, como citação, para o exemplar de trabalho. O cuidadoso dilatar do arcabouço teórico da poética, tendo em vista a reedição imediata e autônoma, teria sido suficiente para o *scriptor*, pois as rasuras cessam em 1926. Pode-se, porém, asseverar que o exemplar de trabalho embasa o texto da edição de A ESCRAVA QUE NÃO É ISAURA de 1960, na 1ª edição Martins de *Obra imatura*, porque este, com exceção de duas, assimila as rasuras da pena e do lápis feitas em 1925-1926. Pressupõe-se que Eduardo Camargo tenha se

13. ANDRADE, Mário de. *A escrava que não é Isaura*. São Paulo: Livraria Lealdade, 1925, p. 81.

14. McDOUGALL, William. *An Introduction to Social Psychology*. 19ª ed. London: Menthuen & CO LTD, 1924. A citação acrescentada à poética corresponde ao trecho destacado por Mário de Andrade com um traço a grafite, à p. 16.

esquecido do acréscimo sobre o belo, prescrito no rodapé das pp. 22-23, e da citação de Mc Dougall, recomendada à p. 18, quando ele estabeleceu, em um exemplar comum do livro, o texto para a nova tiragem. Reconduziu o exemplar de trabalho ao acervo do cunhado; o seu foi para a gráfica, de onde não voltou.

Em setembro de 1926, é a vez de *Primeiro andar*, impresso com as economias do autor na Casa Editora Antonio Tisi, capa singela, *art déco*. Compõe-se da Advertência inicial, de contos e esquetes: Conto de natal, Cocoricó, Caçada de macuco, Caso pançudo, Por trás da porta, Galo que não cantou, Eva, Brasília, História com data, Moral quotidiana e O besouro e rosa. Na Advertência datada de junho de 1925, Mário justifica a publicação desses trabalhos seus da juventude. Em 1927, pela mesma editora – leia-se gráfica – e nas mesmas condições, terá em mãos seu primeiro romance, *Amar, verbo intransitivo*. As perspectivas de um modernista melhoram, em 1932. A Editora Piratininga "reedita-lhe" *Primeiro andar*, sem a Advertência inicial. Mas, a "2ª EDIÇÃO", assim classificada em vermelho na capa da Technart, colorida, bem regionalista, inspirada em Caçada de macuco, é desmentida em exemplar conservado no arquivo do escritor. Provavelmente, já em 1932, a nota acusa na folha de guarda: "Esta pseudo-segunda edição é falsa. São os exemplares sobrados da primeira que o editor, pra efeitos de publicidade, vestiu de capa nova. M."

Apesar disso, em 1934, Mário de Andrade entrega à editora paulistana um novo livro, *Belazarte* – contos – e cogita, no mesmo ano, contratar com ela a 2ª edição de *Amar, verbo intransitivo*, pelo que se verifica no exemplar de trabalho e boneco do romance. Ali, na capa, uma tira impressa, colada sobre os créditos anteriores, determina: "EDITORA PIRATININGA/ SÃO PAULO"; no dorso, novamente em sobreposição, o papelucho "1934" espelha o malogro de uma expectativa, pois o romance de Fräulein voltará às livrarias somente em 1944, nas Obras Completas.

Da 1ª edição de *Primeiro andar,* talvez em 1943, o contista pega um exemplar, no qual suas rasuras a tinta vermelha, em O BESOURO E A ROSA, constroem um novo texto para figurar na 2ª edição de *Belazarte*, pela Americ-Edit., em 1944.[15]

Em 1943, a ficha PROJETO PARA UMA SEGUNDA EDIÇÃO DO PRIMEIRO ANDAR corrobora ao plano para *Obra imatura*, anunciado nos livros de 1944. Além de resguardar e excluir títulos do livro de 1926, adiciona outros, redigidos depois desse ano:

> Entrará o conto "Briga de Pastoras"/ =/ Sairá o "Besouro e a Rosa" que legi-/timamente pertence ao "Belazarte"/ =/ Entra a Advertência inicial/ =/ Conto de Natal e Cocoricó não entram/ =/ Entra o "Caso em que entra bugre"/ do Belazarte, que retirei deste/ =/ Entra "Os Sírios"/ = Entra "Primeiro de Maio".

A ficha/plano reflete, ao que se supõe, o manuscrito em um exemplar de trabalho, calcado em um segundo exemplar da 2ª edição forjada de PRIMEIRO ANDAR, no qual, em 1943, as rasuras inauguram nova versão dos textos, consagrada a *Obra imatura*. A refusão suprime trechos, acrescenta frase, substitui palavras, corrige erros tipográficos, além de abolir textos. Na folha de rosto desse volume, a nota assinada sugere que a reescrita tinha em mira, exclusivamente, o conjunto: "Deste livro não se faz reedição em vida do autor. É ruim demais. S. Paulo, 17-XI-43 Mário de Andrade." No elenco dos textos, nesse exemplar de trabalho, CONTO DE NATAL é mantido, com alterações; COCORICÓ e POR TRÁS DA PORTA são cortados por um grande X. A ficha/plano prende, à nova seleção, CASO EM QUE ENTRA BUGRE, de 1929, mas reescrito nas rasuras autógrafas nas pp. 66 a 76, arrancadas da 1ª edição de

15. Na edição Americ-Edit., o conto está às pp. 11-30. V. MARQUES, Aline Nogueira. Op. cit.

Belazarte (Piratininga, 1934). Recorre a Os sírios, Primeiro de maio e Briga das pastoras, divulgados na imprensa em 1930, 1934 e 1939, *opera* imatura, isto é, narrativas vistas com restrições, naquele momento, por um escritor muito cioso de seus caminhos. Reescritos nas margens de recortes das revistas cariocas *Ilustração Brasileira*, em abril de 1930, *Rumo*, em junho de 1934, e *O Cruzeiro*, em dezembro de 1939, respectivamente, Primeiro de maio e Briga das pastoras ganham, a seguir, versões datilografadas, com as indefectíveis rasuras a caneta.[16]

O conto Os sírios, seja dito de passagem, participa também do manuscrito do romance *Café*. Primeiro de maio, alvo de dúvida do escritor quanto ao livro a que se ligaria, transita entre *Primeiro andar* e *Contos novos*. Vale lembrar que os manuscritos de *Contos novos* mostram, em 1943-1944, o ficcionista retrabalhando versões e constituindo, nesse mesmo dossiê, a divisão Contos piores, onde se alojam Primeiro de maio e Briga das pastoras (não Briga de pastoras). Neste, uma nota final adverte:

> (Conto muito mais fraco que os demais. Ainda pertence como espírito, a essa atitude de inteligência nacional que considero eminentemente cafajeste. Além disso é muito "literário" por demais, embora a sua melhor *réussite* seja talvez a descrição da noite, justo a passagem que parecerá mais literária, mais cuidada. Talvez não deva ser incluído no livro. Mas como já foi publicado duas vezes, que fique, por aí, esta versão retocada.) Não se publica.[17]

16. Dois sírios está na *Ilustração brasileira* do Rio de Janeiro, a. 11, nº 116 de abril de 1930; Primeiro de maio está em *Rumo*, a. 2, nº 8. Rio de Janeiro: Casa do Estudante do Brasil, jun. 1934, pp. 11-12; e Briga das pastoras em *O Cruzeiro*, nº 8, a. 12. Rio de Janeiro, 23 dez. 1939.

17. Documento posterior a dezembro de 1940, data da última publicação do conto.

Como se percebe, a mobilidade e a hesitação, componentes essenciais da criação artística, transparecem nos documentos que desembocam em *Obra imatura*, cuja edição, efetivada em 1960, quinze anos após a morte do autor, incorpora BRIGA DAS PASTORAS na versão publicada em 1939 e OS SÍRIOS, este aceitando apenas uma das rasuras traçadas. PRIMEIRO DE MAIO, conto muito bem realizado, de fato, já comparecia nos *Contos novos*, nas Obras Completas, desde 1947, por força do plano e do manuscrito encaixado nesse dossiê.

No arquivo de Mário de Andrade, a gênese de *Obra imatura*, em termos de manuscritos, conta, ao lado da ficha/plano e na mesma época, a nota de trabalho que se inclina sobre o título do livro e justifica:

> Obra Imatura / Talvez conservar o título acima e acrescentar uma "bibliografia" indicando que foram ajuntados certos contos escritos de afogadilho, ao léu da vida, e que a exigência de publicação não permitiu que amadurecessem em mim.

Pode-se presumir que esta nota escrita no verso do papel timbrado do Ministério da Educação e Saúde/ Instituto Nacional do Livro[18] antecede a NOTA PARA A 2ª EDIÇÃO de *Primeiro andar* no conjunto da *Obra imatura*, datada de novembro de 1943, impressa no livro da Martins, em 1960, reiterando, exceto quanto à permanência de CONTO DE NATAL, o projeto na ficha/plano.

Obra imatura atual

Em 1960, a 1ª edição de *Obra imatura*, póstuma, nas Obras Completas da Livraria Martins Editora, não seguiu à risca o plano firmado por Mário de Andrade para o volume I. Em 1947, Anto-

18. Mário foi consultor técnico do INL, quando viveu no Rio de Janeiro.

nio Candido, ao preparar a edição dos *Contos Novos*, entre os quais estava PRIMEIRO DE MAIO, defrontara-se com o plano deste novo livro, com o manuscrito e, principalmente, com o valor do conto, aliás bastante trabalhado (ou amadurecido) pelo escritor. Acatou o plano e colocou PRIMEIRO DE MAIO, de forma correta e indiscutível, no volume XVII, votado à melhor produção do contista.

Agora, em 2009, a presente edição, no desejo de cumprir integralmente o plano do autor para sua *Obra imatura*, curva-se à realidade da duplicação ao estampar, no dossiê dos documentos, o datiloscrito rasurado de PRIMEIRO DE MAIO; possibilita, assim, a leitura do conto nos dois contextos.

Esta edição Agir oferece os textos dos contos, dos esquetes e da poética apurados com base nos manuscritos em exemplares de trabalhos, nas versões datiloscritas rasuradas e na versão Martins de 1960. Atualiza a ortografia pela norma vigente, sem prejuízo das formas compostas inventadas ou desatendidas por Mário em substantivos, adjetivos e locuções adverbiais, como "vinte-e-três", "quarto-de-hora", "de-certo" ou "norteamericano", importantes para o ritmo de sua frase. Quanto aos numerais, admite a flutuação algarismos e escrita por extenso praticada em *Primeiro andar* e n'*A escrava que não é Isaura*.

Na poética modernista, as abundantes citações de autores estrangeiros evidenciam o diálogo do texto com obras nas estantes de Mário de Andrade, que traduz ou providencia a tradução desses excertos de escritores alemães, ingleses ou russos, mas conserva, no original italiano e francês, fragmentos da poesia dos futuristas, assim como de Rimbaud, Verlaine e outros. Esse procedimento deriva, talvez, de uma equivocada visão das possibilidades de leitura, ao medir o Brasil pela cidade de São Paulo. E assim mesmo... Na capital paulista, devido à imigração ainda de certo modo recente, ouvia-se italiano nas ruas; e o francês era idioma da leitura e de conversas cotidianas da camada culta brasileira nas duas primeiras décadas do século XX. Não tendo sido objeto de tradução em rodapé, no livro de 1925 ou na *Obra imatura* da Martins, os trechos em francês têm agora alargada a sua recepção. Transpostos para nossa língua, por Lilian Escorel, procuram sanar o que seria hoje, por certo, uma limitação, e garantir a leitura de conceitos importantes.

HÁ UMA GOTA DE SANGUE EM CADA POEMA

EXPLICAÇÃO

O autor crê necessária esta pequena explicação. Estes poemas foram compostos todos em abril; e desde logo o autor quis dar-lhes a vitalidade de livro – antes de ter o desvairo dos idólatras atingido o nosso Brasil.

Hoje não há mais o ontem em que fomos espectadores. Hoje também os versos seriam muito outros e mostrariam um coração que sangra e estua.

O autor nunca foi aliado. Chorava pela França que o educara e pela Bélgica que se impusera à admiração do universo. E permitia a cada um sua opinião... Agora, porém, ele se envergonha pelos brasileiros que, tendo sido germanófilos um dia, mesmo após o insulto, continuaram de o ser.

Nem todas as nuvens de todos os tempos, reunidas em nosso céu, propagariam uma treva igual à que lhes solapa a inteligência e o infeliz amor da pátria.

NOTA DA EDIÇÃO | EXPLICAÇÃO em folha avulsa anexa ao livro, tendo no final: "Há por corrigir:

à pg. 5 – 'Police verso!' que ficará 'Pollice verso!';

à pg. 8 – 'corriscos' que não terá dois erres;

e à pg. 9 – 'desvairando matar' que ficará 'desvairado matar'."

Biografia

São Paulo o viu primeiro.
Foi em 93.
Nasceu, acompanhado daquela
estragosa sensibilidade que
deprime os seres e prejudica
as existências, medroso e humilde.
E, para a publicação destes
poemas, sentiu-se mais medroso e mais humilde, que ao nascer.

Abril de 1917.

PREFÁCIO

Perdão. – Também, no mato, se depara
guarantã que tombou, no último esmaio,
porque, vencido à chuva, o estraçalhara
– Pollice verso! – o gládio irial do raio...

Tombou entre os cipós. E, quando maio
sobre o exício medonho se escancara,
vê que o recobre o riso novo e gaio
das trepadeiras e da manhã clara.

– Por sobre o torso lívido e canhestro
da Europa em ruína vem também agora
brilhar, de manso, o maio em sol dum estro:

deixai, floresçam, nos seus tons diversos,
as rosas matutinas desta flora,
a primavera destes simples versos!

EXALTAÇÃO DA PAZ

Ó paz, divina geratriz do riso,
chegai! Ó doce paz, ó meiga paz,
sócia eterna de todos os progressos,
estendei vosso manto puro e liso
por sobre a terra, que se esfaz!

Ó suave paz, grandiosa e linda,
chegai! Ponde, por sobre os trágicos sucessos,
dos infelizes que se degladiam,
vossa varinha de condão!
Tudo se apague! este ódio, esta cólera infinda!
Fujam os ventos maus, que ora esfuziam;
que se vos ouça a voz, não o canhão!
Ó suave paz, ó meiga paz!...

O sol, nas arraiadas calmas,
brilhara sobre montes, sobre vales,
sobre inconsciências de campônios,
sobre paisagens de Corot;
havia beijos mornos de favônios,
e aos altos montes e nos fundos vales
os galhos eram compassivas almas,
dando sombras no prado e frescura nas fontes...
– Hoje, por vales e por montes,
tudo mudou.

Tudo mudou!... Atra estralada de bombardas
em sanha, um clangorar de márcios trons reboando,

tempestades terrestres estrondeando,
tiritir, sibilar, zinir miúdo de balas
caindo sobre absconsas valas,
coriscos, raios levantando-se de covas,
batalhões infernais em soturnas atoardas,
clarins gritando, baionetas cintilando,
bramidos, golpes, ais, suspiros, estertores...

Que é dos outonos de úmidos calores?
que é das colheitas novas?...

Onde as foices brilhando ao sol?
onde as tardes de rouxinol?
onde as cantigas? onde as camponesas?
onde os bois nas charruas?
onde as aldeias de sonoras ruas?
onde os caminhos com arvoredos e framboesas?
Tudo mudou!
gira na Terra
o tripúdio satânico da guerra.

Por quê? – Se o mundo é bom, a vida boa;
se a luz é para todos, se as campinas
dão para todos:
por que viver, lutando à-toa?...

Insultos, cóleras, apodos,
a carniçal volúpia das chacinas,

os ódios que se batem,
as mil raivas que se combatem,
Alsácias vergastadas,
heróicas Bélgicas dilaceradas,
Lièges desfiguradas,
sânie, ruína, infinitas sepulturas,
desvairado matar, hecatombes monstruosas...
E de nenhuma parte um beijo de perdão!

Vão para a guerra, desdenhando-lhe as agruras,
todos vestidos de coragens ambiciosas:
e acaso alguém terá razão?...

Muito mais ter razão é conduzir as gentes
pelo caminho bom das alegrias:
sem, com os exércitos ingentes,
acordar os convales e as vertentes,
e os ecos virginais das serranias.

...Provocar nas cidades, nas aldeias,
as guerras sacrossantas dos trabalhos;
distribuir pelos povos
trigos e livros a mancheias;
honrar, com outros novos,
os monumentos velhos e grisalhos...

...Derramar a verdade em cada casa;
dar-lhe um livro, que é força; educação, que é uma asa;
pôr-lhe à janela as flores caprichosas,
pôr-lhe a fartura no limiar;
e sobre ela fazer desabrochar
o riso, como desabrocham rosas...

Ter razão é levar pelo atalho da fé.
É as greis humanas, pela primavera,
quando a terra toda é
florida como uma quimera,
conduzir para a luz, para a alegria,
para tudo que é róseo e que é risonho,
para tudo que é poema ou sinfonia,
para o arrebol, para a esperança, para o sonho!...

Ó doce paz, ó meiga paz!...
Vinde divina geratriz do riso;
estendei vosso manto puro e liso
por sobre a terra que se esfaz!

E novamente os povos sossegados,
mais felizes alfim, menos incréus,
envolvereis, ó paz imensa!
– De novo os cantos rolarão nos prados;
e os homens todos rezarão aos céus,
numa ressurreição da esperança e da crença!

INVERNO

O vento reza um cantochão...

Meio-dia. Um crepúsculo indeciso
gira, desde manhã, na paisagem funesta...
De noite tempestuou
chuva de neve e de granizo...
Agora, calma e paz. Somente o vento
continua com seu oou...

Destacando-se na brancura,
os últimos pinheiros da floresta,
ao vendaval pesado e lasso,
como que vão partir em debandada:
parece cada qual, com a cabeça dobrada,
uma interrogação arrojada no espaço.

O vento rosna um fabordão...

Qual um mármore plano de moimento,
silenciou o caminho. É a sepultura,
profana, sem unção,
onde, com a última violeta,
jaz a franca alegria do verão...

Há ventania, mas
há solidão e paz.
Ninguém. Os derradeiros pios
voaram de manhãzinha; mas em breve

sepultaram-se sob a neve,
mudos e frios.
Tudo alvo... apenas a tristeza preta,
e o vento com seus roncos...
Ninguém.
– Alguém!
Olha, junto dos troncos,
um reflexo de baioneta!...

EPITALÂMIO

É sempre assim. De manhãzinha, braço dado,
nos jardins claros do hospital,
ele mancando, a ela apoiado,
silenciosos, lado a lado,
dão o passeio matinal.

E, vagarosamente, se entranhando
no perfume vermelho da manhã,
ela vem triste, como que sonhando,
– ela, que é sã –
e ele, – o ferido – traz sorrisos francos,
vem assobiando entre seus lábios brancos
uma valsa alemã...

E no fundo do parque redolente,
onde tudo é perfume e som,
sentam-se e dizem, já maquinalmente:
"Êtes-vous las?" – "Oh! non!"

Então ele, com sua voz quebrada,
vendo o sol que no longe aponta,
entrando sorrateiro sob a touca,
brincar entre os cabelos brunos dela,
pela décima vez conta e reconta
como o prenderam e feriram pela
tardinha, ao proteger a retirada
dos seus soldados.

Ela, dedos febris entrelaçados,
bebe o reconto que lhe sai da boca.

E ele lembrando, sem vanglória, o heroísmo
que praticou, a vê chorar...
Então se arrasta para junto dela,
pergunta-lhe a razão do seu mutismo,
pede-lhe as mãos para beijar...

– "Porquoi pleures tu?" – "Moi!" – "Mais oui!..."
E no seu colo se debruça,
cola-lhe a boca às mãos; e enquanto ele soluça,
agora, ela sorri.

É sempre assim...
Mas ao voltar, vem resplendendo
nela o beijo nas mãos, nele a esperança...
Voltam pelos meandros do jardim,
e ela vem rubra, que ele vem dizendo
quanto acha lindas as manhãs de França...

REFRÃO DE OBUS

Partir pelo ar, atravessar girando
o ambiente perfumado do verão.
Sentir o vento novo e brando;
no ímpeto da carreira,
perfumar-se e abrandar-se à viração!...

Partir, com o íntimo esforço, velozmente:
ver na campina a última leira,
rasgada pelo último arado,
aberta a boca mansa, esperar a semente!...

Partir, ouvindo os passarinhos,
que despertara a cotovia,
musicar, lado a lado,
o êxtase florescido dos caminhos!...

Ó! como é bom partir, subindo!...
Sob a palpitação da madrugada fria,
à ovação triunfal do dia infante e lindo
ó! como é bom partir subindo!...
Partir, alimentando um desejo de escol;
partir, subindo pelo espaço para o sol!...

Mas na suprema glória de subir,
sentir
que as forças vão faltar:
e retornar de novo para a terra;

e servir de instrumento numa guerra;
e rebentar,
e assassinar!...

PRIMAVERA

Fora desmantelado,
quando, golfando pela fauce aberta
o atestado dos órfãos e das viúvas,
um grande obus lhe rebentara ao lado...

No modesto recanto do jardim
da aldeia miserável e deserta,
na sua herança má de mudo e eterno,
estático e sem fim,
viu, no outono, morrer o sol das chuvas,
entrajou-se de neve em pleno inverno;
e agora, à sussurrante primavera
mostra no beiço o riso do jasmim...

Converteu-se. Sorriu à natureza;
perdoou a rabugice ao vento sul;
e, no êxtase imortal – Santa Teresa
da primavera – ele olha esperançosamente,
essa visão seráfica e esplendente,
a claridade mágica do azul...

Na culatra soaberta, onde altos estampidos
gerara a bala estrepitosa e fera,
fizeram ninho as andorinhas...
Culatra! – geradora de gemidos,
geradora de implumes avezinhas!...

Cobre-lhe uma roseira o desnudo cinismo.
Tem a benção do luar, nas noites perfumosas.
Vem ungi-lo às manhãs o sol de abril.
E o canhão convertido, odorante e gentil,
na imota unção de seu catolicismo,
ouve o *Te Deum* das abelhas sobre as rosas...

ESPASMO

Ele morre. E tam só! Move-se e chama.
Quer chamar: sai-lhe a voz quase sumida;
e pelo esforço, sobre o chão de grama
jorra mais sangue da ferida...

Vai morrer... Angustiado, a noite inteira,
– noite encantada dum estio morno –
viu o tempo seguir entre as horas caladas;
nem percebeu a Lua cálida e trigueira,
com mil clarões afuzilando em torno;
e o broche colossal das estrelas douradas!

Olha agora. A alvorada
começa de brilhar nos longes glabros.
Perto, galhos de arbustos sonolentos,
onde a luz se dissolve na orvalhada,
são como verdes candelabros,
confortando-lhe os últimos momentos...

Estira os braços... Os odores,
em revoada puríssima e louçã,
sobem, cantantes, multicores,
cheios da força nova da manhã...

Ele pudera ouvir, caindo,
quando o estilhaço lhe rasgara o abdômen,
as joviais ovações dos seus soldados,
e, na fugida, os inimigos dizimados,

e os seus, em fúria, os perseguindo...
– E não restara um homem.

Depois, reviu os seus, a procurá-lo,
– altos lamentos pela noite clara...
Por pouco o não pisara
a pata dum cavalo!
Quis gritar, mas não pôde. E, único gesto
que abriu, foi um desfiar de lágrimas, silente;
e, olhos febris, rosto congesto,
viu seus ulanos
partirem tristes, tristemente...

E os passarinhos riem desumanos...
Sobem aos ares os primeiros hinos,
num triunfal e transbordante surto;
e em cima dele, com seus pios cristalinos,
libra uma cotovia o vôo curto...

Vai expirar. Já, numa ardência louca,
sente a sede da febre que o acabrunha...
Vai expirar... Mas só o estio o testemunha,
e a abelha matinal que lhe zumbe na boca...

E Gretchen? a rosada companheira
de dez meses apenas! e o filhinho
que está para nascer por esses dias?...
– Tantas quenturas de lareira!

tanto aconchego de seu ninho!
tanto amor! tantas alegrias!...

Principiavam ao longe os roncos e os estouros...
Vincou desoladoramente a fronte.
Morreu sozinho. Mas o sol, lá do horizonte,
pôs o espasmo da luz nos seus cabelos louros.

GUILHERME

Ser feliz é ser grande. Imenso de alma,
inda que o corpo se lhe dobre...
É alcançar a região etérea e calma,
onde a alma viva enfim, nua e desimpedida...
Indiferentemente
ou sendo rico, ou sendo pobre,
ser feliz é encontrar no fim da vida,
de torna-viagem para a povoação,
a inflexível consciência, e encará-la de frente:
e ajoelhar para a coroação.

Ser grande é ser bom. Justo
na maneira de agir e no discernimento...
Não é apenas plagiar Alexandre ou Augusto,
sem que de glória e honras se farte:
antes é mitigar o humano sofrimento,
e ter o bem como estandarte.
Ser grande é compartir o choro largo
do mundo; agindo de tal forma,
a deixar para o fraco uma lei e uma norma,
e um beijo doce em cada lábio amargo...
É pela força real das sábias energias,
apagar o sarcasmo e as ironias...
É, pelo amor que aleita e orvalha,
e pelo gênio cálido e eficaz
pôr sobre a inveja uma eternal mortalha,
e erguer, sobre a mortalha, a figura da paz.

E, não pensando em si, dar a felicidade,
– conhecendo que a glória apenas dura
o quarto-de-hora desta vida,
no minuto sem fim da eternidade –
desdenhar para si toda ventura;
desatulhar a estrada interrompida;
e, sem baquear na faina um só instante,
para que o povo passe adiante
terraplenar os Pireneus e o Jura:
é ter a luz e compreender a luz,
é ser bom finalmente, é ser Jesus!...

– Mas o pior dos homens deste mundo,
o menor, o mais triste, o mais mesquinho,
deve de ser o homem que andando seu caminho,
é infecundo no espírito, e fecundo
só nos desvairos e erros que pratica;
deve de ser o homem que andando seu caminho,
faz desgraçado quem se lhe aproxima;
e à própria caravana, inumerável, rica,
faz tomá-lo por Deus, e a enlouquece e dizima...
Infeliz! Pensa em luz, e engendra escuridades;
quer replantar o bem, o mal deita raízes!...
– Certo: é a maior das infelicidades
fazer dos outros homens infelizes.

DEVASTAÇÃO

Já foi aqui a civilização.
Brilhou a luz. Cantou a fé. Riu o trabalho.
– Mas no rebanho há-de haver sempre algum tresmalho:
tresmalhou a afeição;
e veio a derrocada.

Seguindo os largos rios nos seus cursos,
nas faldas da cadeia abruta e torturada,
junto ao primeiro roble secular,
muito antes, tinham vindo os homens se agrupar,
na defesa comum contra as renas e os ursos.

– E a esperança brilhou, como sempre, a primeira.

Conseguiram vencer. O último urso brama,
e rebenta-lhe o crânio o machado de pedra...
Já pascem, junto ao lar, domesticadas renas;
o homem pensa em plantar, e o terreno se redra...
Enfim, na encantação de amplas tardes serenas,
– canta no alqueive o rouxinol, a terra cheira –
ao convívio do bem-estar,
o homem pode mirar a companheira
e colocá-la num andor...
E quando, pelas manhãs claras,
avoaçou a calhandra sobre as searas,
houve searas também, plantadas pelo amor.

– E o amor brilhou em cada lar.

Pelo trabalho, pelo engenho o homem procura
fortificar então sua ventura.
É só lançar a mão: e mais, e mais,
grassa na concha dos convales calmos
a poesia alourada dos trigais...
...É só lançar a voz: e sobre o monte,
e sobre o vale, e no horizonte,
e em toda parte lhe respondem outras vozes...
Sobem os fumos pelo céu – que ao fogo
já se derretem os metais –
já se não temem animais ferozes;
tudo é progresso!... Então, reunidos no sopé
da cadeia, a cantar, como em glórias e salmos,
soltam aos ares o primeiro rogo...

– E rebrilhou a fé.

Cria-se o livro. Os homens pensam.
Pensam e agitam-se em tumulto.
Por sobre os seus trabalhos paira a bençāo:
e todos os trabalhos tomam vulto;
O saber suspicaz penetra o alto segredo
da vida. É tudo um labutar de ciência.
O homem afoita-se, descobre, perde o medo...

– E brilha, altiva e forte, a inteligência.

E ele atinge afinal o cume do Jungfrau.
Olha em redor e vê, na campina tamanha,
uma herança que é sua e que se perde além:

e tem um pensamento mau.
Ele atingiu o cume da montanha!
Só ele é grande, mais ninguém!
Cogita, e se entremeia em labirintos
de sofismas agudos; e, infeliz!
diz tudo o que não pensa ou que não sente,
mas o que sente ou pensa nunca diz.
Constrói teorias, alevanta em plintos
novo ideal, que lhe é Deus; e, indiferente
encara o mundo e nada o maravilha...

– E o orgulho máximo e insensato, brilha.

Vem a rivalidade, a traição, a mentira,
o exagero da glória, a negação da falta;
Caim mata de novo Abel, – mas por mais alta
que sobressaia a eterna voz,
aos seus ouvidos não há voz que fira! –
Mesmos os Abéis tornaram-se Cains;
e os homens todos, na avareza atroz,
ganiram, defendendo os bens, como mastins...

A afeição tresmalhou. E no esterco fecundo
de mil invejas e ambições, abrolha
a flor de púrpura da guerra... E o mundo
todo, a tremer nos seus arcanos olha.

Nesse ponto do globo, onde o passado
viu continuar, em surto resplendente,
as civilizações do antigo oriente,
nas águas batismais das energias novas,
tudo é um imenso plaino devastado!

O homem voltou ao seu estado primitivo:
blasfema, odeia, trai, e sepulta-se vivo
em trincheiras, sinistras como covas...

Cruza os espaços, rebentando, atroa
a cólera do obus;
e no arruído, no choque e na fumaça,
a civilização perde a coroa,
e treme, e foge, e tomba e se espedaça,
desertando da grande luz!...
....

Diante de tanto mal e tanta ruína,
de tanta inveja parda e estulta,
diante desse ódio frio e cru,
pálida, imóvel, trágica e divina,
sobre a devastação que cresce e avulta,
surgiu a minha dor, como um mármore nu.

Surgiu, cresceu, e, imensamente branca,
com o branco triste dos enfermos,
na compunção atroz do seu sofrer,
a minha dor sem lágrimas, nos ermos
onde o último eco dos canhões estanca,
gelou o íntimo gesto e nada quis dizer.

Apenas, a sorrir, num sorriso que punge,
pálida, imóvel, trágica e divina,
olha sem ver para a devastação...
A esperança talvez lhe santifica e unge
o olhar, mas o sorriso, o sorriso que a mina,
trai o penoso fel duma desilusão.

NATAL

Natal... Hora de sinos badalando,
de neve branquecendo pinheirais;
hora de pés de criancinhas arrastando
pela brancura lisa do caminho;
hora do cândido velhinho...

– Em Reims, os sinos não badalam mais!

A neve, sempre a mesma,
cai, continua de cair; e o vento
– bruscas rajadas brancas – se desfralda,
como túnica de avantesma,
rasgando-se à desmantelada espalda
do grande, velho monumento...

– Em Reims, os sinos não badalam mais!

Pelas ruas escurecidas
andam caladamente os grupos uniformes...
Não tem mais galas o natal! apenas
no trabalhar dos hospitais,
tratam da cura de feridas
de hediondas chagas e lesões enormes,
alvas mulheres silenciosas e serenas...

Natal... Mas não há luzes nas capelas!...
Nem pratas de lavrados castiçais

onde luziluzam as velas!...
Natal... Mas não há longas espirais
de incenso, a se enroscar pelos altares!...
No colo virgem de Maria,
junto dos anjos tutelares,
rindo, estendendo seus bracinhos nus,
nem se lembraram – quem se lembraria! –
nem se lembraram de repor Jesus!...

– Em Reims, os sinos não badalam mais!

Num silêncio de múmia, brancacenta,
a noite corre... Batem doze badaladas.
Onde estão as canções desabaladas
dos sinos gárrulos?... – Friorenta,
a grande catedral emudeceu:
e para ela a alegria dos natais,
toda a alegria dos natais morreu!...

– Em Reims, os sinos não badalam mais!...

LOVAINA

Abriam-se inda no ar alguns obuses,
como flocos de paina;
e, ao barulhar bramante do barulho,
tetos tombavam, e brotavam luzes;
onde fora Lovaina...

– Mas no meio do entulho,
nas avenidas e nas alamedas
tresloucadas, sem rumo,
onde ladrava, sob o fumo,
a cainçalha das labaredas;
mas pelas vastas praças atupidas
de destroços heris de monumentos;
nas ruas de comércio, onde mil vidas
jaziam, envolvidas
na mortalha dos desmoronamentos;
mas nos palácios, nas mansardas,
nos esqueletos das habitações,
nas escolas estraçalhadas,
nos átrios, nos terraços, nas escadas,
no torvelim dos mortos e das fardas,
na boca muda dos canhões,
naquele hediondo incêndio triunfal:
não calculei ao desastroso mal
toda a incomensurável extensão!
Não vi o exício duma grei humana,
o destino infeliz duma raça espartana,

o fim terrível duma geração!
Se houve crime nefando,
não lhe medi a imensidade:
só, dentre as ruínas da universidade,
eu vi os grandes livros fumegando!

OS CARNÍVOROS

Quando a paz vier de novo, nova e franca,
passar nestas estradas e caminhos,
novas aves talvez e novos ninhos
hão-de agitar-se pela manhã branca...

Novos ventos virão da serra,
úmidos, rindo-se, esfuziar no prado;
e novamente, regoando a terra,
ir-se-á, rangindo, o arado...

Pouco tempo depois, pela estrada, os viandantes
verão, cobrindo os campos marginais,
os brocados trementes, ampliondeantes,
as roupagens custosas dos trigais...

Virão novas colheitas,
virão risadas a remir fadigas,
virão manhãs de acordar cedo,
virão as tardes feitas
de conversas à sombra do arvoredo,
virão as noites de bailados e cantigas!...

Toda a população ir-se-á nos vales
colher o trigo novo e lourejante;
e, na pressa afanosa, bem distante
lhe passará da idéia tanta luta,
tantos passados males!

Pelo campo ceifado, à Ave-Maria,
na tarde enxuta
e fria,
enquanto o vento remurmura, meigo e brando,
mulheres de Millet, robustas e curvadas,
irão glanando, irão glanando...

Tudo será colheita e riso. – Então,
depois de tantas fomes e misérias,
de tantas alegrias apagadas,
de tantas raivas deletérias,
os celeiros de novo se encherão.

Mas o trigo abastoso dos celeiros
relembrará o sangue, a vida,
os penosos momentos derradeiros
duma geração toda destruída...

Olhai! hoje o trigal é mais verde e mais forte!
O chão foi adubado a carne e sangue...
Que importa haja caído um exército exangue,
se deu a vida ao trigo tanta morte!

Este é o trigo que é pão e alento!
Vós que matastes com luxúria e sanha,
vinde buscar o prêmio: é o alimento...
Ei-lo: em raudal, em nuvem, em montanha!
Este é o trigo que nutre e revigora!
É para todos! Basta abrir as mãos!
Vinde buscá-lo!... – Vamos ver agora,
quem comerá a carne dos irmãos!

Este livro é teu, Saudade
do lar; única fada que, espero,
concitará os homens ao
mútuo perdão, fazendo das
trincheiras e das arenas de
batalha a mais trágica das
solidões.

UMA ESTRÉIA RETOMADA

Telê Ancona Lopez

Dois tempos e duas medidas

Em 1917, a I Guerra Mundial alastra-se. No mês de agosto, Mário de Andrade, aos 24 anos, tira das oficinas de Pocai & Comp. seu primeiro livro, *Há uma gota de sangue em cada poema*, brochura modesta, mas cheia de originalidade, a começar pelo título, um verso alexandrino, não um substantivo combinado ou não com um adjetivo, como era o costume.[1] Incumbira-se da diagramação, dos desenhos, e pagara a gráfica. O pseudônimo de toque português, Mário Sobral, chancela um poeta diferente que não se consagra ao lirismo confessional ou à paisagem brasileira; que sabe versejar, mas não se interessa pelos temas parnasianos; que busca a musicalidade, sem aderir ao simbolismo. Mário Sobral declara-se pacifista e concebe o mundo como um socialista utópico, por assim dizer, transportando-se para o espaço europeu conflagrado. Os poemas, num total de 13, oferecem uma dimensão nova do momento vivido. Dois tipos de gota os ilustram em vermelho, na capa e na primeira página de cada um – a que se assemelha ao sangue pingado e aquela que bem se parece com a pena de metal das canetas antigas (ratificando o título!). O livro

1. A elogiosa crítica de Veiga Miranda sobre o livro, no recorte do *Jornal do Comércio*, de 15 de agosto de 1917, datado na margem pelo lápis do poeta, supre a ausência dessa informação no volume; está no Arquivo Mário de Andrade. No IEB-USP.

não pode, contudo, ignorar que navios brasileiros vinham sendo bombardeados por submarinos alemães. A tiragem ganha, de última hora, em uma folha avulsa, a Explicação que, ao justificar a obra perante o público, une engajamento filosófico e tomada de posição política:

> O autor crê necessária esta pequena explicação. Estes poemas foram compostos todos em abril; e desde logo o autor quis dar-lhes a vitalidade de livro – antes de ter o desvairo dos idólatras atingido o nosso Brasil.
> Hoje não há mais o ontem em que fomos espectadores. Hoje também os versos seriam muito outros e mostrariam um coração que sangra e estua.
> O autor nunca foi aliado. Chorava pela França que o educara e pela Bélgica que se impusera à admiração do universo. E permitia a cada um sua opinião... Agora, porém, ele se envergonha pelos brasileiros que, tendo sido germanófilos um dia, mesmo após o insulto, continuaram de o ser.
> Nem todas as nuvens de todos os tempos, reunidas em nosso céu, propagariam uma treva igual à que lhes solapa a inteligência e o infeliz amor da pátria.

Mário de Andrade celebra, nas reticências, a liberdade de expressão, ao confirmar seu débito para com França, tão significativa na cultura brasileira, e seu reconhecimento do valor da Bélgica, decorrente talvez de sua passagem, em 1910, pelo curso de Letras e Filosofia, da faculdade paulistana dos monges de São Bento, vinculada à Universidade de Louvain. Ao execrar a Alemanha, firma a condenação à germanofilia política. Não lhe convém destacar a literatura na qual se abeberava, conforme revela, em seu arquivo, o requerimento por ele dirigido ao Vigário Geral do Arcebispado de São Paulo, em 21 de fevereiro de 1916.[2] Congregado mariano e

2. O requerimento fica na série Documentação Pessoal no Arquivo Mário de Andrade. Nele, o substantivo Gedichte (Poesia) não está grafado com inicial

irmão da Ordem Terceira do Carmo tratara de obter autorização para ler "livros interditos pelo Santo Ofício": a poesia de Heine, em *Reisebilder* e *Neue Gedichte*, as *Oeuvres* de Balzac, o belga Maeterlinck e o *Grand Dictionnaire Larousse*. Na mesma folha da solicitação, o despacho recomenda a consulta ao confessor ou a um "sacerdote prudente". Mais prudente ainda, o postulante engaveta seu desencargo de consciência. A se julgar pela data 1914 demarcando, em *Primeiro andar*, a redação do CONTO DE NATAL, já transgredia o *Índex*. A figura do Cristo que acaba violentamente com uma festa de Natal mundana viera-lhe de Heine, em *Die Götten im Exil* (*Os deuses no exílio*). Embora esta obra não mais se mostre na biblioteca de Mário de Andrade, ela e as outras citadas

maiúscula, conforme a regra gramatical alemã, embora Mário já estudasse o idioma. Em sua biblioteca estão Heinrich Heine, *Gedichte*. Wiesbaden: Verlag des Volksbildungsvereins, 1909, e o volume da Deutsche Bibliothek, de Berlim, *Heine's Buch der Lieder*, sem data, mas, ao que tudo indica, do final do século XIX. Nas *Gedichte*, de que fazem parte os *Reisebilder*, há poucas notas do lápis de Mário: traduzem palavras no quarto Lied. No livro das canções, porém, as notas do aplicado leitor, sempre a lápis preto, multiplicam-se nas margens ou nas entrelinhas de textos do LYRISCHES INTERMEZZO e de ZUM LYRISCHEN INTERMEZZO, assim como em DIE HEIMKEHR. A maior parte engloba a tradução de palavras, num esforço de compreensão/tradução, além de destacar com um X, próximo ao título ou versos, alguns poemas (pp. 31-32, 101-135, 154-155). Mário de Andrade, nesta época, estudava alemão com Else Schöller Eggbert. Os estudos da língua alemã por ele empreendidos, bem como aspectos da presença de Heine na obra do poeta brasileiro, foram objeto do ensaio de minha autoria LEITURA E CRIAÇÃO: FRAGMENTOS DE UM DIÁLOGO DE MÁRIO DE ANDRADE, publicado em *Veredas*: revista da Associação Internacional de Lusitanistas, nº 8. Porto Alegre, 2007, pp. 260-284, e em *Manuscrítica*: revista de crítica genética, nº 15. São Paulo: Associação dos Pesquisadores em Crítica Genética, 2008, pp. 62-95.

na petição de 1916, que ali permaneceram, contribuem para historiar leituras e recuperar raízes na criação do escritor.[3]

O posicionamento antigermânico incisivo desvencilha o autor de aludir ao diálogo de sua criação com a literatura alemã, o que indiretamente faz com relação à literatura francesa e à belga. Mário de Andrade esconde, assim, a presença de Heinrich Heine (1797-1856), poeta romântico, socialista utópico e pacifista, que marca este livro e marcará, de forma indelével ou explícita, muitos momentos de sua obra.[4] A apropriação ou transfiguração de textos de Heine, de franceses e belgas, assim como do português Antônio Nobre e de outros autores da Europa e do Brasil, realizada sob uma ótica atual, fundindo passado e presente, inicia, em *Há uma gota de sangue em cada poema*, o crivo crítico que se responsabilizará, estética e estilisticamente, por um traje de arlequim sempre renovado na poesia e na prosa andradianas; alta costura. O poeta que combina arrojo e ingenuidade tem cacife para se tornar moderno. Pesquisa novas dimensões; daí Manuel Bandeira considerar de "um ruim esquisito" o livrinho de 1917. No decênio de 1920, o modernista poderá expor livremente – em cartas, artigos, no Prefácio Interessantíssimo de *Paulicéia desvairada*, e em *A escrava que não é Isaura* –, sua impregnação das literaturas européias, incluída a alemã, e sua leitura de Whitman. Escreverá sobre a relevância da literatura e das artes da Alemanha. Mergulhado

3. O Acervo Mário de Andrade, tombado pelo IPHAN, composto de biblioteca, arquivo e coleção de arte, está no patrimônio do Instituto de Estudos Brasileiros da Universidade de São Paulo desde 1968.

4. Mário de Andrade reconhece Heine como matriz de *Clã do jabuti* (1927. Considero que, em 1931, o retoma, em Auf Flügeln des Gesanges e Die Lotoblume ängstige, como matriz do Rito do irmão pequeno, um dos mais importantes momentos se sua poesia da maturidade. (V. LOPEZ, Telê Ancona. Leitura e criação: fragmentos de um diálogo de Mário de Andrade. Loc. cit.)

nas vanguardas à sua moda, sem modernolatria ou submissão, poderá transfigurar românticos, expressionistas ou personagens de Wagner. Seu norte será a consciência aguda de suas necessidades de artista brasileiro que pretende que nossa literatura e nossa arte contribuam para "o contingente universal".

Em 1944, novamente uma grande guerra assola o mundo. Mário de Andrade empenha-se na luta contra o nazismo. Em seu poema A TAL, anseia pela vitória dos aliados. Na *Lira paulistana*, em fase de redação, incita: "Abre-te boca e proclama/ Em plena praça da Sé,/ O horror que o Nazismo infame/ É." Escritor conceituado, múltiplo em sua produção, traça, em janeiro desse ano, o projeto de suas Obras Completas para a Livraria Martins Editora. Nele, o volume I, *Obra imatura*, cogitado desde o ano anterior segundo notas em seu arquivo,[5] retoma os livros *Há uma gota de sangue em cada poema* (1917), *Primeiro andar* (1926)[6] e *A escrava que não é Isaura* (1925); e agrega os contos mais recentes BRIGA DAS PASTORAS, OS SÍRIOS e PRIMEIRO DE MAIO, publicados em periódicos. Este plano, no entanto, não se materializa em originais autônomos. Em 1944 são lançados quatro títulos das Obras Completas, sem obedecer à ordem estabelecida: *Pequena História da Música* (v. VIII); *Macunaíma* (v. IV) e *Amar, verbo intransitivo* (v. III). O repentino falecimento do autor em fevereiro de 1945, e certamente a ausência de um dossiê de manuscritos do conjunto de *Obra imatura*, fizeram com que o primeiro volume das Obras Completas saísse apenas em 1960, em edição preparada por amigos. Estes, para cumprir o plano, tomaram um exemplar comum da 1ª edição de *Há uma gota de sangue em cada poema* e, na casa de Mário, em

5. No manuscrito de *Primeiro andar*, no arquivo de Mário, a nota referente ao segundo prefácio está datada de "novembro de 1943".

6. *Primeiro andar* incorpora ainda CASO EM QUE ENTRA BUGRE, escrito em 1929, editado em *Belazarte*, em 1934.

pastas de manuscritos dos títulos designados e de outros, obtiveram versões em exemplares de trabalho e datilografadas.

Contos, um esquete para teatro (Eva), um roteiro/libreto de uma comédia musical finalizado com cartazes de propaganda (Moral quotidiana) e uma poética modernista (A escrava que não é Isaura), assim encadeados harmonizam passado e presente. *Obra imatura* guarda, no título, o significado de obra a amadurecer, decantar. Imaturas, enquanto criação em processo, são a poética modernista de 1925 e as narrativas que, depois de impressas e dadas ao público devem ali ingressar reescritas pelas rasuras em exemplares de trabalho ou em versões datilografadas, estas ainda envolvidas em hesitações quanto à escolha final. Imatura é a poesia que, resguardada em sua constituição original, tanto reafirma soluções parnasianas e simbolistas, como experimenta paragens estéticas fora da expectativa da crítica e do público. *Há uma gota de sangue em cada poema*, em 1917, no soneto Prefácio, profissão de fé e dedicatória, define o poeta brasileiro. Solidário, almeja que em maio, primavera no hemisfério norte, seus versos floresçam sobre a "Europa em ruína", como o renascer da vida em nossa mata, nas trepadeiras sobre o guarantã fulminado pelo raio. A seguir, pacifista, adentra o mundo europeu conflagrado, as cidades e o campo. Em 1944, ao integrar *Obra imatura*, *Há uma gota de sangue em cada poema*, escritura intocada, conquista novos sentidos. O repto do vate contra a I Guerra consubstancia, em 1944, a coerência do artista engajado. Em janeiro desse ano, entrevistado por Jussieu da Cunha Batista, do *Diário de S. Paulo*, Mário de Andrade dimensiona e revalida sua opção:

> Não renego nem devo renegar esse livro, apesar do seu "ruim esquisito". Porque é extraordinariamente representativo, justamente do que eu acho que deve ser o artista: "o homem que, por intermédio da obra-de-arte e da beleza, participa da realidade da vida e busca dar definição de tudo", como

diz o cantador nordestino. Ora, esse ideal do artista não-conformista, que propõe uma vida melhor, surgia inesperadamente, e confesso que inconscientemente ainda, no fato de eu resolver de sopetão publicar esse livrinho de versos pacíficos, tendo uma porção de outros, mais belos, mais "estéticos" e muito mais gratuitos.[7]

Paralelamente, a reedição de *Há uma gota de sangue em cada poema* deve ocorrer depois da poesia de Mário de Andrade ter superado a contingência do modernismo e após a conferência *O movimento modernista*, na qual, em 1942, ele avaliara os caminhos da renovação; no seio de *Obra imatura*, estratifica o testemunho. Possibilita o encontro com os primórdios de certos recursos da poética consolidada em *Paulicéia desvairada*, em 1922. Versos finalizados com reticências, que vibram abertos em INVERNO, NATAL e ESPASMO, esboçam o verso harmônico da polifonia poética instituída no PREFÁCIO INTERESSANTÍSSIMO e praticada nos poemas desse livro, marco de nosso modernismo. Sinestesias, onomatopéias e orações curtas, algumas telegráficas, igualmente o prenunciam, bem como a frase ou o período que se estende de um verso para outro, com letra minúscula inicial. Do mesmo modo, o poeta que se plasma no outro, que se desdobra em outras vivências, faz pensar na clivagem do ser, mais tarde, em *Remate de males*, no verso-chave – "Eu sou trezentos, sou trezentos-e-cinqüenta". *Há uma gota de sangue em cada poema* resgata, na ortografia simplificada, quase sem consoantes desnecessariamente dobradas, sem "ph" ou "th", passos primeiros do projeto lingüístico que privilegiará, em toda a obra do escritor, o emprego do português falado no Brasil. Além disso, a grafia "quarto-de-hora" como substantivo

7. ANDRADE, Mário de. *Entrevistas e depoimentos*. Ed. org. por Telê Porto Ancona Lopez. São Paulo: T. A. Queiroz, 1983, pp. 110-114; entrevista transcrita de *Leitura*, nº 14. Rio de Janeiro, jan. 1944, no Arquivo Mário de Andrade.

composto, atentando para o ritmo da frase em Guilherme ("o quarto-de-hora desta vida", v. 28), inaugura a ortografia idiossincrásica de Mário, a qual, pela mesma razão de ordem estilística, adota ou suprime hífens à revelia da gramática, como em de-certo, há-de, norteamericano, beijaflor, arranhacéu e em muitos outros exemplos nos títulos publicados em vida e nos inéditos.

Nas leituras, as raízes

As bibliotecas dos escritores e dos artistas, assim como as bibliotecas dos cientistas, encerram diálogos intertextuais, ou diálogos da criação, principalmente quando acrescidas de marginália, pois as notas autógrafas valem, muitas vezes, como primeiras instâncias de novos textos. Nesse espaço em que a leitura se alia à criação, as obras podem consignar matrizes, acompanhadas ou não de anotações desses leitores especiais. Na vasta e preciosa biblioteca de Mário de Andrade, dotada de marginália de iguais características, em Heine, no poeta francês Jules Romains e no belga Verhaeren, enraízam-se o elã pacifista e um certo socialismo à Saint-Simon que se detecta em *Há uma gota de sangue em cada poema*. No conjunto dos poemas do livro de 1917, a guerra impõe a degradação humana e o sofrimento extremo a franceses, belgas e alemães. Apenas Guilherme e Devastação, veementes na condenação da Alemanha, esgarçam o pacifismo que perpassa o livro. Neste último poema, após cantar a superação da barbárie pela civilização, os versos conduzem o homem ao cume do Jungfrau, onde ele se perde no "orgulho máximo e insensato" – a guerra. O confronto de Devastação com Die Junfrau schläft in der Kammer permite que se perceba, mesmo sem se contar com notas marginais autógrafas no exemplar de Mário, que este Lied 24 em Die Heimkehr, no *Heine's Buch der Lieder*, aproxima dois poetas: o romântico alemão do século XIX e o brasileiro, no século XX, sôfrego leitor. Em ambos, o monte Jungfrau é metáfora da Alemanha. No primeiro, cercada pela dança da morte; no segundo, disseminando a guerra e a dor.[8]

Na biblioteca de Mário sobressai Jules Romains, cujas idéias a poesia de Mário de Andrade reflete ao se identificar com todos aqueles que padecem a violência da guerra; o "apóstolo da vida unânime", amplia-lhe as dimensões da caridade cristã. Romains, em *La vie unanime*, institui a "poesia imediata", participativa e desataviada, ambicionando a alma coletiva a partir da reunião dos indivíduos. Na edição de 1913 do livro, Mário de Andrade defronta-se com esta profissão de fé:

> Je suis l'esclave heureux des hommes dont l'haleine
> Flotte ici. Leur vouloir s'écoule dans mes nerfs;
> Ce qui est moi commence à fondre. Je me perds.
> Ma pensée, à travers mon crâne, goutte à goutte
> Filtre, et s'évaporant à mesure, s'ajoute
> Aux émanations des cerveaux fraternels
> Que l'heure épanouit dans les chambres d' hôtels,
> Sur la chaussée, au fond des arrières-boutiques.
> Et le mélange de nos âmes identiques
> Forme un fleuve divin où se mire la nuit."[9]

A "esperança da vida unânime" condiz com a convicção de fraternidade cristã no poeta que vivencia a dor do soldado alemão moribundo, a tristeza do prisioneiro, a destruição de Louvain:

8. HEINE, Heinrich. DIE JUNGFRAU SCHLÄFT IN DER KAMMER. In: DIE HEIMKER. In: *Heine's Buch der Lieder*. Ed. cit., pp. 155-156.

9. ROMAINS, Jules. LA RUE EST PLUS INTIME À CAUSE DE LA BRUME. In: *La vie unanime*. Paris: Mercure de France, 1913, p. 94.

Ser grande é compartir o choro largo
do mundo; agindo de tal forma,
a deixar para o fraco uma lei e uma norma,
e um doce beijo em cada lábio amargo." [10]

Em EXALTAÇÃO DA PAZ, na denúncia da inutilidade do sacrifício do soldado –

Vão para a guerra, desdenhando-lhe as agruras,
todos vestidos de coragens ambiciosas:
acaso alguém terá razão?... [11]

repercutem versos de LA CASERNE de Romains, dedicados a constatar o inapelável:

Puis, un matin, la guerre.
La caserne, qui ne sait rien,
Ne saura rien [...].
[...]
Il faudra qu'elle tue et qu'elle soit tuée.[12]

Em DEVASTAÇÃO, nosso vate pacifista inverte a trilha de Romains que, em DIMANCHE, evoca o passado da cidade, "antes da História", e imagina um futuro decalcado nos laços fraternos.[13]

10. ANDRADE, Mário de. GUILHERME. In: HÁ UMA GOTA DE SANGUE EM CADA POEMA. In: *Obra imatura*. Texto apurado por Aline Nogueira Marques. Rio de Janeiro: Agir, 2009, pp. 49-50.

11. ANDRADE, Mário de. EXALTAÇÃO DA PAZ. In: HÁ UMA GOTA DE SANGUE EM CADA POEMA. Ed. cit., pp. 34-37.

12. ROMAINS, Jules. LA CASERNE. In: Op. cit., p. 45.

13. IDEM. DIMANCHE. In: Op. cit., pp. 91-92.

Em seu poema, Mário relaciona instantes elevados na história da evolução do homem, ora sufocada pela guerra, ora para, em OS CARNÍVOROS, perante o trigo que brota no campo de batalha, desmascarar, no sarcasmo do desafio, o preço da reconquista da paz:

Este é o trigo que nutre e revigora!
É para todos! Basta abrir as mãos!
Vinde buscá-lo!... –Vamos ver agora,
Quem comerá a carne dos irmãos! [14]

A estes versos apocalípticos que recriam o motivo da cidade fecundada pela morte, trabalhado por Romains em LE GROUPE CONTRE LA VILLE,[15] funde-se Plutarco, o historiador antigo, quando o vate brasileiro denuncia a violência extrema da guerra: a regressão do homem à barbárie, na antropofagia que se impõe.

Outras e antigas guerras calam na criação do poeta paulistano. Ao pacifismo do unanimista, liga-se a batalha medieval em ARTEVELDE, poema em que, por meio da gradação, Emile Verhaeren desenha um vórtice que cega e subjuga.[16] Mário de Andrade, em seu exemplar do v. 1 dos *Poèmes* do grande simbolista belga, edição de 1913, destaca, na página de guarda final, "versos extravagantes/ p. 195 – 2ª. estrofe, 2º. verso". Este, que pertence a ARTEVELDE – "Les carnages, les révoltes, les désespoirs",[17] por ele transformado, em EXALTAÇÃO DA PAZ:

14. ANDRADE, Mário de. OS CARNÍVOROS. In: HÁ UMA GOTA DE SANGUE EM CADA POEMA. Ed. cit., pp. 59-60.

15. IDEM. LE GROUPE ET LA VILLE. In: Op. cit., p. 118.

16. ARTEVELDE está em FRESQUES, no v. 1, pp. 195-196, dos *Poèmes* de Emile Verhaeren, em 3 volumes. (9ª ed. Paris: Mercure de France, 1913).

17. VERHAEREN, Emile. *Poèmes*. 9ª ed., 3 v.; Paris: Mercure de France, 1913.

> Insultos, cóleras, apodos,
> A carniçal volúpia das chacinas,"[18]

Em Devastação, é Waterloo de Victor Hugo, poema bastante difundido no Brasil na época, que entra na criação de *Há uma gota de sangue em cada poema*, contribuindo com o olhar que animiza a derrota de Napoleão e o absurdo da guerra: Os versos

> Quarente ans sont passés, et ce coin de la terre,
> Waterloo, ce plateau funèbre et solitaire,
> Ce champs sinistre oú Dieu mêla tant de néants,
> Tremble encore d'avoir vu la fuite des géants![19]

ressoam em Devastação:

> Nesse ponto do globo onde o passado
> viu continuar em surto resplendente,
> as civilizações do antigo oriente,
> nas águas batismais das energias novas,
> tudo é um imenso plaino devastado![20]

O mesmo poema apropria-se da alegoria hugueana para, nos versos finais, cristalizar a identificação:

18. ANDRADE, Mário de. Exaltação da paz. Ed. cit., pp. 34-37

19. HUGO, Victor. "Sonnez, sonnez toujours, clairons de la pensée". In : *Poésies: Châtiments*. Paris: Hachette, s.d., p. 196. O livro não faz parte da biblioteca de Mário de Andrade.

20. ANDRADE, Mário de. Devastação. In: Há uma gota de sangue em cada poema. Ed. cit., pp. 51-54.

[...]
sobre a devastação que cresce e avulta
surgiu a minha dor, como um mármore nu.

Surgiu, cresceu, e, imensamente branca,
com o branco triste dos enfermos,
na compunção atroz do seu sofrer,
a minha dor sem lágrimas, nos ermos
onde o último eco dos canhões estanca,
gelou o íntimo gesto e nada quis dizer.

Apenas, a sorrir, num sorriso que punge,
pálida, imóvel, trágica e divina,
olha sem ver para a devastação ......

Heine, Romains, Verhaeren, e sobretudo o poeta português Antônio Nobre, asseguram ao estreante a coerência na apreensão da paisagem e de ritmos do cotidiano europeu, em tempo de guerra e em tempo de paz. Romains para ele caracteriza, nas imagens, a paisagem hibernal – "le vent vagabond vient me lécher les pieds", o vento frio, "caressant" em um campo de batalha –, mas, é a poesia de *Só* que, recriada, melhor instala a Europa nos versos de 1917 do poeta brasileiro.[21] E vai muito mais fundo. No exemplar de Mário de Andrade da 3ª. edição, a de 1913, primorosa nas ilustrações, no destaque de títulos e trechos a grafite sobrevive a leitura atenta, e o diálogo da criação que envolve motivos poéticos e soluções formais assinalados ou não.[22] Esse diálogo virtual faz de Antônio Nobre uma fundamental matriz da transição da poesia andradiana para

21. Dedicatória datada de 29 de novembro de 1914.

22. NOBRE, Antônio. *Só*. 3ª. ed. ilustrada. Paris/ Lisboa: Aillaud e Bertrand; São Paulo/ Rio de Janeiro/ Belo Horizonte: Livraria Francisco Alves, 1913. O

além do simbolismo. Em o *Só*, temas antigos se vêem renovados na concepção e na linguagem poética. Percorrer – e na língua materna! – a simplicidade da vida nos campos, o catolicismo na liturgia que convive com a religiosidade panteísta ("Bois a pastar ao longe, aves dizendo missa/ à natureza, e ao Sol a semear Justiça"), o animismo, as imagens inusitadas, o acolher da expressão oral, o vocabulário desataviado, o reconhecimento do valor estético de pregões, cantigas e rezas, a nacionalidade, o poema como teatro, a musicalidade reforçada nas reticências disseminadas e na onomatopéia significa, para o jovem poeta, pesquisa. A pesquisa que alimenta *Há uma gota de sangue em cada poema* e também escudará *Paulicéia desvairada*.

A Antônio Nobre de AO CANTO DO LUME, título que sublinha duplamente, e no qual está o verso "Lá fora o vento como um gato bufa e mia...",[23] e de outros poemas que abrigam a recriação da liturgia católica, Mário de Andrade deve as imagens surpreendentes de INVERNO, e a sonoridade que tão bem compõe o tom ominoso da paisagem, na guerra, em um andamento semelhante ao cinema. Ali desponta a onomatopéia:

O vento reza um cantochão...
[...]
Agora, calma e paz. Somente o vento
Continua com seu oou....
[...]
O vento rosna um fabordão...
[...]
E o vento com seus roncos...[24]

exemplar guarda a dedicatória do companheiro na Congregação mariana: "Ao meu/ sincero amigo Mário de/ Andrade/ Cruz/ 29/11/914."

23. IDEM. AO CANTO DO LUME. In: Op. cit., p. 91, v. 9.

24. ANDRADE, Mário de. INVERNO. In: HÁ UMA GOTA DE SANGUE EM CADA POEMA. Ed. cit., pp. 38-39, v. 1, 6-7, 14, 27.

É válido pensar que Nobre tenha recorrido a Verhaeren, tanto quanto Mário que os associa na metáfora vinculada à liturgia católica.[25] No primeiro, ambos puderam encontrar:

Dites, l' entendez-vous la grande messe du froid?
L'entendez vous sonner là-bas,
En ces lointans de neige et de frimas
Où les arbres vont en cortège...[26]

E, no segundo, a leitura do autor de *Há uma gota de sangue em cada poema* sublinha duas vezes o título DA INFLUÊNCIA DA LUA", onde estão:

E o Padre-Oceano, lá de longe, prega o seu Sermão de lágrimas à Lua!
[...]
Lá vem a Lua, Gratiae plena
Do convento dos Céus, a eterna freira![27]

Muito, muito mais se pode depreender no confronto da primeira poesia de Mário de Andrade com a leitura da melhor poesia européia por ele transfigurada. À pergunta: e a vertente brasileira no poeta que amadurece as próprias soluções? A resposta nos guia, na biblioteca do autor de *Há uma gota de sangue em cada poema*, até os poetas românticos e parnasianos carregados das notas do leitor que com eles aprende a versejar. Que, ao Castro Alves de O LIVRO E A AMÉRICA, cinge a utopia, na EXALTAÇÃO DA PAZ:

25. Na Europa do final do século XIX e do início do XX, Verhaeren era leitura prestigiada. É descoberta por Mário, talvez durante sua passagem pela Faculdade de Filosofia e Letras São Bento.

26. VERHAEREN, Emile. SAIS-JE OU? In: Op. cit., p. 212.

27. NOBRE, Antônio. DA INFLUÊNCIA DA LUA. In: Op. cit., p. 76.

distribuir pelos povos
trigos e livros a mancheias;
honrar, com outros novos,
os monumentos velhos e grisalhos....

...Derramar a verdade em cada casa;
dar-lhe um livro, que é força; educação, que é uma asa;
pôr-lhe à janela flores caprichosas,
pôr-lhe a fartura no limiar;

Neste século XXI, enquanto crescem, no Brasil, os estudos do modernismo e a guerra convulsiona o mundo em Gaza, no Iraque, no Afeganistão e em terras da África, a reedição de *Há uma gota de sangue em cada poema* é certamente portadora de atualizados sentidos: preludia o avanço estético e brada pela paz. Ganha novo fôlego, como *A grande ilusão* de Jean Renoir ou *Glória feita de sangue* de Stanley Kubrick, tão reprisados em nossos cinemas.

BIBLIOGRAFIA

DECAUDIN, Michel. *La crise des valeurs symbolistes*: vingt ans de poésie française: 1885-1914. Toulouse: Privat, 1960.

RAYMOND, Marcel. *De Baudelaire au surréalisme*. Paris: Correa, 1933.

PRIMEIRO ANDAR *Contos selecionados*

NOTA PARA A 2ª EDIÇÃO

Esta é realmente a segunda edição de *Primeiro andar*. Se correm por aí algumas talvez centenas de exemplares com capa nova ilustrada e crismada "2ª Edição", é que o proprietário da primeira fez isso por sua exclusiva conta, no desejo de desencalhar os exemplares que restavam. Imagino que foi bem sucedido pois o livro acabou se esgotando.

Para esta segunda edição verdadeira não pude mais me acomodar com a curiosidade falsa por mim que provocou a composição da primeira e está explicada na ADVERTÊNCIA que conservei aqui. Na verdade esta segunda edição é quase um livro novo. Da primeira edição só guardei os contos, por curiosidade o mais antigo que não destruí, feito lá pelos vinte e um anos, CONTO DO NATAL, e mais CAÇADA DE MACUCO, CASO PANÇUDO, GALO QUE NÃO CANTOU, EVA, BRASÍLIA, HISTÓRIA COM DATA. Foram retirados o hórrido COCORICÓ uma vergonha, e... ara! várias outras vergonhas. Quanto a O BESOURO E A ROSA, primeira história que Belazarte me contou, desligou-se prazerosamente deste livro e tomou o seu justo lugar no *Belazarte*. Em compensação ajuntei certos contos que vieram se compondo pela minha vida. São eles o CASO EM QUE ENTRA BUGRE que já andou imiscuído falsamente entre os contos de *Belazarte* a que não pertencia, BRIGA DE PASTORAS e mais duas páginas que eu gosto, OS SÍRIOS e PRIMEIRO DE MAIO, bons pra os teoristas da nomenclatura me ensinarem que não são contos. São.

Eu sei que este não é livro fundamental para os que se interessem pela minha experiência literária, mas eu espero que as modificações introduzidas o tornem mais divertido para os leitores da Livraria Editora Martins, melhor garantia por que este livro se recomenda.

M. de A.

S. Paulo / novembro / 1943

ADVERTÊNCIA INICIAL

Não sei mesmo que carinho errado por mim e por esses amigos assuntando o que escrevo me faz publicar estas façanhas de experiência literária. Escritor mais serelepe que eu nunca vi. Se agora acontece às vezes me equilibrar sozinho sobre estes meus pés bem calçados não tive parada por toda a casa dos vinte. Andei portando nos pomares de muitas terras, comendo frutas cultivadas por Eça e por Coelho Neto, por Maeterlink... Só reflexo? Não sei. Sei que ficou perturbando o vácuo nobre e taciturno das gavetas um dilúvio de manuscritos recorrigidos muitas vezes.

Pois neste volume eu salvo alguns Noés desse passado. Contos cuja virtude está nas datas, são os que me pareceram mais bonitos ou característicos. Aos que me estimam interessarão.

É verdade, livro sem outros valores que esses: carinho e enganos bem iludidos de aprendiz. Muita literatice muita frase enfeitada. Não faz mal, ao menos publicando-se me liberta duma vez do meu passado e dos namoros artísticos dele. Agora vou gastar meu dia bem descansado sem esses exames-de-consciência que fazem a gente parar de supetão contemplando a distância atrás num juízo crítico impossível, fiz bem? fiz mal? se extraviando na relembrança na ilusão no amor. Nessas coisas que a distância faz engraçadas e apenas são primeiro andar de casa crescendo, ninguém põe reparo nele, o que passou passou.

MÁRIO DE ANDRADE / junho / 1925

CONTO DE NATAL

1914 [1943]

a Joaquim A. Cruz

Seriam porventura dez horas da noite...

Desde muitos dias os jornais vinham polindo a curiosidade pública, estufados de notícias e reclamos de festa. O Clube Automobilístico dava o seu primeiro grande baile. Tinham vindo de Londres as marcas do cotilhão e corria que as prendas seriam de sublimado gosto e valor. Os restaurantes anunciavam orgíacos revelhões de natal. Os grêmios carnavalescos agitavam-se.

Seriam porventura dez horas da noite quando esse homem entrou na praça Antônio Prado. Trazia uma pequena mala de viagem. Chegara sem dúvida de longe e denunciava cansaço e tédio. Sírio ou judeu? Magro, meão na altura, dum moreno doentio abria admirativamente os olhos molhados de tristeza e calmos como um bálsamo. Barba dura sem trato. Os lábios emoldurados no crespo dos cabelos moviam-se como se rezassem. O ombro direito mais baixo que o outro parecia suportar forte peso e quem lhe visse as costas das mãos notara duas cicatrizes como feitas por balas. Fraque escuro, bastante velho. Chapéu gasto dum negro oscilante.

Desanimava. Já se retirara de muitos hotéis sempre batido pela mesma negativa: – Que se há-de fazer! Não há mais quarto!

Alcançada a praça o judeu estacou. Pôs no chão a maleta e recostado a um poste mirou o vaivém. O povo comprimia-se. Erravam maltrapilhos aos grupos conversando alto. Os burgueses passavam esmerados no trajar. No ambiente iluminado dos automóveis esplendiam os peitilhos e as carnes desnudadas e aos cachos as mulheres-da-vida roçavam pela multidão, bamboleando-se, olhos pintados, lábios incrustados de carmim. Boiando no espaço estrias de odores sensuais.

O homem olhava e olhava. Parecia admiradíssimo.

Por várias vezes fez o gesto de tirar o chapéu mas a timidez dolorosa gelava-lhe o movimento. Continuava a olhar.

– Vais ao baile do Clube?

– Não arranjei convite. Você vai?

– Onde irás hoje?

– Como não! Toda São Paulo estará lá.

– Ao *réveillon* do Hotel Sportsman.

– Vamos ao Trianon!

– Por que não vens comigo à casa dos Marques? Há lá um *Souper-rose.*

– Impossível.

– Por quê?

– Não Posso. Vou ter com a Amélia.

– Ah...

Tirando respeitoso o chapéu, o oriental dirigiu-se por fim ao homem que dissera "ir ter com a Amélia" e perguntou-lhe com uma voz tão suave como os olhos – caiam-lhe os cabelos pelas orelhas, pelo colarinho:

– O senhor vai sem dúvida para o seu lar...

De-certo um louco. Não, bêbedo apenas. O outro deu de ombros. Descartou-se:

– Não.

– Mas... e o senhor poderia informar-me... não é hoje noite de Natal?...

– Parece. (E sorria.) Estamos a 24 de dezembro.

– Mas...

O homem da Amélia tocara no chapéu e partira.

Desolação, no sacudir lento da cabeça. Agarrando a maleta o judeu recomeçou a andar. Tomou pela rua de São Bento, venceu o último gomo da rua Direita, atingiu o Viaduto. A vista era maravilhosa. À direita, empinando sobre o parque fundo, o Clube Automobilístico arreado de lâmpadas de cor. A mole do edifício entrajada pelo multicolorido da eletricidade parecia um enorme foco de luz branca. Do outro lado do viaduto na esplanada debruava a noite o perfil dum teatro.

O judeu perdia-se na visão do espetáculo. Aproximava-se do largo espaço da esplanada onde no asfalto silencioso escorregava outro cortejo de autos. Cada carro guardava outra mulher risonha a suportar toda a riqueza no pescoço. Feixes de operários estacados aqui e além. O rutilar daqueles monumentos, o anormal da comemoração batendo na pele angulosa dos vilões fazia explodir uma faísca de admiração e cobiça. Toda a população dos bairros miseráveis despejara-se no centro. Viera divertir-se. Sim: divertir-se.

O sírio entrou por uma rua escura que entestava com o teatro. Incomodava-o a maleta. Num momento, unindo-se a uma casa em construção, deixou cair o trambolho entre dois suportes de andaime. Partiu ligeiro, atirando as pernas para frente, como pessoa a quem chamam atrás e não quer ouvir.

Obelisco. E na subida vagarosa, lido numa placa de esquina: Rua da Consolação. Aqui o alarido já se espraiava discreto na surdomudez das moradias adormecidas.

Subiu pela rua. De repente parou diante da porta. Bateu e esperou. Acolheu-o uma criada de voz áspera:

– Por que não tocou a campainha? não tem olhos? Que quer?

– Desculpe. Queria falar com o dono da casa...

– Não tem ninguém. Foram na festa.

Partiu de novo. Mais adiante animou-se a bater outra vez. Nem criada. E na aspiração de encontrar uma família em casa, batia agora de porta em porta. Desesperação febril. Persistência de poeta. Uma vez a família estava. Que divino prazer lhe paga o esforço! Mas o chefe não podia aparecer. Lamentações lá dentro. Alguém está morrendo. Deus o leve!

Mais ou menos uma hora, depois de ter subido toda a rua, o judeu desembocou na avenida. A faixa tremente da luz talhava-a pelo meio mas dos lados as árvores escureciam o pavimento livre das calçadas. Entre jardins onde a vegetação prolongava sombra e frescor, as vivendas enramadas de trepadeiras, como bacantes, dormindo. Sono mortuário. Apenas ao longe gritava um edifício qualquer num acervo de luzes. O judeu parou. O pó caiara-lhe as botinas e a beirada das calças. O cansaço rasgara-lhe ruga funda sob os olhos e os lábios sempre murmurantes pendiam-lhe da boca secos e abertos. O pergaminho rofo do rosto polira-se de suor. Limpando-se descuidado, recomeçou a andar muito rápido para o lado das luzes.

Atravessados quase em carreiras vários quarteirões chegou ao trecho iluminado. Era uma praça artificial construída ao lado da avenida. Alguns degraus davam acesso à praia dos ladrilhos, onde passeavam pares muito unidos. Sob ósseos carramanchões de cimento armado agrupavam-se em redor da cerveja homens de olhares turvos, bocas fartas. Entre o zunzum da multidão brincavam nas brisas, moderadas pela distância, melodias moles de danças. Por toda a parte a mesma alegria fulgindo na luz.

Daquele miradouro via-se a cidade irrequietamente estirada sobre colinas e vales de surpresa. Os revérberos confundiam-se na claridade ambiente e nos longes recortados um grande halo mascarava de santa a Paulicéia. Apoteose.

Mas o judeu mal reparou nos enfeites com que o homem recamara aquela página da terra. Olhava apenas a multidão, perscrutava todos os olhares. Procuraria alguém?... Quase que corria no meio dos passeantes ora afastando-se ao contato de uns ora atirando-se para outros como que reconhecendo. Desiludia-se entretanto e procurava mais, procurava debatendo-se na turbamulta. Enfim desanimado partiu de novo. Ao descer os degraus do miradouro notou duas escadinhas conducentes ao subsolo. Espiou. Outro restaurante! Fugiu para a rua. A fila imóvel dos autos. Corrilhos de motoristas e a guizalhante frase obscena. Passou. Ia afundar-se de novo no deserto da avenida. Mudou de resolução. Retornou de novo para a luz. Era um espelho de suor. Caíra-lhe o chapéu para o lado e uma longa mecha de cabelos oscilava-lhe na fronte como um pêndulo. Os motoristas repararam nele. Riram-se. Houve mesmo um prelúdio de vaia. Nada ouviu. Entrou de novo no miradouro. Desceu os degraus. Um negrinho todo vermelho quis recusar-lhe a entrada. O oriental imobilizou-o com o olhar. Entrou. Percorreu os compartimentos. O mesmo desperdício de luz e mais as flores, os tapetes... Bem-estar! Numa antítese à brancura reta das paredes o sensualismo de couros almofadados. E o salão nobre. E a orgia escancarada.

Todo o recinto era branco. Dispostas a poucos metros das paredes as colunas apoiavam o teto baixo no qual os candelabros plagiavam a luz solar. Esgalgos espelhos no entremeio das portas fenestradas eram como olhos em pasmo imóvel. As flores feminilizavam colunas e alampadários, poluíam seu odor misturando-o à emanação das carnes suarentas e nessa decoração de fantasia apinhava-se comendo e bebendo sorrindo e cantando uma comparsaria heterogênea.

Bem na frente do judeu sentados em torno duma mesa estavam dois homens e uma mulher. Falavam língua estranha cheia de acentos guturais. Seriam ingleses... Os homens louros e vermelhos denunciavam a proporção considerável da altura pelo esguio dos torsos e dos membros mas a perfeição das casacas dava-lhes à figura um alto quê de aristocracia.

A mulher era profundamente bela. Trajava preto. Gaze. A fazenda envolvia-lhe a plasticidade das ancas e das pernas, dando a impressão de que o busto saísse duma caligem. O vestido como que terminava na cintura. Um tufo de tules brancos subia sem propriamente encobrir até parte dos seios, prendendo-se ao ombro esquerdo por um rubim. Sobre a perfeição daquele corpo a cabeça era outra perfeição. Na brancura multicor da pele queimava uma boca louca rindo alto. As narículas quase vítreas palpitavam voluptuárias como asas de pombas. Os olhos eram da maior fascinação no arqueado das sobrancelhas, na ondulação das pálpebras, no verde das pupilas más. E colmava o esplendor uma cabeleira de pesadas ondas castanhas.

Já tonta, meneando o corpo, estendendo os braços virgens de jóias sobre a toalha, oferecia-se à contemplação abusiva da luz. E era também no alaranjado de sua carnadura que os dois ingleses apascentavam os olhares.

Em torno de todas as mesas, como refrão do prazer rico repetia-se a mesma tela: homens rudes acossados pelo desejo, mulheres incastas perfeitas maravilhosas.

Do outro lado do salão a orquestra vibrou. Ritmo de dança, lento brutesco. Balançaram dois ou três pares num círculo subitamente vazio. Um dos ingleses e a mulher de preto puseram-se a dançar. Inteiramente abraçada pelo homem ela jungia-se a ele, agarrava-se-lhe de tal jeito que formavam um corpo só. Ondulavam na cadência da música: ora partiam céleres como numa fuga, parando longamente depois como num espasmo. Ora se afastavam um do outro num requebro, ora mais se uniam e o braço esquerdo dela rastejava como um crótalo no dorso negro da casaca. Dançavam com os sentidos e a mulher na ascensão do calor e da volúpia, mostrava na juntura esquerda dos lábios um começo de língua.

O judeu continuava a olhar. Seguia os pares no baloiço do tango, esforçando-se por disfarçar com a imobilidade a excitação interior. Mas seus olhos chispavam. Mas juntas nas costas tremiam-lhe as mãos mordidas pelos dedos.

Enfim vibrados os últimos acordes os dançarinos pararam. A inglesa seguida pelo parceiro, arrebentando os olhares que lhe impediam a passagem, viera sentar-se. Incrível! O judeu bufando enterrara o chapéu na cabeça, abrira o fraque com tal veemência que os botões saltaram e tirando dum bolso interno uma trífida correia de couro fustigara a espádua da mulher. Tal fora a energia da relhada que o sangue imediatamente brotava no vergão enquanto a infeliz uivava ajoelhando. O golpe arrebentara a gaze junto ao ombro. Seio lunar!

Mas o judeu malhava indiferente todas as formosuras.

Um primeiro imenso espanto paralisou a reação daqueles bêbedos. O fustigador derribando cadeiras e mesas atravessava os renques de pusilânimes, cortava caras braços nus. Tumulto. Balbúrdia dissonante. O mulherio berrava. Os homens temendo serem atingidos pela correia do louco fugiam dele na impiedosa comicidade das casacas. Arremessavam-lhe de longe copos e garrafas. Mas ele percorria em alargados passos o salão, castigando todos com furor. Onde a correia assentava negrejava um sulco, chispava um uivo.

Nos primeiros segundos... Depois, açulados pelo número, os homens já se expunham mais aos golpes na esperança de bater e derrubar. O círculo apertava-se. O oriental teve de defender-se. Vendo junto à parede um amontoado de mesas saltou sobre ele. Abandonara o chicote, empunhara uma cadeira, esbordoava com ela os que procuravam aproximar-se. Impossível atingi-lo. Seus braços moviam-se agílimos tonteando cabeças, derreando mãos.

As mulheres agrupadas à distância reagiam também. As taças pratos copos atirados por elas sem nenhuma direção, acertavam nos alampadários cujos focos arrebentavam com fofos estampidos soturnos. As luzes apagadas esmoreciam a nitidez do salão e as sombras enlutavam o espaço, diluindo os corpos numa semi-obscuridade pavorosa.

Mais gente que acorria. Os passeantes do miradouro atulhando as portadas saboreavam em meio susto a luta. Os motoristas procuravam roubar bebidas. A polícia telefonava pedindo reforços.

Mas o oriental já começava a arquejar. Seus lábios grunhiam entrechocantes. Uma garrafa acertara-lhe na fronte. O chapéu saltando da cabeça descobriu na empastada desordem das madeixas a rachadura sangrando. O sangue carminava-lhe o rosto, cegara-lhe o olho esquerdo, entrava-lhe na boca e escorrendo pelo hissope da barba, espirrava sobre a matilha gotas quentes.

Afinal alguém consegue agarrar-lhe a perna. Puxa-o com força. Ele tomba batendo-se. Todos tombam sobre ele. Ninguém lhe perdoa a desforra. Os que estão atrás levantam os punhos inofensivos para o alto esperando a vez. Desapareceu. O molho de homens.

Chega a polícia. A autoridade só com muita luta usando força, livra o mísero. No charco de champanha sangue vidros estilhaçados ele jaz expirante pernas unidas, braços estendidos para os lados, olhos fixos no alto, como querendo perfurar as traves do teto e espraiar-se na claridade fosca da antemanhã.

Levaram-no entre insultos.

Todo jornal comentava o caso no dia seguinte. O público lia, rebolcado no inédito do escândalo, as invenções idiotas, as mentiras sensacionais dos noticiaristas.

Entanto, nas múltiplas edições dos diários, relegado às derradeiras páginas, repetia-se o estribilho perdido que ninguém leu. Homessa! curioso... Um guarda-noturno achara rente a uma casa em construção uma pequena mala de viagem. Aberta na mais próxima delegacia, encontraram nela entre roupas usadas e de preço pobre uma tabuinha com dizeres apagados, quatro grandes cravos carcomidos pela ferrugem e uma coroa feita com um trançado de ramos em que havia nódoas de sangue velho e restavam alguns espinhos.

CAÇADA DE MACUCO

1917 [1943]

Maria na varanda levantando os olhos do trabalhinho de lã, deixou-os cair na faixa da estrada. Percebeu ao longo um cavaleiro. Estremeceu. As patas da besta levantavam do chão uma poeira sangüínea que manchava a fímbria do horizonte. A invernia de agosto caleava o espaço com o fabordão das nuvens sem fim. O ar repousava sobre as coisas com a mornidão dum bafo humano.

Maria cobriu-se mais com o xale, derrubou cuidadosamente a saia até a ponta dos pés num jeito ingênuo de proteção. Pôs-se de novo ao trabalho.

Bem perto o plaqueplaque das patas do animal. O cavaleiro, sacudido, longo, mostrando na face e nas mãos a palidez inglória dos filhos da terra, apeou junto a um mourão. Prendeu a besta e entrou na varanda.

– Boas-tardes... A senhora está muito distraída hoje...

Ela compreendeu a ironia que colorira a frase do moço e retrucou mais pesada:

– Boas-tardes, Tonico. Outra vez por aqui!...

Ele já sério:

– Outra vez.

Desconversaram. Maria não tirara os olhos das agulhas e Tonico descontente consigo mesmo, cabeça baixa brincava com as mãos.

– Meu pai está aí?

– Sim... No quarto. Com este tempo sai pouco.

Era mentira. Aquele "sim" esquisito provava mentira e Tonico sabia muito bem que o pai pouca importância dava à doença. E a tarde era bondosa.

No meio do silêncio, dada por finda a ocupação, Maria pôs rápido os novelos na cestinha jacente ao lado. Ia entrar na casa. Tonico procurou prendê-la.

– Maria...

O gesto áspero fez rolar novelos e agulhas pelo chão.

– Me deixe! Olhe aí o que você fez!... e baixava-se para erguer os objetos semeados no tijolo da varanda. Tonico porfiava em agarrar-lhe a mão.

– Já começa! Me deixe, já disse!

– Maria, vamos embora comigo!...

– Não vou! sem-vergonha!... Nem eu, você me deixa sossegada! Vá-se embora!

Tonico oprimia a testa com os punhos, desesperado. Um respeito por aquela mulher que vivera na cidade impedia-lhe bruteza mais franca e sua voz nas intercadências da comoção falava surda em frases curtas repetidas, num romantismo ousado e sério de sertão:

– Venha, Maria! Fuja comigo! Não posso viver assim sem você! não posso mesmo!...

Lágrimas enormes lavaram-lhe as mãos.

– Vá embora, já disse! Se não tivesse medo que seu pai te matasse contava pra ele. Me largue, vamos! Sem-vergonha!

Tonico largou-a mas curvou-se sobre ela como galho de árvore. Tinha nos olhos uma cobardia orgulhosa desesperada, a desafiar:

– Sem-vergonha, mas você há-de vir com o sem-vergonha!

Apontava o matagal que a cem braças, depois da inclinação verde onde o ribeirão se espojava em taliscas e taiobas, erguia-se como o primeiro alarme da terra virgem:

– Toda noite você há-de ouvir pio de macuco. Sou eu embaixo da perobeira. Meu pai é caçador... Ou você vem ou...

E feroz decidido, mesmo correndo, desceu a escada, desamarrou a besta, cavalgou-a. Plaqueplaque plaque, plaq...

Maria imóvel, toda cega pregada ao chão. Sentia n'alma o peso do próprio corpo. Era sempre assim. Às vezes que Tonico lhe falara de amor irritara-se muito, raivara numa zanga sem perigo de jaguatirica mas quando ele partia mortificava-a somente essa piedade comovida. E o sentimento de solidão. A canseira quebrava-lhe os sentidos. Cegava-lhe os olhos um desejo de além. E vaga inquietação...

João Antônio Pires tivera a vida do bandeirante colonizador. Mas alcançara as esmeraldas na fecundidade das terras e das boiadas. Casara-se muito moço ainda, magro pálido, tísico segundo muitos. E na luta da ambição contra a penúria partira cedo para os arcanos altos semi-selvagens de São Paulo com a companheira e o filho recém-nascido. Meteu-se nos trabalhos em que se ganha a riqueza ou se entrega a vida. Viveu a poesia nômade dos tropeiros. Penetrou muitos dezembros o fogareiro de Mato-Grosso, perdeu-se nas axilas bárbaras das serras de Goiás. Aos trinta anos porém já lhe sobrava dinheiro para adquirir o farto cendal de invernadas e mata-virgem onde assentara o lar. Fortificara-se. Enrijara ao contato dos ares escampados tomando a substância e a cor verde-cobre dos jatobás e das mulateiras de cerne férreo.

Crescia-lhe o número dos filhos à medida que seus domínios se alargavam e as corredeiras dos cornos dos seus bois inundavam em caudais tonitruantes o aclive das invernadas. Trocara o rancho primitivo pela casa tijolada e chata de cuja varanda descortinava no último adeus dos plainos além, chãos que lhe pertenciam duas léguas continuadas à direita.

Um dia enfim, vendendo por preço feliz uma boiada sentiu morrer-lhe o tempo das preocupações. Foi a São Paulo. Olhou a cidade. Sorriu. Voltou para a fazenda. Trazia na bagagem um arreio com botões de prata para o baio, um punhal para o João – amigo de tempos infiéis – e um vestido de seda cor-de-vinho para a mulher.

Começou então para nhô Pires o seu tempo de rei. Nas abas de suas terras vinham agrupar-se outros criadores menos fortes cujos ousios a cobardia sopitava e quando o patriarca somou 50 anos sabia ter em torno todo um bairro, todo um estado, um império em que mandava ele só. Sujeito de princípios ocasionais, gasto na briga com as intempéries, vencedor das febres e do sertão, criava somente duas grandes inclinações: orgulho e amizade. Orgulho das vitórias e do reinado. Amizade pelo João.

Morrera-lhe a mulher há cinco anos sem que se lamentasse. Não sentiu a falta da serva porque nos arrancos contra a braveza do matagal acostumara-se às omissões e descarinhos. Os filhos, mandara-os para longe ignaros rudes mal sabendo ler, à cata duma riqueza igual à que soubera alcançar. Perpetuassem-lhe a vida e a coragem!... As duas filhas tinham partido também, levando no dorso os maridos que nhô Pires paralisara negando-lhes dote.

Ficara livre. Só. E mais a terra. E mais o orgulho.

Um dos seus descendentes apenas, o Tonico, mais ambicioso ou vil, aninhara-se junto aos campos do pai numa sitioca indecente. Vendia galinhas. Rara vez um capado. Os vizinhos compravam-lhe a criação por atenção a nhô Pires. Tonico aproveitava no preço. Nhô Pires comparava amargo as galinhas do filho aos seus touros de chifres espaçados... Pouca vergonha! Às vezes, quando após o jantar sentava-se na varanda morta e a relembrança das aventuras dourava-lhe a vaidade, a figura de Tonico vinha manchar como bugio esquipático ou touro mocho ridículo os gerais acidentados da sua vida. E o criador amaldiçoava o filho sem mãos.

Então a época do castigo chegou.

Numa das viagens a São Paulo nhô Pires demorou-se mais que o prometido. Havia já impaciência entre os agregados e apreensão no amigo quando uma tarde o fazendeiro contando então perto de 60 anos apareceu na fazenda acompanhado. Seguia-o pouco atrás muito tímida uma moça.

Nhô Pires apresentou-a simplesmente como mulher dele e a vida reencetou a caminhada de ontem, regular.

Sintoma de velhice? Apaixonara-se por Maria apenas a vira sem que houvesse para isso razão influente. A moça não era bonita nem garrida. Mesmo apesar de seus vinte e poucos anos, desses tipos neutros que desarmam os femeeiros mais indiferentes pela qualidade da presa. Olhos de paz, lábios curtos, braços extáticos. Por acaso nhô Pires a vira em lágrimas à janela quando partia o enterro pobre da mãe. Seria o acompanhamento de só dois carros? A influência do jantar bem regado – desses que predispõem a fraquezas sentimentais? O certo é que não se esqueceu mais dela. Voltou. Informou-se. Diziam que ficara sem arrimo sem parentes no Brasil. Os pais defuntos eram italianos. Nhô Pires apresentou-se. Consultou-a, propôs-lhe casamento. Maria necessitada de apoio meia espantada meia grata deixou-se levar. Sem amor mas sem ambição. Tinha a mobilidade espiritual do cadáver. Antes assim! Queria paz, influenciada pela vida inútil dos pais.

Logo se afez sem violência ao novo modo de vida. Sentiu-se inteiramente feliz, sem amor mas dona dum escravo opulento que lhe adivinhava as tristezas e os desejos. Desejos? Que raridade!... Nem isso. Antes preferência indecisa. Uma cadeira aqui, sempre muita água-de-colônia, frutas pouco maduras...

O fazendeiro enfraquecera bastante. Com a paixão. Ou mesmo sem ela. Sentiu-se doente. Como que despertava nele a recordação de males já sofridos. Teve calores, golpes agudos no peito. É que muito frio e borrasca o tinham acompanhado nos últimos quinze dias de caçada no sertão. Tossia.

Na capital deram-no como fraco do peito, um nada naquela idade. O ar da fazenda, cuidado, repouso curá-lo-iam.

A mulher porém que o seguira ao escritório do médico sobressaltara-se. O doutor olhou-a. Recomendou-lhe higiene, separação de leitos. Nhô Pires ouvira o conselho muito mudo sem um gesto.

Maria a esse contato com a cidade sentira um brotar de ânsias dantes inexistentes. Teve vontade de viver. Ela mesma não sabia explicar essa idéia tola de querer viver. Pois não vivia? E entre despeito e medo voltou para a fazenda.

Aí, sorrateira sem consultar o marido, arranjou outro quarto para si. Afastou-se completamente de nhô Pires. O sacrifício fora superior à sua mocidade. Tratou do doente com dever e com justiça. Seria impossível dar-lhe as quenturas dum amor que... Como seria o amor?...

Nhô Pires viu, antes percebeu tudo calado. Talvez até desse razão à mulher. Mas, e não era já segunda nem terceira fraqueza, sofreu, chorou. Piorava numa depressão muito lenta. A força vital enrijada por tantas lutas passadas cedia mas num ceder insensível espaçado. Se o mal fosse combatido talvez desistisse da vitória. Mas nhô Pires era homem que nunca se contivera e na paixão das caçadas muita vez chuva e noite alcançavam-no longe de casa.

Maria bem que pretendeu guardá-lo mais. Impossível. Procurou recobrar o sossego anterior. Impossível. Desconhecia o que eram revoltas mas seus olhos a cada pôr-de-sol contemplavam sonhadoramente o poente onde no festival das nuvens percebiam cidades enormes em que fremia a violência das multidões. Viveu fora da vida.

Só percebeu a paixão do enteado quando este abertamente lhe falou de amor. Repeliu-o admirada que um desejo assim pudesse nascer em peito de homem. Chorou de envergonhada. De ofendida. Mas como que havia entre os sentimentos informes que a faziam chorar umas pinceladas de arrependimento. Conservou-se fisicamente imaculada com um grande medo do marido. Agora estremecia cada vez que lhe escutava a fala. O poderoso escravo era ainda escravo por inteiro, Maria porém sentia invisível rastejante o ciúme de nhô Pires engradá-la numa atmosfera de predestinação.

Nos últimos tempos que vida de aflições! O fazendeiro entristecera afastado da mulher. Tristeza com muita coisa do crepúsculo sobre o campo. Desolação trágica de sol-pôr.

Maria procurava dar-lhe seu cuidado. Horrorizava-se toda quando o sentia muito perto. Tinha pavor da doença. Muitas vezes nhô Pires percebeu que embora escondida em subterfúgios Maria fugia dele. Então se retirava para o quarto frio de solteiro e não saía mais senão no dia seguinte. Maria falava-lhe da porta arrependida. Nhô Pires pretextava pioras com voz seca. E sentia-se mais só.

– Que pasmaceira é essa, Maria?

Violentou-a um estremeção. Levantou o rosto esforçando-se por sorrir.

– Cansaço.

– Está doente!

– Não. Cansaço.

– Por que você trabalha tanto? Precisa sair um pouco... Vamos dar uma volta...

– Agora vamos jantar.

Irritadíssima, esgueirando-se sob o braço que o marido lhe pusera no ombro entrou na casa.

Nhô Pires quis pensar. Mas entrou na casa.

Depois do jantar insistiu no passeio. Maria cedeu. Enquanto dava algumas ordens e se aprontava, nhô Pires mandava preparar o semi-trole. Quando assomou à varanda viu debaixo da pequena escada de pedra o marido já sentado no carro sustendo a besta. Teve um perceptível recuo de desprazer. Desagradava-lhe passear assim. Tinha medo.

– Queria ir a cavalo...

Nhô Pires baixou a cabeça um instante, depois olhando submisso a mulher:

– Por que não disse, Maria. Agora o semi-trole já está pronto...

– Mas...

– Não faz mal. Mando encilhar os animais.

Depois de dez minutos de embaraço partiram. Maria fustigou a égua que desatou num galope ondulado. Sentia o ventinho queimar-lhe a pele. Tinha prazer em se ver assim insulada nos campos que a meia paz da invernia e do crepúsculo assombrava. Via-se só criava na imaginativa um ambiente de tragédia e solidão. De quando em quando olhava para trás. Nhô Pires muito calmo seguia-a perto. Tomava-a então uma raiva impaciente do marido. Fugir, distanciar-se! O relho feria de novo o dorso do animal. Nova galopada. Maria já bastante hábil procurava os atalhos as descidas as ladeiras ríspidas. Nhô Pires atrás calado sustentando-a com os olhos. Uma onda mais resistente de brisa derrubou o chapéu de Maria. Ela soube que o marido atrás retinha as rédeas da cavalgadura. Apear-se-ia para lhe erguer o chapéu... Numa risada vitoriosa, mordendo a égua com os joelhos, chicoteou-lhe a barriga.

Sinistramente na calva do pasto entre arvoretas esqueléticas amazona desgrenhada que o cavaleiro se esforça por alcançar... Russia...

– Maria, que loucura! Tome o chapéu.

Odiou-o. Refreou a égua.

– Vamos voltar.

– Que é isso, Maria? acalme-se. Você está nervosa hoje.

Os cavalos voltavam a passo fumegantes. Sombras abismais subiam da mata. Os últimos pios dos anuns. A impaciência dos cavalos... Que tristeza angustiosa dentro d'alma... A escuridão crescia no céu. Mugir de vaca longe. Auc, auc, auc... Grandeza misteriosa... Brasil...

Maria jogou a capa sobre uma cadeira. Tirou o chapéu num gesto doente. Deitou-se na rede. Fechou os olhos para que o marido não conversasse. Seis e meia. Noite velha.

O serão foi vazio. Nhô Pires sentou-se junto à mesa perto do lampião. E assim ficou recurvo, mãos cruzadas sobre a toalha de quadros. De tempo em tempo olhava tímido a mulher. Nada.

Às oito horas como sempre Maria fez servir o leite com farinha para o marido. Tomou café. Retiraram-se ambos cada qual para o seu quarto depois dum boa-noite sem cor.

Maria, corpo unicamente, apagou a luz. Mesmo vestida deixou-se cair sobre a cama. Como esquecida de si própria. Não sabia pensar. Às vezes voltava-lhe durante segundos a consciência das coisas, então escutava com curiosidade infantil os batidos do coração e admirava-se da incapacidade em que estava de descobrir o que queria. Muito raro diluída como num fundo de câmara quase negra, a figura do Tonico. A promessa do Tonico... Mas não doía, não fazia mal. Talvez ela não acreditasse, não quisesse acreditar...

Tempo ruim lá fora.

Às nove horas o macuco piou.

Maria levantou-se sobressaltada compreendendo enfim a realidade. Ímpetos de chamar o marido, contar tudo. Chorou de raiva. Depois soluçou ajoelhada junto à cama. Não sabia bem por que chorava. Irritava-se consigo mesma porque queria chorar muito e às vezes sobrestava o choro distraída a escutar os soluços.

Por mais de duas horas espaçadamente ouviu o macuco piar na perobeira. Depois o silêncio estúpido.

Teve um despeito quando o macuco não piou mais.

Dormiu profundamente.

– Você ouviu? Esta noite um macuco veio piar bem em frente de casa, na mata. Pertinho. Outra vez não me venço.

– Não vá!... é uma loucura!

– Loucura por quê?

– A doen... a tosse pode voltar. Está tão frio!

Nhô Pires olhou-a com vontade de contar sofreres. Pretendeu orgulhosamente guardar-se. Mas disse tudo num:

– Que tem!

Doloroso, quase confissão de suicídio aquele "que tem!". Maria envergonhou-se do afastamento em que deixava o marido. Num impulso de coração chegou-se a ele, segurou-lhe a cabeça entre as mãos, beijou-o como a pai na testa. Nhô Pires circundou-lhe a cintura com braços receosos. Cerrou os olhos e baixando a cabeça colou os lábios no pescoço nu da mulher. Essa fraqueza que a invadia... Ah! que importa... Deixar-se conduzir assim... No quarto dele!... Leito contaminado... Que importa!... Delirou. Pela primeira vez teve prazer. Querido! meu amor!... Tomou-se de medo invencível. Estremeceu violentamente e libertando-se dos braços do marido, fugiu para o quatro dela.

Fechou-se por dentro. Trêmula agitada com um sorriso nervoso tirou do lavatório o vidro de água-de-colônia. Derramou-o sobre o ombro, sobre os seios, rosto, cegando-se. Mais raciocinada embebeu uma esponja em álcool. Esfregou-a depois fortemente nos lugares onde tinham pousado num momento de recompensa os lábios de nhô Pires. Atirou a esponja pela janela. Começou a pensar.

Estava muito feliz. Orgulhava-se da ação que praticara. Viase heroína, coroava-se mártir. Imaginou-se com mais forças para lutar contra a ordem do Tonico e pela primeira vez de longe detestou-o. Quando saiu do quarto nhô Pires não estava mais na casa.

Foi à cozinha. E cantarolava. Preparou os bolinhos de que o marido tanto gostava. Não pensou senão nele. Entrou pela segunda vez naquele quarto nupcial onde há tanto não ia, para ver se estava tudo em ordem. Colheu flores para o jarrão da cômoda. Vestiu-se melhor. Ataviou-se mesmo. Sorriu para a própria alegria.

Como estava livre, numa grande calma! Impacientava-se com a demora do marido. Ralhou-o mesmo porque se retardara. Jantou bem conversando alto. Ri, criança! Nhô Pires contemplava-a sorrindo, feliz, admirado com a transformação.

À tarde ela quis passear outra vez. Numa ousadia em que se catalogou perto das santas pediu o semi-trole. Mas com a condição... Devia tratar-se mais. Não saísse de noite... Prometido?

Só com as sombras noturnas os temores voltaram. Devia ter avisado o Tonico... Quis pedir outra vez ao marido que não saísse. Se ele desconfiasse? Parecia-lhe tão fácil a verdade que qualquer palavra diria tudo. Prolongou o serão. Mas abstrata cheia de pasmos cansados. Imenso desejo de dormir.

Às oito e meia deram-se o boa-noite.

Maria fechou-se por dentro como quem procura defender-se. Atirou-se na cama vestida, sem nenhum sono. Às nove horas batidas no relógio da sala deram-lhe quase um desmaio. Admirou-se de não ouvir o macuco piar. Esperou uns minutos. A qualquer ruído estremecia de terror. Não era o pio. Desistira. Graças a Deus! Desejos inconscientes de ouvir o canto da ave. Raivas do enteado. Havia de contar ao marido!

O macuco piou.

Ela ergueu a meio o corpo sobre os cotovelos, devorando num êxtase o som. Abrira olhos deliciados dentro da treva. Encolheu-se toda no leito. Chorava gritinhos irritados. Pôs o cobertor sobre a cabeça. Tirou-o novamente. Queria ouvir os pios. Impacientava-se quando demoravam muito. Ia se erguendo e se espichava muito em curva sobre a cama. Novo pio. Encolhia-se outra vez, miudinha, enrolada, tolhida pela aflição.

Nhô Pires deitara-se preocupado com as contradições da esposa. Tão alegre primeiro, tão solícita e aquela mudez súbita... Não sabia responder. Doença?...

Ao primeiro chamado do macuco levantou a cabeça do travesseiro e escutou. Diacho, que provocação!... Vagamente luziu-lhe na memória o conselho da mulher. Mal se continha já. Arfou antegozando o tiro. Levantou-se rápido. Vestiu-se. Calçou as botas.

Esperou novo pio. Irresolução. Podia piorar. Maria tão amorosa pela manhã. Era possível que voltasse para ele. Terceiro pio. As recomendações do médico. Pô-las de lado. Maria... Descalçou as botas. Irresolução. Outro pio. Calçou as botas. Tomou da arma. Cobria-se bem... Dois minutos com a mão no trinco. Irresolução. Saiu do quarto. Foi até a porta da mulher. Andava pesado. Se lhe dissessem que o impelia o desejo de ser obstado contrariado impedido por ela, irritar-se-ia. Maria ouviu-o retranzida, paralítica. Ouviu os passos afastarem-se. Ouviu os passos fora na escadinha da varanda.

O silêncio apagou tudo por fim.

Atonia. Lassamente derrubara os braços a cabeça na cama. Sem forças para um movimento só. Divagava. Viu-se em lágrimas à janela quando partia o enterro pobre da mãe. Começou a observar a cor curiosa da treva, meia avermelhada meia loura... Outro pio.

Saltou da cama. O perigo de Tonico projetara-se-lhe no coração. Protegê-lo! Morrer por ele se preciso!... Tonico!... Envolta na capa escura correu para fora do quarto abriu a porta da varanda procurou o marido no limpo da baixada. Não o viu mais. Foi-lhe atrás.

À entrada do mato espaventou-se com a escuridão. Era uma noite negra. Titubeou. A idéia da morte do amante sufocava-a intoleravelmente. Seguia machucando-se nos cipós nas arvoretas. Torcia o pé a cada passo. Se errasse a direção... O galho desnastrou-lhe o cabelo. Rasgou-se a blusa nos espinhos. Sangue. Arquejava. Avançou mais lento. Marretava troncos. Afundava o rosto na vegetação. Salvar Tonico! Parou. Mais tato agora. A perobeira devia estar perto. Nítida compreensão. Cumplicidade. Muito cuidado no pisar as folhas secas... nhô Pires certamente por ali... Procurou a árvore com os sentidos... Mais um passo. Tiro.

O baque surdo. Ruído de animal pesado a correr.

Nhô Pires estranhou o barulho. Desfechou o segundo cano no som. Continuava. Quis perseguir. Pisou numa coisa mole... Gemido humano!... Recuou. O fósforo. Maria mais que branca respirava mal. Nhô Pires adivinhou a verdade. Um sopro noroeste de ódio queimou-lhe o pensamento, secou-lhe a alma. Levantou-se. Enormemente esguio. Era uma noite feia. Armou a espingarda. – Peste... Atirou. Era uma noite muda. Um derradeiro estremeção. Os olhos de Maria abriram-se muito, já cegos. Fecharam-se.

Nhô Pires estava só. Essa calma oleaginosa que o inundava... Admirou-se de não sofrer. E voltou. Lembrou o outro. Achá-lo-ia. Amanhã... Tinha sono.

João esperava-o na varanda da casa com boa advertência:

– Mecê não há-de sará nunca com extravagância desta! Ouvi os tiro e falei pra mim: Ora! pois nhô Pires tará caçando com esse friu!... Vim vê... Matou macuco?

– A fêmea. Agora falta o macho.

João olhou-o admirado:

– E cadê ela!

Agarrando o braço do amigo nhô Pires levou-o para o mato.

Era uma noite longa.

No outro dia a mulher do João, muito assustada contava a toda gente que o marido fora a São Paulo levar dona Maria. Tinha adoecido de repente, é! Nhô Pires também piorara... Meu Deus!...

O fazendeiro não saiu de casa nesse dia. Dormira profundamente. A calma que o vestia era talvez cansaço da grande dor. Ao acordar mordera a saudade dos que se sentem sozinhos. Faltava gente em torno dele. Tinha necessidade de alguém. João partira no trole. Deveria ficar muitos dias longe. Iria a São Paulo para enganar. Nhô Pires obedecia indiferente. E pela primeira vez se recordou da outra esposa. Desejou-a. Lembrou-se dos filhos. Qual! Só com largos espaços uma carta. Pouco explícita. Poucas linhas. Amou-os. Quereria tê-los consigo contar-lhes a tristeza... E Quininha? Há uns oito meses sim uns oito meses que não vinha notícia... Pela primeira vez ainda imaginou que envelhecera. Olhou o espelho. Infantil. Envelhecera. Teve medo de morrer. Levantou-se. Passeou pelo vasto casarão abandonado. Pesou-lhe aos ombros a poeira daquele mutismo. Vagueou pelos quartos. Seu silêncio amedrontava. Os criados fugiam dele. Caíra sobre a fazenda a impaciência alerta das apreensões. O próprio gado! Coisa esquisita... E uma dúvida na gente da fazenda, do arredor... A primeira estação do caminho de ferro era a dez léguas dali. Alguém partira entretanto.

Num momento o velho fazendeiro apareceu à porta da varanda. Procurou o mato em frente. Lá estavam os últimos galhos da perobeira dominando a humildade implexa das ramas em redor. Nhô Pires imagina. Desce o tronco da árvore e a poucos passos dela num bem disfarçado chão de folhas penetra fundo na terra. Estar deitado junto do corpo que tanto amara!... Afinal tão moça, obrigada a agüentá-lo... Virou as costas à paisagem. Foi fechar-se no quarto. E chorou.

Foi ridículo o pranto. Nhô Pires perdera todo o orgulho. Pusilânime até. Aceitara a intriga com que o João planejou evitar as complicações. Nem mais ódio para enrijá-lo. O amante... Parecia-lhe impossível agora descobrir.

As primeiras sombras da tarde amedrontaram-no por tal forma que não pôde suportar a solidão. Queria alguém. Carinho? Gente. Gente com ele. Não era a primeira vez que se lembrava do Tonico. Mandou um camarada à sitioca do filho, chamando-o. Foi esperá-lo na varanda. O interior da casa sufocava com a impressão muito fresca dos dedos de Maria. Curvou a cabeça para o peito. Ficou imóvel. Dois dias atrás encontrara ali mesmo ela cismando... O empregado voltava. Encontrara apenas o camarada de nhô Tonico... Que nhô Tonico partira na véspera para Uberaba...

Nhô Pires ficou inerte um instante. Adivinhava tudo. Por várias vezes admirara-se de ter errado o segundo tiro... A verdade acordava-o num sobressalto. Maria e Tonico... Tantas vezes... Lançou mão do animal. Fustigou-o.

Com o ruído o camarada do Tonico assomou à porta da casinhola.

– Nhô Tonico foi pra...

Nhô Pires empurrou-o. Penetrou na casa. No acervo revolto das cobertas Tonico procurava levantar-se ferido na coxa.

– Meu pai, vassuncê pode me matar. Fui eu mesmo.

À voz covarde do filho cessou o ímpeto assassino que nascia... Um riso lateral de desilusório desdém repuxou o lábio de nhô Pires. Tonico olhava-o tremendo, sustido a custo nos cotovelos. Seu medo fazia oscilar a cama sórdida. Nhô Pires rosnou por fim:

– E nem teve coragem de defender ela... Cachorro!

Muitas vezes cortou com o relho o corpo do filho.

– Agora vá-se embora! Vá-se embora e já!

Saiu da casa. Ao camarada:

– Apronte a besta.

Esperou. A noite ia muito nova, ainda hesitante. Aves noturnas morcegos insetos a riscar o verde incerto do último crepúsculo.

Pronta a besta o camarada entrou na casa. Pouco depois horrivelmente pálido abobado pela dor Tonico apareceu com o auxílio do outro. Foi um custo montar. O camarada amarrou a pequena trouxa na sela.

– Não me apareça mais. Nunca mais, hein!

Breve a sombra dissolveu Tonico e besta. Por fim o silêncio sobrepujou o trote do animal. Mas nos ouvidos continuando plaque plaque... maquinal.

Ficar assim olhando muito tempo a escuridão sem nexo... para quê? Nhô Pires a passo volta para a casa-grande.

E muito embora o João jurasse que nha Maria morrera em São Paulo, o camarada de Tonico jurasse que este partira só e expulso, toda a gente do bairro sabia muito bem que eles tinham fugido juntos enquanto nhô Pires caçava. Daí em diante o fazendeiro viveu cercado de maior carinho e piedade. Durou pouco. Na hora da morte contorcia-se vendo enormes macucos de asas espalmadas saltitando em redor do leito.

CASO PANÇUDO

1918 [1943]

a Pio L. Corrêa

Nhô Resende era dono de propícias terras lá para as bandas de Apiaí. Não se importava com o café pois a porcada e as plantações de arroz iam-no mais do que arranjando enriquecendo. Seus campos marginavam a Ribeira em doce aclive onde as reses ruminavam distraindo a monotonia dos pastos sob a arrogância ouriçada dos pinheiros. Mais para o alto fugindo aos alagadiços a mata recobria a crista das colinas. Na filigrana das ramagens os macacos e os tucanos em convívio anunciavam com a matinada loquaz cada novo dia sempre portador de novo lucro e bem-estar.

Há quinze anos já que nhô Resende se afazendara naquelas paragens preferindo buscar no chão da terra esteio mais seguro que o das filosofias aderentes às cartas de bacharel. Entre o rubi e a enxada optara pela segunda desgostando a coronelice ingênita do pai mas a preferida lhe dera os orgulhos da honestidade e a serena paz dos patriarcas. Também entre a pianista de alameda paulistana, chopinizada de alma e corpo, e a cabocla agüentada nas aleivosias do clima, endireitara para o amor desta mais submisso e mais virgem. E o nono filho aí estava como a nona exceção à gente amarelecida que os rodeava, rijo sacudido crestado sujo lindo olhos inquietos.

– Chiquinho, sai daí, peste! Eu te bato, hein!

Mas Chiquinho tinha apenas três anos, duvidava ainda da argumentação das palmadas e enrodilhava-se à perna do pai puxando-o.

– Quê que ocê qué, minino!

– Vem, papai! vem...

– Olha só o tal! Então você pensa que vou te servir de ama-seca... Tá solto!

– Vem papai, bicho... e a voz fazia-se suplicante no pedir.

– Aonde é que tu me leva, minino!

– Bicho!...

– Tá bom: vamo vê o tal bicho...

E largando a navalha que afiava carregou Chiquinho nos braços, dirigiu-se ao portal.

Mesmo embaixo dos degraus de pedra que escachoavam para o terreiro uma linda porca negra de malhas brancas deliciava-se devorando avencas e begônias.

– Ora dá-se! Não é que a porca do Felipão tá aqui outra veiz! Ocê gostou da passeata, sua fia-da-mãe! Espera um pouco que já te dou comida pra ocê comer!

E ao filho que saía do paiol:

– Martinho, acerca daí! Não deixe ela fugir.

Largou o Chiquinho no patamar. Dum salto, como prova ainda do vigor e elasticidade dos músculos caiu junto da porca e segurou-a pela perna.

– Sirvina! venha vê o que a porca do Felipão feiz nas suas prantinha... Essa diaba tá querendo mas é bala.

Contudo ao mesmo tempo regalava beatificamente os olhos na belíssima porca. Já por várias vezes tentara comprá-la mas o dono emperrara na recusa e só era dado a nhô Resende, assim como em pecado contra o nono lamber com o olhar grosso as formas e cores do animal.

– Minino, quê que tu tá fazendo aí parado, seu palerma! Venha segurá a porca pra mim. Ocê vai levá ela no Rio Novo e fale pro Felipão que é a úrtima! Se a maiada passá pra cá outra veiz eu mato ela. Juca vá com seu irmão. Tá bom: é mió vocês não dizê nada. Não, é mió dizê!... Repita bem pr'ele que se a porca torna a passá pra cá outra veiz eu atiço a cachorrada nela.

Enquanto o Martinho partia mal se agüentando com os arrancos da porca, Silvina inda falava ao marido:

– Nhô Resende, quem sabe se é mió não mandá dizê nada. Felipão é home bravo, pode zangá...

– Que zangue! Só fujo de cuisarrúim. Felipão pensa que tem o rei na barriga mas comigo ele tem que se havê! Ora se!...

Felipão vizinhava com nhô Resende iam fazer quatro anos. Desde que para ali viera não havia mais sossego na vizinhança. Quebrara o dúlcido encanto do ramerrão. Cabra facinoroso, avelhentado já, embora ostentasse todo o vigor duma juventude sempiterna, a barbicha rala e grisalha a espetar para frente como esporão de galera, justificava tão somente pela altura o aumentativo que lhe realçava o nome. Não se sabia muito bem como lhe tinham vindo a pertencer os miúdos alqueires do defunto Joaquim Esteves mas largos incômodos trazia já tal parceiro para se lhe indagar o porquê da falcatrua. Só, eternamente com a picapau nos dedos e o cigarro luzindo no sardônico risinho, como último fauno sobrevivente nos sombrais da América nem mulatinha ou preta ou branca por ali vivia que não se sentisse violentada por seus olhares desejosos.

Na aparência Felipão criava porcos. E na vara brilhava com real destaque sobrepujando facilmente em beleza todas as melhores crias dos vizinhos a porca malhada tão amiga de avencas e begônias alheias. Talvez cônscia dos seus singulares dotes de perfeição outorgara-se ela o direito de passear por domínios estranhos, de por lá amesendar-se e vizinho não havia a que não amargasse e não fosse pessoalmente fazer as cócegas da inveja. Felipão revia-se orgulhosamente na porca não por certo em dotes de beleza mas no desrespeito à propriedade alheia. Reputava de nenhuma importância matar caça nos banhados de outrem ou usar-lhe dos caminhos sem licença e nhô Resende o mais destorcido dos fazendeiros da comarca ansiava por se ver livre de tão nojenta companhia.

Os meninos voltaram dizendo que Felipão os tinha xingado duma porção de nomes feios.

– Pois que xingue! que xingue! Mas se a porca dele passá pra cá, já sabe...

Quinze dias depois, sereno de ânimo, nhô Resende jantava quando viu a endiabrada porca devorando abóboras no pomar.

– Qual o quê! isso não tem jeito não!

Seguido pelos rogos da Silvina, que lhe suplicava deixasse a porca em paz agarrou da espingarda desceu ao quintal chegou-se para a porca. Esta olhou-o mansamente com ares de quem vê ninguém ao pé de si e recomeçou o banquete. Silvina entreassustada pedia ainda misericórdia. As crianças divertidas assistiam das janelas à execução.

Nhô Resende chegando a boca da espingarda junto ao rabinho da porca desfechou. Enquanto este em arrancos de lombriga decepada rolava no chão a malhada desaparecia num vôo.

E o fazendeiro desfechou o segundo tiro no ar para que o estrondo reboando nas socavas a espavorisse ainda mais.

As crianças às gargalhadas disputavam-se o rabinho. A própria Silvina não deixou de sorrir ao inesperado da lição.

– Taí, porca do inferno, agora vamo vê se tu vem comê abobra outra veiz!

No dia seguinte com o brotar da aurora nhô Resende lavava o rosto na sala de jantar quando aos "Papai, Felipão taí" da criançada ouviu um tossido de aviso no terreiro.

– Bom dia Felipão.

– Nhô Resende, vim buscá minha porca.

– Que porca essa!

– A maiada. Eu sei que ela onte veio pr'estes lado.

– Mas ela não tá aqui!

– Oia, nhô Resende, é mió mecê não se fazê de desentendido. Me dê minha porca que vou s'imbora muito calado. Noutros causo...

– Noutros causo o quê, Felipão? Já disse que sua porca não tá aqui.

– Mecê se arrepende...

– Ora não me amole! Sua porca não tá aqui disse e arrepito. Onte ela andou no pomá comendo abobra. Então dei um tiro no rabicho dela e outro pro á. Só pra assustá.

Mas Felipão partia abanando a cabeça:

– Tá bom. Mecê vai se arrependê.

Um meio susto assombrou a fazenda nesse dia. O próprio nhô Resende não sabia senão praguejar. Achou duro o feijão, o milho não apendoava, os filhos... cada tamanhão! é só comê, comê... Trabaiá mesmo!... como se o mais velho deles não contasse apenas doze anos. Foi preciso que outra madrugada surgisse com o coral das alegrias, radiosa, para que a má impressão surdinasse um pouco.

Nesse dia quando ao verãozinho da tarde imóvel nhô Resende chegava da invernada encontrou a mulher na porta.

– Uai! Mecê não levou o Martinho!

– Eu não, Sirvina. Então havia de levá um crila de sete anos, pra quê!

– Pois ele desapareceu.

– Que tu tá falando aí, Sirvina? Deixe de história! Há-de está por aí mesmo.

– Já cansei de percurá, não dá ar de si. Mandei vê ele na casa do compadre, mandaram dizê que ele lá não apareceu.

As crianças espantadas grudavam-se umas às outras contemplando o pai.

– Ora sabe que mais? vamos jantá! Quando Martinho senti fome aparece.

Entrou barulhento na sala. E o jantar arrastou lúgubre. As palavras de nhô Resende não tinham ecoado em nenhum coração. Nem no dele. Ninguém pensara nada mas todos sabiam muito bem que Martinho não banzava a tais horas, nem se perdera. Um estremeção de medo combalia aquele pugilo de corações palpitantes de rude amor.

Empurrando de repente o prato em meio nhô Resende levantou-se. Se os lábios lhe tinham desaparecido dentro da boca numa expressão voluntariosa de energia, os olhos alargavam-se retos de perplexidade e terror. Pôs o chapéu. Foi buscar a égua. Silvina muito baixo:

– Mecê vai lá?

– Vou.

– Quem sabe se é mió levá o Belarmino.

– Não perciso que ninguém me amostre a estrada.

Pouco a pouco saltitante ao trote curto sua figura diminuiu, diminuiu até esconder-se por detrás dos pinheiros ao longe. Os pinheiros de braços alarmados.

– Boas-tardes. Ocê tá com o Martinho aí, Felipão, e vim buscá meu fio. Já falei dez veiz que não tou com a sua porca!

– Que historiada é essa de Martinho!... Não tenho ninguém comigo! Mecê pode entrá na casa se quisé, corrê tudo que não acha senão porco.

– Felipão, dexe dessas brincadera que ocê tá ferindo um sentimento de dentro de meu coração! Me diga onde escondeu Martinho e eu não faço nada!

– Ora dá-se, nhô Resende! e minha porca!

– Já te disse que não tou co'a porca, Felipão! Não me faça perdê a cabeça!

– Mecê pode perdê quantas cabeça quisé! Martinho não tá aqui! Também ando percurando a maiada e inda não achei! Sabe que mais? Mecê ache minha porca que eu acho Martinho. E deixe-se de muita corage que pra forte eu sou mais forte que mecê e também sei usá meus tiro...

– Felipão, tu tá me fazendo perdê a carma!...

– Quem sabe se mecê não qué me matá!... Daí é que eu quero vê quem acha Martinho!

A lua temporã presenciava a disputa. Nhô Resende desconhecia-se tomado pela primeira irresolução que jamais o perturbara. Pediu ameaçou. Implorou. Felipão queria a porca.

E foi, olhos esgazeados fragílimo impotente ao defrontar aquela proposta de troca que nhô Resende deixou a égua reconduzi-lo à fazenda.

Já noite. Tremeluzem as estrelas. O curiango. Cantochão das rãs. O luar andejo arranhando-se nas árvores põe malhas de sombra na estrada. O fazendeiro julga distinguir a cada instante junto às patas dianteiras da cavalgadura a porca do Felipão.

Em casa a notícia levantou choro e lamentações que ultrajavam a placidez benigna do noturno. Nhô Zé Fernandes padrinho dos nove filhos de nhô Resende, ali aparecido para o cavaco, era o único a conservar algum critério na família. Nhô Resende, o pobre! idiotizado não chorava não dizia nada incapaz de mover palha.

O compadre é que dispôs as coisas. No dia seguinte todos partiriam em procura de porca e de Martinho enquanto ele dava já um pulo até a cidade para ver se o delegado mandava prender Felipão. Depois: "era só obrigá ele a confessá". Partiu.

Felipão deixou-se prender sem luta mas recusou-se a apontar o esconderijo de Martinho. Devassaram-lhe o domínio palmo a palmo desentulhando valos esmiuçando grotas: nada. O delegado bacharelíssimo depois dos interrogatórios via-se manietado pela indecisão. A cada nova instância junto do facínora este pedia a porca. Um cabo letrado indicava a tortura.

No tragicômico do caso deu nota comovente a Silvina vindo lançar-se aos pés de Felipão. Este pareceu sensibilizar-se. Depois pediu a porca. Nhô Resende ofereceu-lhe suas porcas, toda a criação. Por fim acenou-lhe à cobiça com dez contos. Felipão pediu a porca. Não era ambição que o mantinha era birra. Dessem-lhe a maiada e contaria o paradeiro do Martinho. Todo mundo das fazendas, da cidade procurava Martinho ou porca. Passavam-se as horas. Que aflição! O menino devia ter fome. Teria sede... Choraria de medo... Qual! ninguém acha mais!... Também Dr. Vieira não faz nada! Fosse comigo, havia de ver se Felipão contava ou não!...

Afinal, depois de porfiada devassa no arredor, já pela tarde, um dos agregados de nhô Resende voltou com o cadáver inda quente da porca. Fora encontrá-la expirante a debater-se num lodaçal.

Felipão contemplou silencioso o cadáver da porca. Duas lágrimas bem choradas entraram-lhe na coivara da barba. Depois olhando com raiva a Silvina, derrubou dos dentes:

– Desgraçados! Agora é que eu não conto!

O delegado temendo à chegada de nhô Resende uma agressão ao preso, recolheu-o incomunicável à prisão. Fê-lo guardar pelos soldados. Felipão pertencia à sociedade e não à família de nhô Resende. A Justiça se encarregaria de fazer justiça.

E aos gritos da Silvina, às súplicas de nhô Resende, às instâncias da justiça Felipão gritava fechado:

– Não conto taí! Ocês mataram minha porca, pois agora é que eu não conto!...

Vidrilhar de estrelas já. É a longa noite de Catulo, cheia de imagens, de perfumes, de tragédias. Que luar, oh gente, o do sertão!... Na testa livre das baixadas ondula a mantilha de prata das águas. A Ribeira tem curvas gentis. Duas léguas abaixo da fazenda de nhô Resende caracola que nem potro novo. Há mesmo o trecho em que se espraia mais larga e esquece a viagem, brincalhona, sobre as pedras. Na outra margem no escuro pouco denso da mata há uma pequena furna. Essa pedra fecha-lhe a entrada. Lá dentro sobre o chão verde liso está Martinho adormecido. Relaxa-lhe a expressão aterrorizada do rosto o sorriso cheio de sonho. Ao lado da bilha um último pedaço de pão a esfarinhar-se. Ratos.

GALO QUE NÃO CANTOU

1918 [1943]

a Rubens de Moraes

Arlindo Teles – Telinho como lhe chamavam no lar – casara-se aos 25 anos. Era lá das bandas de Pinda onde seus pais tinham vivido como agregados de parentes de riqueza e mais inteligente atividade. Órfão sem mais recursos que mãos inermes e vontade bruxuleante, viera para São Paulo onde lhe prometiam casa e dinheiro. Lendo correntemente as palavras mais comuns da língua, escrevendo letra gorda em que se confessava toda a candura da alma escassa, multiplicando somando subtraindo porventura até os bilhões desembarcou na capital ao aproximar dos vinte anos. Fugindo à orfandade e penúria acolhia-se como os pais à asa dum tio – aliás menos galinha-mãe que usurário e aproveitador.

Entrando para o escritório do comerciante lobrigou sem grande labor nem fadigas a epiderme da escrituração mas em geral só aproveitavam dele os donaires da caligrafia e a rijeza das pernas. Copiava cartas, levava a correspondência ao Correio, dava recados percebendo cinqüenta por mês. Que bom rapaz!

Caseiro moderado no comer e econômico, indo nos raros acessos de liberalidade até a xícara de café paga ao amigo (retribuição de gentileza mais notável) soube cair nas graças de viúva mais ou menos rica. Dona Cremildes vendo-o simples são mansueto e herdeiro de outros méis deu-lhe gostosamente a filha.

Telinho jamais folheara um desses livros de retórica que ensinam as artes do bem escrever portanto mais que provável sua total ignorância da força e da eloqüência das antíteses mas tinha sem dúvida algum refolho de alma onde ardesse a lâmpada da intuição artística pois ignaro das antíteses tinha por elas intuitivo amor. Provou-o casando com Jacinta. E Jacinta era a antítese de Telinho. Alta e magra machucava o espaço com as anfractuosidades dos membros e no rosto empinava o recorte bélico dum nariz sem fim mui digno de figurar entre as setas do deus menino.

Camões num soneto imortal conta que do magano deus acoitado nuns olhos recebeu as feridas incruentas da paixão. Raimundo Correia não menos foi ferido pelo deus magano desta vez ajudado por dois lábios sonorosos. Jacinta se soubera de poética e teogonias lançara como Schiller sobre a morte dos deuses, especialmente de Eros lástimas e imprecações. E desejara pulsassem mais no Telinho além do gosto artístico pelas antíteses os estos da inspiração pois bem pudera surgir do nariz dela as galas cavalheirescas dum soneto a primor.

Mas não foi preciso seta nem deus. Jacinta mais prática, sabendo instintivamente talvez que o começado em verso não termina em bênçãos matrimoniais utilizou-se do nariz para uma operação piscativa: fisgou com ele o Telinho. Assim o que troveiros de antanho levariam dez anos e quatorze versos para cantar realizou com um só verbo, rescendente além disso do aperitivo fartum de bagres e piracanjubas: pescou o Telinho.

Jacinta não expandia bondade. Tinha porém vago encanto. Talvez o encanto de toda virgem moça. Talvez dos cabelos negros crespos.

Telinho era a antítese dela. Baixo e gordo. Não se lhe via sequer o desenho da carcaça enluvada que estava na gelatina da carne mole. No meio da cara aberta mal se arrebitava como ponto timidamente róseo o embrião dum nariz. Além disso os cabelinhos pardos já lhe começavam a rarear no cocuruto oval.

Casaram em manhã de neblina com missa prédica lágrimas de mãe ironias de assistentes almofadas para ajoelhar, meninas de filó carregando a cauda da nubente. Nubente simpática receosa, quase bela nesse dia.

Depois de nove meses um filho; no fim de outro ano outro filho; terceiro ano terceiro filho... Mas é preciso miudear o que aconteceu antes dos filhos.

Arlindo ao casar não trabalhava mais no escritório do tio, copiando cartas e fazendo somas pequeninas pouco maiores que a mesada. Com a especial piedade da futura sogra associara-se a um primo também moço e necessitado de arrumar vida. No vazio da antiga rua do Rosário (o caso foi na caudinha do século passado, ali por 1899) montaram os dois sócios uma loja de duas portas. Loja muito síria onde aos olhos do transeunte se expunham fazendas vistosas de nenhum luxo e muitos chiquismos de armarinho burguês.

Sentou-lhes Fortuna ao portal e Telinho pôde trazer para casa no primeiro mês de lua a então gorda bolada de duzentos milréis. E com ela bem embrulhado no jornal um esquisito vidro de cheiro: Cuir de Russie.

Extasiara-se à contemplação daquelas letras francesas que deviam contar tantas coisas doces e finas. Russie!... E murmurava à portuguesa: Rú-ssi-e... De-certo queria dizer Rússia que sabia ser um país muito longe por detrás do mar, acamado de neve devastado por ursos brancos, Nossa Senhora!... Telinho não era positivamente burro, aprendia até relativamente rápido, que habilidade para trabalhos caseiros! arranjar o pé do sofá, endireitar a luz, torcer lã para os cordões de sapatinhos mas – coisa comum a toda gente que imagina – sempre acreditara que a Rússia era habitada por fortes negros desnudos de olhos em brasa. Conseqüência talvez de antítese aterrorizada dos ursos brancos... Fossem agora dizer-lhe que lourejava naquelas terras de setentrião a mais negra de todas as raças brancas!... Sorriria incrédulo. Continuaria a povoar a estepa nívea com os negros da própria imaginativa. Não sei se teria razão. Mas correm mundo assim tantas rússias!

Entrando em casa antegozava a alegria da mulher. Como ficaria linda cheirando a Cuír de Rússie!... Encontrou-a sentada à cama no quarto remendando meias.

– Imagine o que trago para você, hoje! gritou da porta com as mãos escondidas.

– É o dinheiro da loja.

– Não! Falo de presente.

– Então você não trouxe o dinheiro da loja!

– Já está aqui. Falo...

– Quanto?

– Duzentos.

– É melhor eu guardar. Você é tão palerma, vai perder tudo e daí sim!

– Mas posso precisar, Jacinta!

– Ora essa! fique com uns cinco milréis. Quando precisar mais, pede. Me dê o dinheiro.

E as notas lá foram parar numa gavetinha de cômoda. Bem fechada.

Arlindo ficara muito aborrecido. Desagradava-lhe viver sem dinheiro. Necessitava de o ter no bolso. Tranqüilizava-se com ele como criança que no meio da multidão caminha destemerosa segurando a mão de pessoa mais velha. Tinha freqüentemente idéias destas: Se cair e me machucar posso tomar um tilburi e ir para casa. Se sentir sede posso tomar uma limonada...

Mas era perder a esperança. Lá estavam os milréis bem dobradinhos numa caixa escarlata de veludo numa gaveta fechada. E a chave dessa gaveta pendia da cintura de mulher enérgica. Desistiu por esta vez de conservar a mensalidade jurando intimamente que no próximo 31 guardaria custasse o que custasse o dinheiro. E afinal, pensou rápido, Jacinta tinha razão: não precisava de tanto cobre.

– Que é isso que você traz aí?

Era o presente. Apagou-se-lhe a sombra. Num jeito rápido escondendo o embrulho:

– Adivinhe!

– Já sei: é sabão.

– Não senhora, não adivinhou! e desmanchava-se numa gargalhada.

Mas Jacinta já se apropriara do embrulho e descobrira o vidro.

– Ah, é perfume... Obrigada... Quanto custou?

– Nada, então! Tirei lá da casa.

– Mas vocês podem tirar assim qualquer coisa da loja!

– Posso, ora sebo! Pois tudo aquilo não é meu!

Jacinta deixou-se levar pelo suasivo da resposta. Até o marido entrara com duas partes para a sociedade!...

– Então por que não trouxe uns lenços. Seria mais proveitoso... Ou meias... Você fura demais suas meias! Ande com mais cuidado. Nunca vi homem mais arara: vive a dar topadas...

No fim do segundo mês Telinho trouxe as meias. No terceiro os lenços. Já então a mulher se acostumara a lhe determinar o que traria para casa. Por fim nem pedia os lenços hoje e esperar trinta dias para pedir as meias: eram meias e lenços na mesma ocasião.

Por delicadeza o primo, rapaz tímido e de humildes descorajadas ambições não descontara o vidro de cheiro dos lucros de Telinho. Por timidez invencível e até se é possível vergonha, pelo outro ou do outro, continuou a fazê-lo com lenços meias metros de chita e mesmo a peça de morim. E como para si por quase idiota honestidade não se dispunha a praticar o mesmo vinha para casa furioso, desabafando com a esposa ao jantar. Depois, passada a erupção, planejava mil meios de terminar com aquelas meias. Preparava-se para falar ao primo, decorava períodos, incomodava-se com as entrelinhas da frase – não fosse molestar o sócio! – construía toda uma arenga pejada de desculpas e quando no dia seguinte por volta das nove horas Telinho entrava na loja, sorridente e honesto com "bons-dias" tão virginais tão dúlcidos, lá da caixa o outro entressaindo das cifras respondia miúdo à saudação, pigarreava e não dizia nada. Há timidezes intransponíveis. Delas estava rico o primo de Arlindo. É ordem das sociedades que uns ajoelhem para que os outros lhes subam às costas.

Arlindo que lhe honre isto a consciência, por leviana vaidade apenas dissera poder tirar tudo da loja como se fosse apenas seu. Ao mando da mulher, com receio e desgosto se apropriara dos lenços. Pouco a pouco porém esvaíram-se os receios e com a maior naturalidade excluía do bem comum o que a mulher desejava. Já nos fins da sociedade – isto cinco anos mais tarde – nem esperava o último dia do mês: em qualquer tempo tirava rendas e sabonetes.

Os negócios no entanto iam bem. Arlindo falava com orgulho na "minha loja" e nela passava os dias sentado à frente do balcão, chapéu sagrando a calva incipiente, uma perna horizontalmente dobrada sobre a outra, olhando o vaivém de fora e a tutear os fregueses. O primo lá da mesa das cifras olhava-o de quando em quando com luzes de ira nos olhos, mastigando a caneta. Mas Telinho não sabia fazer coisa alguma. Era natural que agisse assim. Quando o freguês era de alta roda Telinho o servia, ele próprio. E continuava levando cartas ao Correio...

Em casa espraiava-se a abundância, não a felicidade da paz. Jacinta tomara aos poucos conta de tudo. Esse tudo compreendia Arlindo. O espírito prático e ambicioso dela, inteligente e arguto dava-lhe sobre o marido real ascendência. Aconselhava-o nos projetos da loja, rescindia contratos, imaginava outros, dirigia passos e mãos do marido, indagava-lhe das horas gastas fora, proibia-lhe a saída, regrava-lhe os acessos de afeição. Arlindo tentou protestar. Jacinta em dura voz protestou contra o protesto. E Telinho entregou as ventas a argolar. Conto como foi.

Nos primeiros tempos quando não redargüia às imposições da esposa consolava-se pensando consigo que eram os primeiros tempos. Fazia tão pouco que estavam casados!... Melhor deixasse passar mais um mês ou dois... Então sim: mostraria que naquela casa quem cantava era o galo. Passados dois meses mais um terceiro se escoou. E assim até que veio pontual o período da gravidez. Era preciso deixá-la sossegada, coitada! ia sofrer tanto!... Madama Assunta recomendara descanso. Depois do parto ele tomaria conta da casa... Coitada!...

Aos olhos de Telinho vinham sorrir lágrimas enternecidas. Vivia num encantamento. Teria um filho que era dele! Aquela manifestação de masculinidade abrandava o afelear do grilhão. Mas a cada nova intimação ou ordem da mulher mais lhe engrossava no espírito a idéia de após o parto manobrar sozinho as difíceis rédeas do lar. Ora sebo! a casa era dele. Quem mandava era ele. Depois do parto!...

Afinal, velha manhã de terça-feira um quinze de março, arranhou a casa o choro da criatura nova. Telinho por mais de três horas ajoelhado junto à cama olhos imersos nos lençóis, guardando entre os dedos a mão gelada da mulher, derramara mais suores e lágrimas que fonte de cordilheira. Sofreu muito mesmo. Aniquilou-se. Emagreceu. E quando depois junto ao leito onde pálida Jacinta e Jacintinha repousavam conversava com a sogra e a parteira, confessou escorrendo as mãos trementes pelo ápice da barriga que sofrera as mesmas dores da mulher. Parecia-lhe que Jacintinha nascera unicamente dele. Ai, dor!...

Por uma semana adorou Jacinta e filha. Não saiu do quarto. Não trocou roupa. Não se lavou. Quando lá surgiu na loja outra vez, os negócios corriam uniformemente bem. Quis inteirar-se de tudo. Agora sim, precisava trabalhar muito. Tinha um nobre dever a cumprir. E foi interrompendo a série de contas e de notas com litanias de peripécias e rosários gozosos às graças de Jacintinha que chegou ao fim das informações do primo. Não compreendera não ouvira coisa alguma. Estava bem! Estava tudo muito bem! Mas ansiara por chegar até a loja porque deixá-la assim... sem ele! E tinha de voltar para casa. Como irá passando Jacintinha, minha filha!... Jacintinha!...

Jacinta logo se tirara da cama e pusera-se com ímpeto de mãe nova a tratar da criança. Ninguém tinha licença de mudar uma fralda, só ela. Lavava com segura habilidade a pequenina, curava-lhe o umbigo, espargia montanhas de pó no corpinho rubro, vestia-o no azul das flanelas, perfumava-lhe a Cuir de Russie as longas mantas debruadas de seda e adormentava a filha, com o calor das palavras mais profundamente maternais. Quando Telinho na ponta dos pés entrava da loja perguntando com os olhos por Jacintinha, Jacinta recomendava-lhe silêncio com tanta veemência que às vezes chegava a acordar a criança. Então quem recebia as admoestações ásperas e sofria-lhe a descomponenda? Era, quem mais? Telinho o só culpado.

E Telinho recordou-se que chegara enfim o tempo de assumir a direção do lar. Mas Jacinta ainda estava tão fraca! Contrariá-la? Podia influir no leite. Mais tarde, quando Jacintinha tivesse uns duzentos dias... Então sim! Havia de mostrar que não era nenhum pai-gonçalo. Fazia mais aquele sacrifício pela filha, Jacintinha!...

E os dias passavam. Telinho inteirava-se cada vez mais de sua subalternidade. A consciência da própria fraqueza acirrava-lhe por tal forma a sensibilidade que duas ou três vezes por dia era todo cóleras abafadas. E tudo ia tão bem! O progresso exterior e suas galas e mais suas facilidades contrastava dolorosamente com a decadência de alma em que se via. Rebaixado assim! Não! E nos próprios atos caseiros em que quem manda é a mulher Telinho via espezinhamentos à sua dignidade de senhor e macho. Desconhecia gradações e meios-termos, ignorava compensações. O objeto disposto por ele e descolocado pela mulher parecia-lhe degradante humilhação. Mas sofreria muito com isso? Tornara-se apenas irritadiço, pensava um pouco mais, perdera uma quarta parte do bom-humor. Da completa paz anterior passara a viver vida de gozos intermitentes em que os eclipses parciais da calma dilatavam-se apenas o eco dum pensamento ou dum gesto. O que mais lhe doía era se alguma pessoa presenciava uma dessas ocasiões em que lhe cumpria obedecer às ordens da esposa. Então remordia-se interiormente e jurava que aquilo havia de acabar. Mas saía dali já plácido já Telinho sorridente referindo ao primeiro que encontrava, com a serenidade duma importância repleta de si mesma que fizera a mulher executar tal ação, a tal parte a mandara, aconselhara-a por esta forma quando na verdade ele era o executante, ele o mandado, ele o aconselhado. E num andantino discreteava com a voz das coisas importantes sobre o quão difícil é mandar e agir na sociedade quando se é negociante reto, nobre esposo e legítimo pai.

Posso assegurar que a sogra era sua maior defensora, a única mesmo contra as investidas de Jacinta. Desde o princípio talvez mesmo antes do princípio com a sagacidade divinatriz das mães inteirara-se dona Cremildes da orientação que tomaria o lar da filha. Não lhe desagradou ser mãe de tal segura energia. Vieram porém horas de pensar mais acertado e concordara que a posição dum marido não era positivamente aquela. Morando na mesma casa foi contínua testemunha das vergonhas do Telinho. Vendo ocasião de intervir falou à filha. É porém a mais verdadeira das verdades que Jacinta de nada se apercebera. Nem planejara mandar. Mandava porque era índole sua mandar. Sem preconceitos. Sem raciocínios. Mandava porque reconhecendo-se inconscientemente superior e mais forte sabia... intuitivamente agora, que é dos superiores e dos fortes mandar e não obedecer, dirigir e não aconselhar-se. As advertências maternas serviram só para que se inteirasse duma verdade que até então não percebera e apressar-lhe assim a conquista do lar e dos negócios da família. Entre os negócios da família Jacinta incluiu Telinho. Viu-se o marido. Verificou a própria superioridade, acostumou-se a chamar Telinho de bobo, desdenhou dele e mandou. Agora se uma dessas mulheres se põe a pensar em coisas de amor... Mas Jacinta era fria. O enclausurar-se numa virgindade perpétua fora para ela o menos pesado entre os exílios. Casara porque é costume casar. Pouco lhe importava a escolha deste ou daquele. A virilidade do seu caráter fazia dela homem entre homens. Todavia veremos que chegada a ocasião não se esqueceu de ser inteiramente mulher.

Corriam os duzentos dias. Foi a época de maior exacerbação nos brios de Telinho. Tempo em que existiu um pouco menos para o gosto de viver. Nem repetia mais a promessa de retrucar às ordens da mulher "quando Jacintinha tivesse duzentos dias". Remastigava em silêncio a erva ruim da humilhação. Tinha azias de alma. Vencer ou... Era preciso vencer. Nem se passaram os duzentos dias.

Foi num lerdo crepúsculo de outubro. Depois do jantar. Jacinta, Telinho, dona Cremildes. Com o palito a oscilar nos dentes espaçados, Arlindo chegara à janela. Corria no roxo da tarde o hálito refrescante duma brisa. Deram-lhe vontades de sair. Foi buscar o chapéu.

– Aonde você vai?

– Sair um pouco. Já volto.

– Você não vai, não.

Àquela proibição Telinho jogou o olhar à sogra na esperança dela não ter ouvido e poder arrepiar caminho mas nos olhos que dona Cremildes mandara à filha sobejavam para ele além da notícia nua de seu apoucamento firmes alianças para uma revolta. Sentiu que estava no fim dos duzentos dias. Exagitadamente após tantos duzentos dias de canga, perguntou o seu primeiro, seu primeiríssimo "por quê?". Tão inesperada era a audácia que Jacinta levantou os olhos para ele numa legítima admiração. Sem de pronto compreender o fato tal a anormalidade deste, numa baianada de quem quer assegurar-se de seus próprios músculos, escondendo uma possível razão redargüiu como aço frio:

– Porque não quero!

– Mas a senhora não tem querer!

– Quem é que não tem querer! gritou ela alçando-se na expressão descomposta de fúria. Nos seus lábios trementes de cólera viera sorrateira depor a sua linha de irresolução uma perplexidade.

– A senhora! Quem é o marido nesta casa?

– É você? e casquinhou: Bobo!

A situação abria-se por tal forma extraordinária que Jacinta perdia a faculdade de raciocínio. Se não, veria na figura oscilante de Telinho não cólera e resolução mas covardia apavorida e idiota. E as risadas que pretendera dar sair-lhe-iam sonoras e reais. Telinho em meio já daquele Gólgota resolvera duma vez crucificar-se. Berrou cuspindo o palito para frente:

– Bobo, se quiser mas hei-de mandar! Veremos quem pode mais nesta casa ou acabamos com isto! Ora sebo... O que é que a senhora pensa! Se me deixei mandar algum tempo foi... foi... por delicadeza! Mas agora quero mandar e hei de mandar! Ora sebo!

Estava cada vez mais encorajado porque a réplica tardava. Enterrara desmesuradamente o chapéu na cabeça como que se coroando rei daquele Congo. Rebusnava com voz de matraca as frases primogênitas de energia que nunca proferira na vida. Ebriou. Delirou no prazer de ouvir-se e ver-se forte, senhor de sua e mais vontades. E pouco freqüentado nos requebros da oratória, valorizando os interstícios da fala com ora-sebos ofensivos fustigou os ouvidos de Jacinta com relhadas nunca ouvidas mesmo dos lábios calejados dum orador pé-de-boi.

Jacinta viu-se perdida. Lembrou-se que era mulher. Golfou soluços de assobio e murmúrios de trespasse e soltando um "ai, mamãe!" de abandono e infelicidade estirou-se no sofá largadamente para com mais conforto representar a imagem da mulher batida.

Telinho então magnífico ante a queda da esposa. Descortinara afinal em si mesmo uma força que não possuía. Tresvariava na vitória narcisando-se nos seus muques irreais. Discursou muito tempo. Aludes de objurgatórias e inúteis afrontas ao amaro refrão de suspiros que eram uivos e chorares gritados. E saiu.

Saiu atarantado. Na placidez monástica do pôr-de-sol andou sozinho. Homem maluco? a dar punhadas na brisa... Julgava tropeçar a cada passo em Jacintas inermes. Paravam para vê-lo. Riam. Só muito depois já na doçura da noite Telinho começou a pensar.

As horas passavam rapidamente impiedosamente. As ruas estavam cheias de famílias que findo o jantar vinham para o relento em busca de assunto. Telinho embaralhava-se no ruído das ruas com a ansiedade do que encontra lenitivo. O barulho dos passos o tóró dos carros o crepitar das risadas a grita das crianças impedia-lhe quase recordar. Dava graças a Deus. Pensava acelerado. E a explosão com que delirara em frente da mulher assumia agora proporções de tragédia. Insultara. Batera? Matara talvez. Que esgotamento!...

No largo do Palácio havia música. Arlindo ouviu música, muita música, toda a música. Não escutava, deixava-se assombrar na atoarda dos bombos e dos saxofones. Maior porém era o chinfrim que lhe ia n'alma. Encharcou-se de multidão. Que consolo perder-se na turba móvel nulificado ignoto reassumindo as proporções de nada que sempre lhe tinham ido tão bem!

Mas a música cessou. As famílias partiram. Pouco a pouco as últimas janelas fecharam as pálpebras cansadas. As ruas adormeceram. Era preciso voltar... As brisas numa reviravolta feminina traziam uma névoa gelada e úmida.

Telinho sentiu a nostalgia do leito. Sempre quente, sempre cômodo! Também: que necessidade tivera de fazer tal sarceiro!

Podia ter saído sem dizer nada... Uma zanguinha à-toa... Passava logo. E ela tivera razão, olhe aí o tempo! E não: insultara a esposa... batera... E agora por causa da raiva intempestiva era aquilo: Jacinta muito bem adormecida nos cobertores e ele a se molhar de neblina tonto de sono... Burro!

Andou mais. Saudades de Jacintinha!... As horas passavam lentamente impiedosamente... Chorou. Enraiveceu-se. Vão pro diabo! Crescia-lhe a impaciência e o frio. Não voltaria!... Resolveu voltar. Entraria muito manso. Podia até ficar na sala de jantar dormindo no sofá... Bem que lhe sorrira a idéia de ir dormir num hotel mas... e dinheiro?

Quando defrontou a rua em que morava tomou-se de tal pavor que rodou para trás. Decididamente não voltava! Havia de esperar sozinha toda a noite. Bem feito! Experimentasse o que é falta de homem! Na casa dele quem cantava era o galo... Não voltaria! Se voltasse ela veria nisso... atchim!... uma prova de submissão... Isso-nunca! Nunca!..
....
.... atchim...............
....

Quando Telinho com mil paciências de ladrão deu volta à chave o relógio avisava o silêncio que eram as duas da madrugada. Agradou-lhe isso: as badaladas ressoando disfarçavam o trreque da fechadura. Entrou na sala de jantar. Doce calor na casa toda! Que melhor cama que um sofá! Doer-lhe-ia talvez o corpo mas era uma noite só... Depois...

– Telinho!

– Que é!

– Venha dormir na cama, seu bobo! Você vai passar a noite no sofá?...

Telinho foi.

EVA

1919 [1943]

a Martim E. Damy

Personagens:

Eva – Meia-dúzia de anos mais dois. Muito brasileira. Do famoso moreno alaranjado que é a melhor fruta da nossa terra. Grandes olhos móveis misteriosos promissores, marechais do amor. Cabeleira dum azulmarinho quase preto, crespa enorme, reminiscência de algum antepassado longínquo... menos português.

Julinho – Primo dela. Doze anos sem beleza a não ser a da força que se desenvolve bebendo ar livre pelos poros, guardando sol nas veias.

Dona Júlia – Mãe dele. Boa mãe.

Chácara perto da Paulicéia.

1ª Cena

(Cena de pouco valor mas indispensável. Sem ela o Desejo personagem principal não abrolhava no lábio pequenino de Eva. Larga sala aberta para o grande sol dum meio-dia de janeiro. Julinho e Eva folheiam revistas antigas. Dona Júlia a um canto faz crochê).

Eva (batendo com uma das minúsculas patinhas no pernão do primo) – Vamos!

Julinho (deixando a leitura) – Faz tanto sol!...

Eva (numa voz que para que a comparação seja acessível ao primo seria feita daqueles bolinhos lambuzados de calda que mamãe fez de manhã) – Ora vamos, sim? Você mora aqui, não gosta...

Mas eu vivo na cidade sempre dentro de casa...

Julinho – Mas mamãe não deixa...

Eva – Peça para ela!

Julinho – Então peça você!

Eva (alindando o passeio com o travor das coisas más) – Eu não, Deus me livre!

Julinho – Pois eu não peço.

Dona Júlia – Pedir o quê?

Eva (colorindo-se) – É Julinho que está me convidando para irmos brincar lá fora...

Julinho (furioso) – Eu...

(De novo a patinha virginalmente calçada de branco trabalha. Há energia e doçura na sua imposição. Julinho cala-se.)

Dona Júlia – Mas está fazendo tanto sol...

Eva – Ele diz que é na sombra das jabuticabeiras...

Dona Júlia – E depois vocês vão comer alguma fruta verde...

Eva – Quem é que há-de comer fruta com este calor! Pode fazer mal, não é, titia?

Dona Júlia – Parece que você tem mais vontade de ir ao pomar que o Julinho...

Eva (roxa) – Eu?... até que não! (Pondo martírios na voz) Mas também queria ir... Na cidade não saio nunca!...

Dona Júlia – Pois bem, vão. Mas só na sombra das jabuticabeiras. E... olhem! Não me vão comer nenhuma maçã: estão muito verdes ainda e não quero doença.

Eva – Sim senhora!

(Levantam-se ambos, dão-se as mãos, saem correndo. Na porta Eva pára. Larga o primo, volta até onde dona Júlia trabalha e dá-lhe um beijo nos cabelos. E entrega-se voluptuosamente à carícia rústica da luz.)

2ª Cena

(Lá fora. Poucas árvores. Muitas arvoretas. Pomar ridiculamente europeu de cidade sulamericana civilizada. Há maçãs azedíssimas e retortas, pêssegos bichados, uvas que são limões e pêras com sabor de água fervida. Dez ou mais jabuticabeiras demonstram o bom senso antigo de algum pomareiro anônimo e dão sombra valorizando a chácara com a doçura das suas frutas. Os meninos dirigem-se para o sombral.)

Eva (tristonha) – Ai...

Julinho – Você está triste, Eva?

Eva (confessando) – Não. Não tenho nada.

Julinho (carinhoso sem querer) – Zangou comigo, é?

Eva – Não. Também por que você não falou que queria vir?

Julinho – Não falei porque não era verdade. Não gosto de mentira. (Um silêncio). Você está chorando!

Eva (soluçando com lindos gritinhos finos de camundongo) – Você disse que eu sou uma mentirosa!

Julinho (mentindo) – Eu!...

Eva – É! você não gosta nada de mim, sabe? Vive sempre a me xingar!

Julinho – Não xinguei ninguém, Eva. (Tomando-lhe a mão). Vamos brincar. Enxugue os olhos.

Eva – Então me empreste o lenço.

Julinho – Tome.

(Eva oferece-lhe os olhos a enxugar, mais claros mais vivos quase sonoros quase perfumados como a terra depois da chuva. Julinho desajeitado rude procura limpá-los com carinho).

Julinho – Passou?

Eva (sorrindo) – Feio!

(Estão sob as jabuticabeiras.)

Julinho – Agora do que vamos brincar?

Eva – Não sei. Vamos passear!

Julinho – Mas você disse que íamos ficar debaixo das jabuticabeiras.

Eva – Queria passear um pouco... Estou tão triste!...

Julinho – Mas mamãe...

Eva – Mas se ela não vê a gente! Que tem? (Pega-lhe a mão e olhando-o nos olhos vitoriosa rindo sorrindo puxa-o para o sol.)

Julinho (dá de ombros e a segue) – Você tem cada uma, Eva!

(Vão pela rua de mirradíssimas parreiras.)

Julinho – Mas aonde você vai!

Eva – Não sei, à-toa...

Julinho – Ih! que sol! Pode dar dor-de-cabeça...

Eva – Quer ficar fique! Dá dor-de-cabeça para quem é bobo... Me dê o lenço eu amarro na sua cabeça.

(Ele deixa-se cobrir. Um longo silêncio enquanto atravessam o terreno das pereiras.)

Eva – O sol me queima todo o cabelo! Se eu também tivesse um lenço... Não faz mal, gosto tanto de passear assim! (Um silêncio. Passa a mão nos cabelos.) Veja como a minha cabeça queima, ponha a mão.

Julinho – Pois vamos voltar, Eva!

Eva – Quando eu chegar em casa hei-de contar para mamãe que você nunca faz a minha vontade. (Suspirando) Se eu tiver dor-de-cabeça não faz mal...

Julinho (tirando o lenço da cabeça) – Tome o meu lenço.

Eva – Não quero. Pois sim. Então amarre você. Sua cabeça não deve doer, dizem que os homens são mais fortes que as mulheres... Você acha?

Julinho (convencido) – Acho.

Eva (enquanto o primo lhe amarra o lenço no queixo) – Vamos ver quem é mais forte de nós dois?

Julinho – Ora! você é uma pirralha que não vale nada. Ai! Ora Eva! Brinquedo de mordida não gosto! Olhe aí como ficou minha mão! Quando chegar em casa mostro para mamãe.

Eva – Você falou que era mais forte que eu!...

Julinho – Morder não é força!

Eva – Deixe ver a mão.

Julinho – Não me amole!

Eva – Deixe ver. (Levanta-lhe a mão até a boca.)

Julinho (puxando o braço) – Outra vez, Eva!

Eva – Não vou morder! (Procura levar a mão do primo aos lábios. Julinho resiste.) Já falei que não vou morder! te juro! (Beija deliciosamente suave as pequeninas manchas roxas dos dentes na grossa mão escura de Julinho.)

Eva – Sarou?

Julinho (admirado) – Ora essa! está doendo! Então você pensa que uma mordida sara à-toa?!

Eva (desapontada) – Quando me machuco papai me dá um beijo e sara...

Julinho – Pois minha mão está doendo ainda! Queria dar uma mordida em você e depois dar um beijo para ver se sarava...

Eva – Pois dê!

Julinho – Tire a mão da minha boca, Eva!

(Atingiram as macieiras. É o fim do pomar. Cada árvore magra ostenta ridiculamente os frutos verdes disformes crestados pelo ímpeto do calor.)

Julinho – Agora vamos voltar!

(Eva não responde. Vagueia olhando sorrateira para as frutas.)

Eva – Você já provou essas maçãs, Julinho?

Julinho – Já. Não prestam.

Eva – A-o-quê! Devem ser boas!...

Julinho – Não são. E depois agora ainda estão muito verdes.

Eva – Até aquela grande ali em cima! Parece bem madura...

Julinho – Está verde. Você ouviu muito bem mamãe dizer que elas estão verdes.

Eva – Mas tia Júlia não sabia daquela! Estas sim, parecem todas verdes mas aquela... Esta por exemplo ainda não presta.

Julinho – Não apanhe, Eva!

Eva – Não vou apanhar! Não careço das maçãs da sua casa! É só apalpar...

(E continua apalpando as maçãs pequeninas mas a outra, a Maçã, ela não alcança.)

Eva – Aquela... aposto que é boa! Apalpe você que é mais alto só para ver.

Julinho – Eu não. Mamãe disse que não mexêssemos nas frutas.

Eva – Bobo. Ela disse para não comer. Apalpar, ela não falou nada. Apalpe só para ver...

Julinho (tocando a maçã) – Não falei! Está verde!

Eva – Não é assim! Aperte com a mão inteira! Segure forte!

Julinho – Estou segurando, Eva! Não serve!

Eva (dando-lhe um violento puxão no braço) – Ui! Viu! quase caí!

Julinho (com a maçã na mão furioso) – Olhe o que você fez!

Eva – Ih! Você apanhou a maçã! E agora! Também eu não podia cair!

Julinho – Você fez de propósito, sabe!

Eva – Ah, Julinho... Então você pensa que eu era capaz disso!... Credo! nunca pensei... E agora? O que você vai fazer da maçã?

Julinho (mais herói que o presidente norteamericano) – Levo para casa e conto.

Eva – Tia Júlia vai pôr você de castigo...

Julinho (já culpado hesitando) – Então atiro do outro lado do muro.

Eva – Uma fruta tão gostosa! Deixa ver. E está macia! (Dá-lhe uma dentada) Hum... esplendida! Quer provar?

Julinho (com muita vontade) – Não.

Eva – Experimente! parece mel!

(Julinho estende a mão para a maçã. Eva coloca-lhe a fruta na boca, do lado já mordido por ela.)

Julinho (retirando a boca) – Desse lado não!

Eva – Por quê!

Julinho – Porcaria! Você já comeu aí.

Eva – Então você tem nojo de mim?

Julinho – Nojo não... mas... isso não se faz!

Eva – Pois então morda do outro lado! Tome!

Julinho (cuspindo o pedaço de maçã) – Não presta! azeda!

Eva – Pois eu acho esplendida. (Continua a comer. Grande silêncio cheio de cigarras.)

Dona Júlia (lá da casa) – Julinho!...

Julinho (aterrado) – Mamãe está chamando!

Eva (enfiando o resto da maçã na boca) – Não responda ainda!

Dona Júlia – Julinho! Eva!...

(Eva segurando a mão do primo abala a correr para as jabuticabeiras.)

Dona Júlia – Julinho! Eva! Não ouvem!...

Eva – Já vamos, titia! Estamos brincando debaixo das jabuticabeiras...

BRASÍLIA

1921 [1943]

a Sérgio Milliet

Diziam-me em criança que eu era espírito de contradição... Não sei. É bem verdade porém que dois meses depois de abordar o Brasil um desejo alastrou-se por mim de tal forma a inutilizar-me algum tempo como obsessão.

Primeiro secretário da Embaixada de França entrara desde logo na alta sociedade carioca. Desejado e aplaudido. Creio mesmo que nem precisaria do bilhete de ingresso do meu cargo para os cariocas da elite me receberem com simpatia. Nas pátrias novas sem verdadeiras tradições de meio, qualquer estrangeiro que jogue o pôquer dance o *fox-trot* e possua o dinheiro necessário para concorrer às subscrições de caridade tem títulos de nobreza suficientes para ouvir o seu nome anunciado com aceitação geral nas casas mais douradas pela distinção. Há, fora o esnobismo forçado, um como anseio coletivo de expansão, uma necessidade de aumento do clã – condições imprescindíveis de progresso e vitória. A ambição em cócegas aplaina todos os preconceitos de estirpe. Há sobretudo no fundo dessas elites incipientes o doloroso desejo de igualar as velhas sociedades, as nobrezas tradicionais de nomes mofados por lazeres inenarráveis e sangue coado nas estripulias dalgum salteador medieval. Há finalmente, perdoem-me a insistência, talvez a saudade antecipada duma história, duma nobiliarquia e duma decadência inexistentes.

Assim conheci em pouco tempo essa gente carioca oscilante entre brilho e grandeza. Muito mais brilho que grandeza. Apertei dedos de todas as grossuras e elasticidades. Beijei mãos rosadas vermelhas palidíssimas. Se nos primeiros dias essa desigualdade me deu prazer, um velho gosto de ordem, de proporção (não fosse eu francês) fez-me enjoar logo dessa mascarada. Irritava-me sobretudo nessa gente o esforço para imitar as civilizações da Europa. E Paris. Ninguém desconhecia Paris. Os homens vinham falar-me de Montmartre com a mais insultante das ignorâncias. Jean Rictus!... suspirava um mais erudito. E ficava camarada. Pagava-me o café. Nem ao menos café! Eram chás de manipulação inglesa licores conhaque. E se eu mostrava desejo de comer aquelas bananas jogadas no mostrador tratavam-me de original corridos de vergonha. A senha das mulheres então era a Comédia Francesa. E paravam comumente em Geraldy. Que de esclarecimentos espalhei sobre as heroínas do sr. Bourget! Morri de irritação.

Não abandonara a França para vir encontrar do outro lado do mundo uma reprodução reduzida e falsa de coisas já vistas e assuntos resolvidos. Queria conhecer o Brasil. Observar-lhe os costumes. Um fraco pelos índios, por solenes mulatas gordas e suadas num calor de fornalha. É mesmo bem possível que na minha curiosidade sonhadora e orgulhosa de civilizado, quem sabe? Um novo continente por descobrir... Rios gigantescos feras insaciáveis... Novas raças. Novos hábitos. Nova língua.

Essa vontade de aprender o brasileiro é que acabou por transformar em cólera a minha irritação. Antegozava durante a viagem as delícias de soletrar língua nova cheia de mistérios para mim. Como seria electricité em português? e unanimisme? e grain de beauté...

Língua doce melodiosa colorida solar... Mas em plena capital do Brasil eu me via na impossibilidade de aprender o idioma da terra. Todos, todos respondiam-me em francês! No hotel como na embaixada, nos cafés e nos salões bastava eu chegar numa roda o francês tornava-se geral. Até a mais tímida virgem de seda azul respondia-me em francês à pergunta que lhe fazia em português ou espanhol, língua em que já naquela época me seria impossível morrer de fome. Se lhe implorava falasse português sorria cheia de vergonha. Colegial pegada em falta. – Em português! Notei mesmo que a muitas era mais familiar a minha língua que a do país. Ridículo.

Foi então que nasceu o tal desejo de que falei atrás. Desejo antipatriótico inconfessável. Invencível porém. Descobrir mulher brasileira inteligente elegante bela que ignorasse o francês. Amá-la-ia. Faria dela a minha amante brasileira. Nova recordação para esta memória barba-azul...

Quem sabe? Na alta sociedade paulistana "gente caipira" como desdenhavam entre superioridades de beicinhos estendidos as cariocas.

Era dezembro. Conhecera um moço paulista de fina educação. Convidara-me a passar uns tempos na fazenda do pai perto de Campinas. Arranjei quinze dias de liberdade. Parti.

Diferença tangível realmente. Havia uma expressão mais assentada, mais tradição na sociedade paulista. E a tal história do salteador: gente orgulhosa dum bandeirante onívoro que andara a matar tapuias e colher pedrinhas por ambição. Em todo caso notava-se uma solidez bem raçada naquela roda neblinosa e de pouca fala. Falta visível de... de audácia social. Isso: de audácia social. Mas essa solidez começava já a desequilibrar-se dissolvida pela onda vivaz e cantadeira dos novos-ricos estrangeiros gente benemérita para os progressos do país mas dum cômico irresistível. Infelizmente mulher que ignorasse o francês era também ali uma quimera. Se me fosse dado mover-me por mim era bem possível que descobrisse o "ideal" na burguesia menos endinheirada mas havia os cicerones obrigatórios, conhecidos novos que se honravam de me exibir no salão da senhora tal ou da senhora tal. E o amigo a me rodear de delicadezas...

Na fazenda um patriarca magro lento queimado de sol, perguntador recebeu-me com bondade seca mas sincera. Em francês. Seriam dias de possível encanto... O mais amarelo dos sóis ronronando sobre os cafezais. Fogos flores frutas perfumes. Tudo bom abundante. Tudo pletórico. Mordi-me de desejos, sensualidades. De amor. Mas preso pela obsessão cada vez mais forte. Desejava. Mas desejava essa mulher. Pintava-a em alucinações. Como era linda! Boa! Como era minha! Andei inglês, maleducado, neurastênico. Imaginava-a berliosianamente orquestrada de mil belezas graça vigor – paisagem de cor viva onde espraiar minhas ânsias impacientes. E essa América parecia-me mais difícil de achar que a do navegador. Essa mulher...

Despedi-me do amigo em São Paulo. Voltei. A lembrança de que iria encontrar em Petrópolis as mesmas francelhas lindas e fáceis aterrou-me. Vagueei sozinho na capital, idiotizado pelo fogo. Perdi-me dentro da solidão.

E daquela casinha da rua corcunda de Santa Teresa saiu o vulto mais que branco. Passou por mim. Véu cerrado, sujo pelas manchas dos olhos. O grumete duma cansada ilusão clamou "Terra!" em mim. Parei. Seguia-a. No fim da segunda esquina tomou o bonde que chegava. Fui obrigado a correr para alcançá-lo. As manchas cinzentas do véu voltaram-se para mim. Fixaram-me. Acreditei que um sorriso bipartiu os lábios dela.

O bonde ia tristonho sem ninguém. Hora propícia. Sentara-me dois bancos atrás da presa. Dois bancos atrás, sem razão. Olhos escravizados àquele pescoço moreno. Oh a brancura estridente crua das mulheres do meu país! Aquele pano de nuca multicor desvendava-me uma enciclopédia de mistérios voluptuosos. Detestei a timidez tão rara em mim que me fizera sentar distanciado daquela nuca. Aproximar-me agora seria confessar o primeiro temor... Deixei-me ficar. Que corpo! Talvez nem fosse tão perfeito assim. Eu é que devia delirar.

Por duas vezes durante o trajeto pretextando acompanhar uma janela que passava ela se voltou. Saltou do bonde. Saltei. Entramos pela cidade. Caminhava rápida ondulantemente. Ao entrar na porta dum sobrado apoiou-se à placa do dentista. Olhou para trás. Entendi. Corredor escuro logo quebrado por uma escada já côncava nos degraus. Casa antiga. Dr. Rodrigues Filho. Gabinete Dentário. Segundo andar. Encostei-me à porta disposto a esperar. A falar-lhe. Andei. Cheguei até a porta, olhando a rua. Voltava-me num pressentimento, era ela! Gente que saía. Gente que entrava. Quanto tempo?

Agora ela descia. Calçava as luvas muito ocupada parando nos degraus tão lenta! Verdadeiramente imperial o seu descer. Eu estava tão perturbado tão obcecado que lhe dirigi esta frase incrível num começo de galanteio:

– Parlez-vous français?

Afinal nada indicara nela uma brasileira. Podia ser argentina, turca. E principalmente uma brasileira que desconhecesse o francês...

Parou. Dirigiu para mim os olhos do véu. Admirada. Depois sorriu. Murmurou quase trêmula:

– Não.

Aquele "não" tão desusado tão novo para mim! Entreouvira-o já tantas vezes em conversas esvoaçantes a meu lado nas ruas. Repetira-o muito, aplicadamente com o professor.

– Não é naom. É não. Duma vez.

Eu repetia. O outro não se satisfazia. O luzir de olhos denunciava-lhe o desdém satisfeito.

Mas agora naqueles lábios importava em outra beleza nunca imaginada. Era um "não" consentimento. Afirmativa. Amei o "não". Amei aquele tremor. E que maravilhosa voz a dela! Contralto pensativo, cálido. Crepúsculos de fazenda. Não sabia que pensar, como agir. Todo o meu traquejo no trabalhar as amantes se perdera. Fui infantil, palavra. Quis continuar a conversa e suspirei:

– Merci.

Foi dela esta frase vaga com certa ironia:

– Parece-me que o senhor não gosta de franceses...

– Je suis français! respondi-lhe com patriotismo. Pus-me a dizer-lhe muitas coisas atabalhoadamente. Temia que partisse. Quis desculpar o ridículo da primeira pergunta. Ela olhava para mim admirada. Indecisa. Sorria. Atalhou mansamente:

– Não posso compreendê-lo, senhor.

Na minha pressa eu falava em francês. Com mais calma traduzi malemal o que dissera para o espanhol bordando a fala com fáceis frases brasileiras. Ela adivinhou até o que eu não contava. Confessou sem irritação mas certeira:

– Pois conseguiu o que desejava. Sou bem brasileira e não falo o francês.

Andou para a porta. Toquei-lhe no braço.

– Não fuja assim! Dê-me tempo ao menos de...

Voltou-se outra vez. Tinha na voz uma espécie de acidez que lhe ia mal. Talvez uma desilusão. Fustigou-me:

– Mas eu creio que deve estar satisfeito: descobriu-me! Ou quer ainda mandar a minha fotografia aos jornais da sua terra?

Neguei fingindo calma a sorrir. Disse que a queria para mim.

– E o senhor crê que basta um francês querer para as brasileiras obedecerem?

Estava perdido se não me fizesse animal. Ou *clown*. Ela era ágil na inteligência. Precisava diverti-la. O palhaço era melhor que o animal. Se me pusesse a responder-lhe certamente as lutas de espírito poriam ainda maior distância entre nós. E franqueza: não estava certo de vencer. Não atentei à ironia dura. Fiz-me bastante animal e muito *clown*, isto é, fui homem. Aproximei-me dela quase mau. Falei-lhe de amor. Creio que fui engraçado. Pus vitória na voz. Soube tocar-lhe as fibras pois me escutou.

Distinguia-lhe agora mais intimamente o rosto. Boca franca de lábios gordos com muito de infantil. As narinas vibravam translúcidas de vidro. E os olhos pesados fluíam-lhe em olhares de tal forma consistentes, olhares materiais que eu gozava a impressão sensível deles baterem em mim. Alastravam-se como líquido grosso por minha pele causando-me sensações de beijo que escaldasse. Era bela!

Quando num ímpeto de maior desejo aproximei-me tanto que os nossos corpos se tocaram pesou a mão abandonada no meu peito.

– Vem gente!

Vinha. Agarrei-lhe o braço. Estávamos próximo da Avenida. Fugimos dela no automóvel. E em breve as praias se lançaram aos nossos pés. Ela me contava que tinha um companheiro. Viviam inexistentes no retiro de Santa Teresa. Ele partira há dois dias, negócios de família em Pernambuco. Aconselhei-a muito sério a enganar o amante comigo. Voltou-se divertida. Apalpou-me com a intensidade pegajosa dos olhos. Sorria. Sorria muito. Às vezes sem razão, por sorrir.

– Não é de todo impossível. E sabe por quê?

– Por quê?

– Usa nas suas conquistas...

– Conquistas!

– Mentiroso!... a princípio uma ingenuidade de pequena criança que tem necessidade de proteção. Isso diverte. Vence qualquer coisa do amor maternal que nós temos todas. Depois...

– Depois?

– Depois aplica esse pequeno ar de... de blague, não é assim que se diz na sua língua? de blague apaixonada e canalha. Isso atrai. Dá raiva. Dá vontade de...

Mordeu os beiços confusa.

A rapidez inesperada verdadeira desse ardor!... Beijei-lhe a roupa no ombro.

– Não faça assim!

E que acento ridículo tomava aquela palavra estrangeira no meio desse falar elástico viril contraditório suavíssimo! Envergonhei-me do meu idioma policiado e nasal. É verdade também que ela gaguejara horrivelmente a palavra. Fora preciso adicionar todos os tremas do universo ao i com que terminara blague para exprimir a ignorância aguda com que a pronunciara.

A tarde ia velha já. Primeiras luzes longe. Niterói. Nós unidos na noite da capota levantada. Momento de confiança. Dois amantes já se contaram todas as ânsias esperanças sentimentos, deram-se todas as explicações. O que precisam saber sabem. Não têm mais nada que dizer. Há como que uma sem vontade do momento de gozo. Uma preguiça. Ora! está-se tão bem assim sem gozar, gozando o sem-gozar... Certeza. Segurança. Os transeuntes ficam atrás. Naturalmente olham ainda para nós...

– Querida!

– É só capricho... Passa.

– Não passa! Juro que não passa.

Longo olhar. Dois sorrisos. Não há mais possibilidade de nos aproximarmos um do outro. Aproximamo-nos um do outro. Reflexão perdida de quando em quando para nos certificarmos de que a felicidade existe realmente. E de novo a familiaridade do silêncio. Descalcei-lhe a luva. Torpor desmotivado. Beijei-lhe lento muitas vezes a mão. Ela olhava de olhos abertos pestanejantes fixo para a frente.

– Como te chamas?

– Iolanda.

– Iolanda?

Tirara o véu. De tempo em tempo virava-se para mim. Percorria-me o rosto na penumbra. Mordia os lábios sofreando o ímpeto dos beijos impacientes. Sorria. De repente machucava os seios oprimindo contra eles minha mão. Suspiro. Sorria. Felicidade!

– Iolanda!

No silêncio da praia longe escutamos a queda brusca da noite.

Como, num orgulho sem razão, não quisesse violar o ninho de Santa Teresa, depois do jantar leve e caminhada a pé refugiamo-nos num hotel fronteiro ao mar.

Queimados de volúpia nos enlaçamos.

E eu aprendi o amor!

Não dizíamos nada mesmo em nossos cansaços. A linguagem da carne, muda e ardida. Não, a conversa das almas, das consciências e da carne. Comunhão!

Vi disseminadas simultaneamente na lembrança não-sei-quantas bocas de mulheres beijadas. Fora aquilo o amor! Tempo perdido! Tão diferentes dessa que delirava a meu lado sem refinamentos tumultuosa exótica selvagem brasileira! Eu não pensava, não refletia mas como em geniais invenções, nos meus delírios pausas delírios desesperos apaixonados afuzilava-me no cérebro uma via-láctea de idéias juízos que não pensava não refletia mas sentidos inteiros repentinamente no fundo de mim: as sábias carícias das mulheres francesas... Desgosto. A espanhola que só tivera na verdade o salero de não saber o fandango... Nina... Virgens, viúvas... Mulheres-da-vida... Sábias carícias. Raças decadentes sem vitalidade, pobres da volúpia dos mundos vertiginosos... Sem sangue e sem fogo... Raças decadentes... Sem raiva de amor... Erudição...

E o contraste da noite brasileira!

Iolanda não bebera uma gota de álcool ao jantar. Pedira-me que não bebesse. Era, confessou num incêndio rápido de pele, para que conservássemos mais clara a consciência de amar.

Seus brinquedos agora tinham ignorâncias infantis. Fazia rir. Por certo nunca amara.

Comprazia-me em lhe revelar prazeres de alta-escola. Ela abria risadinhas miúdas de surpresa. Curiosa. Muito curiosa. Parecia temer que nos viessem pegar. Ou que a noite morresse logo. Era rápida. Repetia as minhas lições. Achava graça naquilo. Depois tudo ficava preto na escuridão. Ela parava. Emudecia. Apenas respirava cada vez mais alto. Ofego em rapidez crescente. Grunhido. Um quebrar de comportas. E Iolanda arrebentava como uma onda sobre mim. Tomava posse do meu corpo. Vencia-me. Como uma selvagem cansara-se das sabedorias pequeninas e crescia transbordava e se multiplicava! Fiz luz. Guardou os olhos nas costas das mãos num

– Já!

sorrindo. E seu corpo vergou-se como um galho.

Não era o já. Curiosidade apenas. Ciúmes da escuridão.

– Água!

E não fez gesto para bebê-la. Obrigou-me a servir de bom-samaritano. Ergui-lhe a cabeça desprendida. Cheguei-lhe o copo aos lábios. Bebeu como quem não quer. O copo todo. E virou-se no leito fingindo dormir.

Interrompi a luz. Vi duas horas no relógio-pulseira ao criado-mudo.

E o amor recomeçou. Amplo sadio florestal.

Pouco a pouco amiudaram-se os cansaços. Ela morria longos minutos amassando-me o braço com o corpo. Escutei-lhe o sussurro das pálpebras batendo na treva como mariposas. Suspirou. Acertou melhor o corpo úmido sobre o linho. O perfume dela entorpecia. Sumarenta!

Compreendi-lhe a perfeita comunhão com a terra natal. Uma terra hercúlea bruta como a do Brasil devia produzir na pletora flores assim de tão delirante sabor. Havia as outras, não há dúvida, manacás de mato ou rosas belíssimas e comuns. Mas esta era a orquídea rara. A terra não se empobreceria em quotidianamente produzir muitas assim. Teve de concentrar-se, guardar o mais violento da seiva, a essência dos estranhos caracteres pessoais para um dia bufando em ardências vermelhas gerar a flor imperatriz.

E no labirinto carioca eu a fora descobrir num esquecimento de bairro... Fremiam meus dedos apalpando a abelha-mestra possante. Sentia-me sublimar nesse vôo nupcial. Positivamente eu estava a delirar. Tantas imagens! Saltei do leito. Escancarei as portas da sacada. E a noite como uma onça lenta de pêlos elétricos farejou o aposento. Seus olhos abertos vieram grudar-se nos quadriláteros negros. Deitou para dentro do quarto um hálito aderente salino que foi pousar no corpo de Iolanda. Ela deixou-se farejar. Fez mais: veio entregar-se à noite na sacada. Molhei-a de beijos duplicados. Com o mento a pesar nos pulsos, cotovelos fixos ao parapeito ela fechou os olhos indiferente muda num langor. Os ventos crespos do alto-mar.

Era quase aurora. Tomei Iolanda nos braços para mim. Levei-a ao leito. Uma última carícia de confiança. E o sono de dois irmãos.

A sede me acordou bastante tarde. Acordei Iolanda enfurecido de amor.

Depois a conversa alegre camarada. Percebi-lhe inquietação. Telefonou. Dava-me beijos como em adeus. Às treze horas abandonamos o hotel. Propus-lhe que andássemos um pouco pela praia. Obedeceu recusando na frase sob pretexto do muito sol.

Um desses dias loucos de verão carioca. Difícil de romper o espaço vidrado. As lâminas de ar vinham quebrar-se contra mim em ruídos trêmulos desferindo refrações acutilantes de luz. A baleia verde do oceano soprava um gemido continuo encalhada na areia cré das praias.

Avançava Iolanda com liberdade, filha da terra e do sol, reconhecida e aceita. Eu a seguia um pouco atrás atrapalhado com a matilha de luzes e calores açulada contra o estrangeiro. Repetia-me o pretexto do calor. Queria deixar-me. Dolorida. Sorria grata e humilde. E se esquecia a meu lado, andando sempre, sem coragem de deixar-me. Decidiu-se. Precisava consertar o álibi com a amiga:

– Se ele viesse a saber!... dizia desolada mas sem medo. Ia rápida lépida dentro do sol.

– Eu preciso de ir, meu Deus! Isto não é uma separação... Vernos-emos ainda, não é?

Encostei-me nela, consciente e dono. O apito dum vapor, soturno chato esparramou-se pelos entre-seios dos morros. Estava perfeitamente certo de mim. Deixou que lhe amarfanhasse a manga e a carne, escravizada. Então propus-lhe ficar minha.

Teve um deslumbramento. Bater de pálpebras rápido. Olhou o chão. A angústia desmanchou-lhe o rosto. A boca tremeu, boca de quem vai chorar. E comovida, muito baixo:

– É sério!

Repreendia-a:

– Iolanda!

– Perdão mas... Eu não sei! Mas mudar de novo... Tantas voltas!... Nunca oh nunca eu amei ninguém!... Consolei-me. Eu vivo muito calma com ele. Eu te amo! Isto eu sei! Eu sei que contigo sou outra mas eu tenho medo... e depois?... Não! Eu vou contigo!

Sorria convulsa perdida escondendo duas lágrimas. Comoção de mulher jamais eu tivera assim. Emudecemos. E sempre andando. Sem rumo. Como o amor.

– Ela é mais alta que ele.

Duas mulatinhas com as chinelas castanholando no chão. Iolanda voltou o rosto com violência comparando os nossos ombros.

– Não sou!

Defensivamente derreara o ombro procurando descê-lo à altura do meu. Estava confusa protegendo da realidade a estesia do nosso amor. Aliás a diferença era pequena. Sorri:

– É verdade, Iolanda.

– Não sou! Veja bem. É por causa do salto!

– Mas que tem, tolinha! Deixaria de te amar por causa disso?

O automóvel relou em nós o vôo aberto. Gesto de cor viva. Palavras? O carro foi parar arrastando-se vinte passos adiante. Uma mulher saltou dele, veio ao nosso encontro. Iolanda correu para ela.

Abraços. Frases de longa separação em polifonia. E respondiam-se em francês! No mais independente dos franceses! Mesmo argot!

O sol bateu-me na cabeça. Fiquei paralisado. Só quando Iolanda pretendeu apresentar-me a amiga desembaracei-me da estátua. Fui grosseiro.

– Alors...

Ficou sem sangue. A amargura vive a sorrir. Iolanda sorriu. Ficou séria de repente e muito tímida:

– Je suis marseillaise...

Encarou-me franca ofertando-se. Linda, linda no alvoroço do sangue, toda vive-la-France! chamejante de ardências grande maravilhosa... marselhesa.

Tive frio. Essa espécie de nojo que o despeito dá. Quase que uma consciência revoltada de incesto. Sibilei aludindo aos paroxismos da noite:

– J'en étais sur! Il ne pourrait être autrement...

Mesmo a maldade irritada aconselhou-me a disfarçar. Casquinei o trocadilho:

– Pourtant cette marseillaise pourrait bien se changer en marche funèbre...

Choravam para mim seus olhos redondos e parados. Cruelmente ferida. Tive prazer. Encontrou unicamente o meu nome para desculpar-se:

– Louis!

A outra protegeu-a com arremesso:

– Tu viens?

– Non.

O automóvel partiu.

Falava convulsiva enérgica. Defendia de mim o nosso amor nascente. Implorava ordenava num riso desapontado discutindo sozinha contra mim. Achava as frases que convencem. Tinha razão. E voltava a se desculpar de ser marselhesa. Exteriormente até lhe achei graça. Que importava isso de ter nascido grega ou finlandesa? O amor desconhece raças. Exige certas virtudes. Iolanda as tinha. Era sincera. Isso bastava. Era ardente. Sabia amar. Oh! esse "sabia" a bater como araponga nos meus juízos amontoados... Sabia amar! Sabia defender-se! Sabia o francês! Sabia tudo!... E a revolta em mim. Vontade de insultar bater. Mas conservava-me discreto, cidadão, bem-educado. Não podia falar. Não podia nada. Evidentemente Iolanda tinha razão. E era sincera... sabia amar... sabia amar... Sabia!

Meus braços muito longos, inertes equilibravam o ritmo do corpo a caminhar. Passou por nós o automóvel 8025... Deve ser dos últimos... Que horas serão... Observei o movimento dos meus braços. Os dela também. Mecânicos como os das inglesas. Como os das marselhesas. Para frente, para trás, para frente... sabia amar... Desilusão.

Separamo-nos.

Ainda a tive minha. Certas reflexões levaram-me quatro passeios até lá. Mas os espaços cresceram entre essas insistências.

Iolanda sempre a mesma extraordinária. Suas carícias explodem cada vez mais espontâneas. Irritantemente espontâneas. Sinceras. Preferiria que fossem calculadas. Teria assim um pretexto para abandoná-la. Não encontro pretexto. E esse pernambucano que não vem!...

Agora creio que não voltarei mais. É impossível. Perdi o entusiasmo daquela noite... brasileira. Iolanda não é mais para mim a projeção das minhas vontades.

Não volto mais. Se o acaso ainda nos puser um diante do outro eu lhe direi tudo isso muito firme. Docemente.

Chorará.

HISTÓRIA COM DATA

1921 [1943]

a Antonio V. de Azevedo

Agitação desusada no hospital. Telefonemas e telefonemas. A todo instante chegavam automóveis particulares. Numa das salas a cena difícil das pessoas que perderam alguém. As lágrimas já cansadas paravam pouco a pouco nos olhos de irmãos tias e da sra. Figueiredo Azoé mãe do "infeliz rapaz".[1] Entrelaçavam-se na penumbra do aposento soluços desritmados, suspiros frases vulgares de consolo.

– Viverá.

– Tenha esperança, minha amiga.

– Meu filho... meu filho!

– Sossegue!

– Quanto tempo!... desespero!...

– Tome um pouco de café.

– Não.

– Tome!

– Não quero.

– Tome... Reabilita.

O pai acabou tomando o café. Telefonemas e telefonemas. A todo instante chegavam automóveis particulares.

Tratava-se de Alberto de Figueiredo Azoé 25 anos aviador, descendente duma das mais antigas famílias do Jardim América. Nessa manhã de 13 abrira asas no Caudron. Ao realizar uma acrobacia a pouca altura o motor não funcionara a tempo. O avião

1. *Jornal do Comércio*, 14 de fevereiro de 1931.

se espatifara na rua Jaguaribe a 20 metros do Hospital. Pronto socorro. Telefone. E fortificados pelo pedido da família os três grandes cirurgiões tomaram conta do "imprudente moço".[2]

Era ainda um desses exemplos do que Gustavo Le Bon chamou a "ironia dos desastres."[3] Nenhuma lesão no corpo. Apenas um estilhaço de motor esmigalhara parte do cérebro do "arrojado aviador."[4] Transportaram-no ainda vivendo pra sala das operações.

Dois médicos perplexos:

– Morre. É inútil.

– Morre.

O terceiro curioso inventivo. Riquíssimo subconsciente.

Um homem pobre ultrapassando talvez os 40 anos morria duma lesão cardíaca no hospital. Ninguém que o chorasse. Linda morte.

O terceiro operador falou. Repulsas. Risadas. O terceiro operador mesmo sorrindo insistiu com mais energia.

– ...Porque não! Ele morre mesmo. O outro morre fatalmente, sem lesão alguma no cérebro. Poderemos salvar ao menos um. Vocês parecem estar ainda no tempo do doutor Carrel... E Chimiuwsky, com o coração?... Tenta-se!

Depois deu de ombros e derrubou a cinza do charuto. Houve perguntas para fora da sala-de-operações. As freiras correram. Transportes.

A madre superiora abriu a porta da sala-de-visitas. A ansiosa interrogação dos olhos, das mãos de todos. A comovente interrogação das lágrimas da sra. Figueiredo Azoé.

– Vai tudo bem. A operação acabou agora. Dr. Xis garante a salvação.

2. *Estado de S. Paulo*, 14 de fevereiro de 1931.

3. G. Le Bon: *La psychologie du hasard*, p. 836. Alcan.

4. *Gazeta*, 14 de fevereiro de 1931.

Pouco depois o Dr. Ípsilon amigo da família apareceu. Rodearam-no puxaram-no. Ensurdeceram-no de perguntas.

– Sossegue, dona Clotilde. O caso é gravíssimo, não posso negar mas a operação foi bem. Alberto é forte, perdeu pouco sangue... Fizemos. Uma trepanação... Esperemos que se salve...

Pendiam-lhe dos óculos umas vergonhas hesitantes.

Em trêmula seqüela a mãe, o pai, os irmãos foram ver de longe Alberto a dormir. Depois o Dr. Xis exigiu o afastamento da família até a cura do rapaz. A comoção, explicava, provocada pela revivescência das imagens poderia causar até a morte[5] ou no mínimo uma idiotia de 1º grau. Quanto a qualquer possível lesão que o mecanismo cerebral apresentasse sempre seria tempo de "constatá-la" (sic).

O período da morte passou. Alberto convalescia rápido.

Nada quase falava. Beijava comovido a mão da freira que o tratava. Tinha lágrimas de gratidão para os médicos.

Fato curioso registrado pelas freiras é que à medida que Alberto sarava o Dr. Xis tornava-se mais e mais inquieto. Agitação contínua. Cóleras sem razão. Perguntas esquisitas que espantavam a enfermeira. Se o doente ia tão bem! Passava os dias mirando as próprias mãos. Nada de anormal.

Mas o Dr. Xis sentado à cabeceira do rapaz. Que dedicação! O sr. Felisberto Azoé ouvi que pretendia presenteá-lo com um cheque de 40 contos (quarenta contos de réis). E tão dedicado quanto inflexível. Nada de permitir que a família se aproximasse do moço. Por uma das janelas do hospital apenas o viam passear agora pelo braço do Dr. Xis nos pátios de sol.

O Dr. Ípsilon é que esfregava as mãos satisfeitíssimo. Um dia perguntara a Alberto:

– Lembras-te de mim?

5. Vide a totalidade dos romances do séc. 19.

O outro chorando lhe beijara a mão:

– Lembro sim senhor.

Desde então o Dr. Ípsilon esfregava as mãos satisfeitíssimo.

– O nosso trabalho foi admirável. Quando o comunicarmos à Sociedade de Medicina e Cirurgia creio que o mundo inteiro se espantará. Dona Clotilde, seu filho está salvo!

E ao Dr. Xis três vezes por dia:

– Não começaste ainda o relatório?

– Espere.

Alberto estava bom. Caminhava por si.

Dr. Xis estava mal. Hesitava.

Um dia no entanto encontrou o moço gesticulando suecamente. Sorriu. Alberto parara a ginástica.

– Seu doutor, já estou bom. Queria sair.

– Sairás breve. Agora vamos dar uma volta pelo jardim.

Alberto caminhava firme alegre. O Dr. Xis seguia-o lateralmente um pouco atrás. Na aléia de trânsito junto à porta um automóvel. Alberto parou olhando a máquina. Caminhou para ela. Sentou-se no lugar do motorista. A máquina moveu-se rápida habilíssima. Fez a volta do gramado e descansou no ponto de partida.[6] Dr. Xis acendeu o charuto.

– Sabes guiar automóvel?

– ...sei?... murmurou espantadíssimo.

Depois de olhar muito as pernas vago quase sorrindo Alberto murmurou:

– Parece que espichei, seu doutor!

Era curiosa a agitação do Dr. Xis. Dedos de gelatina. Até deixou cair o charuto.

– Não é nada. Voltemos.

6. Ebbinghaus: *Der Gedachtnis und der Muskel*, p. 777. Schmidt und Gunther.

– Não começaste ainda o relatório?

– Vais dizer ao sr. Azoé que lhe levo o filho amanhã. Que a casa esteja como sempre sem modificação alguma.

E o Dr. Xis fez o barbeiro entrar no quarto do rapaz.

– Vai fazer-te a barba...

Alberto sentou no lugar que lhe indicavam. O barbeiro trabalhou entre dois silêncios.

– Agora vem lavar o rosto no quarto pegado. O lavatório de lá é maior.

No quarto de Alberto o Dr. Xis fizera substituir o lavatório por uma mesa onde se depusera bacia e jarro.

Alberto foi. Ao inclinar-se para lavar o rosto viu-se refletido no espelho. Parou: Depois, quase a gritar horrorizado guardando os olhos no braço:

– Não!

Imediatamente o médico se fechara por dentro com o rapaz.

– Não... Não sou!...

Entressorria medroso. Depois começou a chorar. Dr. Xis seguia-lhe os movimentos, Alberto voltou ao espelho. Fugiu dele apavorado. Quis partir. Foi esconder-se no corpo do Dr. Xis como uma virgem.

– Quem é, seu doutor!... Quem é esse homem...

– Sossega, meu rapaz. Sou eu.

– Não, o outro!

– Estamos sós. Vem comigo!

Atraía-o para o espelho. Alberto com lindas forças venceu o médico.

– Não quero!

– Sossega, Alberto!!

– Alberto?... quem é Alberto!

– És tu.

– Eu!... Não! deve ser o outro... o moço!...

Apalpava-se desesperado. Os olhos giragiravam no limite das órbitas, infantis como num esforço para ver o rosto a que pertenciam.

– Acalma-te. Qual é teu nome então?

– ...o outro... Não! Eu... eu sou José!

Dr. Xis agüentou a custo o golpe. Ficou gelo. Voltando do espavento: Acalma-te e escuta. És Alberto.

– Não! Sou José!

– Escuta primeiro, já disse! Estiveste muito doente ouviste? Segue bem o que te digo. És Alberto de Figueiredo Azoé. És aviador. Tua mãe é dona Clotilde de Figueiredo Azoé ouviste? Caíste do aeroplano. Quebraste a cabeça. Fizemos uma operação muito difícil. Por isso estás assim como quem não se lembra. Pensas que és outro. Mas tu és Alberto de Figueiredo Azoé. Vamos, repete o teu nome!

– Alberto de Figueiredo Azoé...

– Sou eu que te digo, ouviste bem? Teu médico. Que te salvou da morte. És filho do sr. Felisberto Azoé teu pai. És aviador. Não te lembras... És muito rico.

Alberto, Alberto ou José? escutava. O médico parou observando-o. Desenhou-se um sorriso mal feito nos lábios do moço. Sacudiu a cabeça desolado. Apertava as faces com mãos desesperadas. Não sentia[7] Alberto de Figueiredo Azoé.

– Agora estás mais calmo. Vem ver o teu rosto no espelho.

– Não, seu doutor! pelo amor de Deus! faz favore... no!!

Empuxado, reagia quase com grito.

– Vem! Quero que sejas Alberto de Figueiredo Azoé.[8]

– Não! non ancora!... Io...

7. Ribot: *Pathologie frénétique des changements de personnalité*, Alcan p. 83.

8. Bergson: *Le règne de la volonté*, Garnier p. 135; W. James: *The Irradiations of Wish*, Century Co. pp. 14 e 15.

Parou indeciso. Escutou as últimas palavras que saltitavam fugitivas no aposento. O doutor:

– Lei parla italiano?

– Si! Sono proprio d'Italia!... ma... não... Não!

As palavras saíam perturbadas com acento inverídico de quem não sabe falar italiano. De boca desacostumada a pronunciar o italiano.

– Descansa. Vamos pro teu quarto.

E lá:

– Deita-te. Fico a teu lado. Pensa bem, Alberto: tua cabeça ainda está doente pelo choque. Perdeste a memória. Só te lembras de coisas de que ouviste falar.[9] Pensa bem no que te digo: és Alberto Figueiredo Azoé. Amanhã verás teus pais e irmãos de que não te lembras. Deves conhecê-los ouviste? Sofrerão muito se te mostrares esquecido. Pensa agora em tudo isto. Não és José ouviste bem! responde que estás ouvindo, acreditando... Responde, Alberto!...

Alberto ou José moveu lábios sem frase abúlico.

E o doutor sentado à cabeceira do moço falou e continuou falando. Meia hora depois inda remoia persuasões. Alberto adormecera entre elas. Duas fundas rugas penduradas das abas do nariz guardavam como parênteses as frases que aquela boca falaria e não lhe pertenceriam.

Às 17 horas acordaram-no para o jantar. Comeu bem. Era pequeno o abatimento. O Dr. Xis quando ambos sós tentou a experiência:

– Alberto!

– Que é?

O médico sorriu agradecido. Aproximou-se. Pôs-lhe sob os olhos o livro aberto e apontou para as letras.

– Conheces isto?

9. Ribot: op. cit., p. 249.

– Como não!... são letras.

– Sabes ler?

Os olhos de Alberto fixaram mais as letras, correram fácil e exatamente pelas linhas. Espantado o moço murmurou como se perguntasse:

– Não?...

E voltou a seguir as linhas do papel numa ânsia de reconhecimento. Dr. Xis fê-lo sentar-se junto à mesa. Deu-lhe o lápis.

– Escreve.

Sobre as folhas esparsas o moço traçou a princípio firme, com letra esportiva:

"Rose mon chouchou 120 cavalos Part Alberto 30 record Rose-Roice mon chouchou Caudron Grevix[10] mon choudron..."

Dr. Xis arrancou-lhe o lápis da mão.

Às 20 horas deu-lhe uma beberagem. Alberto adormeceu. Foi transportado, assim dormindo, para casa.

– Minha senhora, seu filho sarou. Mas a lesão foi muito grave... Ficou com a memória um tanto perturbada...

– Meu filho está louco!

– Sossegue. Não se trata de loucura. Apenas a memória... Abandono parcial de memória. Mas sara. Sarará! É preciso aos poucos incutir-lhe no espírito quem ele é. Por um fenômeno que... se dá freqüentemente nesses traumatismos acredita ser outra pessoa... Naturalmente cuja história o impressionou.

– Meu filho!

O pranto necessário.

– Afirmo-lhe que sara. Devemos aos poucos reeducá-lo. Esqueceu-se um pouco por exemplo... de ler. Mas a memória voltará. É preciso que tudo se passe como antigamente.

10. Célebre boxista senegalês da época. V. *La vie au grand air*, dezembro 1932.

– Meu pobre filho! Naturalmente nem se lembra de sua mãe!...

– Minha senhora, descanse em mim! O quarto dele está pronto?

– Sim. Não alteramos nada.

– É preciso fazer-lhe reviver os costumes antigos...

– Era eu que ia acordá-lo sempre quando ele não se (soluço) levantava muito cedo para ir nadar... Levava o café para ele...

– Pois a senhora continuará a levar-lhe o café. Irá acordá-lo amanhã. Estarei aqui. Não: prefiro passar a noite aqui, nalgum quarto pegado ao dele, não tem?

– Não tem.

– Pois terá a bondade de ordenar que me deixem uma poltrona junto da porta. Dormirei nela.

– Doutor! quanta bondade!... Doutor...

Alberto dormia sossegadamente.

Às nove horas do dia seguinte a senhora Figueiredo Azoé num penteador muito roxo acordou o médico. O sobressalto do Dr. Xis espantou-a:

– Que é!

– Desculpe, doutor. Apareço assim porque era assim que ia acordá-lo. Alberto gostava de roxo...

– Fez bem.

– Geralmente acordava às nove... Já são oito e três quartos... Trago o café...

Num arranco de desesperada aventura o médico largou:

– Pois vamos!

Entraram. Ela entreabriu uma das janelas. O raio curioso esquadrinhou o aposento.

– Era assim mesmo que ele dormia.

O rapaz tirara a coberta leve que lhe tinham posto sobre o corpo e de pernas abertas pousando a cabeça num dos braços era como um lutador cansado.

– Alberto! Alberto!...

O "digno sucessor de Edu Chaves"[11] se moveu mole, abriu os olhos. Consertou a posição dormindo outra vez. Dona Clotilde estava com medo do filho. Venceu-se:

– Alberto!... Sou eu! Tua mãe...

Parava indecisa. Esforçava-se por repetir as frases costumeiras. Não se lembrava. Tudo agora lhe parecia tão artificial, tão inexato!

– São horas... Trago o café!!

O moço resmungou inconsciente. Abriu os olhos acordado. O reflexo do espelho iluminava o corpo da "ilustre dama".[12] Alberto sorriu-lhe como sempre e murmurou o eterno:

– Ora, mamãe!...

Escutou-se atraído. E fixou mais a mulher. E num pulo sentou-se na cama. Dona Clotilde recuou amedrontada. Dr. Xis aproximou-se.

– Bom-dia, Alberto.

Agarrado ao médico, doído, pedindo proteção:

– Seu doutor!

– Sou eu, Alberto.

– Alberto!?...

– Sim: Alberto. Esta senhora é tua mãe.

– Não tenho mãe!...

– Esta senhora é tua mãe. Lembra-te do que te disse ontem, Alberto. Estiveste doente! Esqueceste!

– Não, seu Doutor! Quero ir s'embora! vamos!

E no espelho da guardacasacas viu um moço quase conhecido agarrado ao doutor. Olhou para este. Procurou-lhe em torno... Encontrou suas próprias, não, mãos longas musculosas agarradas ao paletó do médico. Começou a chorar todo infeliz.

11. *Diário Popular*, 22 de março de 1931.

12. *Cigarra*, 20 de dezembro de 1929. Sob uma fotografia da Liga das Senhoras Católicas.

A senhora Azoé chorava também, sem naturalidade uma das mãos ocupada com a xícara. O duplo sofrimento das mães! Sofrem a dor dos filhos e a sua dor de mães! Como se não lhes bastassem as deformações prematuras e o castigo luminoso dos partos como outros tantos pelicanos...

O Dr. Xis procurou dar fim à cena. Ia pronunciar o "sossega, meu rapaz" mas reparou que já dissera essa frase muitas vezes e mudou:

– Acalme-se, Alberto! Precisas acostumar-te à tua nova situação. Não te recordas por que estiveste doente.

O médico falava dificilmente agora. Devido ao caso do "sossega", sem querer, contra a vontade mesmo começara a policiar a própria fala. Em vez de "lembras" corrigira para "recordas". Foi Alberto que terminou a situação cansado de reagir:

– Não me lembro de nada disso tudo que seu doutor está dizendo... Eu não tinha... mãe. Sou José... Eu me lembro de mim sozinho (aqui fazia esforços de rugas para lembrar). Em criança fiz viagem... Tinha um homem com um dente na boca que fumava um cachimbo fedido... não me lembro!... O homem com uma ferida sarada parecia de navalha na cara... Outro homem dizia que era meu tio... Meu tio e minha tia... Depois na colônia... Eu fugi mocinho...

A senhora Figueiredo Azoé soluçava alto.

– ...Minha mãe...?

E José, não, Alberto, Alberto ou José? queria lembrar sofria. Muita coisa nos olhos nas mãos que dizia que parecia que era assim mesmo.[13] Mas se sabia que não era assim!

– Alberto, estás martirizando tua mãe. Cala-te! Contas alguma história que te impressionou. Sossega, meu... Veste-te. Estou aqui!

13. Ribot: *Les reconnaissances musculaires*, Alcan p. 101.

Alberto cedeu como quem cede para o aniquilamento.

Desceu da cama pela direita onde moravam as chinelas. Abriu as torneiras do lavatório. Lavou-se. Penteou-se. Foi buscar as meias limpas na gaveta exata. E calçava as calças depois as botinas depois pôs a camisa o colarinho a gravata... Parava às vezes indeciso, outras envergonhado de saber... Então era preciso que o doutor lhe desse as calças... e depois o colarinho... Alberto continuava maquinalmente entregue à dura sorte feliz.

– Estás vendo como te lembras?... Se fosses esse outro como saberias onde estavam as meias as botinas?... Agora precisas de paciência ouviste? Irás de novo aprendendo o que esquecestes, verás.

Alberto procurava qualquer coisa. Devia ser o paletó... Assim ao menos pensava o Dr. Xis dando-lhe o paletó. Alberto vestiu-o. Exausto foi tirar duma gaveta a escova de roupas. Esfregou vivamente as calças, unicamente as calças como se o paletó não merecesse limpeza. Depois jogou a escova sobre a cama e abrindo o guarda-roupa tirou o pijama de seda roxa. Começou a vesti-lo sobre o paletó. Parou percebendo o engano. Envergonhado olhou o médico. Guardou o pijama de novo.

– Agora, Alberto, vais ver teus irmãos, teu pai, Felisberto Azoé.

Ao saírem do aposento houve do outro lado da galeria um esvoaçar fugitivo de saias passos que desciam a escada. Alberto olhava desconfiado para o Dr. Xis. A família estava toda no *hall*. Impaciência irreprimível em cada olhar. Talvez dor. Aquela reunião tantas pessoas o criado que espiava... O moço sentiu-se em terra estranha. Fez um movimento de recuo.

– Teu pai, Alberto. Não te lembras? tua irmã, teus irmãos...

– Seu doutor, vamos embora!...

Apertava a mão do operador. Criança a proteger-se. E baixinho dolorido:

– Não... não... Não lembro!... sou o outro... sou...

– Cala-te, Alberto! Já te disse que não és o outro! Esta é a tua família... teu pai...

Alberto chorava sem largar o médico. A família chorava. O Dr. Xis... Mas o rapaz levantara a cabeça resolvido. Cessaram-lhe as lágrimas.

– Vamos embora! Não fico mais aqui!

– Sossega, Alberto. É tua famil...

– Não é minha família! Sou o outro. Sou José! Quero ir embora!!

– Ir para onde, então!

– Para casa!

– Aonde?

– Para minha casa, com a Amélia. Minha mulher... rua Barbosa... Quero ir!

E procurava alguma coisa. Dirigiu-se enfim para a porta que dava no jardim interior. O médico alcançou-o.

– Espera um pouco. Mando buscar tua mulher. Verás que a não conheces. Espera!

– Quero ir com Amélia![14]

– Escuta, Alberto, estou falando! Já disse que mando buscar essa Amélia! Vais esperar. Esperas comigo, não te deixo. Rua Barbosa... que número?

– Rua Barbosa... não tem número. Última casa da direita.

Ninguém sabia onde era a rua Barbosa.

– Onde fica a rua Barbosa, Alberto?

– Na Lapa... Atrás da fábrica de louças. Um dos Azoés partiu rápido.

Alberto esperava impaciente. Parecia não ver ninguém. Andava pela sala. Sentava-se. Erguia-se. Reparava em todos francamente. Depois envergonhava-se. Vinha para junto do médico. Um momento, com gestos largos cheios de liberdade sentou-se na grande

14. Convém notar que esta Amélia não é a mesma do Conto de Natal.

cadeira preguiçosa. Assobiou dum modo especial. Logo os latidos dum cão. E o enorme policial apareceu. Que festas para o dono! Alberto quis reconhecê-lo. Seus lábios juntaram-se abriram-se como querendo dizer um nome... Teve medo daquele cão. Quis erguer-se. Defendeu-se.

– É Dempsey, meu filho!

– Tirem esse cachorro! Me morde!...

Foi preciso tirar Dempsey dali. E daí em diante os uivos do cão compassando as cenas.

Trinta minutos depois o automóvel voltava. Luís fez entrar a mulata forte com as mãos gretadas pela aspereza das águas no ofício de lavar. Entrou olhando sem medo. Saudou consertando o xale preto.

– Conheces, Alberto? É Amélia.

Alberto correu para ela. Segurou fortemente o braço da admirada.

– Vamos embora, Amélia! Não fico aqui!

– Largue de mim, moço!

– Sou eu, teu homem!... José...

– Meu homem morreu na Santa-Casa... Deus Nosso Senhor Jesus Cristo lhe tenha!

– Não morreu! Sarei! Sou eu, José!

Amélia recuou amedrontada:

– Esse moço está doido, credo!

Alberto agarrava desesperado raivoso suplicante:

– Não me deixe aqui! Estão caçoando de mim... Sou José!

O Dr. Xis que se aproxima toma um soco no peito.

– Me largue, moço! Que é isso agora!

– Amélia, não te lembras! Me leve!... Teu...

– Me largue já disse! Meu pobre José está no Araçá! Foi então para isso que me cham... ahm... me largue!

Debatia-se nas mãos do rapaz. Dois fortes a lutar. Esfregavam-se na parede junto à porta.

– Tirem esse moço daqui. Eu grito! Socorro!

Acudiram. O sr. Azoé o médico os rapazes. Alberto não largava a mulata. Desenvencilhou-se repentinamente do irmão que o agarrara por trás, moveu o cacho de gente, empurrou-o para o centro da sala. Correu para a porta. Fechou-a. E olhou todos com olhos duplicados da loucura de resolução.

– Não queres me levar, desgraçada! Eu conto tudo! assassina!... me leva?...

Amélia resoluta armara-se dum vaso onde uma palmeirinha lutava por viver. Que saudades do aclive aquoso sempre verde, onde junto das irmãs e das avencas faceiras escutava noite e dia o rebôo pluvial da cascata! Nas tardes, quando o céu arcoirisado...

– Segurem o moço que eu atiro!... atiro mesmo... se ele vier outra vez...

A senhora Figueiredo Azoé levantou-se diante do filho, como a estátua do devotamento e do sacrifício, protegendo-o. O sr. Azoé os rapazes lutando com a lavadeira.

– Ah!... (rascante) É assim? Não queres me levar, desgraçada!... Vou para a correição... Mas tens de ir também. Não ficas com o Júlio, já sei! Ela matou! Assassina! Matou os dois filhos... Quando nasceram. Matou os dois filhos! Não queríamos crianças... Ela enterrou no quintal. Em Moji. O outro antes de nascer. Assassina! Vou parar na cad...

– Cachorro!

O vaso, desviado, se espatifou no meio da sala. Coitada palmeirinha!

– Prendam ela!... Figlia dun cane (cão)! É verdade... lo... juro!...

– É mentira! Não conheço esse homem!

– Prendam! Assassina!... No jardim perto da escada...

– Não!... não conheço!... Não me prendam! não fiz nada!... Foi ele que quis... Perdão!... Não conheço esse moço... nunca vi... Foi o outro, foi José que quis... Perdão!

– Fui eu! mas foi ela também!

Atirou-se sobre a mulata. Ela voltou-lhe uma punhada na cara. Alberto desviou com gesto grácil de boxista.[15] Atracaram-se de novo. Ela dilacerou-lhe a mão com os dentes. Prendam!... Sujo! Maldito!... Foi um custo. Assassina! Com o barulho os criados, o motorista acorreram. Prendam! Ela também!... Me largue!... Braços punhos. Embrulho. Barulho. Foi difícil. Afinal os homens conseguiram separar os dois. Amélia liberta fugiu por uma porta. Desapareceu. A cólera de Alberto, Alberto ou José? foi tremenda. Berrava termos repetidos numa língua infame. Socava os que o prendiam. Machucara fortemente um dos irmãos. Depois diminuiu a resistência pouco a pouco. Suor frio lhe irisava a fronte. A palidez. E desmaiou.

O esforço para livrá-lo do desmaio continuava... A campainha tocou. Um repórter. Mandado embora. Depois do desmaio a prostração. A campainha tocou. Outro repórter. Mandado embora. A campainha tocou. O primeiro repórter insistia. Mandado embora. Desordem. Criados comentando... Automóvel de prontidão. O motorista lia desatento uma passagem do romance em folhetos *A filha do enforcado*. O conde de Vareuse, devido a velho ódio de família fora enforcado por um sobrinho. Apenas o filho corcunda de Jacquot fiel criado do sr. de Plessis amigo íntimo do conde presenciara o assassínio. Aconteceu porém que justamente na noite do delito Germaine a filha do conde era roubada por uns ciganos espanhóis. Isto se deu no reinado de Carlos V. Germaine tinha nesse tempo apenas cinco anos. Ora o corcundinha irmão-de-leite do sobrinho assassino hesitava ainda em contar o que vira quando é roubado também pelos ciganos. Mas ele não conhecia Germaine. O procurador ou coisa que o valha, da imensa fortuna do conde de Vareuse, mestre Leonard vendo a condessa viúva enlouquecer

15. Woodworth – *Gesture and Will* – Macmillan & Co. p. 88.

com a perda da filha concebe um plano diabólico. Apossa-se da personalidade do conde de Vareuse com o qual muito se parecia más línguas davam-no mesmo como filho-postiço do velho pai do conde ainda vivo mas cego e paralítico numa velha propriedade no Languedoc. O procurador pois apossa-se de todos os papéis do conde e muda-se para a Inglaterra onde se domicilia. Atinge logo uma das mais fulgurantes posições na elite londrina. Casa-se com a filha de Lord Chaney[16] e tem desta uma filha. Passam-se doze anos. O filho do assassino do conde então com vinte-e-três anos brilhantíssima inteligência parte numa comissão diplomática para a Rússia. É nesse instante justamente que a condessa de Vareuse que o procurador mandara para a casa duns antigos apaniguados seus na Boemia recobra a razão ao ouvir um lindo moço de seus vinte anos mais ou menos e que aparentava grande riqueza e sangue puro, viajante recém-chegado na aldeia entoar uma balada. Ora o interessantíssimo do caso é que essa balada fora composta pela própria condessa, exímia tocadora de harpa que porém não a revelara a ninguém. (A balada) Somente cantarolava-a às vezes para adormentar a filha, que era doentia e sofria de insônias. E se a condessa jamais cantava perto de qualquer pessoa essa balada, era porque dizia a própria história dela. Tratava-se duma moça que se deixara levar pelos encantos dum estudante e que diante da impossibilidade de casar com o namorado pois era de grã nobreza (a condessa) entregara-se voluntariamente a ele num assomo de paixão. Nasceu um filho que a família encobrira e fizera desaparecer. Nesse tempo Germaine com o corcundinha desesperadamente apaixonado por ela conseguiram livrar-se das garras dos ciganos e fugir para a Itália num navio de vela pertencente a mercadores marselheses. No mesmo navio seguia também um rapaz nobre italiano que fora chamado urgentemente a Nápoles

16. Não confundir com Lon Chaney.

onde uma terrível conspiração se organizava entre os membros duma sociedade secreta indiana, os Treze Irmãos da Pantera Vermelha, para assassinar Carlos V. Ora o príncipe Lotti que tal era o nome do moço viajante a bordo da *Reine Marie* estava disposto a se dedicar pelo rei por gratidões de família que não interessam aqui. Eis que a *Reine Marie* é atacada por piratas tunisianos. Prestes a entregar-se já. O príncipe defendia Germaine heroicamente tendo ao lado o fiel Jean o corcundinha. Mas surge a todo pano velejando uma fragata de guerra francesa. Fogem os piratas. A maruja da *Reine Marie* canta vitória. Germaine e o príncipe Lotti pois que a guerra lhes revelou o mútuo amor estão abraçados ouvindo as últimas palavras de Jean agonizante. Jean que durante toda a vida se calara por não criar um sentimento de ódio na alma pura de Germaine pretendendo ele só vingá-la mais tarde vê-se obrigado agora a revelar tudo o que sabe. O príncipe Lotti e Germaine ainda trêmulos de horror vão para bordo do navio de guerra francês onde os recebe justamente quem! o filho do assassino do pai de Germaine, o jovem diplomata que por desfastio se partira para a Rússia por caminho que a fantasia aconselhava. Mas imediatamente o filho do assassino concebe infinito amor por Germaine. Esta, o príncipe e o filho do assassino descem em Gênova. E justamente para a hospedaria onde vão está a condessa de Vareuse e o filho. No momento em que Germaine é perseguida pelo filho do assassino e surge o irmão para defendê-la um criado vem conversar com o motorista.

– Vamos almoçar. É quase meio-dia.

O Dr. Xis, que dedicação! sempre ao lado do doente.

Falara-lhe longamente, persuasivamente. Contou-lhe então toda a aventura. Era a última esperança: dizer tudo. O Dr. Xis disse tudo: o desastre, a operação, a substituição de cérebros e descreveu-lhe por fim a fortuna dele, José, cérebro de José, agora moço rico feliz...

Alberto abandonado sobre o leito como que ouvia e aceitava. Muito calmo. Quando o operador parou maior momento Alberto ou José abanou a cabeça.

– Não... Sou José. Quando eu... o outro agora me lembro estava morrendo fiz uma promessa para S. Vito de contar tudo se salvasse. Estou vivo. Sinto que estou vivo... Mudei... Não! não sou eu!... Este não!... Sou o outro!... Sou o outro!... Sou o criminoso!... Este é inocente!... não matou meus dois filhos... Foi o outro, eu, José... Dio!...

Soluçava horrorizado desesperado. Neste momento o Dr. Xis viu o rosto do Dr. Xis refletido no espelho. Era um homem de trinta anos no máximo. Ardido aventureiro mas trazia nos lábios abertos em pétalas de rosa qualquer coisa dessa sensualidade que faz ser bom, ser nobre e sentimental. Perturbado por esses vinhos parecia ao médico que os raios da luz elétrica formavam na superfície do espelho uma grade de prisão. Por trás da grade um moço. Inocente?... Criminoso?... Tão linda a operação! mas o cérebro é que sente... que manda[17] mas o corpo... aviador... avião... memória muscular o incidente do automóvel... é melhor... É MELHOR!... sim, é melhor. Acaba-se duma vez...

E o Dr. Xis pôde tirar os olhos do Dr. Xis porque firmara a decisão. Telefonou para o aeródromo. Mandou ordens ao motorista.

– Como vai?...

– Alb... ele está calmo agora.

– O doutor precisa tomar alguma coisa... Vinte-e-duas horas já...

– Aceito um café... café bem forte.

– Não quer uma almofada? doutor... Passar mais uma noite assim! Como lhe poderemos pagar tanta dedicação!...

17. Lombroso: *Criminologia degli irresponsabili.* t. 11, p. 240; F. Treves, Milano.

– Não fale nisso, minha senhora. Quero muito bem Alberto... Estimo-o muito (aos arrancos) muito mesmo... como... Porque, minha senhora, na minha profissão há momentos maravilhosos... Sentir-se diante dum homem moço ainda que morrerá por certo... e confiante orgulhoso diante da fatalidade... combatê-la... vencê-la pela inteligência... oh! como eu o amo... minha senhora... como a filho!... sim, perdão, como se fosse meu filho também!...

E escarninhas brilhantes alegres lépidas fugiram dos olhos do Dr. Xis as duas primeiras lágrimas da sua cirurgia.

– Amanhã tentarei uma prova... uma prova decisiva! A senhora verá! Alb... ele já aceita o que eu digo... As roupas de aviador estão aqui?

– Guardava-as no aeródromo...

– Está bem.

O Dr. Xis inflexivelmente mau para consigo escrevendo passeando fumando contou o tempo até seis da manhã.

– Acorda... meu rapaz!ma

Como no dia antecedente Alberto se vestiu mais ou menos bem. Começava sempre certo e firme. Depois invariavelmente na continuação dos gestos parava indeciso. José não sabia onde estavam as botinas. Indicava-as o "imprudente e glorioso cientista".[18] Alberto continuava certo e firme.

– Seu doutor, vamos embora!

– Vamos!

O auto esperava à porta.

– Para o aeródromo.

O caudron de Alberto, 120 cavalos, riscava uma sombra de avantesma na relva aguda do prado. O mecânico esperava. José admirado deixou-se vestir. Menos admirado deixou-se sentar no aeroplano. As mãos ágeis hábeis manobraram a máquina. O me-

18. *Gazeta* desse dia, 22 de março de 1931.

cânico impulsionava a hélice lustrosa. O Dr. Xis entrava para o lugar do passageiro... O caudron deslizou subiu numa linha oblíqua macia... Os dois “ilustres representantes da ciência e do esporte paulista”[19] foram se espedaçar muito longe nos campos vazios.

NOTA

Este conto é plagiado do AVATARA de Teófilo Gautier que eu desconheceria até hoje sem a bondade do amigo que me avisou do plágio. Mas como geralmente acontece no Brasil o plágio é melhor que o original. Quanto a Germaine conseguiu casar com o príncipe Lotti depois de mais vinte-e-três fascículos a quinhentos réis cada.

19. *Correio Paulistano*, 23 de março de 1931.

MORAL QUOTIDIANA

1922 [1943]
Tragédia[1]

a Tácito de Almeida

Personagens:
A Amante, primadona.
A Mulher, coisa que acontece.
O Marido, joguete nas Mãos do Destino.
Coros.

No Guarujá. Presente. Hotel. São 14 horas, muito dia, luz de verão puro-sangue. Terraço. Mesas. Cadeiras. Tudo chique. O *smoking* dum criado dependurado impassível na porta. Vêm a Amante e a Mulher. Esta brasileira. Brasileirinha. 24 anos. Morena, cabelos negros viva etc. Uma pomba. Aquela belíssima e francesa. Alta. Cabelos quase rubros. Olhos verdes. Esplendor aos 35 anos.

3º E ÚNICO ATO

1ª Cena

Amante (arranhando) – Me conhecia, não é verdade?
Mulher – Creio que sim...
Amante – Só "creio"!
Mulher – Creio que sim... Deve fazer um ano...
Amante – Parece que esqueceu a data...
Mulher (bocejando) – Creio que sim... Não guardo datas.

1. Juro que é tragédia.

Amante – Quer que ajude?
Mulher – É inútil.
Amante – Saía da casa de sua mãe na Avenida...
Mulher – Ah...
Amante – Passei de automóvel...
(Silêncio)
com seu marido...
(2° silêncio)
Lembra-se agora?
Mulher – É possível.
Amante (fustigando) – A senhora se esquece muito cedo das suas dores. Deu um grito. Pelo óculo do automóvel que seu marido me dera vi a senhora derrubar a sombrinha... Sofreu muito!
Mulher (sorriso abaunilhado, sem sofrer) – Naturalmente teve dó de mim...
Amante (otélica) – Não! Odeio-a! Não tenho dó.
Mulher – Não teve dó.
Amante – Não tenho dó!
Mulher – Mas não carece mais ter dó! Já me conformei.
Amante – Não se conformou! Tanto que procura me roubar o seu marido!
Mulher (muito verdadeira) – Procuro, não. Ele é que me procurou... me procura... (cheia de trunfos) Me ama...
Amante – Não é verdade!
Mulher – É verdade.
Amante – Pois saiba que seu marido é meu! A mim é que ele tem de amar! Há quatro anos que vivemos juntos!
Mulher – Já sei.
Amante (perdendo terreno) – Ele contou!
Mulher (num orgulho casto de matrona) – Me conta tudo.
Amante (gritando já) – É mentira!
(3° silêncio. Grande silêncio de gozo pra Mulher, de raciocínio

aterrador pra Amante. Como é linda a cor do mar nas tardes de verão no Guarujá. O azul envolvente do céu reflete uns verdes idílicos. A própria areia tem reflexos verdes. O automóvel passou. Que alegria de moças! Calças brancas no meio delas. Namorado!... Duas gaivotas nascem afroditicamente da espuma verde mais longe. Calmaria. Excesso de felicidade milionária sem cuidados bem vestida).

Amante (baixinho) – Porque me rouba o meu amor!... Nunca fiz mal pra senhora... Amei-o primeiro... Abandonei tudo por causa dele... o outro que me protegia... era rico... que hei de fazer sem ele!...

Mulher – E eu!... Não o amo também? Teve o seu tempo... Me deixe ter o meu, ora essa!

Amante – Mas eu o amei primeiro! Ele me amou... Fomos tão felizes!...

Mulher – E eu!

Amante – Me deixe com ele! Porque fazer de mim assim uma abandonada, uma desgraçada!... Quem mais há-de me querer!

Mulher (gasta) – Mas... e eu! e eu! Pensa que fui feliz casando com o homem que amava e me mentiu? Que mentiu que me amava?

Amante – Mas fui a primeira!...

Mulher – Que me importa se você foi a primeira! Comigo é que ele casou. Suportei tudo. Suportei a afronta, calada. Imóvel. Se ele me amou foi porque quis. Não fiz nada pra isso. Hoje tenho a certeza que ele me ama. Me adora! (Saboreando a sonata-ao-luar da outra) – Agora não largo mais dele!... Por que não fala com ele mesmo?... Era mais simples.

Amante – Por piedade!

Mulher – E eu! Teve piedade de mim quando me viu com os braços no ar enquanto a senhora passava nos braços de meu marido? Não teve... disse há pouco que me odiava...

Amante (amarelo terroso) – Odeio-a... Odeio-a!...

Mulher (se levantando sublimemente vitoriosa) – Pois eu nem sequer a odeio. Me é indiferente. Sei que meu marido me ama. Vim pra cá só pra me certificar disso. Ele não podia vir... Pois veio. E a senhora seguiu atrás como um cachorrinho, como um cachorro... Detesto-a!

Amante (desfeita) – ...por... por piedade! Não me roube o meu amor! Não imagina como amo seu marido!... Pôde agüentar calada... pôde sofrer sozinha... Mas eu... Eu não posso... não posso! Por piedade!...

Mulher – Detesto-a! Vá-se embora! Chore na cama! (Melodiosa maldosa mimosa tão delicada e melindrosa) Por que não procura meu marido? Vá chorar pro seu amante! (denticulada) Garanto que ele virá me castigar... Com carinhos.

Amante (golpeada) – Não!

Mulher – com abraços...

Amante (gritando) – Não!

Mulher – com beijos...

Amante – Não! (Louca se atira sobre a outra, procurando esganá-la) Infame! Sem-vergonha! Tinha um criado como disse. Ainda tem. Neste final rápido de cena oscilou nas mãos no corpo. Agora entrou no interior do hotel).

INTERMÉDIO

O intermédio dura dois minutos. Enquanto estes se gastam briga feia entre as duas donas. A brasileira é mais frágil. Ágil. E é mais forte porque se lembra do marido que a defenderia se estivesse ali. Finca as unhas nos pulsos da Amante. Liberta-se. Avançam danadinhas uma pra outra. Eternamente as garras nos cabelos. Chapéus mariposas poc! no chão. Labaredas em torno do rosto da Amante. A noite cai nos ombros da Mulher. Cadeiras empurradas. Mesas reviradas. Tapas. Mordidas. Mordidas e beliscões. A brasileira atira um direto no estômago da francesa.[2] "Aie!... Au secours!..." Vêm os coros apressados. Quatro grupos. Se postam um na direita, outro na esquerda e os outros dois no fundo da cena. A Amante caída no centro soluça alto escondendo o rosto nos braços estirados abandonados. Fogueira que lambe o chão. A Mulher se arranja rápido. Ergue a mariposa de palha e flores. Está de novo brasileiramente arranjadinha. E mais o ofego dos seios sob a renda. Carmim legítimo nas faces. Que *shimmy* gentil nos lábios trêmulos!

2ª Cena

Coro das senhoras casadas – Ridículo! Ridículo! Espetáculo destes num hotel! Uma mulher que bate na amante do marido! Onde jamais se viu sem-vergonhice tal! Ridículo! Ridículo! Espetáculo destes num hotel!...

Coro dos senhores casados – Que escândalo! Que escândalo! Onde jamais se viu sem-vergonhice tal! Fazer cena e ter ciúmes do marido! Pois um pobre marido não pode ter amante? Mais de uma até! Que escândalo! Que escândalo! Onde jamais se viu sem-vergonhice tal!

Marido (de flanela entra e se espanta. Traz vinte dúzias de cravos paulistanos pra Mulher) – Mas... que é isso, Jojoca!

Coro das senhoras idosas – Belíssimo! Belíssimo! Gente de hoje não sabe se conter! Uma amante... que tinha? É natural. Por quê não divorciou? É muito mais honrado. Francesa, não? Como se chama? Quem é? Terá filhos? Belíssimo! Belíssimo! Gente de hoje não sabe se conter!

Coro dos senhores idosos – Coitada! Francesa! Tão loira! Tão linda! Mas essa menina... quem foi que a educou! Coitada! France-

2. O golpe aqui não é proibido.

sa! Que pernas! Que meias! Naturalmente fecho de ouro na liga... Se não tiver dou eu! Tão linda! Tão loira! Coitada! Francesa!

Mulher (debruçada aos cravos protegida pelo marido, virando-se pro coral) – Foi ela que me quis bater!

Coro dos senhores casados – Não é verdade! As francesas não sabem fazer isso!

Coro das senhoras casadas – É mentira! As amantes não sabem fazer isso!

Mulher – É verdade. Quis me esganar porque amo meu marido.

Amante (sempre no chão erguendo os braços entre os reposteiros flamejantes) – Ela roubou o meu collage! O homem que eu amo! que eu adoro!

Coro das senhoras idosas – Ridículo! Ridículo! Roubar o amante da francesa porque então! Pois não tem tantos por aí? Não saber se conformar com a civilização!... Ridículo! Ridículo! Gente de hoje não sabe se conter!

Coro dos senhores idosos – Que escândalo! Que escândalo! Amar dessa maneira o seu próprio marido!... Mas quem diria que hoje em dia inda apareceria uma tão crassa velharia!... Que escândalo! Que escândalo! Amar dessa maneira o seu próprio marido!

Marido – Que é que os senhores têm com isso!

Coro das senhoras casadas – Impertinente! Impertinente!

Mulher (onça) – Impertinentes são vocês!

Coro dos senhores casados – Afastemos esse par escandaloso! Tão mau exemplo não pode aqui florir! Vamos! Fora a mulher que ama o marido!

Coro das senhoras casadas – Vamos! Fora o marido que ama a esposa!

Coro dos senhores idosos – Vamos! Fora!

Coro das senhoras idosas – Vamos! Fora!

Coro dos senhores casados – Fora! Fora!

Coro das senhoras casadas – Fora! Fora!

Coros de senhoras e senhores idosos – Fó-fó-fó-ra!

Coros de senhoras e senhores casados – Fó-fó-fó-fó-ra!

O quarteto coral (fortíssimo) – Fó-fó-fó-ra! Fó-fó-fó-ra! Vamos! Vamos! Vá-vá-vá-vá-vá-vamos! Fó-fó-fó-fóra! Vá-Fó-Vá-Fó-vá-vá-vá-Fó-fó-fó-mos-ra! Vá-Fó-mos! ra-Mos-rá! ra! Fó-fó-Vá-vá-ra! mos! ra! mos! ra!-ra!-ra!-ra!-ra!-ra!-ra!-ra!-ra!-ra!-ra!-ra!-ra!-ra!-ra!-ra!-ra!-ra!-ra!-ra!-ra!- raaaaaaaaaaaaaaaaaaáá!...

(Aplausos frenéticos da assistência)

Marido – Vamos embora, Jojoca!

Marido e mulher (com os olhos grudados no maestro) – Adeus! Adeus! Adeus! oh Civilização! Vamos livrar o nosso amor maravilhoso do teu contágio pernicioso! Nós queremos a honestidade! Nós queremos ter filhos! E nós cremos no Código Civil! Lá longe dentro dos matos americanos onde os chocalhos das cascavéis charram, onde zumbem milhões de insetos venenígeros seguiremos o conselho de Rousseau, de João Jaques Rousseau e segundo as bonitas teorias do sr. Graça Aranha nos integraremos no Todo Universal! (Vão-se embora. A Amante desesperada estende os braços pro par que desapareceu. Senta-se pra ficar mais à vontade e entoa a Cavatina da Abandonada. Dá perspectiva à Cavatina um arreglo do *Matuto* de Marcelo Tupinambá pra flauta, 3 violões e gramofone).

CAVATINA DA ABANDONADA

Oh! meu amante, vem! Vem de novo, feliz, despreocupado e belo, para o reino de luz dos meus abraços, dos meus beijos! Partes então?... E para sempre! E os nossos dias de felicidade imaculada: calca-los tu aos pés! Oh! meu amante, vem! (soluços sincopados do coral) Já te esqueceste pois, dos bons dias alegres, em que, entre os jasmineiros do jardim, na vivenda clandestina, eu te esperava, com

Pompom pompeando nos meus joelhos! Oh! Meu amante ingrato! Escuta – ainda uma vez! – a voz da Abandonada!... O meu peito biparte-se em soluços desesperados! As minhas brancas mãos, que já dormiram pousadas nos teus flancos brandos, mordem-se, agora, torturadas, martirizam-se, agora, desdenhadas! Que farei? Dos tesouros perfeitos do meu Corpo! das riquezas inesgotáveis da minha Alma! (Pois que o meu amante me deixou?)! Para que servem mais estes dedos róseos? Se não podem brincar nos teus cabelos? Oh! Amante infiel! Onde pousarão "meus braços serpentinos", se o teu pescoço se lhes não oferta mais!?... e os meus seios, então? – travesseiro divino! – onde tantas (e tantas!) noites inesquecíveis, tu sonhaste, infiel! o teu sonho mais puro, e, dormiste, ingrato! o teu sono mais manso!...?

Ah! Pérfido! Se os teus não lhes respondem mais, para sempre!!!!!!! meus beijos emurchecerão! Triste! Triste! da abandonada!...

As trevas, já, escurecem os olhos meus... (Os meus soluços aumentam.) Fantasmas amigos me rodeiam, e antevendo a futuro, eu quase sou feliz... Sombras nuas! Sois vós, amigas minhas?... Aí? (Sorrio encantada!) És tu, Cleópatra! Minha Aspásia querida? Manon beija meus olhos! Elisabeth de Inglaterra!...! A marquesa de Santos ampara-me a cabeça e Elsa Lasker Schüller canta... os seus Lieder para o meu dormir... (Sinto que vou morrer).

Brisas meigas da praia! Ondas glaucas do mar! levai ao meu amante ingrato! Àquele que: me mata, e que eu adoro, o derradeiro adeus da Abandonada; (!) os últimos sus! (gagueja soluçante) piros da infeliz, que vai morrer. "!".

(Morre. O coro das senhoras idosas com gestos chaplineanos de deploração estende sobre a morta um grande manto branco. Os coros de senhores idosos e senhores casados dançam em torno do cadáver um hiporquema grave e gracioso desfolhando sobre a Amante as 20 dúzias de cravos que o *smoking* fora buscar das mãos da mulher e repartira entre eles. As senhoras casadas desnastrando as respectivas comas sobre o rosto levantam nos ombros alvíssimos aquela que sempre viva se conservará na memória dos mortais. E então tendo na frente um abundantíssimo jazz que executa a Marcha Fúnebre de Chopin, op. 35, o cortejo desfila, desfilará pela terra inteira e civilizações futuras até a vinda por todos os humanos desejada do Anticristo).

SALUS LACTA

GUARANÁ ESPUMANTE

BELLA COR DUNLOP

CASO EM QUE ENTRA BUGRE

1929 [1943]

Desta vez vamos entrar no mato-virgem. Engraçado... se a gente fosse especificar um pouco mais o desenvolvimento social do interior paulista, podíamos reconhecer a existência duma fase digna de ser apelidada "civilização de delegado". Houve um momento em nossa vida, em que uma espécie de criação de vergonha nos elementos de carreira, fez com que os delegados decidissem acabar com os caudilhismos locais. Pelo menos na manifestação escravocrata, dona de vida e de morte que esse caudilhismo tinha. Se a infâmia pouco ou nada mudou e tende mesmo, agora, a se intensificar como revide às Oposições aparecendo, pelo menos os senhores de escravos mudaram de nome, ficaram se chamando "chefes políticos". E essa mudança de nome parece que satisfez inteiramente o nosso povo frouxo...

Pois foi nos princípios dessa "civilização de delegado" que o imperialismo do Sanches crepitava lá no sertão, lados de Campos Novos. Ele bem que tinha mandado falar pro Marciano que cerca é cerca, e não deixasse mais gado passar de campo. Marciano era outro abonado do bairro e também gozava sua fama. O fato é que afrouxou. Um belo dia os bois-de-carro dele, cinco juntas barrosas, foram dar no jaraguá do Sanches. O malvado soube e não perdeu tiro: dez furinhos na testa da boizada.

O delegado esperou queixa e, como esta não viesse, mandou chamar Marciano.

– Seu Marciano, eu estou aqui pra cumprir a justiça e acabar com os abusos dos caudilhos!

– Sim senhor, seu delegado.

– Então, seu Marciano, o senhor perdeu todos os bois-de-carro?

– Perdi sim, seu delegado.

– O senhor sabe muito bem do que morreram os bois!

– Sim senhor.

– E não quer dar queixa!

– Queixa do quê?

– Mas... do que sucedeu!

– Foi de erva, seu delegado.

– Ora, seu Marciano, toda gente viu os furos!

– Furo eles tinham sim, mas foi de erva.

O diálogo se espalhou fácil e Sanches soube. Não sei se gozou. Sorrir, não podia sorrir porque tinha boca de escultura, feita séria pra todo o sempre, mas quando foi ali pela noitinha apareceu na casa de Marciano. Ficaram no galpão até de noite, conversa vai, conversa vem, frases soltas porque eram homens de pouca fala. Afinal Sanches ofereceu pra racharem o prejuízo. Marciano respondeu que o que passou passou. Ũa amizade antiga nasceu entre os dois. Sempre arredios ambos, agora, quando senão quando um surgia na casa do outro, café, e fumo pra que mais fumo falando casado no ar o que os dois homens sentiam sem dizer.

Uma feita Marciano foi buscar uma ponta de gado longe e o grupo dele topou com os bugres. Escaparam só dois pra vir contar o caso, como se diz. Sanches chamou os tais e fez um interrogatório mesmo de meticuloso. Ficou parafusando, de olho caído. Depois, parece que os olhos dele riram, quando acendeu cigarro pra falar com segurança:

– Marciano não morreu.

– Qual! seu Sanches... a estas horas já está voando em tripa de urubu!

– Se escapou no encontro, depois não morria mais. Marciano sabe mato.

Entrou em casa.

– Felizmente que era solteiro, consolou a mulher.

Porém tanto cigarrão um depois do outro, inquietavam a dona. Sanches estava olhando muito fixo e Dasdores conhecia o marido. Afinal ele se ergueu. Pigarreou e, não era pra dar satisfação não, era de-certo pra firmar bem a vontade:

– Vou buscar Marciano.

Dasdores tomou com um baque fundo no sentimento, baque afinal esperado... Continuou no serviço. E os dias em que ela ia se emparedar na inquietação, tinha de ser!...

Foi uma bandeira em regra, equipamento completo e dezoito companheiros decididos. Dasdores arranjou tudo, trabalhou feito burro esses dias pra no fim só ganhar aquele abracinho meio de banda na partida. Também a idade e a filharada não davam pra mais!

Depois: o emparedamento na inquietação datava nela do instante em que o Sanches resolvera partir. Mulher do Brasil antigo era assim mesmo: branco ou preto. Donas rijas de não se ser mais, a sutileza sempre andou de pique com elas. Não sabiam os aumentos da saudade nem a diminuição dos gostos. Ou bem era saudade ou bem gosto. Feito aqueles órgãos medievais que não tinham meios pra registrar nem crescendos nem diminuindos, as donas do Brasil antigo conheciam só o forte e o piano. E os homens paulistas que tocaram nesses órgãos, chê! não sabiam fazer ralentando não. Se a música se acabava, se acabava duma vez. Quando Dasdores entendeu que o homem dela partia, ele partiu. Estava ali, que nada! estava mas já partido, correndo o mistério do mato. E a pobre se emparedara na inquietação. Nem bem inquietação! era viuvez e luto eterno pelo defunto marido. Por isso pra Dasdores não foi mais que um bater de quatro horas, quando a bandeira partiu rumo do poente.

Nem bem fez semana daquela viagem penosa, campeando por todo lado, quem sabe se não estará ferido no rancho de tropa de Santa Cruz? batiam pra Santa Cruz e nada, quando fez semana assim, chegaram no lugar da briga. Sanches parou muito, examinando tudo. Ossos espalhados, com fiapos de carne ressequida. Na sapopemba duma árvore muitos ossinhos lascados.

– Isso é de pé, Sanches falou.

– Como que mecê sabe? perguntou o companheiro mais de confiança.

– Bugre mata pra roubar. Porém não aprendeu a tirar bota de pé. Corta a perna junto do cano e depois vai cavocando a carne.

– Nossa Senhora!

– Depois a bota serve de chapéu nas danças, ou pra enfeite de cintura.

– Por que não calçam!

– Não vê que índio deixa de tocar pé no chão. Só o pé já conta muita coisa pra ele.

Seguiram assuntando na serrapilheira algum traço de bugre. Sanches dirigia seguro a caminhada. Uma ocasião, era num cerrado ruim de atravessar, um do grupo exclamou:

– Uma botina!

E Sanches:

– Não falei? Marciano está vivo. Se é botina, é dele que não gosta de bota.

– Pode ser de Marciano porém só botina, fala mais é que ele está morto, pai.

– Fala que está vivo, Galdino.

Foram andando. Então Sanches ensinou:

– Botina caiu por debaixo da urtiga, bugre não viu. Marciano sabe que bugre mata só pra tirar roupa. Foi fugindo, foi tirando a roupa e deixando no caminho pra eles pegarem. Gente nu, bugre escraviza só, não mata.

E parou, fatigado de falar tanto duma vez.

A capoeira descambava pra um banhado tijuquento que careceu beirar. Sanches continuava no cherloquismo sertanejo, reparando em tudo. Toparam com uns rastos de gente de pé-no-chão, eram os índios. De repente Sanches agachou mostrando um rasto só.

– Pé de Marciano.

– Vassuncê até parece feiticeiro, credo! Como que sabe que é pé de Marciano!

– Gente que anda de pé-no-chão não firma assim no calcanhar, firma na frente. Veja esse outro como está fundo nos dedos.

– Ara, ara...

– E veja os dedos, João. Dedo junto assim, só de quem anda calçado.

De indício em indício, penaram mais três dias na mesma. Perderam rasto de Marciano, porém sempre, de longe em longe, algum sinal de bugre aparecia; e um gosto silencioso de caçada, desumanizara por completo a procura. Afinal uma tarde a voz de Sanches se afobou um bocadinho:

– Passaram aqui a noite.

Já então os companheiros estavam acostumados a esperar pela prova da afirmativa, sem perguntar nada. Sanches pegou numa ponta de cigarro francamente nova ainda.

– É mesmo, sussurrou Galdino como temendo que os bugres escutassem, porém como vassuncê sabe que era de-noite, pai?

– O cigarro foi feito de-noite, a palha está no avesso, veja.

Foi então que uma seta desajeitada, de quem atira escondido, veio fraca bater na cinta de Galdino. Sanches pulou de banda puxando o filho, e caiu agachado por detrás duma árvore. Um assobio duro furou a tarde, e logo uma zoada medonha duns vinte bugres gritando, pulando pra amedrontar. E a chuvada de flechas no pessoal. Nem sei como não fugiram. Mas logo um tiro do Sanches visitou o órgão da vista dum marmanjo quarentão, nu todinho. Foi um esparramo na bugrada. E se não fosse a energia do Sanches gritando pelo pessoal, creio que o estratagema dos bugres dava certo, os campeiros se apartavam uns dos outros, se perdiam, e daí era só dar cabo dum por um, porque isso de matar à traição pra bugre é jogar castanha.

Quando o sossego entrou de novo em vida, os dezoito ali, só dois mesmo estavam bem feridos, um na perna, outro no braço. Carecia ver mas era se as flechas não estavam ervadas. Quanto aos bugres, muito balázio isso haviam de ter carregado, além dos dois ficados já no outro mundo, e mais ainda aquele rapazinho morre-morrendo com o tiro na barriga. Deram cabo dele a pontapés.

Mas o posto já estava muito sabido pra ficarem mesmo ali. Curaram malemal as feridas e, carregando o capenga, foram amoitar a um quilômetro, num lugar onde o mato era que nem nó-cego, de tanto cipó. Ficaram lá pra ver o que sucedia com os feridos. Era de esperar que nada, por causa das simpatias e contravenenos. E de fato; só o capenga tomou com uma febrinha sem tremor quando a lua entrou.

A noite, passaram se revezando na espreita. Não veio nada. Só o quiriri negro da mata. O vento murmuriava lá em cima do arvoredo numa varredura cheirando pó. O mato estalava de seco resvalando na asa dos morcegos. Berros... Os berros mesmo do sertão que eles sabiam decor. Tudo parecendo perto e tudo enorme.

Quando se soube da manhã, toda a gente levantou. De-certo era por ali mesmo o mocambo, porque tinham enxergado muito bem mulheres na indiada. E afinal, a razão conhecida era que tinham vindo em busca de Marciano, mas se aquela gente fosse capaz de se analisar, a verdade é que tinham vindo matar bugre, nada mais. Estavam ferozes e completamente caçadores.

Sanches com Galdino comiam, mais apartados, um pouco de paçoca e ouviram de repente um pio de inambu. Sanches quase bateu no filho pra este não falar. O silêncio durou de-certo uns cinco minutos, e o pio varou de novo o espaço, com mais coragem. Sanches colou quase a cabelaça amarelenta do bigode na orelha do filho:

– Nambu não pia em abril, vamos ver.

Deram aviso pros homens, e se dirigiram pros lados do pio. Iam de mansinho. Pela terceira vez o inambu piou, mais forte agora, como um chamado inquieto. Estavam numa vertente doce do espigão. Da vertente fronteira, bem mais longe, outro inambu secundou ao chamado do companheiro. Os dois homens iam descendo com muito cuidado pra não fazer bulha. Era quase impossível isso, por causa da serrapilheira estar seca, porém Sanches, em vez de endireitar pro pio, descia procurando o fundo da vertente. Queria pegar o terreno úmido em baixo, quem sabe se algum corgo? pra andar com menos bulha no podrume das folhas ou n'água. Dito e feito: resvalaram entre as árvores, e lá em baixo vertia uma aguinha que era um fio apenas. Então quebraram pra esquerda, se dirigindo pro pio. Chegaram num lugar onde o terreno caía brusco, fazendo de-certo uma cascatinha em tempo de mais água que naquele ano de seca. O pio respondedor, na outra vertente, nasceu cem passos talvez dali. Se agacharam, e foram de rastro, avançando com lentidão. De repente Sanches parou. Galdino se arrastou pra junto dele, maltratado pelos gestos de cuidado que o pai fazia. Estavam no alto da depressão, em pleno leito do corgo, entre avencas. Nas margens o terreno despencava jeitoso, numa descida rápida cheia de arbustos.

Então, olhando pra onde o pai mandava, em baixo, a uns cinco metros só, Galdino enxergou um bugre. Com o tombo da cascatinha, a água fizera lá um pouco de leito, e agora o fio dela corria no fundo dum barranco. Caído no alto do barranco, o bugre não mexia. Estava ardendo de sede, com os olhos lambendo a aguinha inatingível. Nisto fez um jeito de atenção, assuntando a outra margem. Os brancos olharam também. Surgiu de arrasto, entre as canaranas, uma bugra nova, de-certo a que secundava aos pios do outro. O companheiro olhou salvo pra ela. Se arrastando sempre, a índia afinal chegou na beira do barranco. Fez força, deixou-se cair com uma bulha de água espirrada no leito do corgo. Deu um gemido insuportável, e a careta que esboçou foi medonha de dor. O corpo, os braços movia bem. Tinha tomado com uma bala na perna ou no pé direito, não podia andar. Foi se erguendo, agarrada nas canaranas, esfregando o corpo no barranco e pôde chegar com a cara na cara do homem. Um gesto não sei se de carinho, se fadiga, ela fez; encostou a cara na cara do companheiro. O bugre é que não quis saber! Falando com raiva, tirou a cara de encostar na da índia e deu um bruto munhecaço na cabeça dela. A pobre caiu de novo com o empurrão, enquanto o macho silvava um ronco de dor, e abria uns olhões quase tamanhos como os das nossas moças. Parecia ferido na espinha, nem sei!

Principiou uma cena desgraçada. A bugra estava fatigadíssima, não podia se erguer sem se ajudar com as mãos. Se suspendia um bocado com a direita só, trazendo na concha da esquerda água pro companheiro. Mas caía. Quando não caía, no meio do erguimento já não tinha mais água na mão. Uma vez até andou dando viravoltas suspensa nas canaranas e afinal tombou com um pedaço grande de barranco a mais. Assim não ia mesmo. Andou olhando em volta, desesperada pela raiva do bugre. De-certo procurava alguma folha larga, não havia, só avencas. A índia se ergueu de novo no barranco. Segurou forte na canarana com a mão esquerda e se abaixando, tentou guardar água na concha da direita, porém corpo não dava assim, e quando ela quis mudar a mão esquerda pras canaranas bem da borda, o barranco esboroou, e ela estendeu de novo, com dores tão temíveis que o gemido subiu vivo até os brancos. O bugre então falou quase alto, de tanta impaciência. Estava morrendo. E batia com a cabeça dum lado pra outro, pavoroso de sofrimento. A índia não sabia o que fazer, ficou feito zonza, apertava a perna ferida bem no joelho, oscilava com o corpo a perplexidade que tinha no espírito. Teve de supetão este gesto: botou a boca no chão, encheu as bochechas de água, e se erguendo depressa com mãos e perna e corpo, juntou boca com boca, deu de beber pro bugre. Tornou a fazer o mesmo, e fez assim três vezes. Quarta não pôde fazer mais, de bala do Sanches dizem que ninguém escapou até agora. Até contaram que foi uma bala só pros dois, não creio...

Isso foi só pano-de-amostra de ũa matança em regra que somou duas dúzias de bugres, contando os curumins, e não contando o que apareceu pela metade e temporão no ventre da mãe morrendo. Dias depois deram com o mocambo, que era numa aberta artificial do mato. Cerco bem feito e tiro em pleno sol das 14 horas.

Então a bandeira voltou pra Campos Novos. Inútil perguntar por Marciano, jamais ninguém saíra em busca de Marciano, um defunto. Voltavam felizes com bem rapidez, e muita coisa pra satisfazer por dentro. E por fora também, com as pabulagens!... E o mato-virgem que em toda a parte do mundo sempre guarda numerosíssimos indícios de civilização pros olhos misteriosos dos exploradores, não dava mais pro grupo as marcas vivas de Marciano, com que na ida eles alimentavam a felicidade de matar.

BRIGA DAS PASTORAS

1939 [1943]

Chegáramos à sobremesa daquele meu primeiro almoço no engenho e embora eu não tivesse a menor intimidade com ninguém dali, já estava perfeitamente a gosto entre aquela gente nordestinamente boa, impulsivamente generosa, limpa de segundos pensamentos. E eu me pus falando entusiasmado nos estudos que vinha fazendo sobre o folclôre daquelas zonas, o que já ouvira e colhera, a beleza daquelas melodias populares, os bailados, e a esperança que punha naquela região que ainda não conhecia. Todos me escutavam muito leais, talvez um pouco longínquos, sem compreender muito bem que uma pessoa desse tanto valor às cantorias do povo. Mas concordando com efusão, se sentindo satisfeitamente envaidecidos daquela riqueza nova de sua terra, a que nunca tinham atentado bem.

Foi quando, estávamos nas vésperas do Natal, da "Festa" como dizem por lá, sem poder supor a possibilidade de uma rata, lhes contei que ainda não vira nenhum pastoril, perguntando se não sabiam da realização de nenhum por ali.

– Tem o da Maria Cuncau, estourou sem malícia o Astrogildo, o filho mais moço, nos seus treze anos simpáticos e atarracados, de ótimo exemplar "cabeça chata".

Percebi logo que houvera um desarranjo no ambiente. A sra. dona Ismália, mãe do Astrogildo, e por sinal que linda senhora de corpo antigo, olhara inquieta o filho, e logo disfarçara, me respondendo com firmeza exagerada:

– Esses brinquedos já estão muito sem interesse por aqui... (As duas moças trocavam olhares maliciosos lá no fundo da mesa, e Carlos, a esperança da família, com a liberdade dos seus vinte-e-dois anos, olhava a mãe com um riso sem ruído, espalhado no rosto). Ela porém continuava firme: pastoril fica muito dispendioso, só as famílias é que faziam... antigamente. Hoje não fazem mais...

Percebi tudo. A tal de Maria Cuncau certamente não era "família" e não podia entrar na conversa. Eu mesmo, com a maior naturalidade, fui desviando a prosa, falando em bumba-meu-boi, cocos, e outros assuntos que me vinham agora apenas um pouco encurtados pela preocupação de disfarçar. Mas o senhor do engenho, com o seu admirável, tão nobre quanto antidiluviano cavanhaque, até ali impassível à indiscrição do menino, se atravessou na minha fala, confirmando que eu deveria estar perfeitamente à vontade no engenho, que os meus estudos haviam naturalmente de me prender noites fora de casa, escutando os "coqueiros", que eu agisse com toda a liberdade, o Carlos havia de me acompanhar. Tudo sussurrado com lentidão e uma solicitude suavíssima que me comoveu. Mas agora, com exceção do velho, o malestar se tornara geral. A alusão era sensível e eu mesmo estava quase estarrecido, se posso me exprimir assim. Por certo que a Maria Cuncau era pessoa de importância naquela família, não podia imaginar o que, mas garantidamente não seria apenas alguma mulher perdida, que causasse desarranjo tamanho naquele ambiente.

Mas foi deslizantemente lógico todos se levantarem pois que o almoço acabara, e eu senti dever uma carícia à sra. dona Ismália, que não podia mais evitar um certo abatimento naquele seu mutismo de olhos baixos. Creio que fui bastante convincente, no tom filial que pus na voz pra lhe elogiar os maravilhosos pitus, porque ela me sorriu, e nasceu entre nós um desejo de acarinhar, bem que senti. Não havia dúvida: Maria Cuncau devia ser uma tara daquela família, e eu me amaldiçoava de ter falado em pastoris. Mas era impossível um carinho entre mim e a dona da casa, apenas conhecidos de três horas; e enquanto o Carlos ia ver se os cavalos estavam prontos para o nosso passeio aos partidos de cana, fiquei dizendo coisas meio ingênuas, meio filiais à sra. dona Ismália, jurando no íntimo que não iria ao Pastoril da Maria Cuncau. E como num momento as duas moças, ajudando a criadinha a tirar a mesa, se acharam ausentes, não resisti mais, beijei a mão da sra. dona Ismália. E fugi para o terraço, lhe facilitando esconder as duas lágrimas de uma infelicidade que eu não tinha mais direito de imaginar qual.

O senhor do engenho examinava os arreios do meu cavalo. Lhe fiz um aceno de alegria e lá partimos, no arranco dos animais fortes, eu, o Carlos, e mais o Astrogildo num petiço atarracado e alegre que nem ele. A mocidade vence fácil os malestares. O Astrogildo estava felicíssimo, no orgulho vitorioso de ensinar o homem do sul, mostrando o que era boi, o que era carnaúba; e das próprias palavras do mano, Carlos tirava assunto pra mais verdadeiros esclarecimentos. Maria Cuncau ficara pra trás, totalmente esquecida.

Foram três dias admiráveis, passeios, noites atravessadas até quase o "nascer da bela aurora", como dizia a toada, na conversa e na escuta dos cantadores da zona, até que chegou o dia da Festa. E logo a imagem da Maria Cuncau, cuidadosamente escondida aqueles dias, se impôs violentamente ao meu desejo. Eu tinha que ir ver o Pastoril de Maria Cuncau. O diabo era o Carlos que não me largava, e embora já estivéssemos amigos íntimos e eu sabedor de todas as suas aventuras na zona e farras no Recife, não tinha coragem de tocar no assunto nem meios pra me desvencilhar do rapaz. Nas minhas conversas com os empregados e cantadores bem que me viera uma vontadinha de perguntar quem era essa Maria Cuncau, mas se eu me prometera não ir ao Pastoril da Maria Cuncau! por que perguntar!... Tinha certeza que ela não me interessava mais, até que com a chegada da Festa, ela se impusera como uma necessidade fatal. Bem que me sentia ridículo, mas não podia comigo.

Foi o próprio Carlos quem tocou no assunto. Delineando o nosso programa da noite, com a maior naturalidade deste mundo, me falou que depois do Bumba que viria dançar de-tardinha na frente da casa-grande, daríamos um giro pelas rodas de coco, fazendo hora pra irmos ver o Pastoril da Maria Cuncau. Olhei-o e ele estava simples, como se não houvesse nada. Mas havia. Então falei com minha autoridade de mais velho:

– Olhe, Carlos, eu não desejava ir a esse pastoril. Me sinto muito grato à sua gente que está me tratando como não se trata um filho, e faço questão de não desagradar a... a ninguém.

Ele fez um gesto rápido de impaciência:

– Não há nada! isso é bobagem de mamãe!... Maria Cuncau parece que... Depois ninguém precisa saber de nada, nós voltamos todos os dias tarde da noite, não voltamos?... Vamos só ver, quem sabe se lhe interessa... Maria Cuncau é uma velha já, mora atrás da "rua", num mocambo, coitada...

E veio a noitinha com todas as suas maravilhas do nordeste. Era uma noite imensa, muito seca e morna, lenta, com aquele vaguíssimo ar de tristeza das noites nordestinas. O bumba-meu-boi, propositalmente encurtado pra não prender muito a gente da casa-grande, terminara lá pela meia-noite. A sra. dona Ismália se recolhera mais as filhas e a raiva do Astrogildo que teimava em nos acompanhar. O dono da casa desde muito que dormia, indiferente àquelas troças em que, como lhe escapara numa conversa, se divertira bem na mocidade. Retirado o grande lampião do terraço, estávamos sós, Carlos e eu. E a imensa noite. O pessoal do engenho se espalhara. Os ruídos musicais se alastravam no ar imóvel. Já desaparecera nalguma volta longe do caminho, o rancho do Boi que demandava a rua, onde ia dançar de novo o seu bailado até o raiar do dia. Um "chama" roncava longíssimo, talvez nalgum engenho vizinho, nalguma roda de coco. As luzes se acendiam espalhadas como estrelas, eram os moradores chegando em suas casas pobres. E de repente, lá para os lados do açude onde o massapê jazia enterrado mais de dois metros no areão, desde a última cheia, depois de uns ritmos debulhados de ganzá, uma voz quente e aberta, subira noite em fora, iniciando um coco bom de sapatear.

Olê, rosêra,
Murchaste a rosa!...

Era sublime de grandeza. A melancolia da toada, viva e ardente, mas guardando um significado íntimo, misterioso, quase trágico de desolação, casava bem com a meiga tristeza da noite.

Olê, rosêra,
Murchaste a rosa!...

E as risadas feriam o ar, os gritos, o coco pegara logo animadíssimo, aquela gente dançava, sapateava na dança, alegríssima, o coro ganhava amplidão no entusiasmo, as estrelas rutilavam quase sonoras, o ar morno era quase sensual, tecido de cheiros profundos. E era estranhíssimo. Tudo cantava, Cristo nascia em Belém, se namorava, se ria, se dançava, a noite boa, o tempo farto, o ano bom de inverno, vibrava uma alegria enorme, uma alegria sonora, mas em que havia um quê de intensamente triste. E um solista espevitado, com uma voz lancinante, própria de aboiador, fuzilava sozinho, dilacerando o coro, vencendo os ares, dominando a noite:

Vô m'imbora, vô m'imbora
Pá Paraíba do Norte!...

E o coro, em sua humanidade mais serena:

Olê, rosêra,
Murchaste a rosa!...

Nós caminhávamos em silêncio, buscando o Pastoril e Maria Cuncau. Minha decisão já se tornara muito firme pra que eu sentisse qualquer espécie de remorso, havia de ver a Maria Cuncau. E assim liberto, eu me entregava apenas, com delícias inesquecíveis, ao mistério, à grandeza, às contradições insolúveis daquela noite imensa, ao mesmo tempo alegre e triste, era sublime. E o próprio Carlos, mais acostumado e bem mais insensível, estava calado. Marchávamos rápido, entregues ao fascínio daquela noite da Festa.

A rua estava iluminada e muita gente se agrupava lá, junto a casa de alguém mais importante, onde o rancho do boi bailava, já em plena representação outra vez. Entre duas casas, Carlos me puxando pelo braço, me fez descer por um caminhinho cego, tortuoso, que num aclive forte, logo imaginei que daria nalgum riacho. Com efeito, num minuto de descida brusca, já mais acostumados à escuridão da noite sem lua, pulávamos por umas pedras que suavemente desfiavam uma cantilena de água pobre. Era agora uma subida ainda mais escura, entre árvores copadas, junto às quais se erguiam como sustos, uns mocambos fechados. Um homem passou por nós. E logo, pouco além, surgiu por trás dum dos mocambos, uma luz forte de lampião batendo nos chapéus e cabeleiras de homens e mulheres apinhados juntos a uma porta. Era o mocambo de Maria Cuncau.

Chegamos, e logo aquela gente pobre se arredou, dando lugar para os dois ricos. Num relance me arrependi de ter vindo. Era a coisa mais miserável, mais degradantemente desagradável que jamais vira em minha vida. Uma salinha pequeníssima, com as paredes arrimadas em mulheres e crianças que eram fantasmas de miséria, de onde fugia um calor de forno, com um cheiro repulsivo de sujeira e desgraça. Dessa desgraça horrível, humanamente desmoralizadora, de seres que nem sequer se imaginam desgraçados mais. Cruzavam-se no teto uns cordões de bandeirolas de papel de embrulho, que se ajuntavam no fundo da saleta, caindo por detrás da lapinha mais tosca, mais ridícula que nunca supus. Apenas sobre uma mesa, com três velinhas na frente grudadas com seu próprio sebo na madeira sem toalha, um caixão de querosene, pintado no fundo com uns morros muito verdes e um céu azul claro cheio de estrelas cor-de-rosa, abrigava as figurinhas santas do presépio, minúsculas, do mais barato bricabraque imaginável.

O pastoril já estava em meio ou findava, não sei. Dançando e cantando, aliás com a sempre segura musicalidade nordestina, eram nove mulheres, de vária idade, em dois cordões, o cordão azul e o encarnado da tradição, com mais a Diana ao centro. O que cantavam, o que diziam não sei, com suas toadas sonolentas, de visível importação urbana, em que a horas tantas julguei perceber até uma marchinha carioca de carnaval.

Mas eu estava completamente desnorteado por aquela visão de miséria degradada, perseguido de remorsos, cruzado de pensamentos tristes, saudoso da noite fora. E arrependido. Tanto mais que a nossa aparição ali, trouxera o pânico entre as mulheres. Se antes já trejeitavam sem gosto, no monótono cumprimento de um dever, agora que duas pessoas "direitas" estavam ali, seus gestos, suas danças, se desmanchavam na mais repulsiva estupidez. Todas seminuas com uns vestidos quase trapos, que tinham sido de festas e bailes muito antigos, e com a grande faixa azul ou encarnada atravessando do ombro à cintura, braços nus, os colos magros desnudados, em que a faixa colorida apertava a abertura dos seios murchos. Mais que a Diana central, raparigWuinha bem tratada e nova, quem chamava a atenção era a primeira figura do cordão azul. Seu vestido fora rico há vinte anos atrás, todo inteirinho de lantejoulas brilhantes, que ofuscavam contrastando com os outros vestidos opacos em suas sedinhas ralas. Essa a Maria Cuncau, dona do pastoril e do mocambo.

Fora, isto eu sube depois, a moça mais linda da Mata, filha de um morador que voltara do sul casado com uma italiana. Dera em nada (e aqui meu informante se atrapalhou um bocado) porque um senhor de engenho, naquele tempo ainda não era senhor de engenho não, a perdera. Tinha havido facadas, o pai, o João Cuncau morrera na prisão, ela fora mulher-dama de celebridade no Recife, depois viera pra aquela miséria de velhice em sua terra, onde pelo menos, de vez em quando, às escondidas, o senhor de engenho, dinheiro não mandava não, que também já tinha pouco pra educar os filhos, mas enfim sempre mandava algum carneiro pra ela vender ou comer.

Maria Cuncau, assim que nos vira, empalidecera muito sob o vermelho das faces, obtido com tinta de papel de seda. Mas logo se recobrara, erguera o rosto, sacudindo pra trás a violenta cabeleira agrisalhada, ainda voluptuosa, e nos olhava com desafio. Rebolava agora com mais cuidado, fazendo um esforço infinito pra desencantar do fundo da memória, as graças antigas que a tinham celebrizado em moça. E era sórdido. Não se podia sequer supor a sua beleza falada, não ficara nada. A não ser aquele vestido de lantejoulas rutilantes, que pendiam, num ruidinho escarninho, enquanto Maria Cuncau malhava os ossos curtos, frágil, baixinha, olhos rubescentes de alcoolizada, naquele reboleio de pastora.

Quando dei tento de mim, é que a coisa acabara, com uns fracos aplausos em torno e as risadas altas dos homens. As pastoras se dispersavam na sala, algumas vinham se esconder no sereno, passando por nós de olhos baixos, encabuladíssimas. Carlos, bastante inconsciente, examinava sempre os manejos da Diana moça, na sua feroz animalidade de rapaz. Mas eu lhe tocava já no braço, queria partir, me livrar daquele ambiente sem nenhum interesse folclórico, e que me repugnava pela sordidez. Maria Cuncau, que fingindo conversar com as mulheres da sala, enxugava muito a cara, nos olhando de soslaio, adivinhou minha intenção. Se dirigiu francamente pra nós e convidou, meio apressada mas sem nenhuma timidez, com decisão:

– Os senhores não querem adorar a lapinha!...

De-certo era nisso que todas aquelas mulheres pensavam porque num segundo vi todas as pastoras me olhando na sala e as que estavam de fora se chegando à janelinha pra me examinar. Percebi logo a finalidade do convite, quando cheguei junto da lapinha, enquanto o Carlos se atrasava um pouco, tirando um naco desajeitado de conversa com a Diana. Os outros assistentes também desfilavam junto ao presépio, parece que rezavam alguma coisa, e alguns deixavam escorregar qualquer níquel num pires colocado bem na frente do Menino-Deus. Fingi contemplar com muito respeito a lapinha, mas na verdade estava discutindo dentro comigo quanto daria. Já não fora pouco o que o rancho do Boi me levara, e aliás as pessoas da casa-grande estavam sempre me censurando pelo muito que eu dava aos meus cantadores. Puxei a carteira, decidido a deixar uns vinte milréis no pires. Seria uma fortuna entre aqueles níqueis magriços em que dominava uma única rodela mais volumosa de cruzado. Porém, se ansiava por sair dali, estava também muito comovido com toda aquela miséria, miséria de tudo. A Maria Cuncau então me dava uma piedade tão pesada, que já me seria difícil especificar bem se era comiseração se era horror.

Sinto é maltratar os meus leitores. Este conto que no princípio parecia preparar algum drama forte, e já está se tornando apenas uma esperança de dramazinho miserável, vai acabar em plena mesquinharia. Quando puxei a carteira, decidido a dar vinte milréis, a piedade roncou forte, tirei com decisão a única nota de cinqüenta que me restava da noite e pus no pires. Todos viram muito bem que era uma nota, e eu já me voltava pra partir, encontrando o olho de censura que o Carlos me enviava. O mal foi um mulatinho esperto, não sei se sabia ler ou conhecia dinheiro, que estava junto de mim, me devorando os gestos, extasiado. Não pôde se conter, casquinou uma risada estrídula de comoção assombrada, e apenas conseguiu ainda agarrar com a mão fechada a enorme palavra-feia que esteve pra soltar, gritou:

– Pó... cincoentão!

Foi um silêncio de morte. Eu estava desapontadíssimo, ninguém me via, ninguém se movia, as pastoras todas estateladas, com os olhos fixos no pires. Carlos continuava parado, esquecido da Diana que também não o via mais, olhava o pires. E ele sacudia de leve o rosto para os lados, me censurando.

– Vamos, Carlos.

E nos dirigimos para a porta da saída. Mas nisto, aquela pastora do cordão encarnado que estava mais próxima da lapinha, num pincho agílimo (devia estar inteiramente desvairada pois lhe seria impossível fugir), abrindo caminho no círculo apertado, alcançou o pires, agarrou a nota, enquanto as outras moedinhas rolavam no chão de terra socada. Mas Maria Cuncau fora tão rápida como a outra, encontrara de peito com a fugitiva, foi um baque surdo, e a luta muda, odienta, cheia de guinchos entre as duas pastoras enfurecidas. Nós nos voltáramos aturdidos com o caso e a multidão devorava a briga das pastoras, também pasma, incapaz de socorrer ninguém. E aqueles braços se batiam, se agarravam, se entrelaçavam numa briga chué, entre bufidos selvagens, até que Maria Cuncau, mordendo de fazer sangue o punho da outra, lhe agarrou a nota, enfiou-a fundo no seio, por baixo da faixa azul apertada. A outra agora chorava, entre borbotões de insultos horríveis.

– É da lapinha! que Maria Cuncau grunhia, se encostando na mesa, esfalfada. É da lapinha!

Os homens já se riam outra vez com caçoadas ofensivas, e as pastoras se ajuntando, faziam dois grupos em torno das briguentas, consolando, buscando consertar as coisas.

Partimos apressados, sem nenhuma vontade ainda de rir nem conversar, descendo por entre as árvores, com dificuldade, desacostumados à escureza da noite. Já estávamos quase no fim da descida, quando um ruído arrastado de animal em disparada, cresceu por trás de nós. Nem bem eu me voltara que duas mãos frias me agarraram pela mão, pelo braço, me puxavam, era Maria Cuncau. Baixinha, magríssima, naquele esbulho grotesco de luz das lantejoulas, cabeça que era um ninho de cabelos desgrenhados...

– Moço! ôh moço!... me deixa alguma nota pra mim também, aquela é da lapinha!... eu preciso mais! aquela é da lapinha, moço!

Aí, Carlos perdeu a paciência. Agarrou Maria Cuncau com aspereza, maltratando com vontade, procurando me libertar dela:

– Deixe de ser sem-vergonha, Maria Cuncau! Vocês repartem o dinheiro, que história é essa de dinheiro pra lapinha! largue o homem, Maria Cuncau!

– Moço! me dá uma nota pra... me largue, seu Carlos!

E agora se estabelecia uma verdadeira luta entre ela e o Carlos fortíssimo, que facilmente me desvencilhara dela.

– Carlos, não maltrate essa coitada...

– Coitada não! me largue, seu Carlos, eu mordo!...

– Vá embora, Maria Cuncau!

– Olha, esta é pra...

– Não! não dê mais não! faço questão que...

Porém Maria Cuncau já arrancara o dinheiro da minha mão e num salto pra trás se distanciara de nós, olhando a nota. Teve um risinho de desprezo:

– Vôte! só mais vinte!...

E então se aprumou com orgulho, enquanto alisava de novo no corpo o vestido desalinhado. Olhou bem fria o meu companheiro:

– Dê lembrança a seu pai.

Desatou a correr para o mocambo.

OS SÍRIOS

1930

Um dia afinal, depois de vinte anos de mascate por conta própria, se soube que aquele terreno valorizadíssimo era propriedade de Nedim. Vendera metade. Construíra aquela casa branca enfeitada, com dois andares. Botara hotel e o café em baixo. Fora buscar, não se sabia onde, uma companheira tão gasta como ele, síria medonha de feia e jorrando malvadeza pelos ângulos. Ela ficava no hotel. Ele no café e... no hotel também. Tinha olhos pra tudo e agora a economia era insultante. Mas Nedim ficara desgraçado e o sofrimento é que mudara inteiramente o jeito dele. Gastara tudo na construção do hotel. Viera, e ficara firme, a sensação de que principiara novamente do começo a ajuntar cruzado por cruzado. A coragem fora mais forte que ele e o quebrara. Tudo ia muito bem; o hotel imundo e o café lhe davam juros duma grandeza gatuna, mas subsistia no coitado uma sensação estragosa de que era espoliado, de que estavam morando na casa dele, que estavam comendo a comida dele. Quando essas fraquezas vinham, fechava os olhos pra não ver os freqüentadores do café. Jamais pudera se acomodar com a sala de jantar do hotel. Não comia nela, nem passava por ela nas horas de refeição. Vinham-lhe impulsos de botar pela porta fora toda aquela gente sugadeira, sofria muito.

(...) De primeiro, por instinto natural mais do que por bondade, tomara o costume de dar esmolas. Dava principalmente aos paralíticos, por uma transposição curiosa de personalidade. Mascateava a pé por esses mundos e em cada paralítico que via, se via impossibilitado de caminhar, ou via toda uma profissão itinerante acabada, pela impossibilidade física dum só. Então dava. Dava com a mesma irregularidade sentimental da maioria dos esmoleres, conforme a impressão de horror que recebia do mendigo. Quanto mais feio este, mais dava, no desejo único de se libertar pelo maior sacrifício, e se o mendigo era loquaz nas gratidões então fugia perseguido, até com raiva do outro.

Pois mesmo o costume de dar mudara agora. Vivia numa luta mesquinha com a mulher. Esta era menos sensível e sabia que estavam ricos. Dava esmolas também, como o marido, e embora o gesto físico de dar fosse nela um insulto pro mendigo, isso não era culpa dela. Era, culpa do corpo horroroso. Não concebia as esmolas de mais de tostão e muito comentara com Nedim os desperdícios deste, algumas vezes até mil réis indo parar nas mãos emberevadas. E agora Nedim que a censurava pelos poucos tostões dos sábados. Nedim tomava conta das esmolas da mulher. Achava mesmo sempre um jeito de surripiar uns três tostões à sabatina esmoler da companheira, não pra conservar mas pra eles darem durante a semana. E esse dinheiro ele dava bem, sem nenhuma luta com a economia. Dava pelo prazer pessoal de dar. Mas a mulher, está claro que percebia o roubo, e por seu lado roubava em qualquer compra à equivalência do perdido, pra dar exatamente, friamente, o quanto destinava à esmola. Não falava nada pro marido, mas Nedim conhecia a mulher e tinha consciência de, ou antes vergonha por ela perceber os roubos. Nem por isso deixava de roubar; e numa ilusão, só mesmo possível em seres assim tão fatais, se desintegrava da vida econômica da esposa e continuava imaginando que tinha alguma forma de economizar naqueles roubos.

Afora isso, que vida maravilhosamente unânime a dos dois! Só havia entre eles a confiança perfeita e o silêncio. Quase não se falavam. Não tinham o que se dizer, pois um bisava a consciência do outro, apesar de seres diferentíssimos. Tudo o que era espontaneidade em Nedim, se repetia sistematizado, conscientemente nela, e da mesma forma como ele, sem querer, era naturalmente bom, ela era naturalmente má. (...) O que ela sentia por Nedim era o mais completo, mais frio, mais sistematizado ódio. Está claro que isso jamais lhe atingira o conhecimento, mas o fato é que odiava Nedim. Viviam em muito perfeita harmonia; e as rusgas que tinham eram rusgas de Nedim, uns gritos ásperos, uns insultos de "cadela por sua mãe que foi cadela" pra baixo, tudo parado no meio, de repente, sem razão pra continuar. A megera estava acostumada e não sofria. Obedecia quando era justo obedecer, desobedecia se não. Não se sentia feliz, porém, não haveria modos de a fazerem desgraçada. Se o marido morresse, a vida continuava, e na certa que encontraria logo alguém que, pretendendo lhe gozar a herança, lhe servisse de objeto pra supliciar. Suplício sutil, feito mais duma criação de ambiente que de gestos reais. Porém, estes existiam também e eram conscientes.

Uma das formas com que ela supliciava Nedim era o gamão. Nedim, não se pode afirmar que gostasse do gamão, jogava-o. O fraco dele era esse gamão, jogado a leite de pato com a mulher. Desde os tempos de casamento, se estavam juntos e sem que fazer, jogavam o gamão. Nedim às vezes, fatigadíssimo duma viagem, e agora, exausto com os terrores financeiros do dia, se atirava numa cadeira na entressombra familiar. A danada largava o servicinho ou calmamente continuava acabando um arranjo. Depois trazia o jogo. Muitas vezes a fadiga de Nedim era tamanha, que ele nem mexia, olhos fechados. A danada arranjava as pedras de ambos e ficava ali, sem uma frase, esperando. Nedim se remordia desesperado. Uma vontade imensa de não jogar, despeito por causa de ter perdido na véspera, aquele número seis que não viera nem uma vez pra ele na negra... Abria os olhos e principiava jogando com afobação. E eram duas horas de martírio. Uma luta de espertezas. Os dois roubavam. O interesse do jogo não estava na vitória, estava na trapaça. Tomavam mais cuidado em somar os pontos do adversário que os próprios. Nos próprios, se errassem, nunca jamais que errariam de maneira a se prejudicar, mas a mínima desatenção que tivessem, era certo que o adversário trapaceava. Somava como lhe convinha, ou na conta dos dados, ou no pulo das pedras. Um gamão que consistia apenas nisso: não deixar o inimigo trapacear.

Pra esse jogo escuso, das horas noturnas, a leite de pato, separados dos homens, no quarto solitário, eles tinham transportado todo o instinto de roubo que a honestidade não deixara eles praticarem na vida. No gamão é que conseguiam a maior intimidade entre si, de seres ávidos, duma ganância fixada em finalidade, capaz de todos os sacrifícios morais. Se detestando no momento, um buscando de qualquer forma prejudicar o adversário, no jogo é que eles se emparceiravam melhor, um encontrando no outro, como num espelho, a única verdade fixa de ambos, que uma espécie de puerilidade moral não os deixava praticar na vida. E quando um pegava o outro na trapaça, vinham as palavras ásperas, os "gatunos!", os "filha de cadela!", cantar os passes daquele gamão desgraçado. Mas a verdade é que estavam se insultando a si mesmos. O insulto era uma espécie de auto-sugestão com que se incitavam a roubar inda mais; um cilício de excitação e ao mesmo tempo uma espécie de qualificação cheia de desprezo pelo que quereriam ser. E aquilo esquentava o manejo. Jogavam rápido, numa habilidade prodigiosa de somas e gestos, loucos pra andarem mais depressa, acabar com aquilo e fugirem de si mesmo. Pouco a pouco a noção de jogo se transformara inteiramente neles. Não havia a mínima consciência de roubo. Se ganhavam por alguma trapaça escapada, a sensação da vitória vinha, absolutamente virtuosa, dar um gosto indizível pra Nedim. Pra ela não: dava apenas um olhar de confidência deslavada: "Roubei e você não percebeu!" Ela jogava friamente, ele com toda paixão, mas ambos agastadíssimos. E continuavam assim até que o sírio não suportava mais o suplício, ia dormir, com um sono inexato, bordado de memórias e de raivas.

A megera vinha, como um insulto desafiando, se deitar ao lado dele. Nedim recuava com nojo. Outras vezes se lançava sobre ela feito uma fúria, mais por vingança que outra coisa. Ela se deixava gozar pacientemente, pronta sempre. Mas não tivera jamais um suspiro de amor.

(Fragmento do romance *Café*).

PRIMEIRO ANDAR, OBRA EM PROGRESSO

Marcos Antonio de Moraes

"Ruim demais"

Em dezembro de 1943, Mário da Silva Brito, jornalista moço do *Diário de S. Paulo*, procura Mário de Andrade para uma entrevista. A conversa recai sobre inéditos e reedições de livros. Questionado sobre o destino dos contos de *Primeiro andar*, obra de 1926, o autor não titubeia. Julga o livro impublicável, por considerá-lo "ruim demais". No balanço crítico, condena sumariamente o volume: "Outros poderão ser ruins, mas é o ruim que a gente sustenta. Mas esse não."[1]

Com o projeto das Obras Completas em curso pela Livraria Martins de São Paulo, *Primeiro andar*, relido, apresenta-se a Mário como um problema. Pouco antes da entrevista, em novembro, o escritor havia esboçado uma NOTA PARA A 2ª EDIÇÃO para o volume, guardando-a entre os seus papéis; esse gesto descortina a sua intenção de republicar a livro, agora reformulado. Diante desses dois documentos de época, vê-se Mário dividido entre o desejo de reeditar e o de silenciar os contos, afinal a brochurazinha antiga parecia constituir um acorde dissonante em sua obra

1. UMA EXCURSÃO PELO FICHÁRIO DE MACUNAÍMA – REEDIÇÕES, NOVAS OBRAS E PLANOS FUTUROS – TRABALHOS DE MÁRIO DE ANDRADE – O MAIS ORGANIZADO INTELECTUAL DO BRASIL (Mário da Silva Brito). In: ANDRADE, Mário de. *Entrevistas e depoimentos*. Org. Telê Ancona Lopez. São Paulo: T. A. Queiroz, 1983, p. 96.

marcadamente "pragmática". Em 1944, na entrevista a *Diretrizes*, do Rio de Janeiro, o escritor define o norte estético-ideológico de sua produção, caminho que, em muitas de suas cartas, já tivera oportunidade de formular: "Só publico o que pode servir. Todas as minhas obras têm uma intenção utilitária qualquer."[2] Nessa direção, justificar-se-iam as outras duas "obras imaturas", os versos pacifistas de *Há uma gota de sangue em cada poema* (1917) e o breviário das "teorias modernistas da Europa e dos Estados Unidos", *A escrava que não é Isaura* (1925), impresso porque poderia "ser um pouco útil aos moços do Brasil".[3] Ao entrevistador, Francisco de Assis Barbosa, Mário confidencia a sorte de sua produção literária desconectada daquele ideário artístico: "As coisas de pura preocupação estética que fiz durante algum tempo, eu destruí. Só me interessavam a mim, como aquisição de técnica pessoal."[4]

Entre os textos repelidos por uma consciência crítica militante, contam-se os "milhares de versos" de dicção parnasiana, escritos entre 1913 e a publicação da obra de estréia, em 1917, dos quais Mário guardou pequena amostra, organizada em um "livrinho" e submetida ao amigo Manuel Bandeira, em 1925. "Você há-de ter curiosidade de ler isso. Alguns sonetos valem."[5] *O Primeiro andar* configurou-se, igualmente, para o seu autor, como o "resumo do

2. Acusa Mário de Andrade: "Todos são responsáveis" (Francisco de Assis Barbosa). In: ANDRADE, Mário de. Ed. cit., p. 105.

3. Carta de Mário de Andrade a Joaquim Inojosa, 28 nov. 1924. In: INOJOSA, Joaquim. *O movimento modernista em Pernambuco*. V. 2, Rio de Janeiro: Ed. Guanabara, s.d., p. 339.

4. Acusa Mário de Andrade: "Todos são responsáveis" (Francisco de Assis Barbosa). In: ANDRADE, Mário de. Ed. cit., p. 105.

5. Carta de Mário de Andrade a Manuel Bandeira, 4 out. 1925. In: ANDRADE, Mário de; BANDEIRA, Manuel. *Correspondência*. Org. Marcos Antonio de Moraes. São Paulo: Edusp/IEB-USP, 2001, p. 243.

[seu] melhor passado de prosa",[6] seleta de um "dilúvio de manuscritos".[7] Tendo solapado os versos tributários da arte de Bilac, Mário, contudo, sustenta a difusão, no tempo quente do modernismo, das onze narrativas, algumas com "muita literatura dentro", datadas de "1914?" a 1923. Entre os contos, em todo caso, contava-se GALO QUE NÃO CANTOU, de 1918, considerado pelo escritor, em carta a Bandeira, "uma das melhores coisas que fiz na minha vida."[8] A ADVERTÊNCIA INICIAL da primeira edição do livro trazia, por fim, a justificativa da edição: "publicando-se me liberta duma vez do meu passado e dos namoros artísticos dele".

Poesia, prosa e esquetes teatrais desse tempo desenham o retrato de uma juventude enraizada na cultura literária. A pequena correspondência de Mário de Andrade, anterior à Semana de 22, deixa entrever as leituras, os modelos literários e o ideal estético de um grupo de moços à sombra da Congregação da Imaculada Conceição da Igreja de Santa Ifigênia. Para dois irmãos de fé, aliás, Mário dedica textos seus; a Herberto Rocha oferece COCORICÓ (1916) e a Joaquim Álvares Cruz o CONTO DE NATAL (1914). Cruz, jovem advogado vivendo em cidadezinhas do interior paulista, em 1917, aposta no vigor beletrístico do amigo ainda inédito em livro, de quem, certamente, vinha lendo os manuscritos. "E – tomara! – possam as letras pátrias, ainda jovens e necessitadas, contar com mais uma valiosa parcela que vá engrossar gloriosamente o número das suas fileiras!", escreve em 10 de fevereiro, em longa carta da qual emergem nomes de graúdos da literatura nacional, tornados fiel da balança para a apreciação dos escritos de Mário. Ainda que trate particularmente da "filosofia" radicada

6. Carta de Mário de Andrade a Manuel Bandeira, 15 nov. 1923. In: Ed. cit., p. 106.

7. ANDRADE, Mário de. ADVERTÊNCIA INICIAL, *Primeiro andar.*

8. Carta de Mário de Andrade a Manuel Bandeira, 31 out. 1924. In: Op. cit., p. 142.

em cartas do amigo, Cruz parece avaliar, em sentido amplo, essa escrita que prometia a seu autor um lugar no panteão dos escritores. De um lado, levanta-se Machado de Assis, "por ti colocado no altar-mor da tua veneração"; de outro, "um dos mais robustos manejadores do vernáculo, o qual quiçá jamais pensaste em imitar, mas de quem parece seres um translado. É o enfezado autor dos *Sertões*. [...] É às frases deste, como um rio encachoeirado, de quando em quando a borbotar, que a tua anda a pedir meças e confronto".[9]

Personalidade marcante na rede de sociabilidade literária a que pertence Mário nos anos de 1910 é o mano mais velho dele, Carlos de Moraes Andrade. Católico fervoroso, esteio da moralidade, conservador no terreno das artes. *Paulicéia desvairada* sai do prelo em julho de 1922 e Carlos, em carta de outubro ao irmão, crava o marco de ruptura definitiva entre duas sensibilidades artísticas distintas: "Em verdade, por maior que seja a *expectativa simpática* com que procuramos descobrir *belezas* onde as encontras, não logramos senão, em geral, o assombro (não é bem isso!), o desconcerto (também não é!), a estupefação (parece-me *isto*, melhor) produzidos por um desarranjo que pretende ser estético, mas cujo *critério* não se consegue vislumbrar. Eu sei, meu caro, que vais dizer-me (como já me disseste) que eu me apego ao velho conceito da 'arte em busca da beleza', hoje substituído pelo de 'arte em busca de prazer individual'."[10] Antes desta cisão, haviam travado correspondência fecunda, da qual hoje, infelizmente, só temos a voz de Carlos. No espaço da intimidade, abre-se intenso debate em

9. Carta de Joaquim Álvares Cruz a Mário de Andrade, 10 fev. 1917. Arquivo Mário de Andrade (MA), Instituto de Estudos Brasileiros, Universidade de São Paulo (IEB-USP).

10. Carta de Carlos de Moraes Andrade a Mário de Andrade, 8 out. 1922. Arquivo MA, IEB-USP.

torno da literatura. Na pauta, a doutrina cristã que recusa certas liberdades "bocageanas" de Mário. Pergunta Carlos ao irmão, em fevereiro de 1914: "Por que [...] não serás, poeta, o mesmo católico que és de convicção? [...] Em verso também se peca [...]."[11] Em outubro desse mesmo ano, repudia o artificialismo classicizante de soneto que lhe fora remetido, em cuja leitura era "mister dicionário para digerir uns substantivos por demais arrevesados!". Como comparação negativa, lembra Coelho Neto, com seus "*farautos, algares, paredros*, e companhia"; como valor a ser imitado, sugere o "poeta do mar": "apraz-me a maneira nossa e natural, à Vicente de Carvalho, em que versejas, e distrai-me".[12] Leitor curioso dos (des)caminhos da poesia e da prosa de Mário, Carlos, em junho de 1920, tenta arrastar o mano já fisgado pela vanguarda européia para o terreno do nacionalismo: "Trabalho, deves ter algum em mãos [...]. Vê que novos contos ou poesias nos trazes, bem banhados no nosso bom suco brasileiro, nacionais no verdadeiro e puro sentido nosso, tão rico, tão próprio, mas tão maltratado e tão ignorado!... Estás aí em contato direto com a terra e com a gente, vês o que nós somos agora, o que somos verdadeiramente, sem *preconceitos* de nacionalismo *jeca-tatuísmo*, nem estrangeirismos juóbananéricos, nem frítzicos, um povo que se forma, amalgamando o que fomos com o que importamos, em vista do que seremos: cosmopolitas querendo, como homens, constituir uma nação."[13]

11. Carta de Carlos de Moraes Andrade a Mário de Andrade, 12 fev. 1914. Arquivo MA, IEB-USP.

12. Carta de Carlos de Moraes Andrade a Mário de Andrade, 27 out. 1914. Arquivo MA, IEB-USP.

13. Carta de Carlos de Moraes Andrade a Mário de Andrade, 3 jun. 1920. Arquivo MA, IEB-USP.

Machado de Assis, Euclides da Cunha e Coelho Neto (aos quais ainda se podem somar os "regionalistas" do tempo), como se vê, definem parâmetros de gosto literário para esses jovens paulistas. Nesse época, Mário moldará algumas das narrativas do *Primeiro andar*, como quem afia seu instrumento de trabalho.

"pouca coisa boa"

"Hoje recebi o primeiro exemplar do meu *Primeiro andar*, até que enfim, puxa!", conta Mário de Andrade ao amigo Carlos Drummond de Andrade em carta de "18 ou 19" de janeiro de 1927. "Imagine que o livro sai datado de setembro do ano passado, se eu ficar célebre seria muito engraçado que os bibliófilos se pusessem procurando nos jornais a notícia do livro e só depois de janeiro essas notícias aparecessem..."[14]

Da recepção crítica dos contos na imprensa, Mário conservou em seu arquivo duas resenhas; a primeira, assinada por Martim Damy, na coluna O ESPÍRITO DOS LIVROS, no *Jornal do Comércio* de São Paulo, em 7 de fevereiro; outra, de Rodrigo Mello Franco de Andrade, DOIS LIVROS DE MÁRIO DE ANDRADE, n'*O Jornal* carioca, em 8 de maio. Damy, ligado ao círculo intelectual (e familiar) da Villa Kyrial – a residência paulistana do senador (e mecenas) Freitas Valle, frequentada esporadicamente por Mário –,[15] aplaude incondicionalmente a obra. Afinal, aquele a quem, em 1919, presenteara com exemplar de *Le Spleen de Paris*, de Baudelaire, pôde vencer o "meio hostil" e, dentro do modernismo triun-

14. Carta de Mário de Andrade a Carlos Drummond de Andrade, 18 ou 19 jan. 1927. In: ANDRADE, Mário de. *A Lição do Amigo: Cartas de Mário de Andrade a Carlos Drummond de Andrade.* Ed. prep. pelo destinatário. Rio de Janeiro, José Olympio, 1982, p. 100.

15. V. CAMARGOS, Márcia. *Villa Kyrial*: crônica da *Belle Époque* paulistana. 2. ed. São Paulo: Senac, 2001.

fante, passava a ocupar o posto de "pregoeiro-mor da renovação artística do Brasil". Para o articulista, o livro recém-publicado vinha, antes de mais nada, demonstrar que o "poder criacionista" de Mário já existia nos tempos em que "andava no primeiro andar das letras nacionais". E, assim, detém-se na capacidade do escritor em manejar essa "coisa muito rara que chamamos o imprevisto", sublinhando, nessa direção, os finais inesperados de alguns contos, como aquele do Caso pançudo, em que o menino raptado jazendo entre ratos podia compor um "lindo e sugestivo quadro", passível mesmo de ser traduzido pelos pincéis talentosos de Reis Júnior. Brasília, para ele, trazia à tona não apenas o "esplêndido criador de cenários naturais"; neste conto, marcado pela "leveza do estilo, a simplicidade das imagens, a ingenuidade do diálogo", o crítico realçava também o animador de cenários "espirituais", embaralhando "torturas de almas e torturas da natureza", procedimento de matiz expressionista que, como se sabe, seria plenamente desenvolvido em *Amar, verbo intransitivo*.

Rodrigo M. F. Andrade, jovem crítico sintonizado com os modernistas do Rio de Janeiro, ventila em sua resenha o caráter artisticamente desequilibrado de *Primeiro andar*, livro em que encontrava "pouca coisa boa". Com maior liberdade de aferição que a demonstrada por Damy, a quem Mário, no volume, havia consagrado o esquete Eva, Rodrigo reconhece na obra "exemplares estupendos de histórias caipiras" e um conto "magnífico", O besouro e a Rosa. Em contrapartida, garante que Brasília é de um "pedantismo insuportável. Outras (Cocoricó, Eva) poderiam figurar nos volumes do sr. Júlio Dantas, sem provocar estranheza no espírito do leitor. O primeiro conto do livro – Conto de Natal – é também muito ruim e chega a acanhar a gente: imagine-se Nosso Senhor Jesus Cristo em pessoa incomodado com o que faz a sociedade paulista e armando um rolo, um sarrilho tremendo, ao fim de um baile no Trianon...". O que constrange o resenhista é a dificuldade em conciliar o Mário considerado por ele como "a figura mais importante da prosa e da poesia brasileiras contemporâneas", o pioneiro na formulação de uma linguagem literária nova que recusou o "caminho fácil" do regionalismo, com a mixórdia estética que caracterizava o *Primeiro andar*. Noves fora, o livro anacrônico ainda se justificava, pois valia, "sobretudo, pela idéia que nos dá da formação da personalidade literária do sr. Mário de Andrade: principiando com um aspecto de todo mundo e chegando a esse feitio acusado, inconfundível de hoje".

Por carta, nesse tempo, Mário de Andrade também recebe a opinião de companheiros modernistas: Alcântara Machado, Ribeiro Couto, Pedro Nava e Prudente de Moraes, neto; julgamentos críticos nem sempre muito favoráveis. Prudentinho, o editor, com Sérgio Buarque de Holanda, dos três números da revista *Estética* do Rio de Janeiro, em 1924 e 1925, abrindo-se para o diálogo franco, expõe seu alvitre: "*Primeiro andar*... Você errou no título. Livro tá cheio de altos e baixos. Só se é 1º andar de casa futurista. Senão o 2º não assenta. Tem coisas muito boas, estupendas: GALO QUE NÃO CANTOU, EVA, MORAL. Tem coisas incríveis de ruins. Porém nosso Manu já falou que o seu ruim é um ruim esquisito."[16] Expressão cunhada por Manuel Bandeira em carta a Mário em outubro de 1925 e, como se nota, bastante difundida entre camaradas, "o ruim esquisito" serviu, em princípio, para aquilatar o *Há uma gota de sangue em cada poema*, versos nos quais o autor de *Libertinagem* via "um ruim diferente dos outros ruins [...], absurdo, bestapocalíptico onde havia o fermentozinho da personalidade."[17]

16. Carta de Prudente de Moraes, neto, a Mário de Andrade, 14 fev. 1927. In: ANDRADE, Mário de; MORAES, NETO, Prudente. *Correspondência*. Org. Marlene Gomes Mendes. São Paulo, Edusp/IEB-USP (no prelo).

17. Carta de Mário de Andrade a Manuel Bandeira, 7 out. 1925. In: Op. cit., p. 244.

Prudentinho, em sua carta, insiste no feitio inquietante da obra que cheirava a passadismo: "Dá raiva na gente. Em certos pedaços fica-se com vontade de mandar um pé de ouvido no autor. Mas não é possível ficar-se indiferente. Depois tem qualquer coisa que apesar de tudo põe os piores 'erros da mocidade' seus muito mais próximos de nós, em detalhes pelo menos, do que a quase totalidade da literatura pátria. Não se pode escapar da fórmula: é o ruim esquisito. E a 'incapacidade passadista sua' de que você fala com tanta razão. O que é ruim em você é o que não é você. O resto. Você carecia mesmo de dar aquele pontapé de Rimbaud em toda essa porquera. Saiu outro de baixo. E nos falou com uma força desconhecida por aqui."[18]

Crônica da vida, de projetos estéticos coletivos e da criação literária individual, as cartas de Mário de Andrade capturaram, pelo menos desde 1924, as dúvidas sobre a validade da publicação do *Primeiro andar*. Em outubro desse ano, consulta Manuel Bandeira: "se quiseres desaconselhar-me da publicação dele aceitarei o conselho. Publicarei em revistas, pra sustentar... a posição."[19] De um lado, o desejo de ver em livro a coletânea de textos que seu autor presume "bonitos" e "representativos"[20] de certa etapa de sua formação; de outro, o sentimento incômodo da impertinência deles na trajetória intelectual que definitivamente já os superara. Em rápida visada pelas missivas, descortinam-se as atribulações de um escritor comprometido com a vanguarda, mas incapaz de desprezar as trilhas percorridas. Em novembro de 1924, Sérgio Milliet

18. Carta de Prudente de Moraes, neto, a Mário de Andrade, 14 fev. 1927. In: Op. cit. O pontapé de Rimbaud na "heterogênea rouparia" que ocultava a "Poesia" encontra-se na "quase parábola" do início da *Escrava que não é Isaura*.

19. Carta de Mário de Andrade a Manuel Bandeira, 31 out. 1924. In: Op. cit., p. 142.

20. Advertência inicial, *Primeiro andar*.

desejando traduzir para o francês Noite brasileira (renomeado como Brasília), o autor sugere Caso pançudo, que lhe parecia de maior interesse para a França. "É do tempo em que eu fazia regionalismo. Mas ainda respondo por ele. Tem naturalmente muita literatura nas descrições, era o cascão da época. Depois é que eu perdi isso. E agora então estou escrevendo brasileiro duma vez."[21] Em julho de 1926, ao contar ao amigo potiguar Luís da Câmara Cascudo que lhe dedicara um dos contos do livro, para recuar em seguida, supondo poder homenageá-lo "em qualquer coisa de vida maior", Mário assegura que "*Primeiro andar* é uma merda e nem sei por que mesmo não sai da minha cabeça essa intenção de publicá-lo".[22] Para Drummond, em janeiro de 1927, ainda busca desencavar algum sentido para o volume que, agora, ia ser colocado nos balcões de livrarias do país:[23] os "contos são porcarias, puxa! Estou com vergonha, palavra. Tem cada besteira! Porém ter coragem das suas próprias besteiras me parece neste caso muito útil pros outros. Vocês que julgam-me com algum valorzinho, se um sujeito com mais de vinte anos apresentasse pra vocês certas páginas que escrevi com mais de vinte anos, tenho certeza que vocês concluíam logo: este sujeito não dá pra nada. E será mes-

21. Carta de Mário de Andrade a Sérgio Milliet, 18 nov. 1924. In: DUARTE, Paulo. *Mário de Andrade por ele mesmo.* 2ª ed. São Paulo: Hucitec/ Prefeitura do Município de São Paulo/ Secretaria Municipal de Cultura, 1985, p. 296.

22. Carta de Mário de Andrade a Luís da Câmara Cascudo, 22 jul. 1926. In: *Cartas de Mário de Andrade a Luís da Câmara Cascudo.* Ed. prep. por Veríssimo de Melo. Belo Horizonte: Villa Rica, 1991, p. 67.

23. Manuel Bandeira, em 24 de abril de 1927, relata a Mário: "Sucedeu que quando cheguei em Belém, entrando numa livraria dei com o *Amar e o Primeiro andar* expostos no balcão: Fiquei assanhado, comprei, devorei, escrevi pra você sobre, e como o diretor de uma revista me pediu colaboração, escrevi sobre o *Amar.*" Op. cit., p. 344.

mo que dei! Deixemos de humildades falsas, tenho certeza que dei sim."[24] Para o poeta Ribeiro Couto, ainda nesse mês, Mário revela o mal-estar que lhe causava o livro, sem contudo deixar de assumir a empreitada que, ao fim e ao cabo, servia para "datar" o percurso de sua formação: "O *Primeiro andar* tem muita porcaria dentro. Pra esse livro peço um pouco de paciência de você. Quis dar comigo o exemplo dum sujeito que de descompassada besta passa pra ser um escritor que ruim mesmo acho convictamente que não é. Esse livro como falei pro Drummond faz pouco, não é propriamente uma obra, é uma ação. O que vale nele é o exemplo, o estudo que a gente pode fazer comparando datas e estilo. Não hesitei mesmo de publicar uma burrada tamanha como o COCORICÓ. Agora que saiu fiquei com vergonha. Afinal sempre a gente possui sua vaidadinha e me desfazer dessa maneira, palavra que está doendo. Eu não devia de publicar certas coisas que estão no livro. Enfim saiu e arrepender não me arrependo não."[25]

Passado o calor da hora, as cartas de Mário de Andrade continuariam a repor a ambivalência de julgamentos em relação aos contos que lhe tinham servido para uma "demonstração de experiência".[26] Em 1928, o poeta gaúcho Augusto Meyer acolhe a confidência epistolar do autor: "Antigamente eu ficava indignado quando não gostando de alguma coisa que meus ídolos Bilac e Alberto publicavam nas revistas eu me falava: nunca que eu seria

24. Carta de Mário de Andrade a Carlos Drummond de Andrade, 18 ou 19 jan. 1927. In: ANDRADE, Mário de. *A Lição do Amigo*, p. 100.

25. Carta de Mário de Andrade a Ribeiro Couto, 20 jan. 1927. In: ANDRADE, Mário de; COUTO, Ribeiro. *Correspondência*. Org. Elvia Bezerra. São Paulo: Edusp/IEB-USP (no prelo).

26. Carta de Mário de Andrade a Prudente de Moraes, neto, 12 out. 1929. In: ANDRADE, Mário de. *Cartas de Mário de Andrade a Prudente de Moraes, neto. 1924/36*. Org. Georgina Koifman. Rio de Janeiro: Nova Fronteira, 1985, p. 294.

capaz de publicar uma coisa que reconhecesse medíocre. De fato nunca publiquei a não ser no *Primeiro andar* pelo valor histórico que isso tinha na minha evolução."[27] Em 1935, quando o assunto em pauta é o seu próprio projeto lingüístico-literário enraizado na oralidade, Mário retomará, em carta ao estudioso da língua nacional Sousa da Silveira, o livro de contos anterior a *Belazarte*: "*O losango cáqui* [...] é o momento decisivo de minha literatura, em que principiei a sistematizar o emprego da 'fala brasileira'. E a prosa, tão mais difícil que o verso, me atraía. Parei recapitulando o caminho andado, com o *Primeiro andar*, que vem desde a prosa pernosticamente metafórica e de frases campanudas do CONTO DE NATAL até a prosa, igualmente pernóstica, mas doutro pernosticismo, agora utilitário, consciente, de quem estava conscientemente forçando a nota, do BESOURO E A ROSA."[28] E, para fechar essa seqüência de testemunhos, costurada pelo sentimento da hesitação, ainda recupera-se, em dezembro de 1944, a negativa de Mário em atender um pedido do contista mineiro Murilo Rubião: "aqui lhe mando o *Macunaíma* e o *Losango*. O *Primeiro andar* nem que tivesse não mandava, me aborrece."[29]

"este livro se recomenda"

Na NOTA PARA A 2ª EDIÇÃO de *Primeiro andar*, redigida em novembro de 1943, Mário, pensando na construção da *Obra imatura*, reformula a sua concepção do livro, que veio sendo constituída

27. Carta de Mário de Andrade a Augusto Meyer, 20 maio 1928. In: ANDRADE, Mário de. *Mário escreve a Alceu, Meyer e outros*. Org. Lígia Fernandes. Rio de Janeiro: Editora do Autor, 1968, p. 56.

28. Carta de Mário de Andrade a Sousa da Silveira. Idem, p. 163.

29. Carta de Mário de Andrade a Murilo Rubião, 2 dez. 1944. In: ANDRADE, Mário de; RUBIÃO, Murilo. *Mário e o Pirotécnico Aprendiz*. Org. Marcos Antonio de Moraes. Belo Horizonte: UFMG/Giordano/IEB-USP, 1995, p. 89.

em depoimentos e na própria ADVERTÊNCIA INICIAL, de julho de 1925. Na "nota", declara que não mais podia "se acomodar com a curiosidade falsa" por si. Recusa-se, assim, a considerar o volume como um simples meio para apreender o retrato do escritor moço, com suas vilegiaturas por "pomares" literários alheios, tomando em contraste a figura do modernista de proa.

Buscando a reconfiguração da obra, Mário deixa pegadas. Nos papéis conservados por ele em seu arquivo no Instituto de Estudos Brasileiros da Universidade de São Paulo, flagra-se um livro em movimento, ou seja, em processo de construção. Anotações suas advertem que ficariam de fora duas "vergonhas", os esquetes COCORICÓ[30] e POR TRÁS DA PORTA; O BESOURO E A ROSA já se encontrava, de todo modo, "legitimamente" instalado no *Belazarte*, de 1934. O escritor vacila no que se refere à inclusão de CONTO DE NATAL; e abre o livro para acolher narrativas de épocas diversas da prevista na primeira edição: O CASO QUE ENTRA BUGRE sai do *Belazarte* (depois de ter vivido nas colunas do *Diário Nacional* de São Paulo, em 1929) e vem residir na edição nova do *Primeiro andar*, onde poderia coabitar com OS SÍRIOS, um trechinho do romance inacabado *Café* (1930), o PRIMEIRO DE MAIO (1934|1942) e a BRIGA DAS PASTORAS (1939), estampadas primeiramente em periódicos. Em trânsito, o segundo destes já se encaminhava para as páginas de outro livro em planejamento, os *Contos piores*, os atuais *Contos novos*. Nesses termos, o repertório ficcional, em sua nova disposição, já podia ser visto por Mário como "quase um li-

30. Desde a primeira edição de *Primeiro andar*, este conto exigiu uma justificativa, aposta na última página: "Certas frases de 'Cocoricó' não provarão absolutamente que antedatei essa chatice. Foram inseridas posteriormente no conto. Que figura neste livro tal-e-qual alguns outros apenas provando a incapacidade passadista minha. Não é tanto lambugem pros inimigos não. É certo respeito irônico de proprietário de fábrica pelo mascate que já foi."

vro novo". Um segmento interrompido e rasurado no manuscrito da NOTA PARA A 2ª EDIÇÃO deixa entrever o sentido que orienta o projeto: "<que embora [contos] feitos em épocas várias de uma possível maturidade, só posso atribuir>".

A aludida "possível maturidade" casa-se muito bem com outra expressão, deixada em comentário autógrafo de Mário, no manuscrito que traz a indicação "Obra imatura". Nele se lê: "Talvez conservar o título acima e acrescentar uma 'bibliografia' indicando que foram ajuntados certos contos escritos de afogadilho, ao léu da vida, e que a exigência de publicação não permitiu que amadurecessem em mim." Os termos "maturidade" e "amadurecessem" (e também "imatura"!), de mesma raiz latina *matur-*, exprimem o "devir", o "tornar-se", ou, em outras palavras, o processo contínuo que, para Mário, caracteriza, em geral, a sua produção intelectual e artística. Sob essa perspectiva, as narrativas de feição passadista deixariam de ser vistas como pontos altos destacados de sua trajetória literária e dos quais precisaria se "libertar", para serem integrados ao conjunto de uma produção balizada pelo sentido do *work in progress*. Assim, em lugar do *seqüestro* do passado, a *sintonia* que favorece a reunião no *Primeiro andar* de textos de diferentes épocas. Talvez o mal-estar presente em tantos testemunhos de Mário ao mencionar o primeiro livro de contos resultasse dessa fratura que cindia irrevogavelmente tempos de uma formação estética. De toda forma, com a morte de Mário, o livro não inteiramente definido em sua estrutura deixou exposta a inclinação de seu autor pelo inacabado, ou melhor, pelo movimento inquieto da expressão literária, traço marcante de sua modernidade.

Certamente, por estas circunstâncias particulares – a insistente depreciação promovida pelo próprio autor e o caráter instável do livro – *Primeiro andar* tem sido até hoje tão pouco estudado em seu conjunto. Os modos de acesso para esse pavimento tão prodigamente mobiliado, no entanto, podem ser muitos. A crítica de fontes, em sentido amplo e complexo, considerando a apropriação literária como trabalho original, sugere um olhar atento para as leituras de Mário de Andrade, percebidas em sua biblioteca ou mesmo, levantando suposições do conhecimento de textos em periódicos, lidos e não conservados, ou ainda admitindo-se o imaginário letrado da época. Se o próprio Mário lembra AVATAR, de Théophile Gautier, para a sua HISTÓRIA COM DATA (sem esquecer, claro, a referência direta ao Machado de Assis das *Histórias sem data*), como não formular hipóteses de inter-relações do CONTO DE NATAL, com a narrativa de H. Heine DIE GÖTTEN IM EXIL (OS DEUSES NO EXÍLIO)[31] e com o conto SUAVE MILAGRE de Eça de Queirós, autor português citado na ADVERTÊNCIA INICIAL da edição *princeps* e com obras no acervo do escritor paulistano? CAÇADA DE MACUCO vincula-se nitidamente a *Pelléas et Mélisande* (1892), peça teatral do belga Maurice Maeterlinck, referido também por Mário no preâmbulo do livro. O trio Nhô Pires-Maria-Tonico da tragédia na província brasileira reflete-se no texto dramático europeu, no qual o viúvo Golod se casa com Mélisande, moça desamparada, que se apaixona por Pelléas, o irmão mais novo do marido; os amantes, como no conto, serão punidos com a morte.

Mário de Andrade, leitor de *Treva* (1905) de Coelho Neto, constrói contos de atmosfera sombria; preza o impacto. Compreende-se, no mesmo rumo, quando se compulsam os votos do escritor, em agosto de 1938, no inquérito da *Revista Acadêmica* do Rio de Janeiro que buscava os "dez melhores contos brasileiros",[32]

31. Agradeço a indicação a Telê Ancona Lopez.

32. QUAIS OS DEZ MELHORES CONTOS BRASILEIROS. In: ANDRADE, Mário de. *Entrevistas e depoimentos*. Org. Telê Ancona Lopez. São Paulo: T. A. Queiroz, 1983, p. 54. Mário, fugindo à regra, inclui em sua listagem 24 títulos, o último

a sua predileção por CHÓÓÓ! PAN! (A VINGANÇA DA PEROBA, em *Urupês*), de Monteiro Lobato, PEDRO BARQUEIRO, de Afonso Arinos, e O BEBÊ DE TARLATANA ROSA, de João do Rio. E, ainda, a sua inclinação pelo "caso" construído a partir de narrativas orais, do qual esses três contos são exemplares e aos quais viriam se juntar, na listagem da votação do escritor modernista, O BOI VELHO, de Simões Lopes Neto, e CAMINHO DAS TROPAS, de Hugo de Carvalho Ramos. Os "causos" têm presença marcante em *Primeiro andar* e afiguram-se como técnica central em *Os contos de Belazarte* e na rapsódia *Macunaíma*. Nas narrativas curtas de Mário, sublinhe-se, entretanto, não vigora o "efeito pelo efeito", o anedótico; tem em vista o deslindar de psicologias densas, na esteira do Machado de A CAUSA SECRETA e O ENFERMEIRO, prosa de sua admiração também na listagem dos "melhores".

Apaixonado pela "forma do conto, a sua concisão honesta, e sua essência de comunicação direta do artista com o leitor",[33] Mário soube explorar também a natureza protéica do gênero. Para além do debate daquilo que é ou não é conto, o escritor incorporou quatro esquetes teatrais na primeira edição de *Primeiro andar*: COCORICÓ, POR TRÁS DA PORTA, EVA e MORAL COTIDIANA. Telê Ancona Lopez, analisando A GUITARRA FRUSTRADA DE ROMEU, um "bailado em prosa" do autor de *Macunaíma*, assinala que o

dele, deixado em aberto, considerando a "vaga para o conto desconhecido". Ainda em 1938, o escritor pondera sobre o "inquérito" em CONTOS E CONTISTAS, artigo em *O Estado de S. Paulo*. Lança, nesse texto, uma provocativa definição de "conto": "sempre será conto aquilo que seu autor batizou com o nome de conto." (*O empalhador de passarinho*. São Paulo: Martins/ Instituto Nacional do Livro/ MEC, 1972, p. 5.)

33. MINHA OBRA PODE SERVIR DE LIÇÃO (Entrevista de Jussieu da Cunha Batista com Mário de Andrade). *Leitura*, nº 14, Rio de Janeiro, jan. 1944. In. ANDRADE, Mário de. *Entrevistas e depoimentos*. Ed. cit., p. 114.

teatro era, efetivamente, "traço da casa do largo do Paissandu, onde o pai, Carlos Augusto Andrade, sócio do Teatro São Paulo, costumava escrever e apresentar pequenas peças suas".[34] As peças-contos podiam, como em MORAL COTIDIANA, incorporar o "coro", dando vazão à música, e o grafismo que mimetiza os cartazes de propaganda, criando, assim, um gênero híbrido do qual se pode dizer bem antenado com o experimentalismo da vanguarda. Da mesma cepa iconoclasta, denunciando a entrada gradual de Mário no terreno do lúdico, tão privilegiado pelo modernismo, são as intervenções de um narrador irrequieto que apõe notas nesse esquete e na HISTÓRIA COM DATA, aqui, avisando o leitor, de modo bem humorado, que a Amélia então referida não é a mesma do CONTO DE NATAL. Em clave irônica, as cenas teatrais abordam, em principal, situações familiares (relações de gênero, casamento e autoridade paterna na instituição burguesa; os clichês sociais etc.), fincando o pé na realidade brasileira da época.

A interpretação dos esquetes e contos de Mário, balizada nas relações entre literatura e sociedade, no que tange a contradições vigentes na estrutura familiar do país, mostra-se oportuna. Nessa direção, evoca-se a carta de Mário a Tio Pio, seu primo mais velho de Araraquara, em que discutem a construção de conto a ser realizado pelo dois, cada qual o seu, a partir de um mesmo evento biográfico. Mário afirma que lhe interessaria "muito mais o homem naquilo em que ele é menos um tipo, do que representativo de uma dada mentalidade brasileira numa dada época psico-social do Brasil".[35] Quando a intenção de compreender o Brasil funde-se

34. LOPEZ, Telê Ancona. MÁRIO DE ANDRADE: UM BAILADO EM PROSA. In: *Cultura Vozes* (São Paulo/Rio de Janeiro), nº 1, jan.-fev. 1992, ano. 87. Volume 90, p. 84.

35. Carta de Mário de Andrade a Pio Lourenço Corrêa. 3 jan. 1942. In: GUARANHA, Denise Landi Corrales. *A riqueza nas diferenças*: edição fidedigna e ano-

ao mergulho nos meandros da psique humana, como no CASO EM QUE ENTRA BUGRE, sobe-se a andares altíssimos na arte da ficção nacional.

Estrutura problemática, intertextualidade provocadora e temática abrangente definem a rica potencialidade de exploração de *Primeiro andar*, livro "divertido" tanto pelo prazer que sua leitura descompromissada proporciona, quanto pelas intricadas questões estéticas que suscita, o que é, por certo, conforme a "nota" de Mário na segunda edição do livro, a "melhor garantia por que este livro se recomenda."

tada da correspondência Mário de Andrade & Pio Lourenço Corrêa (1917-1945). São Paulo, Programa de Pós-graduação em Literatura Brasileira. Faculdade de Filosofia, Letras e Ciências Humanas, Universidade de São Paulo, 2007. Dissertação de mestrado inédita, sob orientação de Marcos Antonio de Moraes.

A ESCRAVA QUE NÃO É ISAURA

Discurso sobre algumas tendências da poesia modernista

A Osvaldo de Andrade

Vida que não seja consagrada a procurar
não vale a pena de ser vivida. | **Platão**

Be thou the tenth Muse; ten times more in worth
Than those old nine which rhymers invocate! | **Shakespeare**

PARÁBOLA

Começo por uma história. Quase parábola. Gosto de falar por parábolas como Cristo... Uma diferença essencial que desejo estabelecer desde o princípio: Cristo dizia: "Sou a Verdade." E tinha razão. Digo sempre: "Sou a minha verdade." E tenho razão. A Verdade de Cristo é imutável e divina. A minha é humana, estética e transitória. Por isso mesmo jamais procurei ou procurarei fazer proselitismo. É mentira dizer-se que existe em S. Paulo um igrejó literário em que pontifico. O que existe é um grupo de amigos, independentes, cada qual com suas idéias próprias e ciosos de suas tendências naturais. Livre a cada um de seguir a estrada que escolher. Muitas vezes os caminhos coincidem... Isso não quer dizer que haja discípulos pois cada um de nós é o deus de sua própria religião (A). Vamos à história!

...e Adão viu Iavé tirar-lhe da costela um ser que os homens se obstinam em proclamar a coisa mais perfeita da criação: Eva. Invejoso e macaco o primeiro homem resolveu criar também. E como não soubesse ainda cirurgia para uma operação tão interna quanto extraordinária tirou da língua um outro ser. Era também – primeiro plágio! – uma mulher. Humana, cósmica e bela. E para exemplo das gerações futuras Adão colocou essa mulher nua e eterna no cume do Ararat. Depois do pecado porém indo visitar sua criatura notou-lhe a maravilhosa nudez. Envergonhou-se. Colocou-lhe uma primeira coberta: a folha de parra.

(A) Vide apêndice A.

Caim, porque lhe sobrassem rebanhos com o testamento forçado de Abel, cobriu a mulher com um velocino alvíssimo. Segunda e mais completa indumentária.

E cada nova geração e as raças novas sem tirar as vestes já existentes sobre a escrava do Ararat sobre ela depunham os novos refinamentos do trajar. Os gregos enfim deram-lhe o coturno. Os romanos o peplo. Qual lhe dava um colar, qual uma axorca. Os indianos, pérolas; os persas, rosas; os chins, ventarolas.

E os séculos depois dos séculos...

Um vagabundo genial nascido a 20 de outubro de 1854 passou uma vez junto do monte. E admirou-se de, em vez do Ararat de terra, encontrar um Gaurisancar de sedas, cetins, chapéus, jóias, botinas, máscaras, espartilhos... que sei lá! Mas o vagabundo quis ver o monte e deu um chute de 20 anos naquela heterogênea rouparia. Tudo desapareceu por encanto. E o menino descobriu a mulher nua, angustiada, ignara, falando por sons musicais, desconhecendo as novas línguas, selvagem, áspera, livre, ingênua, sincera.

A escrava do Ararat chamava-se Poesia.

O vagabundo genial era Artur Rimbaud.

Essa mulher escandalosamente nua é que os poetas modernistas se puseram a adorar... Pois não há de causar estranheza tanta pele exposta ao vento à sociedade educadíssima, vestida e policiada da época atual?

PRIMEIRA PARTE

Começo por conta de somar:

Necessidade de expressão + necessidade de comunicação + necessidade de ação + necessidade de prazer = Belas Artes.

Explico: o homem pelos sentidos recebe a sensação. Conforme o grau de receptividade e de sensibilidade produtiva sente sem que nisso entre a mínima parcela de inteligência a NECESSIDADE DE EXPRESSAR a sensação recebida por meio do gesto.[1] (Falo *gesto* no sentido empregado por Ingenieros: gritos, sons musicais, sons articulados, contrações faciais e o gesto propriamente dito).

A esta necessidade de expressão – inconsciente, verdadeiro ato reflexo – junta-se a NECESSIDADE DE COMUNICAÇÃO de ser para ser tendente a recriar no espectador uma comoção análoga à do que a sentiu primeiro.[2, 3]

O homem nunca está inativo. Por uma condenação aasvérica movemo-nos sempre no corpo ou no espírito. Num lazer pois (e é muito provável que largos fossem os lazeres nos tempos primitivos)

1. Seria talvez mais exato dizer: necessidade de exteriorizar.

2. "A second very important advance of psychology towards usefulness is due to the increasing recognition of the extent to which the adult human mind is the product of the moulding influence exerted by the social environment and of the fact that the strictly individual human mind, with which alone the older introspective and descriptive psychology concerned itself, is an abstraction merely and has no real existence. McDougall. *An Introduction to Social Psychology.*"

3. NOTA DA EDIÇÃO | MA acrescentou ao texto, no exemplar de trabalho, a tinta preta, a segunda nota de rodapé na qual transcreve o trecho por ele destacado com traço à margem, à p. 16, de MCDOUGALL, William. *An Introduction to Social Psychology.* 19ª ed. London: Menthuen & CO LTD, 1924. Traduzo: "Um

o homem por NECESSIDADE DE AÇÃO rememora os gestos e os reconstrói. Brinca. Porém CRITICA esses gestos e procura realizá-los agora de maneira *mais expressiva* e – quer porque o sentimento do belo seja intuitivo, quer porque o tenha adquirido pelo amor e pela contemplação das coisas naturais – de maneira *mais agradável.*

Já agora temos bem característico o fenômeno: bela-arte.

Das artes assim nascidas a que se utiliza de vozes articuladas chama-se poesia.

(É a minha conjectura. Verão os que sabem que embora sistematizando com audácia não me afasto das conjecturas mais correntes, feitas por psicólogos e estetas, a respeito da origem das belas-artes.)

Os ritmos preconcebidos, as rimas, folhas de parra e velocinos alvíssimos vieram posteriormente a pouco e pouco, prejudicando a objetivação expressiva das representações, sensualizando a nudez virgem da escrava do Ararat.

E se vos lembrardes de Aristóteles recordareis como ele toma o cuidado de separar o conceito de poesia dos processos métricos de realizar a comoção.

"É verdade – escreve na Poética – que os homens, unindo as palavras 'compositor' ou 'poeta' com a palavra 'metro' dizem 'poetas épicos', 'elegíacos', como se o apelativo poeta proviesse, não já da *imitação* mas... do *metro*... Na verdade nada há de comum entre Homero e Empédocles *a não ser o verso*; todavia àquele será justo chamar-lhe poeta, a este fisiólogo."

segundo avanço muito importante da psicologia no que diz respeito à sua eficácia deve-se ao reconhecimento crescente da extensão na qual a mente adulta humana é produto da influência que a molda exercida pelo meio social e do fato que a mente humana estritamente individual com a qual somente a psicologia introspectiva e descritiva mais tradicional se preocupa, é uma mera abstração e não tem existência real."

E, pois que falei de metro, não me furto a citar esta conclusão, inconscientemente irônica, de Westphal – talvez o maior estudioso da rítmica grega. Sabeis que a música helênica estava inteira e unicamente sujeita como ritmo à métrica do poema. Pois Westphal diz: "Na música dos antigos (fala dos gregos) o ritmo é *um* isto é: baseado na quantidade I."

Foram raciocínios análogos que levaram Mallarmé a dizer: "Dès qu'il y a un effort de style, il y a métrification"...[4] Mas nada de conclusões técnicas!

Adão... Aristóteles... Agora nós.

Paulo Dermée resolve também a concepção modernista de poesia a uma conta de somar. Assim: Lirismo + Arte = Poesia.

Quem conhece os estudos de Dermée sabe que no fundo ele tem razão. Mas errou a fórmula. 1º: Lirismo, estado ativo proveniente da comoção, produz toda e qualquer arte. Da Vinci criando *Il cavallo*, Greco pintando o *Conde de Orgaz*, Dostoievsky escrevendo O DUPLICATA obedeceram a uma impulsão lírica, tanto como Camões escrevendo *Adamastor*. 2º: Dermée foi leviano. Diz *arte* por *crítica* e por leis estéticas provindas da observação ou mesmo apriorísticas. 3º: E esqueceu o meio utilizado para a expressão. Lirismo + Arte (no sentido de crítica, esteticismo, trabalho) soma belas-artes... Corrigida a receita, eis o marrom-glacê: Lirismo puro + Crítica + Palavra = Poesia.

(E escrevo "lirismo puro" para distinguir a poesia da prosa de ficção pois esta partindo do lirismo puro não o objetiva tal como é mas pensa sobre ele, e o desenvolve e esclarece. Enfim: na prosa a inteligência cria sobre o lirismo puro enquanto na poesia modernista o lirismo puro é grafado com o mínimo de desenvolvimento

4. "Havendo esforço de estilo, haverá metrificação." (Tradução de Lilian Escorel.)

que sobre ele possa praticar a inteligência. Esta pelo menos a tendência embora nem sempre seguida.)

Temos pois igualdade de vistas entre Adão, Aristóteles e a Corja quanto ao conceito de Poesia... São poetas homens que só escreveram prosa ou... jamais escreveram coisa nenhuma. O mais belo poema de D'Annunzio é a aventura de Fiume... Por seu lado muitos versistas são filósofos, historiadores, catedráticos, barbeiros, etc. Excluo da poesia bom número de obras-primas inegáveis, ou na totalidade ou em parte. Não direi quais... Seria expulso do convívio humano... O que aliás não seria mui grande exílio para quem por universal consenso já vive no mundo da lua...

Dei-vos uma receita... Não falei na proporção dos ingredientes. Será: máximo de lirismo e máximo de crítica para adquirir o máximo de expressão. Daí ter escrito Dermée: "O poeta é uma alma ardente, conduzida por uma cabeça fria."

E reparastes que falei em adquirir um máximo de expressão e não um máximo de prazer, de agradável, de beleza enfim? Estará mesmo o Belo excluído da poesia modernista? Certo que não. E mesmo Luís Aragon no fim do esplêndido LEVER considera:

> La Beauté, la seule vertu
> qui tende encore ses mains pures.

Mas a beleza é questão de moda na maioria das vezes. As leis do Belo eterno artístico ainda não se descobriram. E a meu ver a beleza não deve ser um fim. A BELEZA É UMA CONSEQÜÊNCIA.[5] Nenhuma das grandes obras do passado teve realmente como fim a beleza. Há sempre uma idéia, acrescentarei: mais vital que dirige a criação das obras-primas. O próprio Mozart que para mim

5. "E é ainda uma conseqüência mesmo se a consideramos como elemento fundamental da criação do conceito de arte. Não só porque a Necessidade de Pra-

de todos os artistas de todas as artes foi quem melhor realizou a beleza insulada, sujeitou-a à expressão. Apenas pensava que esta não devia ser tão enérgica a ponto de "repugnar pelo realismo".

O que fez imaginar que éramos, os modernizantes, uns degenerados, amadores da fealdade foi simplesmente um erro tolo de unilateralização da beleza. Até os princípios deste século principalmente entre os espectadores acreditou-se que o Belo da arte era o mesmo Belo da natureza. Creio que não é. O Belo artístico é uma criação humana, independente do Belo natural; e somente agora é que se liberta da geminação obrigatória a que o sujeitou a humana estultice. Por isso Tristão Tzara no *Cinema Calendrier* dirige uma carta a:

francis picabia
qui saute
avec de grandes et de petites idées
pour l'anéantissement de l'ancienne beauté & comp.

Quem procurar o Belo da natureza numa obra de Picasso não o achará. Quem nele procurar o Belo artístico, originário de euritmias, de equilíbrios, da sensação de linhas e de cores, da exata compreensão dos meios pictóricos, encontrará o que procura.

Mas onde está meu assunto?

É que, leitores, a respeito de arte mil e uma questões se amatulam tão intimamente, que falar sobre uma delas é trazer à

zer é já uma conseqüência da vida, da Necessidade de Ação, como porque é da Necessidade de Comunicação que provém a Necessidade de Agradar, que leva a gente a se servir dos elementos que embelezam, que encantam, do Belo enfim, pra que a criação, aparentemente inútil da gente, o objeto artístico, venha sempre a ter uma utilidade, uma razão-de-ser."

balha todas as outras... Corto cerce a fala sobre a beleza e desço de tais cogitações olímpicas, 5000 metros acima do mar, ao asfalto quotidiano da poesia de 1922.

Recapitulando: máximo de lirismo e máximo de crítica para obter o máximo de expressão. Vejamos a que conclusões espirituais nos levaram os 3 máximos.

O movimento lírico nasce no eu profundo. Ora: observando a evolução da poesia através das idades que se vê? O aumento contínuo do Gaurisancar de tules, nanzuques, rendas, meias de seda, etc. da parábola inicial. Foi a inteligência romantizada pela preocupação de beleza, que nos levou às duas métricas existentes e a outros *crochets, filets* e *frivolités.* Pior ainda: a inteligência, pesando coisas e fatos da natureza e da vida, escolheu uns tantos que ficaram sendo os *assuntos poéticos.*

Ora isto berra diante da observação. O assunto-poético é a conclusão mais anti-psicológica que existe. A impulsão lírica é livre, independe de nós, independe da nossa inteligência. Pode nascer de uma réstia de cebolas como de um amor perdido. Não é preciso mais "escuridão da noite nos lugares ermos" nem "horas mortas do alto silêncio" para que a fantasia seja "mais ardente e robusta", como requeria Eurico – homem esquisito que Herculano fez renascer nos idos hiemais de um dezembro romântico. Papini considera mesmo como verdadeiro criador aquele que independe do silêncio, da boa almofada e larga secretária para escrever seu poema genial. Mas que não se perca o assunto: a inspiração surge provocada por um crepúsculo como por uma chaminé matarazziana, pelo corpo divino de uma Nize, como pelo divino corpo de uma Cadillac. Todos os assuntos são *vitais.* Não há temas poéticos. Não há épocas poéticas. Os modernistas derruindo esses alvos mataram o último romantismo remanescente: o gosto pelo exótico.

O que realmente existe é o subconsciente enviando à inteligência telegramas e mais telegramas – para me servir da comparação de Ribot.[6] A inteligência do poeta – o qual não mora mais numa torre de marfim – recebe o telegrama no bonde, quando o pobre vai para a repartição, para a Faculdade de Filosofia, para o cinema. Assim virgem, sintético, enérgico, o telegrama dá-lhe fortes comoções, exaltações divinatórias, sublimações, poesia. Reproduzi-las!... E o poeta lança a palavra solta no papel. É o leitor que se deve elevar à sensibilidade do poeta não é o poeta que se deve baixar à sensibilidade do leitor. Pois este que traduza o telegrama!

Mais ainda: o poeta reintegrado assim na vida recebe a palavra solta. A palavra solta é fecundante, evocadora... Associação de imagens. Telegrama: "Espada vitoriosa de Horácio." Associação: "Antena de telegrafia sem fio". Telegrama: "Fios telefônicos, elétricos constringindo a cidade." Associação: "Dedos de Otelo no colo de Desdêmona." Os Horácios + Otelo = 2 assuntos. Os Horácios + Otelo + Antena radiográfica + Fios elétricos = 4 assuntos. Resultado: riqueza, fartura, pletora. Por isso Rimbaud, precursor, exclamava:

> Je suis mille fois plus riche!

sem ter um franco no bolso virgem.

E quando, *camelot* sublime, enumerou na praça pública de Sol-de os amazônicos tesouros da nossa nababia, inda ironicamente completou:

6. "A inspiração parece um telegrama cifrado que a atividade inconsciente envia à atividade consciente, que o traduz."

Les vendeurs ne sont pas à bout de solde. Les voyageurs n'ont pas à rendre leurs commissions de si tôt.[7]

Parêntese: não imitamos Rimbaud. Nós desenvolvemos Rimbaud. ESTUDAMOS A LIÇÃO RIMBAUD.

Mas esta abundância de assuntos quotidianos não implica abandono dos assuntos ex-poéticos. Destruir um edifício não significa abandonar o terreno. Na poesia construir agora os *Salmos* ou *I fioretti* é errado. Mas o terreno da Religião continua. Claudel escreverá *La messe là-bas*; Cendrars: LES PÂQUES À NEW-YORK; Papini: PREGHIERA; João Becher: A DEUS; Hrand Nazariantz a ORAÇÃO DAS VIRGENS ARMÊNIAS...

Terreno do amor... Transbordava! No lugar da TRISTESSE D'OLYMPIO Moscardelli construiu IL BORDELLO. E que fúlgidas, novas imagens não despertou o amor nos poetas modernistas! E que ironias, sarcasmos! Junto do carinho de Cocteau a aspereza de Salmon, a sensualidade de Menotti del Picchia...

Estende como uma ara teu corpo; teus lábios
são duas brasas queimando
arômatas do teu hálito...
. . . .
Estende como uma ara teu corpo, teu ventre
é um zimbório de mármore onde
fulge uma estrela!

E Picabia, dadaísta, em *Pensées sans langage*:

7. NOTA DA EDIÇÃO | O poema está traduzido: SALDO: in: RIMBAUD, Arthur. *Prosa poética*. Tradução, prefácio e notas de Ivo Barroso. Rio de Janeiro, Topbooks, 1998, p. 275.

boire une tasse de thé
comme une femme facilé

mais adiante porém comovido e ingênuo:

mon amie ressemble à une maison neuve.

O amor existe. Mas anda de automóvel. Não há mais lagos para os Lamartines do século XX!... E o poeta se recorda da última vez que viu a pequena, não mais junto da água doce, mas na disputa da taça entre o Palestra e o Paulistano.

Novas sensações. Novas imagens. A culpa é da vida sempre nova em sua monotonia. Guilherme de Almeida continua amorosíssimo... pelo telefônio. E Luís Aranha endereça à querida este

Poema elétrico[8]

Querida,
quando estamos juntos
vem do teu corpo para o meu um jato de desejo
que o corre como eletricidade...

Meu corpo é o pólo positivo que pede...
Teu corpo é o pólo negativo que recusa...

Se um dia eles se unissem
a corrente se estabeleceria

8. NOTA DA EDIÇÃO | Respeitada a versão no exemplar de trabalho, diferente daquela no manuscrito do poeta no arquivo de MA, publicada em ARANHA, Luís. *Coctails*: poemas. Ed. preparada por Nelson Ascher. São Paulo: Brasiliense, 1984, p. 32.

e nas fagulhas desprendidas
eu queimaria todo o prazer do homem que espera...

E Sérgio Milliet:

REVÊRIE[9]

Ne plus sentir penser ses yeux caméléons
Mais tant de pitié me fait mal
Caméléon
Aventurines
Couleur de mer
Et traîtres
Mais si doux

"J'aime ses yeux couleur d'aventurine"

Quel beau sonnet je pourrais faire
si je n'étais un "futuriste"
Quatre par quatre les rimes
et deux tercets
et un salut "Trois mousquetaires"
Au cinema les D'Artagnan sont ridicules
et j'aime mieux Hayakawa
Ah! le siècle automobile aeroplane 75
Rapidité surtout Rapidité

Mais moi je suis si ROMANTIQUE

9. NOTA DA EDIÇÃO | Respeitada a versão no exemplar de trabalho, diversa daquela publicada em *Klaxon*, nº 6, São Paulo, 15 out. 1922, p. 7, idêntica à que está em MILLIET, Serge. *Oeil de boeuf*. Anvers: Éditions "Lumiére", 1923. pp. 39-40.

Ses yeux
ses yeux
ses yeux caméléons
C'est bien le meilleur adjectif

E escutai mais esta obra-prima de João Cocteau:

Si tu aimes, mon pauvre enfant,
ah! si tu aimes!
il ne faut pas en avoir peur
c'est un inéfable désastre.
Il y a un mystérieux système
et des lois et des influences
pour la gravitation des coeurs
et la gravitation des astres.
On était lá, tranquillement,
sans penser à ce qu'on évite
et puis, tout à coup, on n'en peut plus,
on est à chaque heure du jour
comme si tu descends très vite
en ascenseur:
et c'est l'amour.
Il n'y a plus de livres, de paysages,
de désirs des ciels d'Asie
Il n'y a pour nous qu'un seul visage
auquel le coeur s'anesthésie.
        Et rien autour.

Aliás confessemos: a capacidade de *amar* dos poetas modernistas enfraqueceu singularmente.

Dizem que o amor existe na terra....
Mas que é o amor?

pergunta Bialik, um dos maiores poetas hebreus de hoje.

La femme
mais l'ironie?[10]

pergunta Cendrars, um dos maiores poetas franceses de hoje.

Ninguém passa incólume pelo vácuo de Schopenhauer, pelo escalpelo de Freud, pela ironia do genial Carlito. Ninguém mais ama dois anos seguidos!

A capacidade de gozar aumentou todavia...

Jeunesse! et je n'ai pas baisé toutes les bouches![11]

Godofredo Benn confessa no Rápido de Berlim que:

Uma mulher basta para uma noite
E se é bonita, até para duas!

A culpa também é da mulher:

10. Recordo-me que Laforgue já dissera:
"La femme?
– J'en sors
La mort
Dans l'âme..."

11. Luís Aragon.

12. F. T. Marinetti.

Ahimé! tu altro non fai che sfogliare i tuoi baci![12]

Fosse ela mais confiante, mais conhecedora do seu papel: e os homens chegariam à mesma observação de Ruscoe Purkapile.

Traduzo Edgar Lee Masters, americano:

Amou-me! Oh! quanto me amou!
Vão tive a felicidade de escapar
do dia em que pela primeira vez ela me viu.
Mas pensei, depois de nosso casamento,
que ela provaria ser mortal e eu ficaria livre!
Ou mesmo que se divorciasse algum dia!
Poucos morrem porém e ninguém se conforma...
Então fugi. Passei um ano na farra.
Mas nunca se queixou. Dizia que tudo acabaria bem,
que eu voltaria. E voltei.
Contei-lhe que enquanto remava
fora preso perto de Van Buren Street
pelos piratas do lago Michigan
e encadeado de forma que não lhe pude escrever.
Ela chorou, beijou-me, disse que isso era cruel
inaudito, desumano.
Então verifiquei que nosso casamento
era uma divina finalidade
e não poderia ser dissolvido
senão pela morte.
Eu tinha razão.

Max Jacob, no final de seu Dom João, sintetiza a descarada psicologia da Corja. Depois da aparição do coro vestido com roupas de meia cor-de-rosa:

Flanelle! Flanelle!
Nous sommes encore pucelles
Nous avons été mystifiées
Mais nous allons être vengées
Flanelle! Flanelle!

o comendador volta-se para Dom João e diz:

Vous êtes le mauvais amant!

e Dom João confuso:

Je manque de tempérament.

E como o amor os outros assuntos poéticos. Ouvi a pátria inspirando o magnífico Folgore – porventura o maior e certo *mais moderno* do grupo futurista italiano:

Italia
parola azzurra
bisbigliata sull'infinito
da questa razza adolescente,
ch'ha sempre
una poesia nuova da costruire
una gloria nuova da conquistare.
Italia:
primavera di sillabe
fiorite come le rose dei giardini
peninsulari,
stellata come i firmamenti del Sud
fatti con immense arcate di blú.
Italia:

nome nostro e dei nostri figli,
via maestra del nostro amore,
rifugio odoroso dei nostri pensieri,
ultimo bacio sulle nostre palpebre
nel giorno che la morte
serenamente verrà.

É inútil confessar que prefiro estas coisas simples, reditas e novíssimas aos latejo-em-ti altissonantes e vazios que aí correm mundo com foros de poesia.

Mas: aí está na liberdade dos assuntos a riqueza do poeta modernista:

Ecoutez-moi, je suis le gosier de Paris
Et je boirais encore, s'il me plaît, l'univers!

dissera Apollinaire. Luís Aranha bebeu o universo. Matou tzares na Rússia, amou no Japão, gozou em Paris, roubou nos Estados Unidos, por simultaneidade, sem sair de S. Paulo, só porque no tempo em que ginasiava às voltas com a geografia, adoeceu gravemente e delirou. Surgiu o admirável POEMA GIRATÓRIO.

Guilherme de Almeida, esse então transportou-se nas ondas dos livros para as praias do Egeu e escreve as *Canções gregas*.

EPÍGRAFE[13]
Eu perdi minha frauta selvagem
entre os caniços do lago de vidro.

13. NOTA DA EDIÇÃO | Respeitada a versão no exemplar de trabalho, diferente daquela publicada em ALMEIDA, Guilherme de. *A frauta que eu perdi* (Canções gregas). Rio de Janeiro: Edição do Anuário do Brasil, 1924, pp. 11-12.

Juncos inquietos da margem,
peixes de prata e de cobre brunido
que viveis na vida móvel das águas,
cigarras das árvores altas,
folhas mortas que acordais ao passo alípede das ninfas,
algas,
lindas algas limpas:
– se encontrardes
a frauta que eu perdi, vinde, todas as tardes,
debruçar-vos sobre ela! E ouvireis os segredos
sonoros, que os meus lábios e os meus dedos
deixaram esquecidos entre
os silêncios ariscos do seu ventre.

Recordados de que Whitman dissera:

Escreverei os poemas dos materiais; pois penso que
serão os mais espirituais de todos os poemas!

os poetas modernistas consultando a liberdade das impulsões líricas puseram-se a cantar tudo: os materiais, as descobertas científicas e os esportes. O automóvel para Marinetti, o telégrafo para La Rochelle, as assembléias constituintes para o russo Alexandre Blox, o cabaré para o espanhol De Torre, Ivan Goll alsaciano trata de Carlito, Leonhard alemão inspira-se em Liebknecht enquanto Eliot americano aplica em poemas as teorias de Einstein, eminentemente líricas. E tudo, tudo o que pertence à natureza e à vida nos interessa. Daí uma abundância, uma fartura contra as quais não há leis fânias. Daí também uma Califórnia de imagens novas, tiradas das coisas modernas ou pelo menos quotidianas:

"C'est le Christ qui monte au ciel mieux que les aviateurs" canta Apollinaire; e Govoni vê o

vecchio chiaro di luna
dolce come la spumosa ballerina
che danza sul palcoscenico

ou

...i campanili,
stagioni di telegrafia senza fili
delle anime,
che riprendono le loro interrotte
comunicazioni col cielo.

para Carlos Alberto de Araujo:

...o vento rasteiro
vestido de poeira...

Não! É impossível resistir a este repuxo de imagens. Cito por inteiro a TEMPESTADE[14]:

Os relâmpagos chicoteiam com fúria
os cavalos cinzentos das nuvens
para chegar mais depressa à Terra.

As trovoadas longínquas parecem
caminhões cheios de água em disparada
por velhas ruas mal calçadas.
E o vento rasteiro
vestido de poeira

14. NOTA DA EDIÇÃO | Respeitada a versão no exemplar de trabalho, diversa daquela publicada em *Klaxon*, nº 4, São Paulo, 15 ago. 1922, p. 6.

passa faminto como um cão
farejando a Terra...
A chuva já passou.

A noite límpida é um menino
saindo detrás das montanhas.

E ele vem correndo, vem correndo,
alegremente,
todo molhado.

Os homens assombrados
julgando-o perdido
estavam já desanimados.

Mas ele vem correndo, vem correndo
alegremente
todo molhado.

Vem correndo... E, quando encontra
os homens cheios de olhares,
pára e estende os braços úmidos
e vai espalhando pelo céu,
cheio de orgulho,
os mil pedaços ainda móveis
da verde cobra fosforescente
que matou nas florestas, atrás das montanhas...

Leigh Henry dissera militarmente:

o longínquo luziluzir
– brilhantes baionetas –
das estrelas...

Wolfenstein no poema NACHT IM DORFE confessa ingenuamente que o simples "ruído dum inseto põe-me um automóvel na frente".

O tesoiro é alibabesco!

– Cantar a vida... Não há novidade nisso!

– Concedo. O que há é modernidade em cantar a *vida de hoje*.

Mas onde nos levou a contemplação do pletórico século 20?

Ao redescobrimento da Eloqüência.

Teorias e exemplo de Mallarmé, o errado

Prends l'eloquence et tords-lui son cou

de Verlaine, deliciosos poetas do não-vai-nem-vem não preocupam mais a sinceridade do poeta modernista.

Da Itália, da Rússia, da Alemanha, dos Estados Unidos, povos de sentimentos fortes, de caracteres cubistas, angulares, o verso-mélisande, o verso-flou foi totalmente banido.

Aliás nunca foi preceito estético nesses países. Mas na própria França (inegavelmente mais sutil) a eloqüência profética dum Claudel existe e é apreciada. Duhamel, Salmon, Cendrars, Romains são eloqüentes.

– Abaixo a retórica!

– Com muito prazer. Mas que se conserve a eloqüência filha legítima da vida.

É verdade que a França ainda está muito próxima das *Fêtes galantes* e da PROSE POUR DES ESSEINTES...

Na Alemanha, na Rússia, na Itália a eloqüência domina.

Na Península é mais questão de temperamento. Na Alemanha, na Rússia é questão de momento, de sofrimento.

O alsaciano Ivan Goll, escrevendo indiferentemente em francês e alemão canta a paz:

Cada um de nós leva o céu no peito!
Gentes dos pólos e do equador dai-vos as mãos!
Misturai-vos como as águas dos oceanos!
. . . .
Inesgotáveis as geleiras do mundo,
inesgotáveis os corações dos homens!

O poeta é alsaciano. Sente-se que ama de igual paixão França e Alemanha. Diante dessa trapalhada de sentimentos antagônicos é natural que cante a paz. Para Marinetti e sequazes porém a guerra é a "higiene do mundo" – o que mais ou menos concorda com as idéias de Gourmont sobre as revoluções.

Walter von Molo em SPRÜCHE DER SEELE cristaliza com vivacidade a eloqüência vária das falas da alma que mais psicologicamente se chamariam movimentos do sub-eu. É admirável. Em poema de poucos versos vede a transição sugestiva:

Inermes somos!
Não há defesa contra os acontecimentos.
Oscilamos no pulso da ruína.
. . . .
Rompe-se
a escassa posse do mundo.

O espírito
olha sorrindo
na esperança da vitória!
Para ele estão sempre
abertos
todos os céus!

Na Rússia então reina a tumultuária floração dos poetas bolchevistas, legítimos rapsodos, sobre os quais paira soberana a memória de Alexandre Blok. Eis um trecho arqui-moderno de Maiakovski:

> Camaradas,
> às barricadas!
> Às barricadas dos corações e das almas!!
> Só será verdadeiro comunista
> o que queimar as pontes de retirada!
> Nada de marchar, futuristas,
> um salto para o futuro!
> Não basta construir locomotivas!
> ...prepararam as rodas e se foram...
> Se o canto não incendeia as estações
> de que vale a corrente alternada?
> Acumulai sons e mais sons!
> E para a frente
> a cantar, a assobiar!
> Ainda há letras boas
> R
> CH
> CHTSCH
> Basta de verdades sem valor!
> Apaga o antigo do teu coração!
> Sejam as ruas nossos pincéis!
> As praças nossas paletas!

Eu por mim não estou de acordo com aquele salto para o futuro. Vejo Lineu a rir da linda ignorância do poeta. Também não me convenço de que se deva apagar o antigo. Não há necessidade disso para continuar para frente. Demais: o antigo é de grande utilidade. Os tolos caem em pasmaceira diante dele e a gente pode continuar seu caminho, livre de tão nojenta companhia.

Maiakovski exagerou.

Esse exagero é natural, justificável, direi mesmo necessário em todas as revoluções. E ainda mais por se tratar de um russo a cantar essa Rússia convulsa que permitiu a Marina Tsvetoiewa o belíssimo, doloroso grito:

Épocas há em que o sol é um pecado mortal!

Mas não basta justificar os exageros dos poetas modernistas de Alemanha e Rússia sofredora. Não basta justificar esses menestréis patrióticos com as sombras de Vítor Hugo, Whitman e Verhaeren.

É preciso justificar todos os poetas contemporâneos, poetas sinceros que, sem mentiras nem métricas, refletem a eloqüência vertiginosa da nossa vida.

Je suis honteux de mentir à mon oeuvre
Et que mon oeuvre mente à ma vie.[15]

É justo que em 1921 Menotti del Picchia entoe o pean de sua vitória pessoal, como foi natural que Heredia, contrapondo-se ao romantismo do sentimento, caísse no romantismo técnico do seu verso "implacablement beau".[16]

Mas os poetas modernistas não *se impuseram* esportes, maquinarias, eloqüências e exageros como princípio de todo lirismo. Oh não! Como os verdadeiros poetas de todos os tempos, como Homero, como Virgílio, como Dante, o que cantam é a

15. Vildrac.

16. Gourmont.

época em que vivem. E é por seguirem os velhos poetas que os poetas modernistas são tão novos. Acontece porém que no palco de nosso século se representa essa ópera barulhentíssima a que Leigh Henry lembrou o nome: *Men-in-the-street...* Representêmo-la.

Assim pois a modernizante concepção de Poesia que, aliás, é a mesma de Adão e de Aristóteles e existiu em todos os tempos, mais ou menos aceita, levou-nos a dois resultados – um novo, originado dos progressos da psicologia experimental; outro antigo, originado da inevitável realidade:

1º: respeito à liberdade do subconsciente. Como conseqüência: destruição do assunto poético.

2º: o poeta reintegrado na vida do seu tempo. Por isso: renovação da sacra fúria.

SEGUNDA PARTE

Mas essa inovação (respeito à liberdade do subconsciente), que é justificada pela ciência,[1,2] leva a conclusões e progressos. É por ela que o homem atingirá na futura perfeição de que somos apenas e modestamente os primitivos o ideal inegavelmente grandioso da "criação pura" de que fala Uidobro.

Novidade pois só existe uma: objetivação mais aproximada possível da consciência subliminal.

Mas isso ainda não é arte.

Falta o máximo de crítica de que falei e que Jorge Migot chama de "vontade de análise".

Agora vereis se essa vontade de análise existe, pela concordância dos princípios estéticos e técnicos que já determinamos com o princípio psicológico de que partimos. Todas as leis proclamadas pela estética da nova poesia derivam corolariamente da observação do moto lírico (B).

Derivam não é bem exato. Fazem parte dele. Têm mais ou menos o papel das homeomerias de Anaxágoras: concorrem para a existência do lirismo – sempre vário, em constante mudança.

Tecnicamente são:

Verso livre,

Rima livre,

Vitória do dicionário.

Esteticamente são:

Substituição da Ordem Intelectual pela Ordem Subconsciente,

1. "Il n'y a qu'une autorité actuellement indiscutée, c'est la science." Grasset.

2. "Atualmente, só há uma autoridade indiscutível: a ciência." (Tradução de Lilian Escorel.)

Rapidez e Síntese,

Polifonismo.

Denomino Polifonismo a Simultaneidade dos franceses, com Epstein por cartaz, o Simultaneismo de Fernando Divoire, o Sincronismo de Marcelo Fabri.

Explicarei mais adiante estes *ismos* e a razão do meu termo.

Verso livre e Rima livre...

Ainda será preciso discuti-los!

Continuar no verso medido é conservar-se na melodia quadrada e preferi-la à melodia infinita de que a música se utiliza sistematicamente desde a moda Wagner sem que ninguém a discuta mais.

A música, desque temos conhecimento dela, começou com a melodia infinita. Assim os fragmentos gregos que possuímos, assim as melodias dos selvagens, assim o canto gregoriano. Depois, influenciada pela poesia provençal, pelas danças e principalmente com a inovação do compasso (da "barra de divisão" como irritadamente diz o belga Closson) a melodia tornou-se quadrada. Muito depois nas lutas românticas do século passado reconheceu que estava em caminho errado e voltou resolutamente[3] à melodia infinita que ninguém discute mais.

A poesia...

É muito provável que Adão não poetasse à moda saloia:

Quem parte leva saudades
Quem fica saudades tem.

E muito menos ainda no sábio e erudito alexandrino.

3. A razão deste "resolutamente" é que se podem citar exemplos de melodia infinita mesmo durante o império da melodia quadrada.

Creio mesmo que plagiou os versos de Paulo Claudel, fortemente ritmados mas livres.

Nada mais natural.

O que interessa sob o ponto de vista formal na constituição das artes do tempo é o ritmo.[4]

Ritmo não significa volta periódica dos mesmos valores de tempo.

Isto será quando muito euritmia.

Euritmia aldeã rudimentar e monótona.

Ritmo é toda combinação de valores de tempo e mais os acentos,[5] por isso convém que a oração (na prosa) tenha ritmo, mas não o metro, pois, se tornaria então poesia (Aristóteles, Retórica, livro III, Cap. VIII, 3).

Dirão que isto é cair na prosa...

Sob o aspecto "zabumba e caixa" de Castelo Branco, será.

Já se observou a tendência dos poetas modernistas a escreverem em prosa...

João Becher, cujo recente livro *Das neue Gedichte* recebo apenas, emparelha versos de uma linha e versos de 20 ou mais linhas!

Mas o que distingue a prosa da poesia não é o metro, com mil bombas!

Será preciso repetir ainda o Estagirita?

E digo mais:

O verso continua a existir. Mas corresponde aos dinamismos interiores brotados sem pré-estabelecimento de métrica qualquer. E como cada transformação[6] é geralmente traduzida num juízo

4. NOTA DA EDIÇÃO | Na edição *princeps* lê-se: "O que interessa nas artes do tempo é o ritmo."; acréscimo de MA, a tinta preta, no exemplar de trabalho.

5. NOTA DA EDIÇÃO | O trecho após "acentos" advém de acréscimo realizado por MA, a tinta preta, no exemplar de trabalho; vírgula introduzida por esta edição.

6. Sensações, associações, etc.

inteiro (tomo juízo na mais larga acepção possível) segue-se que na maioria das vezes o verso corresponde a um juízo.

Nem sempre.

O entroncamento ainda é empregado. Mas não significa mais pensamento que exorbita de tantas sílabas poéticas, senão ritmos interiores dos quais o poeta não tem que dar satisfação a ninguém; e algumas vezes fantasias expressivas, pausas respiratórias, efeitos cômicos, etc.[7, 8]

Quanto à rima... nem se discute.

Estamos bem acompanhados na Grécia como no Brasil... com a NEBULOSA de Joaquim Manoel de Macedo.

E assim mesmo os poetas modernistas utilizam-se da rima. Mas na grande maioria das vezes da que chamei "Rima livre",

7. "Dei a entender mas não defini o Verso. Isso é ruim. Verso é o elemento da linguagem oral que imita, organiza e transmite a dinâmica do estado lírico. (Linguagem oral, porque linguagem musical existe de fato. E metaforicamente: linguagem coreográfica, arquitetural, pictórica etc.). Depois pensei melhor: Verso é o elemento da linguagem que imita e organiza a dinâmica do estado lírico. Ainda melhor: Verso é o elemento da linguagem que imita e organiza o movimento do estado lírico. Se em vez de definição ideativa que encerre o conceito intelectual de Verso, se quiser dar uma definição descritiva que não implique propriamente delimitação formal, pode-se dizer: Verso é o elemento da Poesia que determina as pausas do movimento rítmico. Ou, porque isso não inclui bem o verso-livre (arrítmico pelo conceito universal de ritmo): Verso é o elemento da Poesia que determina as pausas de movimento da linguagem lírica. Ou: da expressão oral lírica. Ou ainda: Verso é a entidade (quantidade) rítmica (ou dinâmica) determinada pelas pausas dominantes da linguagem lírica."

8. NOTA DA EDIÇÃO | MA acrescentou a tinta preta, no exemplar de trabalho, a sétima nota de rodapé.

variada, imprevista, irregular, muitas vezes ocorrendo no interior do verso.[9]

Eis como Ronald de Carvalho se serve e desdenha da rima indiferentemente:

INTERIOR[10]

Poeta dos trópicos, tua sala de jantar
é simples e modesta como um tranqüilo pomar;

no aquário transparente, cheio de água limosa,
nadam peixes vermelhos, doirados e cor de rosa,

entra pelas verdes venezianas uma poeira luminosa,
uma poeira de sol, trêmula e silenciosa,

uma poeira de luz que aumenta a solidão.

Abre tua janela de par em par. Lá fora, sob o céu de verão
todas as árvores estão cantando! Cada folha
é um pássaro, cada folha é uma cigarra, cada folha
é um som...

O ar das chácaras cheira a capim melado,
a ervas pisadas, a baunilha, a mato quente e abafado.

9. "Coi tuoi inverni, lenti, silenti". Govoni;
"Drüber rüber!" Augusto Stramm;
"Le nugole bistre, bigie, grigie". Cristaldi;
"So müssten wir klimmen, erglimmen". Teodoro Dæubler.

10. NOTA DA EDIÇÃO | Respeitada a versão no exemplar de trabalho, diferente daquela publicada em *Klaxon*, nº 3, São Paulo, 15 jul. 1922, p. 4.

Poeta dos trópicos,
dá-me no teu copo de vidro colorido um gole d'água.
(Como é linda a paisagem no cristal de um copo d'água!)

E agora Manuel Bandeira neste comovente:

BONHEUR LYRIQUE[11]

Coeur de phtisique,
o mon coeur lyrique
ton bonheur ne peut pas être comme celui des autres.

Il faut que tu te fabriques
un bonheur unique
– un bonheur qui soit comme le piteux lustucru en chiffons d'une enfant pauvre,
fait par elle même...

Mas a assonância principalmente, muito mais natural, muito mais rica, muito mais cósmica é utilizadíssima.

Guilherme de Almeida com seu gosto artístico infalível é que melhor a usou até hoje em língua portuguesa.

O próprio trocadilho... Não o bem feitinho, preparado, inteligente, pretensioso dum Rostand, dum Martins Fontes, Deus nos livre! mas o trocadilho mal feito, burlesco, eficaz, divertidíssimo.

O poeta brinca.

Lasciatemi divertire!

canta Pallazeschi na CANZONETTA.

11. **NOTA DA EDIÇÃO** | Respeitada a versão no exemplar de trabalho, diversa daquela publicada em *Klaxon*, nº 3. São Paulo, 15 jul. 1922, p. 3.

Eis Pellerin:

Drap blanc, satin cardinalice
Dans l'ombre du car dine Alice.

Agora Cocteau:

Le crocodile croque Odile.

ou Paulo Morand:

Sur le ciel vert, d'un pathétique Pathé,

ou ainda Tristão Tzara:

arp l'arc et la barque à barbe d'arbre.

O poeta brinca.

Brincadeira sem importância mas que entre outros benefícios traz o de irritar até a explosão os passadistas. Ora a cólera dos passadistas é um dos prazeres mais sensuais que nós temos. Musset também já enfraquecia propositadamente as suas rimas só para irritar Vítor Hugo...

E a nossa fábula é muito mais interessante que a de La Fontaine. Em nosso caso é o ratinho de uma brincadeira que dá à luz uma montanha de raiva em erupção. Mas não se atemorizem. Vulcão que não faz mal a ninguém.

É preciso notar todavia que Verso Livre e Rima Livre não significam abandono total de metro e rima já existentes. Valéry, Duha-

12. Duhamel e Vildrac imaginaram ainda a "constante rítmica" espécie de verso de pequeno número de sílabas (4, 5, 6) intercalado pelo poeta, discrecionariamente, dentro dos versos livres.

mel,[12] Romains, Cocteau (C), Klemm, von Molo, van Hoddis, Blox, Bialik, Lawrence, Eliot, Millay, Unamuno, Guilherme de Almeida, Manuel Bandeira, Ribeiro Couto, empregam ora o verso medido, ora a rima, ora ambos os dois.

O admirável Palazzeschi inventou uma espécie de ritmo binário embalador para sua métrica própria. Menotti del Picchia transpô-lo algumas vezes para o português.

Baudouin tem sua rítmica pessoal.

Claudel já renovara o versículo bíblico.

O delicioso Paulo Fort (já que desci um pouco para trás dos modernizantes) criou o que também é quase uma rítmica pessoal.

A americana Amy Lowell no seu curioso ensaio *Some Musical Analogies in Modern Poetry* conta que inspirada por uma valsa foi-lhe forçoso escrever em medidas anapésticas.

Confessemos porém que qualquer métrica é prejudicial quando pré-estabelecida e que portanto tais poetas (com exceção daqueles cujo princípio rítmico não é propriamente métrico) erram e que melhor fora então continuar nas duas métricas já existentes... por mais agradáveis ao vulgo.

Além disso: certos gêneros poéticos implicam a métrica. Escrever um soneto em verso livre seria criar um aleijão ainda mais defeituoso que certos sonetos de metros desiguais, dum Machado de Assis por exemplo.

(É verdade também que com as nossas teorias pouca disposição temos para escrever sonetos...)

Uma canção, um rondel, quase que também obrigam a uma cadência periódica predominante e aos ecos agradáveis e sensuais da rima.

É de Vildrac dulcíssimo esta linda canção:

Si l'on gardait, depuis des temps, des temps,
Si l'on gardait, souples et odorants,

Tous les cheveux des femmes qui sont mortes,
Tous les cheveux blonds, tous les cheveux blancs,
Crinières de nuit, toisons de safran,
Et les cheveux couleur de feuilles mortes,
Si on les gardait depuis bien longtemps,
Noués bout à bout pour tisser les voiles
Qui vont sur la mer,
Il y aurait tant et tant sur la mer,
Tant de cheveux roux, tant de cheveux clairs,
Et tant de cheveux de nuit sans étoiles,
II y aurait tant de soyeuses voiles
Luisant au soleil, bombant sous le vent,
Que les oiseaux gris qui vont sur la mer
Que les grands oiseaux sentiraient souvent
Se poser sur eux,
Les baisers partis de tous ces cheveux,
Baisers qu'on sema sur tous ces cheveux
Et puis en allés parmi le grand vent...

* * *

Si l'on gardait, depuis des temps, des temps,
Si l'on gardait, souples et odorants,
Tous les cheveux des femmes qui sont mortes,
Tous les cheveux blonds, tous les cheveux blancs
Crinières de nuit, toisons de safran,
Et les cheveux couleur de feuilles mortes,
Si on les gardait depuis bien longtemps,
Noués bout à bout, pour tordre des cordes,
Afin d'attacher
À des grands anneaux tous les prisonniers
Et qu'on leur permit de se promener
Au bout de leur cordes,
Les liens des cheveux seraient longs, si longs,

Qu'en les déroulant du seuil des prisons,
Tous les prisonniers, tous les prisonniers
Pourraient s'en aller
Jusqu'à leur maison...

Jorge Lothe, em França, com seus estudos de fonética experimental, provou que (cientificamente) a métrica quantitativa era errada.

O dr. Patterson, primeiramente nosso antagonista, depois dos estudos que fez e resultados que obteve, verificou a legitimidade do verso-livre.

(São informações que colho: a primeira em Epstein, a segunda em Amy Lowell.)

Mas estou perdendo tempo em justificar conquistas já definitivas.

Apontei ainda a Vitória do Dicionário.

A expressão do lirismo puro levou-nos a libertar a palavra da ronda sintática.

Num período destrutivo de revolução que felizmente já passou exclamaram os poetas:

Et ces vieilles langues sont tellement près de mourir
Que c'est vraiment par habitude et manque d'audace
Qu'on les fait encore servir à la poésie.[13]

Insurgiram-se principalmente contra a gramática. Quiseram negar-lhe direitos de existência.

Não é bem isso. A gramática existe. A gramática é científica, suas conclusões são verdadeiras, psicológicas. A própria sintaxe não pode ser destruída senão em parte.

Existirão eternamente sujeito e predicado.

13. Apollinaire.

O que alguns abandonaram é o preconceito de uma construção fraseológica fundada na observação do passado em proveito de uma construção muito mais larga, muito mais enérgica, sugestiva, rápida e simples.

Certas licenças antigas são hoje de uso quotidiano.

A frase elíptica reina.

Pululam os verbos, adjetivos, advérbios tomados como substantivos.

Acontece que o substantivo às vezes é adjetivo...

A operação intelectual com que o poeta modernista expressa o lirismo é a seguinte:

A sensação simples ao se transformar em idéia consciente cristaliza-se num universal que a torna reconhecível.

Pois o poeta modernista escreve simplesmente esse universal.

A inteligência forma idéias sobre a sensação. E ao exteriorizá-las em palavras age como quem compara e pesa. A inteligência pesa a sensação não por quilos mas por palavras. Mesmo para o ato de pensar posso empregar metaforicamente o verbo pesar (Dermée) pois que a inteligência ligando predicado e sujeito para reconhecer a eqüipolência destes pesa-lhes os respectivos valores. Ora se o poeta quer exprimir a nova sensação redu-la à palavra que determinou a sensação idêntica anterior.

Exemplifico:

A criada chega ao armazém e fala:

– Bom-dia, seu Manoel. Um quilo de pão, faz favor?

O vendeiro põe o peso quilo numa das conchas da balança e na outra o pão.

Se o fiel se verticaliza ao quilo peso corresponde exatamente o quilo pão.

Nossos olhos vêem um cachorro.

Sensação.

A inteligência pesa a sensação e conclui que ela corresponde exatamente ao universal cachorro, pertencente a essa vultuosa coleção de pesos que é o dicionário.

O fiel que temos na razão verticalizou-se.

O peso está certo.

À sensação recebida de um semovente de 4 patas, rabo, focinho e outros almofadismos designamos com a palavra cachorro.

Eis o peso simples.

Agora:

Na operação do vendeiro acontece muitas vezes que o pão não dá bem um quilo. Faltam 50 gramas. Então o vendeiro corta um pedaço de outro pão e ajunta ao que está pesando. Ficou um peso, diremos, composto.

Além de sensações simples temos sensações compostas e complexas.

Será sensação composta quando o universal não corresponder exatamente à sensação e lhe ajuntarmos as 50 gramas dum adjetivo, dum tempo de verbo, etc. O cachorro correu.

A sensação será complexa quando um universal só não for suficiente e precisarmos de vários universais para pesá-la.

Também na vida: em vez dum seco pedaço de pão preferirei às vezes uma *coupe* em que haja sorvete, creme Chantilly e figos. Sensação complexa.

Tiro exemplo de Sérgio Milliet.

O poeta entra num salão em que se dança e bebe à barulheira muito pouco parnasiana dum JAZZ-BAND.

Imediatamente recebe uma sensação de conjunto, *complexa*.

(Não digo com isto que tenha escrito seu poema no momento da sensação. O moto-lírico é geralmente uma recordação – fecundo minuto em que surge na meia-noite do subconsciente o luminoso préstito dos "fantasmas" aristotélicos. E surgem embelezados ganhando em valor estético o que perderam de realidade, como legisla uma lei de memória.)

Pois Sérgio Milliet com 3 nomes sintetiza a sensação complexa:

Rires Parfums Decolletés.

É admiravelmente exato. Talvez mesmo sem querer o poeta registrou o trabalho dos 3 sentidos que fatalmente agiram no instante:

o ouvido (rires)
o olfato (parfums)
a vista (decolletés)

Uma observação: três universais apenas não dão para representar a sensação complexa do poeta. É evidente. Mas

1º – A poesia não é só isso. Continua ainda. A poesia toda é o resultado *artístico* da impressão complexa.

2º – O poeta sintetiza e escolhe[14] os universais mais impressionantes. O poeta não fotografa: cria. Ainda mais: não reproduz: exagera, deforma (D), porém sintetizando. E da escolha dos valores faz nascer euritmias, relações que estavam esparsas na vida, na natureza, e que a ele, poeta, competia descobrir e aproximar. Nisto consiste seu papel de *artista*. O poeta parte de um todo de que teve a sensação, dissocia-o pela análise e escolhe os elementos com que erigirá um outro todo, não direi mais homogêneo, não direi mais perfeito que o da natureza mas

DUMA OUTRA PERFEIÇÃO,
DUMA OUTRA HOMOGENEIDADE.

A natureza existe fatalmente, *sem vontade própria*. O poeta cria por inteligência, *por vontade própria*.

14. Lei ordinária de W. James.

Querer que ele reproduza a natureza é mecanizá-lo, rebaixá-lo.

Desconhecer os direitos da inteligência é uma ignomínia.

A incompreensão com que os modernistas de todas as artes são recebidos provém em parte disso.[15]

O espectador procura na obra de arte a natureza e como não a encontra, conclui:

– Paranóia ou mistificação! O autor é idiota.

"Il y a toujours l'alternative: 'C'est idiot' et 'Je suis idiot'."[16, 17]

A natureza é apenas o ponto de partida, o motivo para uma criação inteiramente livre dela.

Goethe, meu Goethe amado e passado embora não passadista[18] já o afirmaste: "O artista não deve estar conscientemente com a natureza, deve conscientemente estar com a arte. Com a mais fiel imitação da natureza não existe ainda obra de arte, mas pode *desaparecer quase toda a natureza de uma obra de arte e esta ser ainda digna de louvor*"!

Que dirão a isto os poderosos da terra?

Voltemos a Sérgio Milliet. Depois do primeiro verso o poeta já pôde pormenorizar certas sensações compostas. Daí o poema:

15. As outras partes são: a preguiça de mudar, a falta de amor, a má vontade, a inveja e a burrice.

16. Epstein

17. "Há sempre a alternativa: 'Isto é idiota' e 'Eu sou idiota'." (Tradução de Lilian Escorel.)

18. Nada de confusão: há grande diferença entre ser do passado e ser passadista. Goethe pertence a uma época passada mas não é passadista porque foi modernista no seu tempo. Passadista é o ser que faz papel do carro de boi numa estrada de rodagem.

JAZZ-BAND[19]

Rires Parfums Decolletés
Bigarrure multiple des couleurs
Et de ci de là tâches blanches
sur fond noir

O la verve des jambes élastiques

Lenteur savante des glissades
déhanchements nerveux
et ces pas comme des boutades

Négation des lois de l'équilibre
et des élégances admises
Sensibilité du rythme blasé
tombe
se relève
frise la parodie
Combien aimable
Le nègre se détraque

Et jusqu'aux lampes électriques
qui se départissent de leur flegme

Ora nos 10 primeiros versos não há uma só frase gramaticalmente inteira e nenhum verbo presente. O criador pouco se incomodou com gramáticas nem sintaxes. Não escreveu no estilo nouveau-riche de Vítor Hugo nem no estilo efebo de Régnier.

19. NOTA DA EDIÇÃO | Respeitada a versão no exemplar de trabalho, diferente daquela publicada em MILLIET, Serge. *Oeil de boeuf.* Anvers: Éditions "Lumière", 1923, pp. 34-35.

Compôs uma poesia a meu ver extraordinária unicamente pesando sensações com palavras do dicionário.

De tais resultados Cocteau tirou a sua adoração ao léxico, Marinetti criou a palavra em liberdade. Marinetti aliás descobriu o que sempre existira e errou profundamente tomando por um fim o que era apenas um meio passageiro de expressão. Seus trechos de palavras em liberdade são intoleráveis de hermeticismo, de falsidade e monotonia.

É pois para realizar de maneira mais aproximada o lirismo puro que o dicionário, filho feraz da humanidade, tornou-se independente da sintaxe e da retórica – teorias militaristas nascidas no orgulho infecundo das torres de marfim (E).

Parêntese:

Um dos maiores perigos da poesia modernista é a analogia e sua irmã postiça a perífrase.

A sensibilidade moderna, antes hipersensibilidade, provocada pelos sucessos fortes continuados da vida e pelo cansaço intelectual tornou-nos uns imaginativos de uma abundância fenomenal. Para evitar chavões do "como" do "tal" do "assim também"...

"Assim do coração onde abotoam..."

infalível nos sonetos de comparação o poeta substitui a coisa vista pela imagem evocada.

Sem preocupação de símbolo.

É a analogia, ou antes "o demônio da analogia" em que soçobrou Mallarmé.

Mas a irmã bastarda da analogia a perífrase, parece-se muito com ela.

A diferença está em que a analogia é subconsciente e a perífrase uma intelectualização exagerada, forçada, pretensiosa.

É preciso não voltar a Rambouillet!

É preciso não repetir Góngora!

É PRECISO EVITAR MALLARMÉ!

A imagem exagerada, truculenta mesmo, é natural, é expressiva. A perífrase, luxo inútil, paroquiano, pedante. Já Antífanes indicava-lhe a inutilidade.

Sérgio Milliet claudica no poema que citei atrás ao substituir a música executada pelo jazz, por

"Sensibilité du rythme blasé".

É defeito que devia ser extirpado em poesia tão perfeita.

Cito agora um delicioso poema de Guilherme de Almeida, do grupo "Sugerir", em que o poeta substitui a *causa* da sensação pelo efeito subconsciente. Analogias finíssimas (F).

Bailado russo

A mão firme e ligeira
puxou com força a fieira,
e o pião
fez uma elipse tonta
no ar, e fincou a ponta
no chão.

É um pião com sete listas
de cores imprevistas.
Porém,
nas suas voltas doudas,
não mostra as cores todas
que tem.
Fica todo cinzento
no ardente movimento.
E até
parece estar parado,
teso, paralisado,
de pé.

Mas gira. Até que aos poucos,
em torvelins tão loucos
        assim,
já tonto bamboleia,
e bambo, cambaleia...
        Enfim

tomba. E, como uma cobra,
corre mole e desdobra
        então
em hipérboles lentas
sete cores violentas
        no chão.

Isto chama-se Bailado russo...

Substituição da ordem intelectual pela ordem subconsciente.

Esse um dos pontos mais incompreendidos pelos passadistas.

Entre os próprios poetas que poderiam ser qualificados de modernizantes reina contradição. Nem todos seguem o processo.

Na Itália por exemplo, a não ser o grande Folgore, o Soffici dos *Quimismos líricos* e mais algum raro exemplo, a lógica intelectual é romanticamente respeitada.

Entre nós muitos não a abandonaram.

Na verdade: tal substituição duma ordem por outra tem perigos formidáveis. O mais importante é o hermeticismo absolutamente cego em que caíram certos franceses na maioria de seus versos.

Erro gravíssimo.

E falta de lógica.

O poeta não fotografa o subconsciente.

A inspiração é que é subconsciente, não a criação. Em toda criação dá-se um esforço de vontade. Não pode haver esforço de vontade sem atenção. Embora a atenção para o poeta modernista se sujeite curiosa ao borboletear do subconsciente – asa trépida que se deixa levar pelas brisas das associações – a atenção continua a existir e mais ou menos uniformiza as impulsões líricas para que a obra de arte se realize. Surbled diz admiravelmente: "Força é reconhecer, no entanto, que, se o subconsciente deixa-se levar por mil afastamentos, nem por isso o fio que o liga à inteligência se rompeu. Foi apenas encompridado. O mínimo esforço de atenção é o suficiente para que o espírito colha as rédeas e obrigue o sub-eu a obedecer ao eu."

(E é por isso que nossa poesia poderá chamar-se de psicológica e subconsciente sem que deixe de ter um tema principal, um assunto que originado do moto-lírico inicial volta sempre a ele ou continua integral *pelo esforço da atenção.*)

A reprodução exata do subconsciente quando muito daria, abstração feita de todas as imperfeições do maquinismo intelectual, uma totalidade de lirismo. Mas *lirismo* não é *poesia*.

O poeta *traduz* em línguas conhecidas o eu profundo. Essa tradução se efetua na inteligência por um juízo, pelo que é na realidade em psicologia "associação de idéias".

O poeta modernista usa mesmo o máximo de trabalho intelectual pois que atinge a abstração para notar os universais.

(Muito mais por esse lado é que Epstein poderia afirmar que abandonáramos a inteligência em proveito dessa mesma inteligência.)

É preciso pois combater sem quartel o hermeticismo.

Não quero porém significar com isso que os poemas devam ser tão chãos que o caipira de Xiririca possa compreendê-los tanto como o civilizado que conheça psicologia, estética e a evolução histórica da poesia.

Voltemos à ordem do subconsciente.

Uma pessoa desinstruída nas teorias modernistas horroriza-se ante a formidável *desordem* das nossas poesias.

– Não há ordem! Não há concatenação de idéias! Estão loucos!

(Houve já quem tomasse a sério essa acusação de loucura e provasse inutilmente, meu Deus! as diferenças fundamentais entre a literatura dos modernistas e a dos alienados. Foi caso único. Em geral nós nos rimos dessa acusação. Deu-nos apenas motivos para mais lirismo.

Sur une pierre
où nage un acacia pâle et mignon
un cubiste m'a dit
que j'étais fou

saltita Picabia. E Palazzeschi em Chi sono?[20]

Chi sono?
Son forse un poeta?
No, certo.
Non scrive che una parola ben strana
la perna dell'anima mia:
FOLLIA...

Max Jacob esse então construiu numa das páginas mais belas de toda a sua obra o Asyle des Dégénerés Supérieurs de Flammanville...)

Mas, oh bem-pensantes! é coisa evidente: NÃO SOMOS LOUCOS... Essa falta de ordem é apenas aparente. Substituiu-se uma ordem por outra. E isso *apenas* nos trabalhos de ficção a que melhormente cabe o nome de *poesia*, quer sejam em verso, quer em prosa.

20. NOTA DA EDIÇÃO | Respeitada a versão no exemplar de trabalho, diferente daquela publicada em PALAZZESCHI, Aldo, *L'incendiario* – 1905-1909, 2ª ed. Milano: Edizioni Futuriste di "Poesie", 1913, p. 95.

E não é conseqüência justa?

Seria possível dar uma ordem, uma lógica intelectual, uma concatenação de idéias, uma retórica às impulsões do eu profundo, a que não rege

NENHUMA DETERMINAÇÃO INTELECTUAL

QUE INDEPENDE DE NÓS MESMOS

É IMPESSOAL E ESTRANHO?[21]

Nisso estaria o contra-senso,

ESTARIA O ERRO.

Não houve destruição de Ordem, com cabídula. Houve substituição de uma ordem por outra.

Assim, na poesia modernista, não se dá, na maioria das vezes concatenação de idéias mas associação de imagens e principalmente:

SUPERPOSIÇÃO DE IDÉIAS E DE IMAGENS.

Sem perspectiva nem lógica intelectual.

Mas o éforo parnasiano nos lê e zanga-se por não encontrar em nossos poemas a lógica intelectual, o desenvolvimento, a seriação dos planos e mais outros Idola Theatri.

Mas se procura no poema o que neste não existe!

Não somos vates palacianos!

Não somos poetas condutícios!

Nossos versos não são feitos de encomenda! (G)

Vivem a dizer que tudo queremos destruir... É mentira. Esse período revolucionário já passou.

A cada destruição do fim do século passado opomos um novo princípio:

À destruição do verso pelo poema em prosa, preferimos, escolhemos o já existente Verso Livre.

À destruição da sintaxe, a Vitória do Dicionário.

21. Ribot.

À destruição da ordem intelectual, a Ordem do Subconsciente.

Não fixamos, não colorimos, não matamos as células constitutivas da sensibilidade para observá-las. A ultramicroscopia da liberdade aparentemente desordenada do subconsciente permitiu-nos apresentar ao universo espaventado o plasma vivo das nossas sensações e das nossas imagens.

Mas pedem-nos em grita farisaica uma estética total de 400 páginas in quarto...

Isso é que é asnidade.

Onde nunca jamais se viu uma estética preceder as obras de arte que ela justificará?

As leis tiram-se da observação.

Apriorismo absoluto não existe.

E o que nos orgulha a nós é justamente este senso da realidade que jamais foi tão íntimo e tão universal como entre os modernistas.

A tragédia grega evolveu do ditirambo – uma cantoria – não nasceu do esteticismo peripatético.

E mesmo quando leis estéticas são impostas, um estilo é pré-determinado, que acontece?

A Camerata Florentina propôs-se a copiar a tragédia lírica de Ésquilo... No entanto produziu a ópera...

Derivada desse princípio da Ordem Subconsciente avulta na poesia modernista a associação de imagens. Para alguns mesmo parece ela tomar-se uma norma fundamental.

Outro erro perigosíssimo.

É a mesma confusão de Marinetti: o meio pelo fim.

Inegável: a associação de imagens é de efeito esfuziante, magnífico e principalmente natural, psicológica mas...

olhai a cobra entre as flores:

O poeta torna-se tão hábil no manejo dela que substitui a sensibilidade, o lirismo produzido pelas sensações por um simples, divertidíssimo jogo de imagens nascido duma inspiração única inicial. É a lei do menor esforço, é cismar constante que podem conduzir à ruína.

Além disso: pode tornar-se consciente, provocada, procurada, e nesse caso uma virtuosidade.

Aqueles dentre nós que estão mais perto desse abismo são: Sérgio Milliet, Luís Aranha.

Deixo-lhes aqui este aviso para que não caiam na virtuosidade – indumentária brilhante com que os sentidos traidores escondem o ogre odiado do sentimentalismo.

Campoamor e Banville são igualmente sentimentais.

Mostro um passo impagável da obra de Luís Aranha, extraído do POEMA GIRATÓRIO – que aliás não é construído unicamente assim:

. . . .

Eu morria de dieta no hospital
Emprestavam-me livros franceses e ingleses
Um dia uma revista
Conheci então Cendrars
Apollinaire
Spire
Vildrac
Duhamel
Todos os literatos modernos
Mas ainda não compreendia o modernismo
Fazia versos parnasianos
Aos livros que me davam preferia viajar com a imaginação
Paris
Bailarinas de café-concerto rodopiando na ponta dos pés
Ou então a casa de um chinês esquecimento da vida

Antro de vícios elegantes
Morfina e cocaína em champanha
Ópio
Haschich
Maxixe
Todas as danças modernas
Doente perdi um baile numa sociedade americana de
S. Paulo
Minha cabeça girava como depois de muito dançar
E o mundo é uma bailarina de vermelho rodopiando
na ponta dos pés no café-concerto universal
Gosto de bailes de matinées
E os jornais trazem anúncios de chás dançantes
La Prensa diz
'A Argentina proibiu a exportação de trigo
Nova lente no observatório de Buenos-Aires'
Estudo astronomia numa lente polida por Spinosa
Judeu
Uma sinagoga nos Andes
Não sei se a Cordilheira cai a pique sobre o mar
Santiago
E os barcos de minha imaginação nos mares de todo o mundo...[22]

Delirante de graça.
Direi mais: é admirável.
É perigosíssimo.

22. NOTA DA EDIÇÃO | Trecho do poema de Luís Aranha; respeitada a versão no exemplar de trabalho, diversa daquela no manuscrito do poeta, em texto integral no arquivo de MA e na edição preparada por Nelson Ascher: *Coctails*: poemas. São Paulo: Brasiliense, 1984, pp. 56-57.

Devemos nos precatar contra o verme do mau romantismo (H) que todo homem infelizmente carrega no corpo – esse túmulo, como lhe chamou Platão (I).

Rapidez e Síntese.

Congregam-se intimamente.

Querem alguns filiar a rapidez do poeta modernista à própria velocidade da vida hodierna...

Está certo. Este viver de ventania é exemplo e mais do que isso circunstância envolvente que o poeta não pode desprezar.

Creio porém que essa não foi a única influência.

A divulgação de certos gêneros poéticos orientais, benefício que nos veio do passado romantismo, os tankas, os hai-kais japoneses, o gazel, o rubai persas por exemplo creio piamente que influíram com as suas dimensões minúsculas na concepção poética dos modernistas.

(Aliás muito em segredo, acredito que a tradução em prosa desses admiráveis poemas das línguas pouco manejadas contribuiu para que percebêssemos que poesia era o conteúdo interior do poema e não a sua forma. É muito provável que a aceitação do verso livre e da rima livre provenha ao menos em parte dessas traduções em prosa).

Geralmente os poetas modernistas[23] escrevem poemas curtos. Falta de inspiração? de força para Colombos imanes? Não. O que existe é uma necessidade de rapidez sintética que abandona pormenores inúteis.

Nossa poesia é resumo, essência, substrato.

Vários poetas voltam às vezes aos minúsculos cantarcilhos do século 15. Porém amétricos. Picabia tem várias poesias dísticas.

23. Excetuam-se quase todos os italianos.

Mas creio que Apollinaire levou para o túmulo a cintura de ouro com o monístico de *Alcools*. Luís Aranha passeia acaso pelo Japão, na Drogaria de éter e de sombra... Daí ter escrito hai-kais libérrimos:

Jogaste tua ventarola para o céu
Ela ficou presa no azul
convertida em lua.[24]

Ainda a mesma dama das mansões celestes, inspira-lhe este Epigrama à Lua – imagem graciosa de noite estrelada:

Odalisca,
nos coxins de paina do céu,
olá
tu deixaste romper o teu colar de pérolas!...[25, 26]

Admirável poesia de Ribeiro Couto tem 5 versos:

24. NOTA DA EDIÇÃO | Respeitada a versão no exemplar de trabalho, diversa daquela no manuscrito do poeta, no arquivo de MA, idêntica à que está em ARANHA, Luís. *Coctails:* poemas. Org. apresentação e notas: Nelson Ascher. São Paulo: Brasiliense, 1984, p. 37.

25. Num dos poemas de Maiakovski publicados pela revista inglesa *Fanfare* encontro – "Alô! Grande Ursa!"
Os modernistas se encontram também.

26. NOTA DA EDIÇÃO | Respeitada a versão no exemplar de trabalho, diferente daquela no manuscrito do poeta no arquivo de MA, idêntica à que está em ARANHA, Luís. *Coctails*: poemas. Org. apresentação e notas: Nelson Ascher. São Paulo: Brasiliense, 1984, p. 93.

E chove... Uma goteira, fora,
como alguém que canta de mágoa
canta, monótona e sonora,
a balada do pingo d'água.

Chovia quando foste embora...

Ronald de Carvalho tem poemas minúsculos de grande beleza.

Mas essa rapidez material não nos interessa tanto. Sob o ponto de vista ocidental, moderno é uma das conseqüências apenas da rapidez espiritual que se caracteriza em nós muito mais pela síntese e pela abstração.

O homem instruído moderno, e afirmo que o poeta de hoje é instruído, lida com letras e raciocínio desde um país da infância em que antigamente a criança ainda não ficara pasmada sequer ante a glória da natureza. Um menino de 15 anos neste maio de 1922 já é um cansado intelectual.

"Ela (a atenção) é uma das condições indispensáveis para que se dê fadiga intelectual."[27]

O raciocínio, agora que desde a meninice nos empanturram de veracidades catalogadas, cansa-nos e CANSA-NOS. Em questão de meia hora de jornal passa-nos pelo espírito quantidade enorme de notícias científicas, filosóficas, esportivas, políticas, artísticas, mancheias de verdades, errores, hipóteses.

"Le monde est trouble comme si c'était la fin de la bouteille."[28]

Comoções e mais comoções, geralmente de ordem intelectual.

Defeito?

Nem defeito nem benefício.

RESULTADO INEVITÁVEL DA ÉPOCA.

27. A. Mosso.

28. P. Morand.

Conseqüência da eletricidade, telégrafo, cabo submarino, TSF, caminho de ferro, transatlântico, automóvel, aeroplano.

Estamos em toda parte pela inteligência e pela sensação.

Dá-se em nós um movimento psicológico diário, exatamente inverso ao inventado por William James. Diz o fantasista *yankee*:

Vemos um lião.
Nosso corpo treme
Resultado *consciente* do tremor:
Temos medo.

É o contrário conosco:
Lemos "Paris".
Nossa memória evoca:
Paris!
Resultado *sensitivo* da evocação;
Andamos no boulevard des Capucines,

Mas deixemo-nos de sorrir!
O que não é sorriso.

O homem moderno, em parte pelo treino quotidiano, em parte pelo cansaço parcial intelectual (J), tem uma rapidez de raciocínio muito maior que a do homem de 1830.

Dois resultados disso:

1º – Uma como que faculdade devinatória que nos leva a afirmações *aparentemente apriorísticas* mas que são a soma de associações de idéias com velocidade de luz.

(A conhecida metáfora do raio de luz no cérebro não é mais do que isso. E o homem moderno sente mais freqüentemente essas *Illuminations*, porque raciocina mais rápido) (K).

2º – Usamos constantemente a síntese suprema[29, 30] ultra-egipcíaca e conseqüentemente a utilização quotidiana, na poesia modernista, da abstração, do universal (L), (M).

O catedrático, enchinesado no seu ostracismo ensimesmal olha por acaso de uma das janelas de sua prisão voluntária e vê no asfalto o novo menestrel que passa a cantar palavras soltas e verbos no infinito... E, como professor que ensina e está costumado a imaginar tudo bem ensinadinho – o motivo lírico e a limpeza das unhas – escachoa:

29. Ainda aqui uma "iluminação" de Rimbaud veio afinal a resolver-se numa verdade científica. Os menos ignorantes recordar-se-ão de que na ALQUIMIA DO VERBO ele confessa apreciar pinturas de casas de comércio, anúncios etc. Estou convencido de que a necessidade de síntese e de energia que deu a tais anúncios formas elípticas arrojadas influiu na sintaxe dos modernistas. Mesmo na língua, afirma Fernando Brunot no seu recente livro *La pensée et la langue*. Não conheço esta obra. Mas eis um trecho do capítulo INDICATIONS, citado por Thibaudet: "Il paraît chaque jour, par milliers dans les journaux des *indications* de toutes espèces; il y a dans les rues, sur les enseignes, partout: épicerie en gros. Docteur médecin, Maladies des yeux, Défense d'afficher... Il ne faudrait pas croire qu'il y ait là une forme inférieure du langage; ces indications ont un rôle immense dans la vie, et exercent une influence sensible sur le développement de la langue. Depuis de XIXe siècle surtout elles contribuent fortement aux changements du lexique, à cause de leurs besoins propres. Elles ne sont pas non plus sans action sur la syntaxe, par les réductions auxquelles les obligent les places, les prix et la necessité d'etre lues d'un coup d'oeil; c'est un style télégraphique d'un autre genre, qui a ses règles obscures, dont la principale est de faire le plus d'effet avec le moins de mots possibles." Há nestas frases toda a expressão de uma técnica muito usada entre os modernistas de todas as artes.

30. "Todo dia nos jornais *anúncios* de toda sorte aparecem aos milhares; acham-se nas ruas, nos letreiros, em todo lugar: especiarias no atacado. Médico, Doenças

– É louco! burro! ignorante! cabotino!

Em última análise o catedrático tem razão, coitado! Para ele somos cabotinos, ignorantes, burros, loucos – embora estas... qualidades não possam andar juntas.

O mal do professor foi não seguir o conselho de Duhamel:

Laissez en paix cet homme là
Puisqu'il n'est pas de votre race!
Ne riez pas de son langage
Que vous ne savez point aimer!

E não vos lembrais de Jerônimo Coignard?

"Mon fils, j'ai connu trop de sortes de personnes et traversé des fortunes trop diverses pour m'étonner de rien. Ce gentilhomme paraît fou, moins parce qu'il l'est réellement que parce que ses pensées diffèrent à l'excès de celles du vulgaire."[31]

Lembro agora apenas uma outra feição da poesia modernista – feição derivante do emprego direto do subconsciente.

dos olhos, Proibido colar cartaz... Não se deve acreditar haver neles uma forma inferior de linguagem; estes anúncios têm um papel imenso na vida, e exercem uma influência sensível no desenvolvimento da língua. Desde o século XIX, sobretudo, vêm contribuindo fortemente para as mudanças do léxico, em função de necessidades próprias. Também não deixam de agir sobre a sintaxe, devido às reduções impostas pelos locais, pelos preços e pela necessidade de serem lidos em um golpe de vista; é um estilo telegráfico de outro gênero, com regras obscuras, sendo a principal a de provocar o maior efeito com o menor número possível de palavras." (Tradução de Lilian Escorel.)

31. "Meu filho, conheci pessoas de todos os tipos e passei por situações tão peculiares que nada mais me espanta. Este cavalheiro parece louco, menos pelo fato

Consiste ela em pretender realizar estados cinestésicos.[32]

O poeta, habituado a deixar-se levar pelo eu profundo tão dependente do estado físico, consegue à medida do possível, já se vê, grafar certos instantes de vacuidade em que há como que um eclipse quase total da reação intelectual.

Resulta disso uma espécie de poesia muito mais pampsíquica que propriamente cinestésica.

Excelentes no gênero: os dadaístas, os ex-dadaístas e os que se aproximam dos dadaístas. Tzara, Helène Bongard, Eluard, Soupault, Aragon, Lasso de la Vega, etc.

De Picabia:

Tic-Tac aux bains de vapeur
il fait toujours un temps admirable aux bains de vapeur
en attendant l'heure le front sérieux
l'intelligence se perd comme un porte-monnaie

De Tzara:

vent pour l'escargot il vend des plumes d'autruche
vend des sensations d'avalanche
l'auto flagellation travaille sous mer
et des deserts évanouis en plein air à décoration vases
la roue de transmission apporte une femme trop grasse
champs de parchemin troués par les pastilles
qui a compris l'utilité des éventails pour intestins
légère circulation d'argent dans les veines de l'horloge
présente la présion du désir de partir.

de o ser realmente do que por seus pensamentos, que diferem ao extremo dos pensamentos comuns." (Tradução de Lilian Escorel.)

32. Epstein é que fala disso.

Outra morte por onde o hermeticismo nos surpreende e desgraça? Não creio. Tais "lirismos" podem ser excelentes mas a eles se confinarão apenas os que vivem em perpétua revolta.

SIMULTANEIDADE

Obrigado por insistência de amigos e dum inimigo a escrever um prefácio para *Paulicéia desvairada* nele despargi algumas considerações sobre o *Harmonismo* ao qual melhormente denominei mais tarde *Polifonismo*.

Desconhecia nesse tempo a *Simultaneidade* de Epstein, o *Simultaneismo* de Divoire. Até hoje não consegui obter legítimos esclarecimentos sobre o *Sincronismo* de Marcelo Fabri. Creio porém ser mais um nome de batismo da mesma criança.

Sabia de Soffici que não me contenta no que chama de *Simultaneidade*. Conhecia as teorias cubistas e futuristas da pintura bem como as experiências de Macdonald Right.

Quero dizer apenas que não tenho a pretensão de criar coisa nenhuma. *Polifonismo* é a teorização de certos processos empregados quotidianamente por alguns poetas modernistas.

Polifonismo e simultaneidade são a mesma coisa. O nome de *Polifonismo* caracteristicamente artificial deriva de meus conhecimentos musicais que não qualifico de parcos, por humildade.

Sempre me insurgi contra essa afirmativa muito diária de que a música é a mais atrasada das artes.

Inegavelmente no princípio, escravizada à palavra, tivera uma evolução mais lenta. Mas isso era natural. Sendo a *mais vaga* e a *menos intelectual* de todas as artes fatalmente teria uma evolução mais lenta. Os homens pouco livres ainda em relação à natureza tinham compreendido as artes *praticamente* como IMITAÇÃO. A música não imitava de modo facilmente compreensível a natureza. Daí apesar do prazer todo sensual que destilava, da preferência em que era tida, de seu lugar preponderante e indispensável nas funções de magia e religião, o estar sempre *esclarecida*, tornada *inteligível* pela palavra.

Apenas a técnica se desenvolvia. E esta mesmo, sem princípios espirituais de que fosse conseqüência, via-se embaraçada em crescer sozinha.

Chegara a música no entanto desde Palestrina e Lassus a uma perfeição técnica extraordinária.

Libertada da palavra, em parte pelo aparecimento da notação medida, em parte pelo desenvolvimento dos instrumentos solistas, conseguiu enfim tornar-se MÚSICA PURA,

ARTE,

nada mais.

Foi então que apareceram os dois mais formidáveis artistas, *unicamente artistas*, que a terra produziu: João Sebastião Bach e Mozart.

Mas decai em seguida procurando de novo a imitação.

Beethoven é o mais formidável grito dessa decadência funestíssima. A segunda fase do gênio-herói é o mais pernicioso golpe que nunca recebeu a *arte do som*. Beethoven abandonou a música arquitetura sonora para criar a música mimésica, anedótica.

Mas com João Sebastião e Mozart ela já alcançara a suprema perfeição artística.

São estes homens os 2 tipos mais perfeitos de criação subconsciente e da vontade de análise que cria euritmias artísticas de que a natureza é incapaz. Essa criação subconsciente e a preocupação única da beleza artística Mozart as confessou deslumbradoramente nas suas cartas. Bach não deixou confissões. Mas a menos importante das suas fugas demonstra a estesia de que ele se serviu. No século 18 a música já realizara a obra de arte, como só seria definida duzentos anos depois:

A OBRA DE ARTE É UMA MÁQUINA DE PRODUZIR COMOÇÕES.[33]

E só conseguimos descobrir essa verdade porque Malherbe chegou.

O Malherbe da história moderna das artes é a *cinematografia*.

Realizando as feições imediatas da vida e da natureza com mais perfeição do que as artes plásticas e as da palavra (e note-se que a cinematografia é ainda uma arte infante, não sabemos a que apuro atingirá), realizando a vida como *nenhuma arte* ainda o conseguira, foi ela o *Eureka!* das artes puras.

Só então é que se percebeu que a pintura podia e devia ser unicamente pintura, equilíbrio de cores, linhas, volumes numa superfície; deformação sintética, interpretativa, estilizadora e não comentário imperfeito e quase sempre unicamente epidérmico da vida.

Só então é que se pôde compreender a escultura como dinamismo da luz no volume; o caráter arquitetural e monumental da sua interpretação.

Só então é que se percebeu que a descrição literária não descreve coisa nenhuma e que cada leitor cria pela imaginativa uma paisagem sua, apenas servindo-se dos dados capitais que o escritor não esqueceu.

Só então é que no teatro se pôde imaginar o abandono de todos os enfeites com que o conduzira ao mais alto romantismo da decoração a influência perniciosa do bailado russo. É verdade que a decoração teatral, principalmente na Alemanha e na Rússia e algumas vezes em França e Itália, caiu sob a influência cubista – a mais torta tolice a que poderia atingir uma orientação direita. E

33. Esta definição está completa para as pessoas "Esprit-Nouveau". Aqui no Brasil é preciso que se entenda que as comoções são de ordem artística. Edgardo Poe já observara, na *Filosofia da composição*, que construíra O Corvo com a precisão e a rigidez dum problema de matemáticas.

estou falando de decoração. Deveria falar do drama. Mas um Copeau na França, um Schumacher na Alemanha corroboram com as suas decorações e encenações para que o drama volte de novo ao que foi na antiguidade, ao que poderíamos tomisticamente chamar o abandono do princípio de individuação acidental pelo princípio imaterial. Descobriu-se de novo o teatro metafísico.

E finalmente só então é que se observou que a música já realizara, 2 séculos atrás, esse ideal de arte pura – máquina de comover por meio da beleza artística.

Aliás, antes mesmo desta verificação, no fim do século passado, já certas artes se sujeitaram repentinamente à música por tal forma que caíram na terminologia musical e numa preocupação exagerada de musicalidade que ainda por muitas partes perdura.

Erro grave. Mais grave (por mais fácil de se popularizar), embora menos estéril, que o das vogais coloridas de Rimbaud.

Aliás Taine com segurança profética exclamara: "Em 50 anos a poesia se dissolverá em música."

A musicalidade dissolveu grande parte da poesia simbolista. Epígonos dessa erronia: Maeterlinck, René Ghil.

A musicalidade encanta e sensualiza grande parte da poesia modernista.[34, 35]

Escutai este solo de frauta por Palazzeschi:

34. É um dos maiores defeitos de *Paulicéia desvairada*. Há musicalidade musical e musicalidade oral. Realizei ou procurei realizar muitas vezes a primeira com prejuízo da clareza do discurso.

35. "O artista, ao qual a finalidade de sua arte não seja música, está na fase do boneco". – G. Hauptmann.

La fontana malata[36]

Clof, clop, cloch,
cloffete,
cloppete,
clocchete,
chchch...
È giù nel
cortile
la povera
fontana
malata,
che spasimo
sentirla
tossire!
Tossisce,
tossisce,
un poco
si tace
di nuovo
tossisce.
Mia povera
fontana,
il male
che ai
il core
mi preme.

36. NOTA DA EDIÇÃO | Respeitada a versão no exemplar de trabalho, diversa daquela publicada em PALAZZESCHI, Aldo, *L'incendiario* – 1905-1909, 2ª ed. Milano: Edizioni Futuriste di "Poesie", 1913, pp. 75-77.

Si tace,
non getta
più nulla,
si tace,
non s'ode
romore
di sorta,
che forse...
che forse
sia morta?
Che orrore!
Ah, no!
Rieccola,
ancora
tossisce.
Clof, clop, cloch,
cloffete,
cloppete,
clocchete,
chchch...
La tisi
l'uccide.
Dio santo,
quel suo
eterno
tossire
mi fa
morire,
un poco
va bene,
ma tanto!
Che lagno!

Ma Habel
Vittoria!
Correte,
chiudete
la fonte,
mi uccide
quel suo
eterno
tossire!
Andate,
mettete
qualcosa
per farla
finire,
magari...
magari
morire!
Madonna!
Gesù!
Non più
non più!
Mia povera
fontana
col male
che ai
finisci
vedrai
che uccidi
me pure.
Clof, clop, cloch,
cloffete,
cloppete,

clocchete,
chchch...

Escutai a viola de Cocteau:

Berceuse

Il est une heure du matin. Dors ma petite innocente.
La terre est un vieux soleil et la lune une terre morte.
Dors ma petite innocente.
Je ne te parlerai jamais des Éloïm, ni de la Kaballe, ni de
Moïse, ni de Memphis, ni du secret des hyérophantes.
Dors, ce n'est pas la peine, un bourru sommeil enfantin.
L'homme, il est né lorsque déjà bien mal allait la
terre. Il est né parce que la terre allait bien mal.
Il est né d'un refroidissement planetaire.
Dors.
Tout ce printemps qui te prépare un reveil où les oiseaux se
frisent la langue, qu'as-tu besoin de savoir qu'il
est une vermine de la décrepitude florissante?
Dors ma petite innocente.
Le soleil se prodigue (et ses traits ne sont pas formés) avec
l'enthousiasme de l'adolescence.
Et pour, un jour, prendre sa place, des nébuleuses se condensent.
Dors. La lune inerte et son Alpe inerte et ses golfes inertes
promènent sous les projecteurs, un cadavre définitif.
Dors. Le peuple des planètes sensibles s'entrecroise, entraî-
né dans le noir mélodieux cyclone du néant.
Voir mourir un monde est pour un monde une vaste blessure
impuissante.
Dors ma petite innocente.
Le feu se rétrécit, se pelotonne, et la dernière flamme, par
l'orifice d'un volcan, s'echappe et c'est fini.

La terre, elle a flamboyé de toutes ses forces, mais peu à
peu, elle a senti diminuer, diminuer son feu.
Une croûte épaisse et froide enferme le feu.
Il tente de la vaincre et il la créve où il peut.
Et il y eut la nature à sa surface vieillissante.
Dors contre ton coude, ô ma petite innocente.
Et il y eut la nature, et il y eut l'homme et l'animal, comme
sur un visage déclinant, le halo se résorbe et les traits
s'affirment et la résignation placide apparaît.
Dors, je ferai vibrer pour toi les planétes qui te dirigent.
Et Jupiter par le B et par *l'OU*
Et Saturne par l'S et par *l'AI*
Et j'embrasserai tes pieds et tes genoux.
O Pentagramme! o Serpentine! Étain de Jupiter sacral!
Orchestre éolien des anneaux de Saturne! Géometrie
incandescente!
Jupiter: loi. Saturne: mort.
Je regarde ton cher naïf profil qui dort.
Dors, ô ma petite innocente.

Entre americanos então, de posse de uma língua admiravelmente musical e onomatopaica, já se procurou até realizar por meio da palavra a sensação sonora e rítmica dos trechos musicais.

Quando a pretensão não é assim estéril, atingem maravilhas. Procurei traduzir um admirável poema da poetisa Amy Lowell. Chamo a atenção para a mudança rítmica operada no momento em que o peixe cansado de saltar e brincar toma rumo e parte em linha longa. Força é confessar que para não desrespeitar as intenções da artista fugi um pouco do que me ensinaram os dicionários bilíngües.

Delfim na água azul

Vá! Murmulhando salta!
Água azul
Água rósea
Turbilhona, pincha, flutua,
focinha no vácuo da vaga,
mergulha, volteia,
encurva por baixo
        por cima...
Corte de navalha e se afunda...
Rola, revira,
enrecta-se e espirra no céu,
todo rosadas, flamantes gotinhas...
Anela-se no fundo
Pingo
Focinho para baixo
Curva
Cauda
Mergulha
e se vai...
Como bolhas leves de água azulada,
leve, oleoso cobalto,
coleante, líquido lápis-lazuli,
cambiantes esmeraldinas,
pinceladas de róseo e amarelo,
escorregões prismáticos
sob o céu de ventania...

Mas o preconceito que leva a mesma poetisa a traduzir valsas de Bartok ou Lindsays a transcrever em palavras um *rag-time* é tomar o galo pela aurora.

Cada arte no seu galho.

Os galhos é verdade entrelaçam-se às vezes. A árvore das artes como a das ciências não é fulcrada mas tem rama implexa. O tronco de que partem os galhos que depois se desenvolverão livremente é um só: a vida.

Vários galhos se entrelaçam no que geralmente se chama SIMULTANEIDADE.

A simultaneidade originar-se-ia tanto da vida atual como da observação do nosso ser interior. (Falo de simultaneidade como processo artístico). Por esses dois lados foi descoberta.

A vida de hoje torna-nos vivedores simultâneos de todas as terras do universo.

A facilidade de locomoção faz com que possamos palmilhar asfaltos de Tóquio, Nova York, Paris e Roma no mesmo abril.

Pelo jornal somos onipresentes.

As línguas baralham-se.

Confundem-se os povos.

As sub-raças pululam.

As sub-raças vencem as raças.

Reinarão talvez muito breve?

O homem contemporâneo é um ser multiplicado.

...três raças se caldeiam na minha carne...

Três?

Fui educado num colégio francês. Palpito de entusiasmo, de amor ante a renovação da arte musical italiana. Admiro e estudo Uidobro e Unamuno. Os Estados-Unidos me entusiasmam como se fossem pátria minha. Com a aventura de Gago Coutinho fui português. Fui russo durante o Congresso de Gênova. Alemão no Congresso de Versalhes. Mas não votei em ninguém nas últimas eleições brasileiras.

– Traidor da pátria!

– Calabar!

– Anti-brasileiro!

– Nada disso. Sou brasileiro. Mas *além de ser brasileiro* sou um ser vivo comovido a que o telégrafo comunica a nênia dos povos ensangüentados, a canalhice lancinante de todos os homens e o pean dos que avançam na glória das ciências, das artes e das guerras. Sou brasileiro. Prova? Poderia viver na Alemanha ou na Áustria. Mas vivo remendadamente no Brasil, coroado com os espinhos do ridículo, do cabotinismo, da ignorância, da loucura, da burrice para que esta Piquiri venha a compreender um dia que o telégrafo, o vapor, o telefônio, o Fox-Jornal existem e que A SIMULTANEIDADE EXISTE (N).

E lembrar que Whitman, há um século atrás, profetizara a simultaneidade nas estâncias do SONG OF MYSELF!...

E lembrar que muito antes de Walt Whitman, mas muitíssimo antes, a multiplicidade dos pensamentos de Job preocupara um dos seus amigos! E no entanto é bem de supor que a Baldad não atraísse a resolução de problemas estéticos nem realizações artísticas. Mas não está lá, no Livro, esta sua pergunta admirada: "Até quando falarás semelhantes coisas e *as palavras de tua boca serão um espírito multiplicado?*"

Humanidade difícil de entender!

Por seu lado a psicologia verifica a simultaneidade.

Lembrai-vos do que chamei "sensações complexas".

A sensação complexa que nos dá por exemplo uma sala de baile nada mais é que uma simultaneidade de sensações (O).

Olhar aberto de repente ante uma paisagem, não percebe

primeiro uma árvore,
depois outra árvore,
depois outra árvore,
depois um cavalo
depois um homem,
depois uma nuvem,
depois um regato, etc.,

mas percebe simultaneamente tudo isso.

Ora o poeta modernista observando esse fenômeno das sensações simultâneas interiores (sensação complexa) pretende às vezes realizá-las transportando-as naturalmente para a ordem artística.

Denominei esse aspecto da literatura modernista: POLIFONIA POÉTICA.

Razões:

Simultaneidade é a coexistência de coisas e fatos num momento dado.

Polifonia é a união artística simultânea de duas ou mais melodias cujos efeitos passageiros de embates de sons concorrem para um *efeito total final.*

Foi esta circunstância do EFEITO TOTAL FINAL que me levou a escolher o termo polifonia.

Se cantarem a *Canção do Aventureiro* e *Vem-cá-Bitu*, dois cantores ao mesmo tempo, não temos artisticamente polifonia mas cacofonia.

Há simultaneidade mas realística, sem crítica, sem vontade de análise e conseqüentemente sem euritmia – qualidade imprescindível do fato arte.

Dois dançarinos, num *pas de deux*, ela em ritmo de valsa, ele em ritmo de polca, ela classicamente vestida, ele de calça, colete e paletó...

Existe simultaneidade. Não existe polifonia (num sentido já translato) porque não houve intenção de efeito total final, nem euritmia.

Ora a não ser música e mímica, nenhuma outra arte realiza *realmente* a simultaneidade.

Esta palavra (como polifonia) está empregada em sentido translato.

Foi levado por essa observação talvez que Epstein, embora reconhecendo nos poetas modernistas a pretensão de realizar a coisa, desconheceu o valor da simultaneidade e proclamou-a irrealizável.

Não há tal.

O que há é um transporte de efeito.

À audição ou à leitura de um poema simultâneo o efeito de simultaneidade não se realiza em cada sensação insulada mas na SENSAÇÃO COMPLEXA TOTAL FINAL.

E isso nem é novidade.

Já existia.

Em todas as artes do tempo sem a soma total de atos sucessivos de memória (relativo cada um a cada sensação insulada) não poderia haver compreensão.

Mesmo num soneto passadista é a sensação complexa total final provinda dessa soma, que determina o valor emotivo da obra.

Uma diferença:

Num soneto passadista dá-se concatenação de idéias: melodia.

Num poema modernista dá-se superposição de idéias: polifonia.

Eis um exemplo característico desta superposição dado por Ronald de Carvalho:

> Um pingo d'água escorre na vidraça.
> Rápida, uma andorinha cruza no ar.
> Uma folha perdida esvoaça,
> esvoaça...
> A chuva cai devagar.[37]

É típico, como exemplo de simultaneidade psicológica. Todos esses valores são conhecidos, mais que sabidos. Não despertam mais que uma sensação já gasta quase que apagada. Mas donde

37. NOTA DA EDIÇÃO | Respeitada a versão no exemplar de trabalho, diferente da que está em CARVALHO, Ronald de. *Epigramas irônicos e sentimentais*. Rio de Janeiro: Anuário do Brasil; Lisboa: Seara Nova; Porto: Renascença Portuguesa, 1922, p. 37.

vem esse estado de alma em que ficamos ao terminar o poema? estado de alma que é paz, que é sossego e solaçosa felicidade?

É que o poeta, escolhendo discricionariamente (crítica, vontade de análise para conseguir euritmia e Arte) discricionariamente alguns valores pobres não se preocupou com a relativa pobreza deles mas sim com a riqueza da sensação complexa total final. E é na verdade um Poeta, isto é, conseguiu o que pretendia.

Mais exemplos?

Nicolau Beauduin criou para realizar a simultaneidade os poemas de três planos. Tentativa curiosa. Cito um dos trechos que me pareceram mais burguesmente compreensíveis. Na realidade aqui o poema está no plano central. Os outros dois planos são associações nascidas, se assim poderei dizer, simultaneamente ou por outra, idéias relativas surgidas em corimbo – cachos de idéias. O defeito de Beauduin foi fixar três planos. Não há uma base psicológica que determine esse número 3. Os planos podem ser em maior número. Por que não?

	Au lieu des Parthenons sous les oliviers	
Nephélocoveygie		élégies
		mythes antiques
	nous t'exalterons labeur des fabriques	
	Villes-Tours, sky-scrapers	nouvelle optique
	vie quotidienne et tragique,	
	bassins de radoub, docks, chantiers	
	avions monstres tri-moteurs	White Star
	paquebots géants à turbines	Cie. Transatlantique
	cinglant vers les Ameriques,	Nord-Deutsche Lloyd
le Cap	l'Australie et les Antipodes	Cunard Line
la Havane	et les plus lointaines escales	Hambourg America Linie
Sydney	parmi les peuples de conteurs,	Canadian Pacific
	tout autour de la mappemonde	
	cerclée des traits des méridiens.	
	Au lieu de la momie hellène	Orphée
Allô	nous te chanterons	Platon
All	VIE ET TRAVAIL	Sapho
	O monde organisé selon l'Esprit Nouveau	
	des ingenieurs anonymes,	
	constructeurs de ces cathedrales sublimes: les Paquebots.[38]	

38. Fragmento de La Ville no Livro *L'Homme Cosmogonique.*

Eis uma impressão simultânea de Felipe Soupault:

DIMANCHE

L'avion tisse les fils télégraphiques
et la source chante la même chanson
Au rendez-vous des cochers l'apéritif est orangé
mais les mécaniciens des locomotives ont les yeux blancs
la dame a perdu son sourire dans les bois

E, para terminar estes exemplos, lembro-me de Luís Aranha. É entre nós, o que melhor percebeu a simultaneidade exterior da vida moderna. Não procura realizá-la propriamente nos seus versos, mas a vive e sente com uma intensidade singular entre nós. Ególatra, egocêntrico e contraditoriamente panteísta. Sinais dos tempos. Radiosamente orgulhoso do seu eu mas esse eu reflete os aspectos simultâneos universais. "Sou o centro!" exclama no POEMA PITÁGORAS, mas já no CREPÚSCULO, fazendo lembrar Cendrars,[39] lembrar Cocteau[40] e o próprio Francis Jammes que já se dissera burro (animal) canta:

Sou um trem
Um navio
Um aeroplano... etc.

para no mesmo POEMA PITÁGORAS, sintetizar num dos seus mais lindos versos, a estranha caridade moderna de reviver um homem na sua sensação as sensações universais:

39. "... un aeroplane qui tombe
C'est moi".

40. ... j'etais boeuf."

> A Terra é uma grande esponja que se embebe das tristezas do Universo
> Meu coração é uma esponja que absorve toda a tristeza da Terra

Luís Aranha é já um filho da simultaneidade contemporânea.

Estou convencido que a simultaneidade será uma das maiores senão a maior conquista da poesia modernizante. No seu largo sentido poder-se-á dizer que é empregada por todos os poetas modernistas que seguem a ordem subconsciente. A alguns porém ela preocupa especialmente como a Beauduin, a Cendrars etc. Estes procuram entre pesquisas mais ou menos eficazes a forma em que ela melhormente se realize. Procuramos! Esforçamo-nos em busca duma forma que objetive esta multiplicidade interior e exterior cada vez mais acentuada pelo progresso material e na sua representação máxima em nossos dias. Talvez esforço vão... Talvez quimera... Que importa? Tende piedade dos inquietos! dos que procuram, e procuram ardentes, e procuram morrendo, atraídos (eterna imagem) por:

> l'Impossible
> centre attractif où nos destins gravitent...

Encerro meu assunto.

Noções gerais. Mesmo muitas vezes abandonadas.

O impressionismo construtivo em que nos debatemos é naturalmente uma florada de contradições.

E mesmo os poetas que em Itália, França, Brasil, Alemanha, Rússia etc. caminham por esta mesma estrada de construção que levará a Poesia a um novo período clássico não seguem juntos. Uns mais adiante. Outros mais atrás. Outros perdem-se nas encruzilhadas.

E será preciso dizê-lo ainda? Marinetti que muitos imaginam o cruciferário da procissão, vai atrasadote, preocupado em *sustentar* seu futurismo, retórico às vezes, sempre gritalhão.

Mas lá seguimos todos irmanados por um mesmo ideal de aventura e sinceridade, escoteiros da nova Poesia. Não mais irritados! Não mais destruidores! Não mais derribadores de ídolos! Os passadistas não conseguem tirar de nós mais que o dorso da indiferença. O amor *esclarecido* ao passado e o estudo da lição histórica dão-nos a serenidade. A certeza duma ânsia legítima, dum ideal científico, dá-nos o entusiasmo. E é revestidos com o aço da indiferença,

os linhos da serenidade,

as pelúcias do amor,

os cetins barulhentos do entusiasmo, que partimos para o oriente, rumo do Ararat.

É desse lado que o sol nasce.

Mas não é só por causa do sol que partimos! É pela felicidade de partir, pela alegria de nos lançarmos na Aventura Nova! É pela glória honesta de caminhar, de agir, de viver!

Deliciosa ante-manhã!

E olhar rapidamente para trás, só para sorrir, vendo a noite dilacerar-se em clarões de incêndio.

É que no ponto donde partimos ficaram outros tantos moços, atoleimados, furibundos, preocupados em carrear tinas infecundas de água fria. Araras! Insistem ainda em apagar o incêndio cujas garras nervosas, movediças pulverizam fragorosamente as derradeiras torres de marfim.

Ao rebate dos sinos que imploram a conservação das arquiteturas ruídas respondemos com o "Larga!" aventureiro da vida que não pára.

LAUS DEO

APÊNDICE

A | P. 231

Frase vaidosa. Insubstituível. Em arte individualismo se traduz por personalidade. Dizem que foi a Renascença a trazer essas coisas... O individualismo filosófico e religioso como a personalidade artística existiram em todos os tempos embora cada vez mais se acentuem e transpareçam. O atual renascimento do espiritualismo e mesmo do catolicismo (pois neo-escolástica não traz no "neo" que a enfeita o coeficiente do eu central, irradiante dos reformadores?) assim como a clara direção construtiva das artes não destruirão o individualismo. Conseqüência fatal de nossa liberdade. É inútil pois atacar individualismo, personalidade, originalidade. Embora o homem seja eminentemente social, um coletivo de almas a bem dizer não existe. O número dois em se tratando de seres pensantes é criação conciliatória mas falsa. Mesmo num convento à hora de matinas jamais haverá 5 monges adorando Deus. Sob o ponto de vista do *caráter* da adoração há na realidade 1, 1, 1, 1, e 1 monges. Cada 1 adora Deus a seu modo. Dizem que o excesso de personalidade de certas obras modernistas é conseqüência ainda do Romantismo. Não é. É resultado da evolução geral da humanidade. Desde os primeiros tempos sabidos a personalidade não deixou de transparecer cada vez mais evidente. E o próprio fato de nossa poesia ser subconsciente, equilibra o excesso de coeficiente individual que por ventura grite em nós. Sim, porque a subconsciência é fundamentalmente ingênua, geral, sem preconceitos, pura, fundamentalmente humana. Ela entra com seu coeficiente de universalidade para a outra concha da balança. Equilíbrio.

B | P. 261

Aqui saliento uma grande diferença entre a poética modernista e as passadas. Nestas há leis de bom proceder, há *Don't*, há manuais do bom conselheiro, há regras de preconceito artístico, teias concêntricas da Beleza imitativa, há Estradas que conduquem à Akademia Brasileira de Lettras.

Clame a saparia
Em críticas céticas,
Não há mais poesia,
Mas há artes poéticas![1]

Na orientação modernizante seguem-se indicações largas dentro das quais se move com prazer a liberdade individual. Não se encontram nela regras de arame farpado que constrangem senão indicações que facilitam. E tanto mais legítimas que são tiradas da realidade exterior e do maquinismo psicológico.

C | P. 268

Muito curiosa de observar-se é a evolução circunferencial de João Cocteau. Cultor decidido do verso-livre em *Potomak* onde se excetuam apenas dois ou três casos muito especiais de verso medido como a engraçada cançoneta do monstro. Ainda nas *Poésies* de 1920 o número de poemas em metro livre é de muito superior aos de métrica pré-determinada. Com seu último livro *Vocabulaire* espanta os cultores do verso-livre apresentando uma coleção de poesias quase todas metrificadas. A meu ver o poeta não tem razão. O que não impede que seja *Vocabulaire* a melhor de suas obras como conjunto embora não haja coisa alguma nela que se compare

1. Manuel Bandeira. *Carnaval* é de 1919. Manuel Bandeira – São João Batista da Nova Poesia.

à Berceuse e a mais dois ou três poemas do *Potomak*. Cocteau é demasiadamente... parisiense. Creio bem que a variabilidade da moda tal como esta é compreendida em Paris, não só de roupas mas de filosofias, religiões, estéticas, influiu bastante no retorno do poeta à poesia metrificada. Temo que Cocteau se torne um diletante de fórmulas poéticas, um Eduardo VII da moda artística. Há questão de meses gritava-se em Paris: "Basta de arte negra! Basta de Egito! Grandes: unicamente Fídias e Miguel Anjo!" E Paris parecia ter descoberto a genialidade de Fídias, a grandeza do teto da Sistina. Na poesia... "on ronsardise". É muito possível que em quatro ou oito meses Rembrandt, Ticiano, Millevoye sejam os gênios novos descobertos pela estesia "parisiense". É mesmo ainda possível que se volte a Tiepolo e quem sabe? a Cabanel, a Rostand... Não se importará Paris que eu lhe envie da minha imóvel S. Paulo um sorriso meio irônico... Portanto coloque-se neste lugar um sorriso meio irônico dirigido à cidade de Paris.

D | P. 273

Exagera principalmente em vista de reproduzir mais exatamente a sensação. Foi Hume que observou que a imagem memoriada reproduz a sensação porém enfraquecida. *Deforma* principalmente em vista de dar a sensação que ele, poeta, sentiu com sua hipersensibilidade. Este último é o princípio básico do Expressionismo. Ainda pela deformação o artista consegue conservar o espectador dentro da sensação de arte. Nele não desperta saudades nem relembranças da natureza ou da vida. Ora, como diz Landsberger, esta relembrança torna a obra de arte relativa à natureza e à vida quando ela deve ser absoluta.

E | P. 276

Também por aqui, curiosa anomalia, nos aproximamos dos primitivos (P). Ribot fala algures da linguagem dos primitivos na qual os termos não são geralmente ligados mas justapostos. Dirão que é estultice abandonar uma língua já gramaticada, instrumento perfeito. As carruagens admiráveis e as estupendas raças cavalares não impediram que no fim do século passado Santos Dumont passeasse nas ruas de Paris num raquítico e ridículo carrinho puxado... por gasolina. Esse carrinho chama-se agora automóvel.

F | P. 277

Mallarmé tinha o que chamaremos sensações por analogia. Nada de novo. Poetas de todas as épocas as tiveram. Mas Mallarmé, percebida a analogia inicial, abandonava a sensação, o lirismo, preocupando-se unicamente com a analogia criada. Contava-a e o que é pior desenvolvia-a intelectualmente obtendo assim enigmas que são jóias de factura mas desprovidos muitas vezes de lirismo e sentimento. Assim quase todos os seus famosos sonetos de amor onde o artista está sempre presente mas o poeta só aparece em lampejos rápidos: "Quelle soie aux baumes de temps", "Surgi de la croupe et du bond..." etc. E confesso ainda sinceramente que foi Thibaudet quem me ensinou a *sentir o* primeiro destes sonetos. Inegavelmente com esse processo de desenvolver pela inteligência a imagem inicial, com estar sempre *ao lado do sentimento* em contínuas analogias e perífrases a obra de Mallarmé apresenta um aspecto de coisa falsa, de preciosismo, muito pouco aceitável para a sinceridade sem-vergonha dos modernistas. Cocteau apresenta poemas em *Vocabulaire* nos quais a sensação metafórica inicial se desenvolve. Mas há uma cambiante por onde sua sinceridade se justifica. Mallarmé desenvolvia friamente, intelectualmente a analogia primeira produzida pela sensação. Ninguém negará que a maioria das obras de Mallarmé é fria como um livro parnasiano – o que não quer dizer que todas as obras parnasianas sejam frias. Mallarmé caminha por associações de idéias conscientes, provocadas. Cocteau deixa-se levar cismativamente por *associa-*

ções alucinatórias originadas da imagem produzida pela primeira sensação. Associações alucinatórias provocadas por uma razão que deixa de reagir, subitânea obnubilação a que a personalidade se entrega exausta. Tem-se falado muito em associações de imagens e de idéias... As associações alucinatórias são uma curiosa fonte de lirismo. Fenômeno em que acredito piamente observando-o em mim mesmo. (É verdade que sou um homem à parte. Tanto se tem dito ser eu um caso patológico que principio seriamente a acreditar em minha loucura. Já pensei mesmo várias vezes em entrar para uma casa-de-saúde. Mas o mundo é tão bom! É tão divertida a companhia dos homens sensatos!...) Associações alucinatórias. Uma imagem gera dentro de nós uma sensação. Esta sensação nos conduz a sensações análogas. Todo um novo ambiente se forma para o qual nos transportamos em rápida alucinação. Temos então toda uma série de sensações que não são produzidas pela realidade mas pela memória de fatos passados despertados pela analogia inicial. O cheiro do peixe cru lembra-nos o mar. E *sentimos*, temos a sensação do mar, a sensação das larguezas, corremos na areia, nadamos, banhistas, vapores, Santos. Nada pois mais natural que o poeta cantar o novo ambiente. Exemplos:

BAIGNEUSE

Bon nègre, ce qui vous effarouche,
C'est de croire madame nue en plein air,
Or c'est son éventail en plumes d'autruches
Que vous prenez pour l'écume de mer.

L'océan n'est pas un troupeau d'autruches,
Bien qu'il mange des cailloux, des algues;
Ce serait facile de devenir riches
En arrachant toutes les plumes des vagues.

Ses initiales sont sur l'éventail;
Il ne s'agit pas de sable par terre.
Ne voyez-vous pas d'où s'élance sa taille?
C'est lo bal de l'ambassede d'Angleterre.[1, 2]

Exemplo ainda imperfeito. O novo ambiente (a banhista nas espumas do mar) não destrói totalmente a realidade que o produziu (a mulher largamente decotada, com o leque de plumas repousando sobre os seios). Mas eis Moscardelli:

Naufrágio[3]

Naufraghi immani
d'un nubifragio aeroceleste
pendono disperatamente:
d'intorno va e viene la gente
piangente.
Feroci cannibali rapaci
che vennero di lontano
sventrano i cadaveri,
finiscono i morenti.
Soffia il maestrale
se passa in fretta un uomo.
Si capovolge l'universo
per un respiro de pigmeo asmatico:

1. Cocteau.
2. **NOTA DA EDIÇÃO** | Respeitada a versão no exemplar de trabalho, diversa da publicada em COCTEAU, Jean. *Vocabulaire*. Paris: Éditions de la Sirène, 1922, p. 30.
3. **NOTA DA EDIÇÃO** | Respeitada a versão no exemplar de trabalho, diferente da que está em MOSCARDELLI, Nicola. *Abbeveratoio*. Firenze: Livraria Della "Voce", 1915, pp. 107-110.

la grassa preda que seminò la Morte
ai rapaci
giace:
ma d'un colpo é spazzata
dispersa
dalle casalinghe parche igieniche:
s'ammassano le vele che al vento
alzavano le braccia pendenti
Tutto tace
in pace:
l'universo ripiglia il suo cammino.

Cosí mi balzarono dinanzi
ai primi geli d'inverno
i cadaveri scheletrici delle mosche
sul vetri ove i ragni le disossano.

Estas associações serão fatalmente curtas, alucinações momentâneas que qualquer coisa perturbará, trazendo de novo a realidade.

G | P. 281

Aliás além dessa lógica subconsciente o poema sofre outras lógicas coordenatórias. Poderá repetir-se o que diz Ribot a respeito de música: "O trabalho criador também é organizador, cria e coordena ao mesmo tempo; e o trabalho crítico que acrescenta, elimina, adapta, modifica, *comum a todos os modos de invenção*, também aqui se verifica."

H | P. 285

O Romantismo usou a observação sincera do eu. Bom caráter. Mas caráter já existente. E uma Safo, um Job, um Catulo, um S. Francisco de Assis, um Gonzaga, tantos e tantos! apresentam essa característica com a mesma intensidade que o grande Musset. Mas não é a observação do eu interior que caracteriza o Romantismo escola. É antes o cultivo da dor, o gosto pelo exótico, pelo lendário, o medievalismo sem crítica. Este o verdadeiro Romantismo escola. Este o "mau Romantismo". "La guerre et le romantisme, fléaux effroyables!"[1]

I | P. 285

Convém lembrar todavia que apenas condeno o emprego sistemático da associação de imagens. O moto lírico tem de ser fatalmente bastante forte (pois é transformador de energias) da intensidade das sensações produzindo a luz da poesia. Sua atividade desperta em nós o desejo de agir e a atenção. É esta que por sua vez verifica a existência do moto lírico e o determina, classifica. As associações de imagens são como pequenos eclipses da atenção produzidos pela fadiga. Mas a atenção logo retoma seu império reconduzindo o poeta ao movimento lírico inicial ou a um outro que dele se derive ou a ele se aparente. 1º: A associação é psicológica. É real. Tem sua razão de ser em nossa poesia pois que nossos princípios são em última análise realísticos e estamos ligados à verdade psicológica. 2º: A associação sistematizada como a pratica Luís Aranha no trecho citado obedece ao princípio de unidade instável em que não há propriamente criação. Blaise Cendrars exagerando como faz Luís Aranha, numa parte da PROSE DU TRANSSIBÉRIEN, vê-se obrigado a interromper a evolução do poema para verificar o estado psicológico em que está. E assim termina uma aliás interessantíssima, longa série de associações:

> Autant d'images-associations que je ne peux pas développer dans mes vers
> Car je suis encore fort mauvais poète, etc.

1. Anatólio France.

para voltar de novo ao assunto lírico do poema. Retorno violento em demasia. Interrupção sem motivo. Quebra do êxtase. Desequilíbrio. Sob esse aspecto o trecho de Luís Aranha é superior ao do modernista francês pois que o poeta paulistano faz como que uma digressão de associações que dá uma volta mais longa que de costume mas que o conduz de novo sem interrupção concatenadamente ao entrecho do poema:

> Os barcos de minha imaginação nos mares de todo o mundo
> Manhã
> A lâmpada azul empalidecendo... etc.

Também Sérgio Milliet. Em Visions põe-se a descrever sua própria alma *"pays de luxe et de mensonge"*. E

> O féeeriques Babylones
> Empires décadents
> Extases et opiums
> Et quelle richesse en philosophies audacienses, explications inedites de l'univers, poèmes absolus dans la relativité du temps... Et quels tombeaux insondables de douleurs toutes saignantes
> rouges
> bleues
> blanches
> Vive la France!
> Marseillaises enivrantes,
> enthousiastes, symphonies diaphanes, opéras dadaístes dans des décors subconscients... en jouir dans ma solitude!... etc.[1]

1. NOTA DA EDIÇÃO | O poema está em *Klaxon*, nº 5, São Paulo, 15 set. 1922, p. 5, assinado Serge Milliet.

Um cansaço da atenção produziu a associação: "saignantes, rouges, bleues, blanches, Vive la France!, Marseillaises enivrantes, enthousiastes" que o reconduz de novo ao assunto lírico, descrição do que tem na alma que não pode esquecer Rimbaud e Baudelaire. Esse retorno tal como o praticaram Luís Aranha e Sérgio Milliet é perfeitamente científico. A idéia primeira, o moto lírico, o princípio afetivo que nos leva a criar é tão enérgico que não pode ser abandonado. À mais longínqua relação entre eles e uma das imagens duma associação desperta de novo a atenção e nos reconduz ao tema. 3º: O princípio da associação é utilizado pela música há séculos. O que em linguagem técnica musical se chama um "divertimento" nada mais é do que isso. Exposto um tema o músico deixa-se levar por uma série de associações de imagens sonoras que o reconduzem ou ao mesmo tema (rondó, fuga) ou a um segundo tema (allegro de sonata). 4º: A rima é também uma associação de imagens. E da pior espécie pois provocada e consciente, estimulante de inspiração falsa como o café, a morfina, o ópio, etc.[2]

J | P. 288

Por duas vezes já nesta escrita invoquei o cansaço intelectual. Certos modernistas, *boxeurs e blagueurs* de saúde perfeita, irritam-se porque reconheço em mim, em nós, a existência da fadiga intelectual. Esclareço um tanto o caso. Levados pelo cansaço intelectual certos poetas, precursores nossos, construíram uma poesia aparentemente louca (entre os loucos e os poetas há um vidro apenas, conta-se no *Potomak*) em que foram abandonadas no máximo possível duas das funções da inteligência: a razão e a consciência. Isso foi no tempo em que se exclamava ainda: "A gramática não existe!" E mesmo antes, com Rimbaud, Laforgue, Lautréamont... Hoje esse cansaço

2. **NOTA DA EDIÇÃO** | O item 4º corresponde a acréscimo a grafite no exemplar de trabalho.

está diminuído pela terapêutica esportiva e bélica. Pode não existir em alguns. Na maioria existe. Mas certos processos técnicos empregados por aqueles precursores – *processos derivados do cansaço intelectual em que viviam* –, elevaram-se agora a receitas. Usam-se quotidianamente. Hoje, período construtivo, o poeta com estudar a prática desses processos reconheceu neles meios extraordinariamente expressivos da naturalidade, da sinceridade e o que é mais importante ainda, *os únicos capazes de concordar com a verdade psicológica e com a natureza virgem do lirismo*. Daí fazer-se emprego diário desses processos. Portanto o cansaço intelectual deve ser apontado como uma das causas geratrizes da poética modernista (Q).

O cansaço intelectual é intermitente nas suas manifestações. Seu efeito quase sempre periférico, epidérmico. Não prejudica ou modifica o pensamento senão a *forma* dentro da qual esse pensamento se manifesta. Nós pensamos idéias do autor dos Araniaca, idéias de Tales de Mileto, idéias de Santo Agostinho, de Descartes, de toda a gente. A farinha em que o pensamento se amassa é a mesma. Os grãos tirados dos mastabas egípcios deram trigo igual ao argentino. O pão é que tem forma diferente. Nietzsche serviu o ágape humano com uma dessas broas de imigrante, pesadíssimas, indigestas... Provocadoras de pesadelos: Guilherme II. Veio a guerra. O poeta modernista oferece pãezinhos concentrados sobre os quais influiu a lição de economia e o *desejo de fazer coisa nova*. Nisto também há uma prova do cansaço intelectual. A procura do novo, da originalidade, de que se faz cavalo-de-batalha contra nós é desejo legítimo que nas ciências produziu Euclides, Galileu, Newton e Einstein e nas artes Sófocles, Giotto, Dante, Cervantes, Gonçalves Dias, Edschmid[1]. Tantos e tantos! A inovação em

1. "Tendo sempre em vista a originalidade – pois é falso para consigo mesmo quem se aventura a abandonar uma fonte de interesse tão óbvia e facilmente atingível..." Poe.

arte deriva parcialmente, queiram ou não os boxistas, do cansaço intelectual produzido pelo já visto, pelo tédio da monotonia.

K | P. 288

Mas força é notar que apesar dos descobrimentos porventura realizados por nós ficamos ainda uns imaginativos e não uns pensadores.

L | P. 289

Donde diferença essencial entre nós (impressionismo construtivo) e os simbolistas (impressionismo destrutivo). No Simbolismo o objeto, o fato é substituído pela imagem, pela analogia que produziu. Individualismo. Caráter romântico. Na poesia modernista o objeto é dito simplesmente pela força de comoção que nele existe em estado latente e que em nós se transforma pelo fenômeno ativo da sensação. Universalidade. Caráter clássico.

M | P. 289

Levado ainda pela rapidez sintética o poeta modernista vai mesmo às vezes a eliminar o princípio de comparação que existe nas imagens dos poetas passados, o "como", o "assim também" o "tal"... etc. Justapõe simplesmente os termos. Formam-se assim imagens de feição mais rápida e sugestiva. De Govoni por exemplo "i galli bersaglieri" em que o segundo termo é a comparação e funciona como adjetivo formando imagem saborosa e imprevista.

N | P. 303

A obra de arte do espaço pretende equilíbrio imediato. Por isso a simultaneidade num quadro é quase sempre defeituosa, antiestética, ultra-impressionista, quase sempre destruidora das verdadeiras qualidades pictóricas. A obra de arte do tempo pretende equilíbrio mediato. Nela pode dar-se simultaneidade pois a própria compreensão duma obra de arte do tempo é uma simultaneidade de atos de memória. A compenetração, a simultaneidade das sensações é fenômeno observado quotidianamente na vida. A maneira de construir a simultaneidade pelas artes da palavra tem de ser por enquanto a sucessão de juízos desconexos aparentemente entre si mas que se juntam para um resultado total final. Creio mesmo que outra maneira não existirá nunca. Mas não busco penetrar o futuro. Meu único ideal é observar o presente. E o passado. E o passado me mostra a simultaneidade do parêntese. E mesmo na literatura de língua portuguesa trechos em que grandes poetas observando o que se passava no eu interior procuraram embora atemorizados realizar a simultaneidade. Já falei na cena da luta do I-Juca-Pirama.[1] Conhecerão acaso o sublime ENTRE-SOMBRAS de Antero de Quental? O poeta procura realizar a simultaneidade do eu e do mundo exterior. Como a realiza? Enquanto o poema, em quadras, conta o estado afetivo cada segundo verso de estrofe interrompe o reconto e descreve a noite.

> Vem às vezes sentar-se ao pé de mim
> – A noite desce, desfolhando as rosas –
> Vem ter comigo às horas duvidosas,
> Uma visão com asas de cetim...
>
> Pousa de leve a delicada mão
> – Rescende aroma a noite sossegada –
> Pousa a mão compassiva e perfumada
> Sobre o meu dolorido coração..." etc.

Na poesia OS MEUS OLHOS de *Soror Dolorosa* Guilherme de Almeida emprega sistematicamente o parêntese, imitando Rostand,

1. *Paulicéia desvairada*, PREFÁCIO.

para expressar a simultaneidade dos sentimentos. São exemplos que não procuro. Surgem-me à lembrança. Outros acharia. E as cantigas paralelísticas do engraçado trovar antigo? Não são elas a simultaneidade de duas idéias irmãs, nascidas dum motivo lírico único inicial?

Que coita tamanha ei a sofrer
por amar amigu'e non o veer!
    e pousarei so lo avelanal.

Que coita tamanha ei endurar
por amar amigu'e non lhi falar!
    e pousarei so lo avelanal.

Por amar amigu'e non o veer,
nen lh'ousar a coita que ei dizer!
    e pousarei so lo avelanal.

Por amar amigu'e non lhi falar
nen lh'ousar a coita que ei mostrar!
    e pousarei so lo avelanal.

Nem lh'ousar a coita que ei dizer
e non mi dan seus amores lezer!
    e pousarei so lo avelanal.

Nen lh'ousar a coita que ei mostrar,
e non mi dan seus amores vagar?
    e pousarei so lo avelanal.[2]

2. Nuno Fernandez Torneol.

Note-se porém: a simultaneidade embora exista constantemente não tem uma importância tão definitiva que a torne obrigatória em todas as poesias. Isso seria preconceito. Há estados psicológicos nos quais uma comoção domina tão fortemente que a vemos só a ela e só a ela sentimos. A simultaneidade é mais própria dos estados de cisma em que se dá como que um nivelamento de sensações. Todas estas se igualam em poder ativo e importância e se equiparam num só plano. Que a cisma seja eminentemente poética[3] e muito ocorrente na vida quem o negará? Não há passeio, não há atravessar ruas em que ela não seja mais ou menos nosso estado psicológico. Realizá-la na polifonia politonal aparentemente disparatada das sensações recebidas é construir o poema simultâneo. Haverá nisso impressionismo? Não, porque não abandonaremos posteriormente a crítica e a procura de equilíbrio, inevitáveis dignificadoras da obra de arte. Não ainda: porque não há pontilhismo, transbordamento de volumes, de luzes, de linhas, compenetração de planos, mas limite, volumes determinados, cores fixas, esboço e sucessão de planos para um resultado realístico transitório, unicamente simultâneo para a sensação total final. E não, finalmente: porque não repetimos o realismo exterior (fotografia, cópia) mas deformâmo-lo (realismo psíquico).

O | P. 303

Ribot: "L'état normal de notre esprit, c'est la pluralité des états de conscience (le polyidéisme). Par voie d'association, il y a un rayonnement en tous sens." Ribot: "Dans sa détermination des causes régulatrices de l'association des idées, Ziehen désigne l'une

3. "(...) porque me deixei cair num verdadeiro estado poético de distração, de mudez – cessou-me a vida toda de relação, e não me sentia existir senão por dentro" – Garret.

d'elles sous le nom de 'constellation' qui a été adopté par quelques auteurs. Ce fait peut s'énoncer ainsi: L'évocation d'une image ou d'un groupe d'images est, dans quelques cas, le résultat d'une somme de tendances prédominantes. Une idée peut être le point de départ d'une foule d'associations. Le mot Rome peut en susciter des centaines. Pourquoi l'une est-elle évoquée plutôt qu'une autre et à tel moment plutôt qu'à tel autre? Il y a des associations fondées sur la contiguité et la ressemblance que l'on peut prévoir, mais le reste? Voici une idée A; elle est le centre d'un réseau, elle peut rayonner en tout sens B, C, D, E, F, etc.; pourquoi évoque-t-elle maintenant B, plus tard F? C'est que chaque image est assimilable à une force de tension qui peut passer à l'état de force vive et, dans cette tendance, elle peut être renforcée ou entravée par d'autres images. Il y a des tendances stimulatrices et des tendances inhibitoires. B est à l'état de tension et C ne l'est pas, ou bien D exerce sur C une influence d'arrêt[1]: par suite C ne peut prévaloir, mais une heure plus tard les conditions sont changées et la victoire reste à C. *Ce phénomène repose sur une base physiologique; l'existence de plusieurs courants à l'état de diffusion dans le cerveau et la possibilité de recevoir des excitations simultanées.*" [2]

1. Freud estuda casos destes em *Psicopatologia da vida quotidiana.*

2. Ribot: "O estado normal de nosso espírito é a pluralidade dos estados de consciência (o poliideísmo). Por meio da associação, uma idéia se propaga em todos os sentidos". Ribot: "Em sua determinação das causas reguladoras da associação das idéias, Ziehen designou 'constelação' uma delas, nome que foi adotado por alguns autores. O fato pode ser assim enunciado: a evocação de uma imagem ou de um conjunto de imagens é, em alguns casos, o resultado de uma soma de tendências predominantes. Uma idéia pode ser o ponto de partida de uma multidão de associações. A palavra Roma, por exemplo, suscita uma centena delas. Mas, então, por que uma idéia é evocada no lugar de ou-

P | P. 315

Ainda não vi sublinhado com bastante descaramento e sinceridade esse caráter primitivista de nossa época artística. Somos na realidade uns primitivos. E como todos os primitivos realistas e estilizadores. A realização sincera da matéria afetiva e do subconsciente é nosso realismo. Pela imaginação deformadora e sintética somos estilizadores. O problema é juntar num todo equilibrado essas tendências contraditórias. Contradigo-me. Erro. Firo-me. Tombo. Morrerei? É coisa que não me preocupa nem perturba. Em todos os períodos construtivos é assim. Pensemos em tudo o que se fez e desfez para que o avião se tornasse um utensil da modernidade e a ópera chegasse a *Núpcias de Fígaro* e a *Tristão*. Os clássicos virão mais tarde que escolherão das nossas engrenagens tudo o que lhes servirá, não para construir obras primas (que são de todos os períodos) mas para edificar uma nova estesia, completa, serena, mais humanamente universal.

tra, em determinado momento e não em outro? Há associações fundadas na contigüidade e na semelhança previsível, e o resto? Eis uma idéia A, que é o centro de uma rede, podendo irradiar B, C, D, E, F, etc. em todos os sentidos; mas por que A evoca B agora e F mais tarde? Isto acontece porque toda imagem se transforma em uma força de tensão, a qual pode passar ao estado de força viva; nesta tendência, ela pode ser reforçada ou obstruída por outras imagens. Há tendências estimuladoras e tendências inibidoras. B está em estado de tensão e C não está, ou D exerce sobre C um bloqueio: como conseqüência C não consegue prevalecer, mas uma hora depois as condições mudam e a vitória pertence a C. *Este fenômeno funda-se em uma base fisiológica; a existência de várias correntes em estado de difusão no cérebro e a possibilidade de receber excitações simultâneas.*" (Tradução de Lilian Escorel.)

Q | P. 323

Somos homens duma imaginação dominadora quase feroz. Inegável. Apesar disso: críticos, estudiosos, esfomeados de ciência, legitimamente intelectuais. Donde vem pois esse estado de cisma (rêverie) contínua, exaltada ou lassa, que apresentam muitas vezes (um demasiado número de vezes!) as criações dos poetas modernistas senão da fadiga intelectual? Basta consultar um tratado de psicologia. Surbled: "La rêverie est un de ces états de rêlachement ou de désagrégation partielle de la vie encéphalique qui mettent l'imagination en branle, le sous-moi en liesse, sans le contrôle et la direction de la froide raison".[1] Mas o que há de melhor sobre a fadiga é ainda o trabalho do grande Angelo Mosso. Um passo digno de ouvir-se: "Più specialmente la sera, ma anche di giorno, la mente comincia a distrarsi e si vedono comparire delle immagini. Appena l'attenzione si ridesta le immagini scompaiono, ma lasciano una memoria del loro passaggio, e poi per un certo tempo ci lasciano ripigliare il lavoro. Sopraviene una nuova distrazione, e quella stessa figura od un'altra ricompare di nuovo, e la si vede distintamente; di rado è una persona nota od un paese veduto..."[2] Dois exemplos característicos, verdadeiras confissões desse estado de cisma, são o PANAMÁ de Cendrars e o conto L'EXTRA de Aragon. Os desenhos dadaístas, tais como são praticados por Arp,

1. "A cisma é um desses estados de relaxamento ou de desagregação parcial da vida encefálica que põem a imaginação em movimento, o subego em júbilo, sem o controle e a direção da fria razão." (Tradução de Lilian Escorel.)

2. NOTA DA EDIÇÃO | Traduzindo: "Especialmente de noite, mas também de dia, a mente começa a se distrair e vê aparecerem imagens. No instante em que a atenção retorna, as imagens desaparecem, mas deixam a memória de sua passagem e depois de um certo tempo, nos permitem voltar ao trabalho. À chegada de uma nova distração, aquela mesma figura, ou uma outra, reaparece, e nós a vemos nitidamente; em geral é uma pessoa conhecida ou um lugar já visto."

provam evidentemente o mesmo estado. As obras de Kandinsky (as dos últimos anos) são rêveries plásticas. Deveremos reagir contra isso? É muito provável que sim. Será possível? Humano? Talvez sim. Talvez não. Será possível forçar a perfeição a surgir para as artes? Saltar a evolução para que as obras atuais ganhem em serenidade, clareza, humanidade? Escrevemos para os outros ou para nós mesmos? Para *todos* os outros ou para *uns poucos* outros? Deve-se escrever para o futuro ou para o presente? Qual a obrigação do artista? Preparar obras imortais que irão colaborar na alegria das gerações futuras ou construir obras passageiras mas pessoais em que as suas impulsões líricas se destaquem para os contemporâneos como um intenso, veemente grito de sinceridade? Há nestas duas estradas, numa a obrigação moral que nos (me) atormenta, noutra a coragem de realizar esteticamente a atualidade que seria ingrato quase infame desvirtuar, mascarar, em nome dum futuro terreno que não nos pertence. Deus nos atirou sobre a Terra para que vivêssemos o castigo da vida ou preparássemos a mentira de beleza para vidas porvindouras? Dores e sofrimentos! Dúvidas e lutas. Sinto-me exausto. Meu coração parou? Um automóvel só, lá fora... É a tarde, mais serena. E si vedono comparire delle immagini. Há uns mocinhos a assobiar nos meus ouvidos uma vaia de latidos, cocoricos... Os cães rasgam-me as vestes na rua terrível, mordem-me os pés, unham-me as carnes... Eis-me despido. Nu. Diante dos que apupam. Despido também da ilusão com que pretendi amar a humanidade oceânica. Mas as vagas humanas batem contra o meu peito que é como um cais de amor. Roem-me. Roem-me. Uma longínqua, penetrante dor... Mas o sal marinho me enrija. Ergo-me mais uma vez. E ante a risada má, inconsciente, universal tenho a orgulhosa alegria de ser um homem triste. E continuo para frente. Ninguém se aproxima de mim. Gritam de longe: "Louco! Louco!" Volto-me. Respondo: "Loucos! Loucos!" É engraçadíssimo. E termino finalmente achando em tudo um cômico profundo: na humanidade, em mim, na fadiga, na inquietação e na famigerada liberdade.

Mais riez riez de moi
Hommes de partout surtout gens d'ici
Car il y a tant de choses que je n'ose vous dire
Tant de choses que vous ne me laisseriez pas dire
Ayez pitié de moi[3]

3. Apollinaire.

POSFÁCIO

Reconheça-se que é lamentável a posição dos que escrevem livros no Brasil e não têm dinheiro para publicá-los imediatamente. Ao menos certa casta de livros que lidam tentativas e para certa raça de escritores que não dão à eternidade e à vaidade a mínima importância. Confesso que das horas que escreveram esta *Escrava* em abril e maio de 22 para estas últimas noites de 1924 algumas das minhas idéias se transformaram bastante. Duas ou três morreram até. Outras estão mirradinhas, coitadas! Possível que morram também. Outras fracas desimportantes então, engordaram com as férias que lhes dava. Hoje robustas e coradas. E outras finalmente apareceram. Que aconteceu? Este livro, rapazes, já não representa a Minha Verdade inteira da cabeça aos pés. Não se esqueçam de que é uma fotografia tirada em abril de 1922. A mudança também não é tão grande assim. As linhas matrizes se conservam. O nariz continua arrebitado. Mesmo olhar vibrátil, cor morena... Mas afinal os cabelos vão rareando, a boca firma-se em linhas menos infantis e suponhamos que a Minha Verdade tenha perdido um dente no boxe? Natural. Lutado tem ela bastante. Pois são essas as mudanças: menos cabelos e dentes, mais músculos e certamente muito maior serenidade.

É que também muita gente começa a reconhecer que a louca não era tão louca assim e que certos exageros são naturais nas revoltas. Mas eu não pretendo ficar um revoltado toda a vida, pinhões! A gente se revolta, diz muito desaforo, abre caminho e se liberta. Está livre. E agora? Ora essa! retoma o caminho descendente da vida. As revoltas passaram, estouros de pneu, cortes de cobertão, naturais em todos os caminhos que têm a coragem de ser calvários. Calvários pelo que há de mais nobre no espírito humano, a fé.

Hoje eu posso dizer isso que já nem sei se tenho mais fé. Estou cético e cínico. Cansei-me de idéias e ideais terrestres. Não me incomoda mais a existência dos tolos e cá muito em segredo, rapazes, acho que um poeta modernista e um parnasiano todos nos equivalemos e equiparamos. Ao menos porque estas lutas e mil e uma estesias por uma arte humana só provam uma coisa. É que nós também os poetas nos distinguimos pela mesma característica dominante da espécie humana, a imbecilidade. Pois não é que temos a convicção de que existem Verdades sobre a Terra quando cada qual vê as coisas de seu jeito e as recria numa realidade subjetiva individual!... É certo porém que há dois anos não sei que anjo-da-guarda prudencial me guiou a mão e me fez escrever já em nome da *minha* verdade. Em nome dela é que sempre escrevo e escreverei.

Mais uma coisa: fala-se muito e eu mesmo falei já da bancarrota da inteligência. Afinal foi a desilusão pela ciência no fim do séc. XIX europeu que provocou o predomínio dos sentidos. Daí certas manifestações romanticamente exasperadas de impressionismo e modernismo. Como existissem foi preciso justificar esse predomínio dos sentidos que as criara. As justificativas sentimentais eram insuficientes porque na inteligência é que moram razão e consciência. Ela é que justifica e da lógica, da experiência, da ciência se utiliza. Todos estes raciocínios provocaram uma revisão total de valores de onde proveio o novo renascimento da inteligência. Hoje pode-se dizer francamente que o intuicionismo faliu e Bergson com ele. A poesia intuitivamente qualitativa já não basta para o Homem Novo. A transformação será profunda.

Nas evoluções sem covardia ninguém volta para trás. O que a muitos significa voltar é na realidade um passo a mais que se dá para a frente porque das pesquisas e tentativas passadas muita riqueza ficou. *O paisagismo sentimental* (sentimental não é pejorativo aqui) a que tenderam quase todas as manifestações modernistas deste primeiro quartel do séc. XX, paisagismo cuja característica principal foi uma desleixada interpenetração do eu e do não-eu e confusão deles, o paisagismo sentimental já vai aos poucos terminando porque a inteligência é orgulhosa de si e manda que cada coisa conheça o seu lugar.

Eu mesmo poderia objetar o que dentro deste livro já disse mais ou menos: que afinal todo este lirismo subconsciente é ainda filho da inteligência ao menos como teoria. Nestes dias de 1924 eu já respondo que mesmo sendo isso verdade a inteligência procedeu negativamente apagando-se ante os outros domínios do ser.

Foi serva disposta apenas a ministrar os pequenos e paliativos remédios da farmacopéia didático-técnico-poética ohoh! quando a ela cabe senão superioridade e prioridade, cabe o domínio, a orientação e a palavra final. Nos discursos atuais, rapazes, já é de novo a inteligência que pronuncia o tenho-dito.

M. DE A.

Novembro / 1924.

ENCONTRO MARCADO COM UMA OBRA-PRIMA

João Cezar de Castro Rocha

1922 e 1925: anos "milagrosos"

1922 foi um ano especial no mundo das letras – *o annus mirabilis*, na eloqüente definição, sempre repetida. E, nesse caso, a veemência se justifica. Afinal, James Joyce publicou *Ulisses*; T. S. Eliot concluiu *Terra devastada*; Marcel Proust colocou o ponto final na sua obra-prima, *Em busca do tempo perdido*, cujos últimos volumes apareceriam postumamente. Nesse mesmo ano, Mário de Andrade lançou *Paulicéia desvairada* e, em três alegres noitadas no Teatro Municipal de São Paulo, os organizadores da Semana de Arte Moderna lutaram para acertar os ponteiros da cultura brasileira, cuja hora deveria acompanhar a celeridade das vanguardas das primeiras décadas do século passado – o século XX, bem entendido. Portanto, esse conjunto de obras e de feitos forneceu a moldura do esboço teórico e crítico de Mário de Andrade. No fundo, seu programa estético, *A escrava que não é Isaura*, publicado em 1925, mas redigido em abril e maio de 1922, representou o acerto de contas do poeta brasileiro com as correntes então em voga, sobretudo ou quase exclusivamente européias, embora Mário também tenha incluído a literatura norte-americana em seu cardápio de leitor onívoro.

De igual modo, em 1925 produziu-se uma série impressionante de reflexões sobre a arte moderna. José Ortega y Gasset trouxe à luz *La deshumanización del arte*, cujo título revela o veredicto final: a arte moderna, excessivamente preocupada com o aspecto formal, relegou o conteúdo propriamente "humano" das manifestações artísticas a um plano secundário. Nada interessado em qualquer conteúdo humano que não se referisse a si mesmo, o aguerrido Guillermo de Torre – "o espanhol De Torre", mencionado por Mário – publicou um curioso panorama histórico: *Literaturas europeas de vanguardia*. Curioso pela precocidade do registro – a fundação do surrealismo, por exemplo, data do ano anterior! Curioso ainda porque de fato o norte de sua prosa era afirmar a centralidade da atuação do próprio autor do relato no desenvolvimento das vanguardas. No outro lado do Atlântico, sem sofrer de semelhante megalomania, Jorge Luis Borges, após retornar a Buenos Aires, coligiu os ensaios reunidos em *Inquisiciones*, realizando o balanço de seu envolvimento com a vanguarda espanhola constituída pelo Ultraísmo. Ao mesmo tempo, precisamente por meio dessa reavaliação, o futuro autor de *Ficciones* começou a pavimentar seu caminho muito particular.

Mário de Andrade, incansável viajante à roda da biblioteca, sem ter precisado sair de São Paulo, empreendeu esforço similar em *A escrava que não é Isaura*. A reedição dessa obra fundamental ajudará a esclarecer sua relevância para uma possível reescrita do pensamento das vanguardas no século XX e não apenas do ideário definidor do modernismo brasileiro. A afirmação parecerá ousada, reconheça-se. Por isso mesmo, é hora de abrir as páginas de *A escrava que não é Isaura*.

Uma fábula e muitas idéias

Antes mesmo de principiar, *A escrava* recebe o leitor com duas epígrafes que não deixam de causar uma surpresa inicial: Platão e Shakespeare compõem o pórtico de uma das mais agudas reflexões propostas por um artista de vanguarda acerca do sentido e das direções da arte moderna.

A surpresa somente aumenta quando o livro propriamente dito se inicia por meio de um recurso tão tradicional quanto a noite dos tempos: "Começo por uma história. Quase parábola. Gosto de falar por parábolas como Cristo..." Platão, Cristo e Shakespeare são as primeiras referências de *A escrava*. Ora, se o gesto típico da vanguarda é a transgressão, ou seja, a quebra programática de expectativas, então, Mário virou maliciosamente o feitiço contra o feiticeiro, transgredindo a "tradição da ruptura", mãe de todas as vanguardas – na bela caracterização de Octavio Paz. É preciso compreender a radicalidade do gesto, a fim de reavaliar a importância deste livro.

Numa palavra: antes de tantos, e por muito tempo ainda, Mário soube libertar-se do preconceito da novidade absoluta, da busca da originalidade permanente – a revolução utópica de certo tipo de artista sempre em dia com o futuro que teima em atrasar-se. Cutucando a onça vanguardista com vara curta, Mário confessou sem pudor aparente: "Também não me convenço de que se deva apagar o antigo. Não há necessidade disso para continuar para frente." Um pouco adiante, rematou em nota polêmica: "E é por seguirem os velhos poetas que os poetas modernistas são tão novos." O entendimento adequado dessas passagens é decisivo para aprofundar as provocações do autor. Talvez o melhor modo de arriscar uma hipótese seja recordar outro momento do texto; aliás, citado com freqüência:

> Parêntese: Não imitamos Rimbaud. Nós desenvolvemos Rimbaud. ESTUDAMOS A LIÇÃO RIMBAUD.

Salvo engano, Mário almejou uma vanguarda que se apropriasse criativamente do conjunto da tradição, emulando-a, para melhor transformá-la. É como se, a contrapelo do afã futurista de cortar os laços com o passado, Mário tornasse inesperadamente atual o procedimento clássico, expresso no indissociável par *imitatio/ emulatio*. Em outras palavras, em lugar de virar as costas para a tradição, é preciso dela assenhorear-se, a fim de superá-la sem, no entanto, desconhecê-la. Aliás, um projeto necessário na esfera de um poeta à margem dos centros de decisão.

Desse modo, Mário evitou limitar-se a uma compreensão estreita do tempo próprio da arte. Em lugar de um engajamento bélico com o passado, a fim de apressar a chegada do futuro utópico, Mário preferiu investir num eixo de simultaneidade dos tempos históricos, com base numa distinção simples, porém eficaz: "Goethe, meu Goethe amado e passado embora não passadista." Numa definição cortante, iluminou a diferença: "Passadista é o ser que faz papel do carro de boi numa estrada de rodagem." Na caracterização bem-humorada do autor de *Macunaíma*, o vanguardista empedernido seria o engenheiro que segue construindo novas estradas mesmo quando o caminho já se esgotou.

Mário, poeta-crítico (e também um mestre) na periferia no capitalismo, soube driblar a armadilha da "tradição da ruptura". E, ao mesmo tempo, revelou a noção de originalidade talvez definidora da condição periférica: trata-se de investir na simultaneidade da apropriação dos tempos históricos: de Cristo a Cocteau, passando por Mallarmé e Rimbaud, e isso sem esquecer Gonçalves Dias e Manuel Bandeira. Em *A escrava que não é Isaura*, Mário não estabeleceu hierarquias entre épocas e latitudes, pois a vitalidade desse ou daquele precursor ou contemporâneo constituiu o critério único para sua assimilação transformadora. Não será assim casual que Mário tenha atribuído ao conceito de simultaneidade uma posição determinante na estética modernista, pois ele também estaria presente em sua maneira particular de relacionar-se com a tradição. Uma breve digressão auxiliará a conclusão do raciocínio.

A poética da emulação

Em onipresente ensaio, A OBRA DE ARTE NA ERA DE SUA REPRODUTIBILIDADE TÉCNICA, Walter Benjamin discutiu a ruptura provocada pelos meios mecânicos de reprodução de imagens através do conceito de "aura", ou melhor, de sua perda. Ou seja, uma vez que a difusão ampla de imagens de obras de arte permitiu a um número crescente de pessoas "conhecer" essas obras sem no entanto tê-las visto em seus locais de exposição, perdeu-se a experiência da aura – associada precisamente ao carácter único do encontro com a obra em seu local "próprio" e igualmente único. A modernidade, portanto, com seus novos meios técnicos, impôs um paradoxo: através da difusão ampla de sua imagem, uma obra determinada tornava-se conhecida como jamais, porém esvaziada da aura que sempre a distinguira. No universo benjaminiano modernidade e melancolia caminham juntas.

Pelo contrário, e com uma década de antecedência, Mário levantou uma questão que escapou à sagacidade do futuro ensaísta: ora, não é verdade que, em certas condições históricas – por exemplo, a desse poeta-crítico, à roda da biblioteca, na São Paulo dos anos 20 do século passado –, a experiência do encontro com a arte clássica e européia sempre foi, por assim dizer, "desauratizada"? Foi quase sempre uma vivência de "segunda mão", mediada por ilustrações ocasionais estampadas em revistas estrangeiras que o correio esperançosamente entregaria. Na melhor das hipóteses, uma vivência mediada por enciclopédias e livros especializados, avidamente consultados em busca do traço desse pintor, das cores daquele outro – isso se as usuais reproduções em preto-e-branco não transformassem as cores em manchas semelhantes, numa perversa alquimia às avessas, na qual o ouro se metamorfoseia em carvão. Em reveladora carta, enviada a Pedro Nava, Mário sugeriu ao estudante de medicina e habilidoso desenhista que subscrevesse a revista alemã *Der Querschnitt*. O pequeno embaraço lingüístico – o jovem Nava não entendia sequer duas palavras do idioma de Goethe – seria compensado pela qualidade das ilustrações dos artistas modernos. Como se fosse uma inesperada Alice nos tristes trópicos, o artista periférico também se pergunta sobre a utilidade de livros sem ilustrações...

Arte necessariamente sem aura, portanto, a de um poeta como Mário – arte impura, em alguma medida. Isso, é óbvio, no tocante à fruição do conjunto clássico da tradição ocidental. Qual a opção possível nessa circunstância? Eis a mais comum ao longo da história cultural latino-americana: incorporar o espírito do eterno turista aprendiz do alheio e viajar, viajar, e viajar ainda mais uma vez. Viajar deslumbrando-se em cada porto, enamorando-se em todos os museus, retornando exausto e, com afetada resignação, passar os anos pósteros repetindo melancolicamente nomes de artistas, obras, autores e lugares em autêntico mantra: "Meninos eu vi!"

Contudo, há pelo menos uma alternativa – a que Mário proporcionou ao escrever *A escrava que não é Isaura*. Alforriado do desejo de aura, e como se fosse um Macunaíma da reflexão crítica, Mário não estabeleceu diferença alguma entre seus pares tupiniquins e os outros, fossem europeus ou norte-americanos. Além disso, permitiu-se dar lições aos mestres do passado – acima ou abaixo do Equador. Recordem-se duas passagens, a fim de observar sua independência intelectual. Ao estudar a forma propriamente modernista do procedimento de associação de idéias, Mário comparou Blaise Cendrars e um poeta brasileiro: "Sob esse aspecto o trecho de Luis Aranha é superior ao do modernista francês." Ao analisar o processo de construção da forma livre modernista, fulminou o método futurista das "palavras em liberdade": "Marinetti aliás descobriu o que sempre existira e errou profundamente tomando por um fim o que era apenas um meio passageiro de expressão."

Eis a autonomia do crítico e o desejo de emulação do poeta definidores da estrutura argumentativa de *A escrava que não é Isaura*

– fundamental declaração de princípios das vanguardas periféricas, assim como uma das mais lúcidas reflexões acerca da experiência artística que precisou inventar-se sem nunca ter podido contar com a ilusão da "aura".

MANUSCRITOS E EDIÇÕES

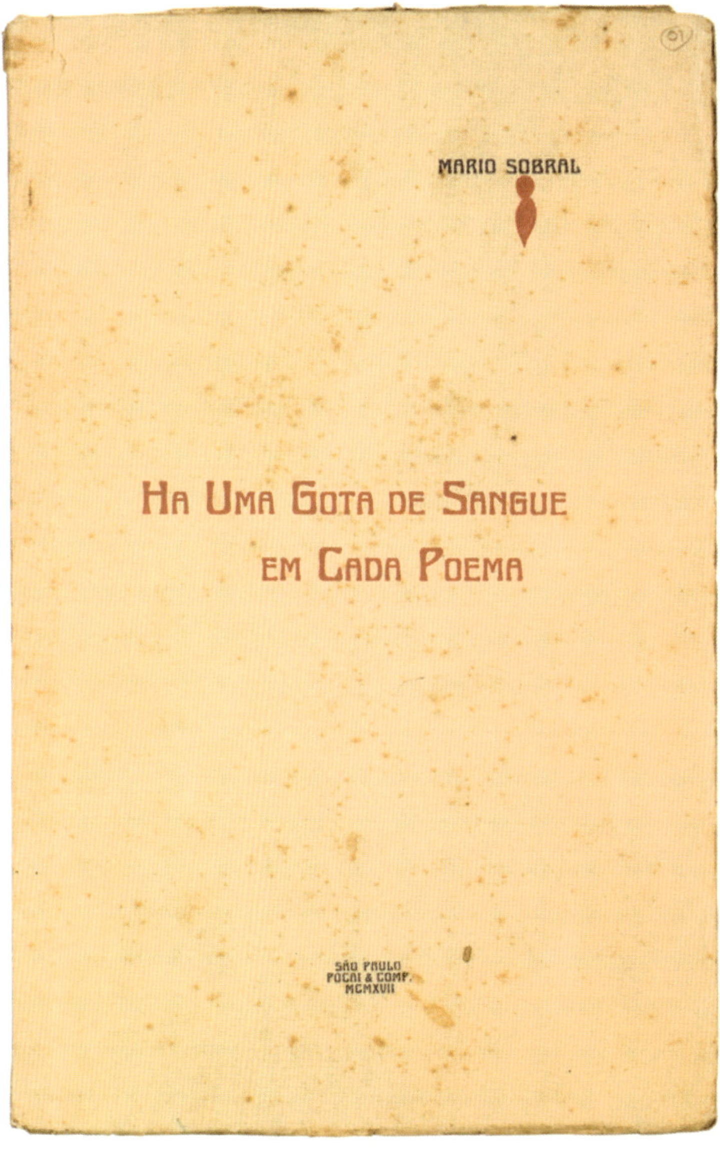

Capa da 1ª edição, ilustrada pelo autor, 1917.

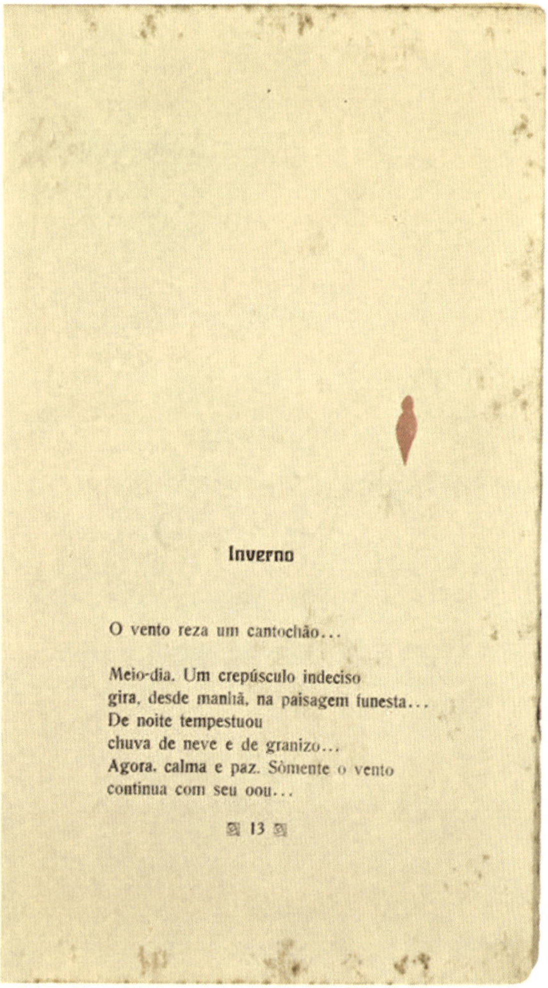

Inverno

O vento reza um cantochão...

Meio-dia. Um crepúsculo indeciso
gira, desde manhã, na paisagem funesta...
De noite tempestuou
chuva de neve e de granizo...
Agora, calma e paz. Sòmente o vento
continua com seu oou...

13

INVERNO, poema de *Há uma gota de sangue em cada poema*, 1917.

Capa da 1ª edição, 1926.

Capa da falsa 2ª edição, 1932.

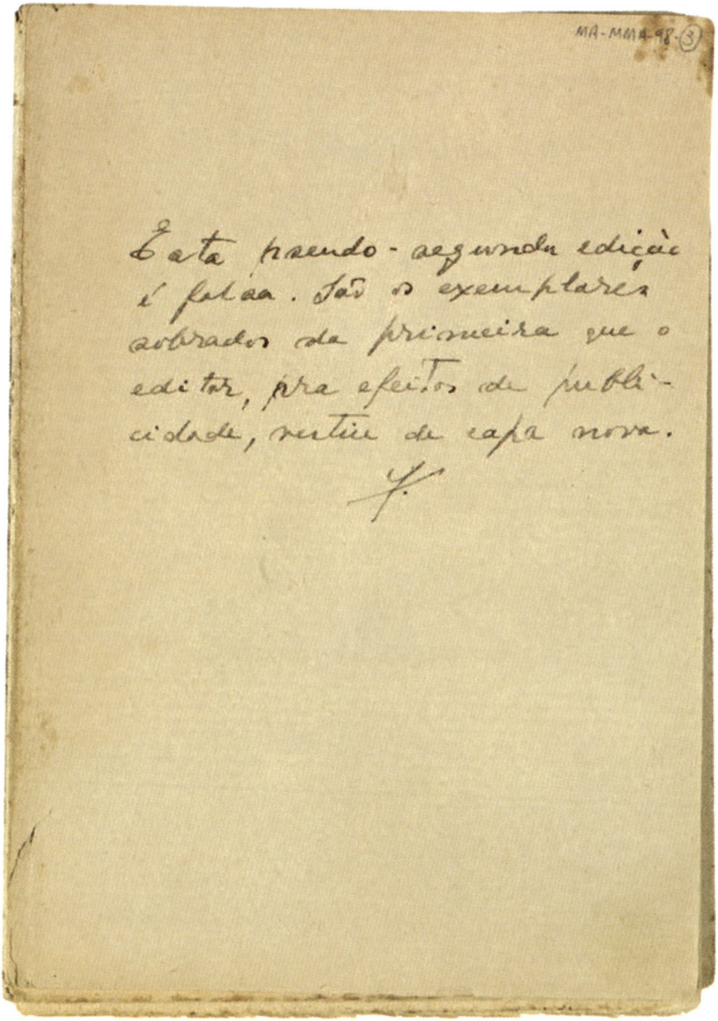

MA-MMA-98-(3)

Esta pseudo-segunda edição é falsa. São os exemplares sobrados da primeira que o editor, pra efeitos de publicidade, vestiu de capa nova.

M.

Nota do autor na falsa 2ª edição [1932].

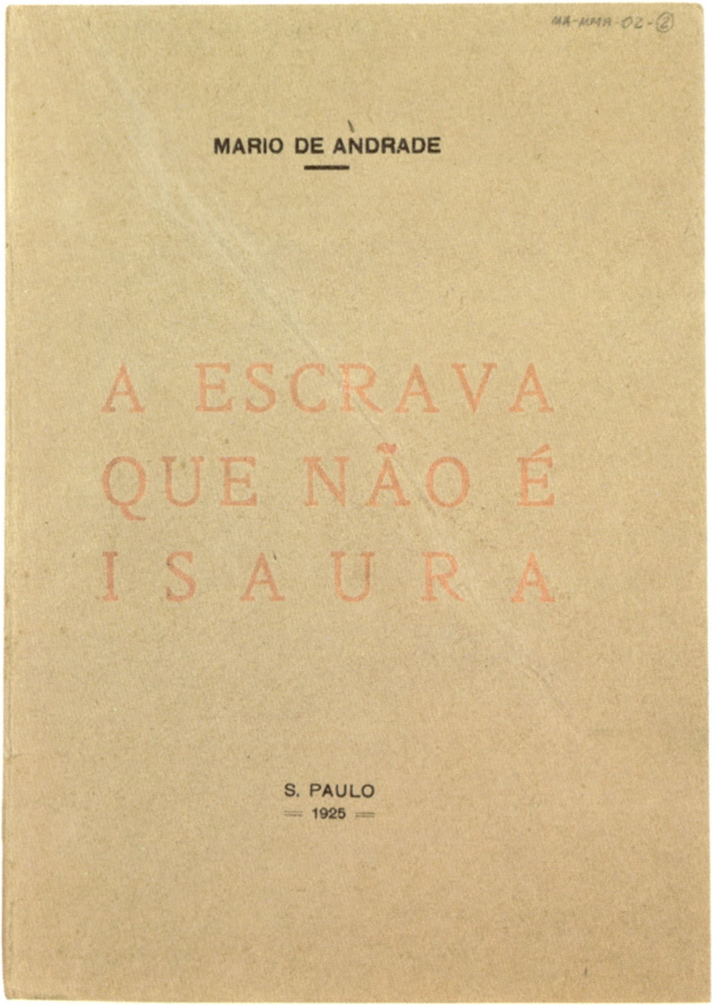

Capa da 1ª edição, 1925.

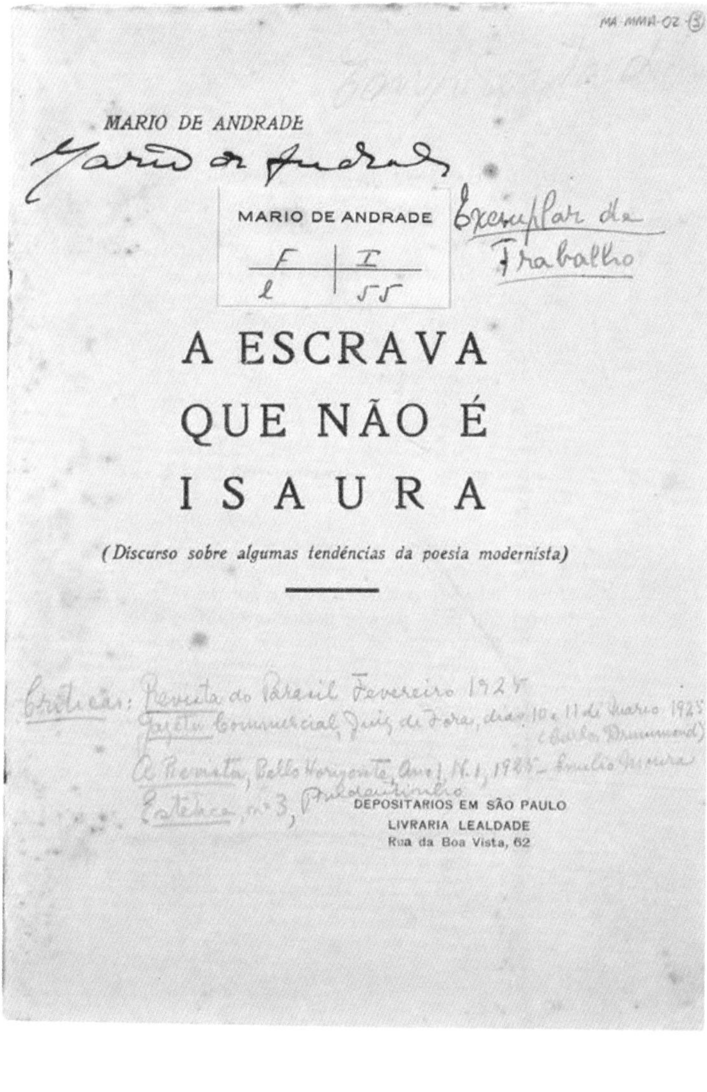
MARIO DE ANDRADE

MARIO DE ANDRADE

Exemplar de Trabalho

A ESCRAVA
QUE NÃO É
ISAURA

(Discurso sobre algumas tendências da poesia modernista)

DEPOSITARIOS EM SÃO PAULO
LIVRARIA LEALDADE
Rua da Boa Vista, 62

Página de rosto do exemplar de trabalho [1925-1926].

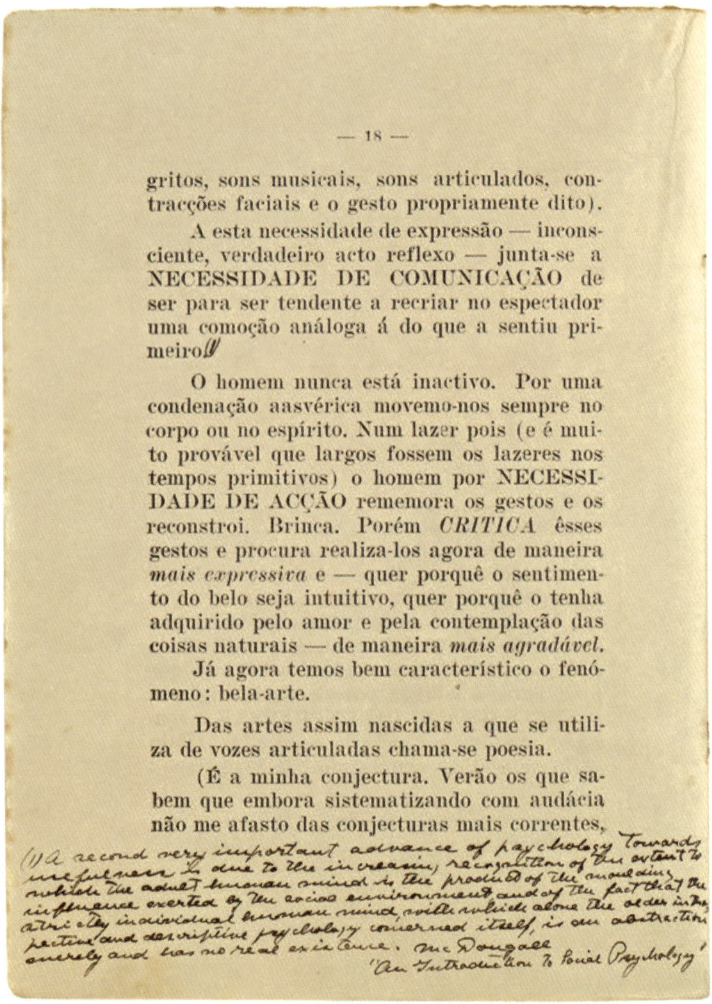

— 18 —

gritos, sons musicais, sons articulados, contracções faciais e o gesto propriamente dito).

A esta necessidade de expressão — inconsciente, verdadeiro acto reflexo — junta-se a NECESSIDADE DE COMUNICAÇÃO de ser para ser tendente a recriar no espectador uma comoção análoga á do que a sentiu primeiro//

O homem nunca está inactivo. Por uma condenação aasvérica movemo-nos sempre no corpo ou no espírito. Num lazer pois (e é muito provável que largos fossem os lazeres nos tempos primitivos) o homem por NECESSIDADE DE ACÇÃO rememora os gestos e os reconstroi. Brinca. Porém *CRITICA* êsses gestos e procura realiza-los agora de maneira *mais expressiva* e — quer porquê o sentimento do belo seja intuitivo, quer porquê o tenha adquirido pelo amor e pela contemplação das coisas naturais — de maneira *mais agradável*.

Já agora temos bem característico o fenómeno: bela-arte.

Das artes assim nascidas a que se utiliza de vozes articuladas chama-se poesia.

(É a minha conjectura. Verão os que sabem que embora sistematizando com audácia não me afasto das conjecturas mais correntes,

(1) A second very important advance of psychology towards usefulness is due to the increasing recognition of the extent to which the adult human mind is the product of the moulding influence exerted by the social environment, and of the fact that the individual human mind, with which alone the older introspective and descriptive psychology concerned itself, is an abstraction merely and has no real existence. McDougall
'An Introduction to Social Psychology'

Acréscimo ao texto no exemplar de trabalho de *A escrava que não é Isaura* [1926].

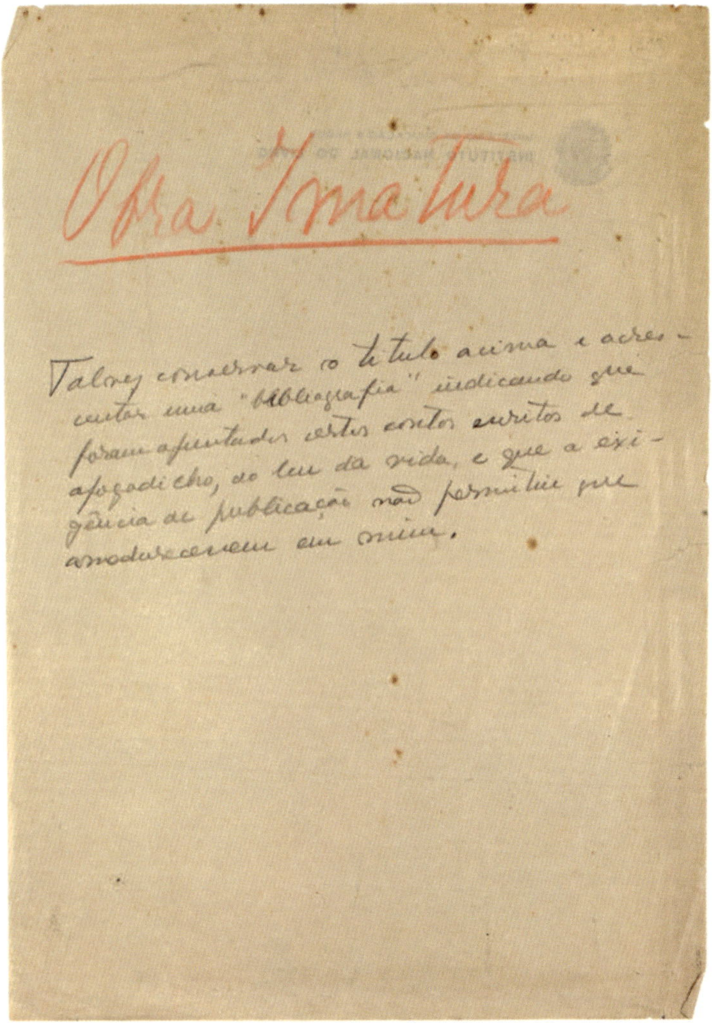

Obra Imatura

Talvez conservar o título acima e acrescentar uma "bibliografia" indicando que foram aproveitados certos contos escritos de afogadilho, ao léu da vida, e que a exigência de publicação não permitiu que amadurecessem em mim.

Nota de Mário de Andrade para *Obra imatura* [1943].

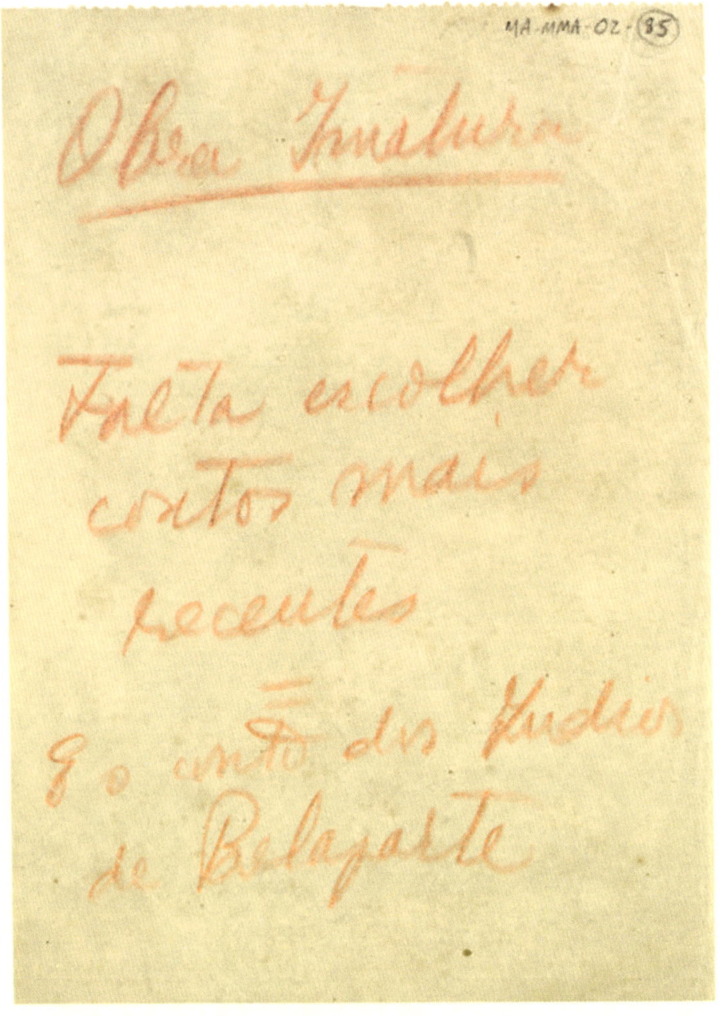

MA-MMA-02-85

Obra Imatura

Falta escolher
contos mais
recentes

E o conto dos Judeus
de Belazarte

Nota de Mário de Andrade em folha inserida no exemplar de trabalho de *A escrava que não é Isaura* [1943].

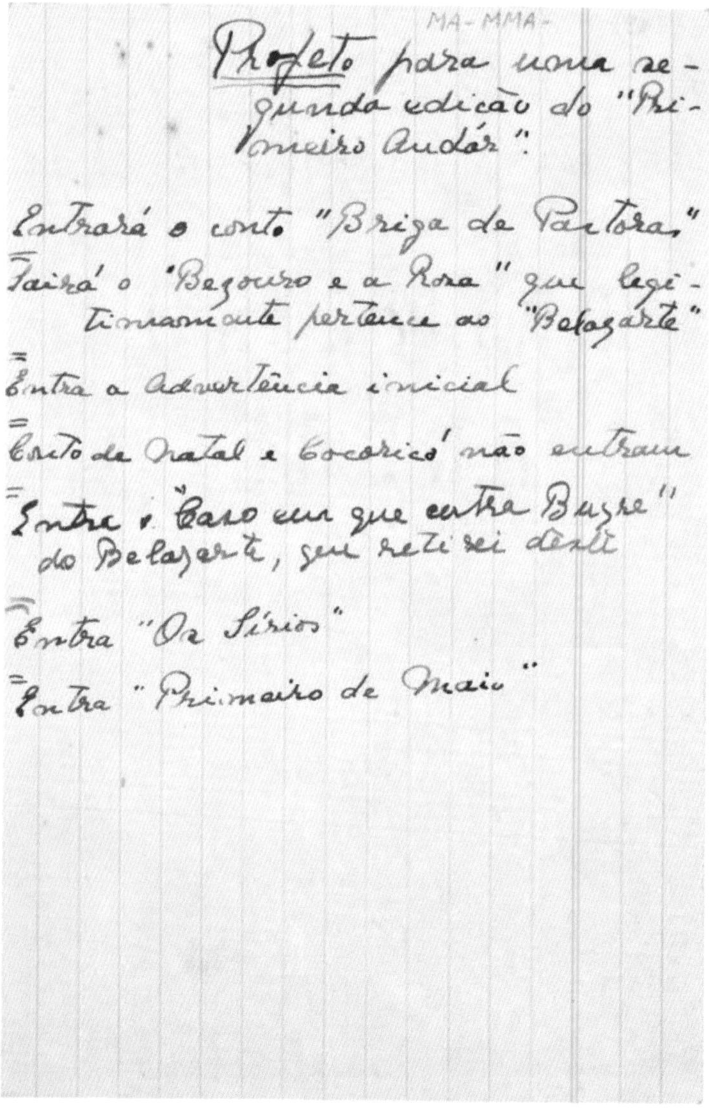
MA-MMA-

Projeto para uma segunda edição do "Primeiro Andar":

Entrará o conto "Briga de Pastoras"

Sairá o "Besouro e a Rosa" que legitimamente pertence ao "Belazarte"

Entra a Advertência inicial

Conto de Natal e Cocoricó não entram

Entra o "Caso em que entra Bugre" do Belazarte, que retirei dêste

Entra "Os Sírios"

Entra "Primeiro de Maio"

Plano para a 2ª disposição de PRIMEIRO ANDAR, em *Obra imatura* [1943].

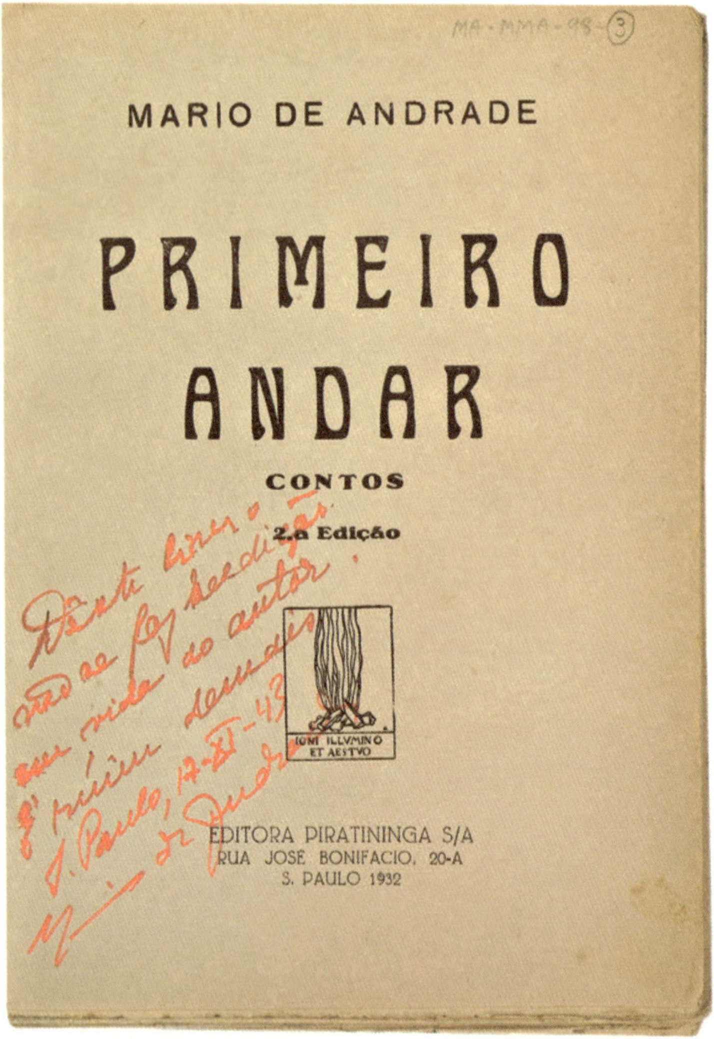

Página de rosto do exemplar de trabalho de Primeiro andar vinculado a *Obra imatura*, 1943.

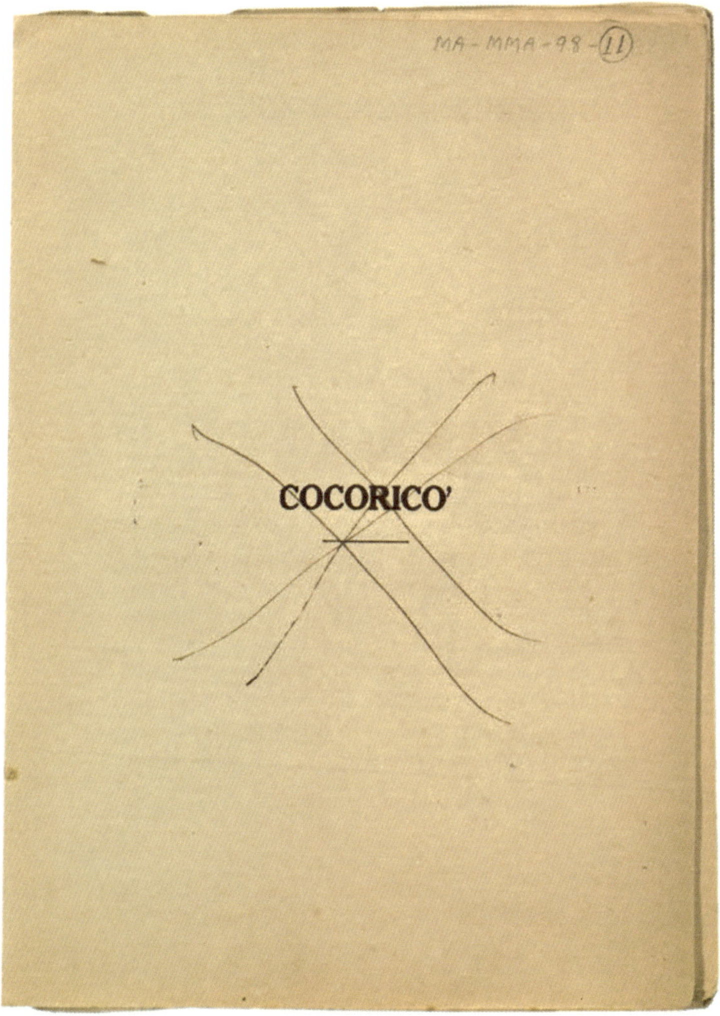

Esquete excluído no exemplar de trabalho de PRIMEIRO ANDAR vinculado a *Obra imatura* [1943].

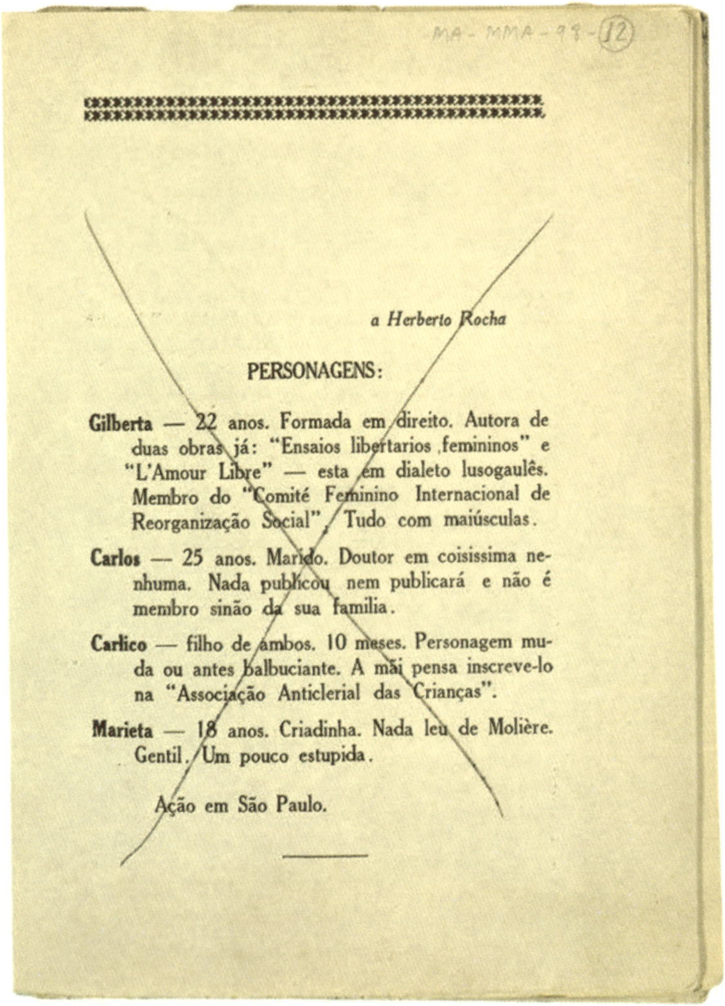

MA-MMA-98-(12)

a Herberto Rocha

PERSONAGENS:

Gilberta — 22 anos. Formada em direito. Autora de duas obras já: "Ensaios libertarios ,femininos" e "L'Amour Libre" — esta em dialeto lusogaulês. Membro do "Comité Feminino Internacional de Reorganização Social". Tudo com maiúsculas.

Carlos — 25 anos. Marido. Doutor em coisissima nenhuma. Nada publicou nem publicará e não é membro sinão da sua familia.

Carlico — filho de ambos. 10 meses. Personagem muda ou antes balbuciante. A mãi pensa inscreve-lo na "Associação Anticlerial das Crianças".

Marieta — 18 anos. Criadinha. Nada leu de Molière. Gentil. Um pouco estupida.

Ação em São Paulo.

Primeira unica interminavel Scena

(O lar. Sala de aparencia modesta. E' de supor que a ela se subirá por uma escadinha muito estreita muito escura. A criada é meia surda. Bate-se quatro ou seis vezes antes da porta se abrir. Geralmente a casa dorme. Doutora Gilberta Cavalcanti de Albuquerque está no Forum. Carlico sonha. O pai está nas lições de inglês que fala como um inglês ou ainda nas lições de ginastica, quem sabe?... Ensina mesmo natação e muque a um cacho de moçoilas mais masculinas na intenção que na realidade. Quem abre é sempre Marieta mas o som das pancadas custa a chegar á janela donde ela vê as casas entrando úmas pelas outras, um horizonte de viagens nupciais, o matrimonio das nuvens... Cadeiras secretária estante de livros Remington. Nas paredes fotografias de mulheres inglesas ou russas, duras míopes medonhas, eternamente solteiras — feministas sem dúvida. São cinco horas da tarde. Vazio. Doira o espaço uma voz forte de homem que entoa uma cantiga de adormentar. E' Carlos embalando o filhinho lá dentro. Voz expressiva e másculina. Quando canta: "Dorme nênê, que o bicho já vem!" mais parece ordenar ao filho que feche os olhos imediatamente. Mas já é tempo de encher a scena. Ruido seco de chave na fechadura. E' a doutora Gilberta Cavalcanti de Albuquerque. Esquecia-me de dizer que é quasi noite e a scena quasi negra).

Gilberta — Ainda não ha luz aqui! (Fala enquanto aperta o botão da eletricidade. Voz estranha um pouco ridicula. Percebe-se muito bem ter ela uma voz líquida de menina, que se esforça por tornar áspera e scientifica. Triste voz carnavalesca! Luz. Gilberta é fina esguia. Veste um "tailleur" preto. Usa colarinho gravata botinas grossas de homem, mas de salto alto. A bengala e um detestabilissimo chapéu de palha. Mas o rostinho é doce e agradavel. Gilberta não abandonou o pó-de-arroz. Seria demais!)

Gilberta (mordendo o cigarro) — Que é de Carlos! (A voz emudecera pouco antes) Não estará ainda em casa a estas horas! Insuportavel! Já quantas vezes repeti que estivesse aqui depois das quatro!... (grita) Carlos! Carlos!

Carlos (aparecendo) — Allô! Já vou meu amor! Como vieste tarde! Porquê chegar a estas horas, Gilberta! (Beija-a barulhento).

Gilberta — Me largue! Me largue, Carlos! Não faça assim! Já sabe que não gosto dêsses amores ridiculos!

Carlos (desapontado) — Então não me deixas mais nem te beijar! Passas todo o dia fóra, e á volta nem mesmo um beijo, Gilberta!

Gilberta — Vá. Beije-me mas deixe-me sossegada. (Beijo vitreo. Carlos, não sabendo que fazer deixa o público contempla-lo. Forte, moço, corado, muito homem, conforme o gôsto da leitora. Cabelos negros, muito loiros, lisos ou crespos, tão

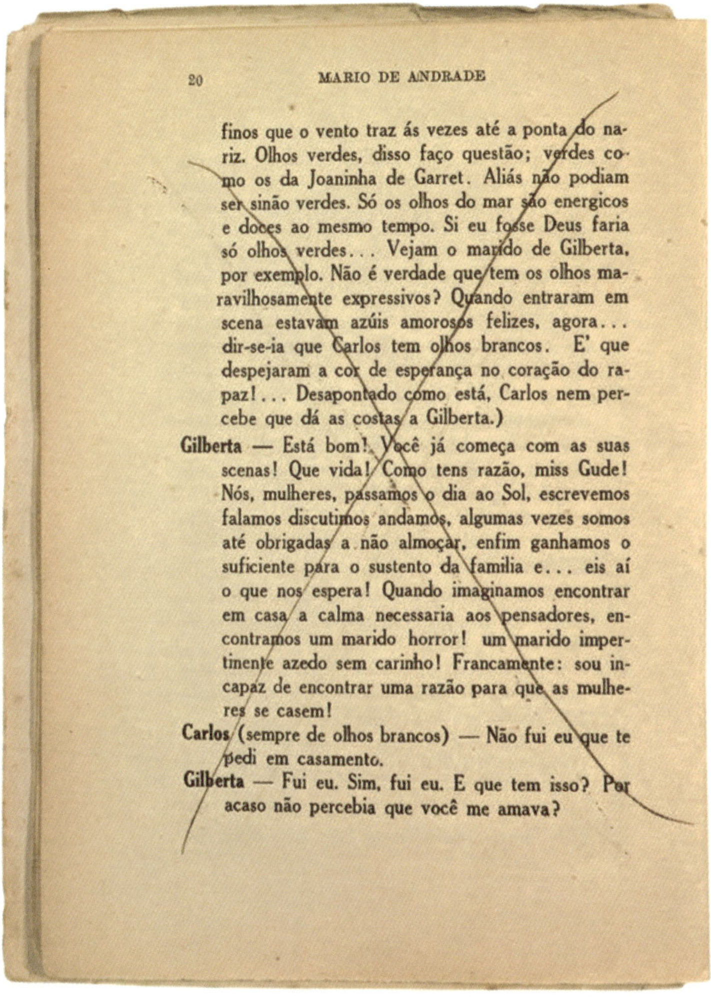

20 MARIO DE ANDRADE

finos que o vento traz ás vezes até a ponta do nariz. Olhos verdes, disso faço questão; verdes como os da Joaninha de Garret. Aliás não podiam ser sinão verdes. Só os olhos do mar são energicos e doces ao mesmo tempo. Si eu fosse Deus faria só olhos verdes... Vejam o marido de Gilberta, por exemplo. Não é verdade que tem os olhos maravilhosamente expressivos? Quando entraram em scena estavam azúis amorosos felizes, agora... dir-se-ia que Carlos tem olhos brancos. E' que despejaram a cor de esperança no coração do rapaz!... Desapontado como está, Carlos nem percebe que dá as costas a Gilberta.)

Gilberta — Está bom! Você já começa com as suas scenas! Que vida! Como tens razão, miss Gude! Nós, mulheres, passamos o dia ao Sol, escrevemos falamos discutimos andamos, algumas vezes somos até obrigadas a não almoçar, enfim ganhamos o suficiente para o sustento da familia e... eis aí o que nos espera! Quando imaginamos encontrar em casa a calma necessaria aos pensadores, encontramos um marido horror! um marido impertinente azedo sem carinho! Francamente: sou incapaz de encontrar uma razão para que as mulheres se casem!

Carlos (sempre de olhos brancos) — Não fui eu que te pedi em casamento.

Gilberta — Fui eu. Sim, fui eu. E que tem isso? Por acaso não percebia que você me amava?

Carlos (sofrendo) — Isso quer dizer que não me amavas nem um pouco?

Gilberta (depois de curta hesitação) — Não digo isso, mas...

Carlos — E' muito simples, Gilberta. Amaste-me e agora não me amas mais. (amarelo) Não tens tempo para me amar! (alaranjado) Vives dentro dos teus livros, das tuas causas (vermelho) importantissimas, dos teus (rubro) "comités" de porcaria...

Gilberta — Basta! (A voz tremúla. A doutora se esforça por enrija-la. E tira a cigarreira) Prohibo-lhe falar assim das minhas sociedades! Isso não é da sua conta. Você ignora inteiramente o que seja a sociedade moderna. Nem o passado bolchevismo sabe o que é! Jamais pensou no milhoramento moral da raça humana e...

Carlos (já com olhos verdes) — Nunca. Só penso no meu amor, no nosso amor. No nosso larzinho que podia ser tão alegre tão quente e que gelaste com essa tua maneira de viver de agir que te fica tão mal! Defendo apenas a nossa felicidade! Minha linda felicidade perfumada que sonhei e que ficou sem perfume, sem perfume! Si me amasses...

Gilberta (de cima) — Amor!... Sempre o amor! Como é ridiculo tudo o que você diz! Francamente: você só diz tolices! Como si fosse possivel viver de amor!

Carlos — E porquê não?!

Gilberta — Porquê não, meu filho! Ha funções mais graves e generosas por cumprir! O amor é um Nirvana! E' o acabrunhamento supremo de todas as fôrças fisicas! . . . E para que? manes de Mademoiselle Pontapom! . . . para essa miseravel propagação da especie!... Mas você já devia saber que tres quimicas inglesas — miss Rodger, miss Curton, miss Wrigth — dedicam-se atualmente á invenção duma máquina que fará crianças por meios artificiais. . . Contam fabricar brevemente de vinte a trinta mil crianças por dia. . .

Carlos — Mas então porquê não fabricam já homens e mulheres de vinte-e-um anos?. . .

Gilberta — Você tem umas ideas estupidas! Mas está vendo? Quando êsse grande sonho filantrópico se realizar: o Estado comprará quantos filhos quizer! O amor não existirá mais! . . . O casamento — êsse terrivel flagelo — desaparecerá da face da Terra! E nós, o sexo forte, com o poder da nossa maior inteligencia nós salvaremos! . . . Ai! Meu Deus!
(Mutação de correntes psiquicas. Apareceu uma baratinha a passear num canto da sala. Gilberta a viu. Horrivelmente apavorada sobe numa cadeira. Carlos que nada vê, inquieta-se.)

Carlos — Que é, Gilberta?

Gilberta — Lá! Lá no canto! . . . Carlos. . . Uma barata ENORME! ! ! . . . Mate-a, Carlos!

Carlos (inteiramente verde, com muita paz) — Mas onde está a barata ENORME?

Gilberta — Lá! No canto... Subindo na parede... Descendo da parede... Subindo... Vai voar... Vem para cá... Vem em cima de mim... Meu Deus!... Meu Carlos... Meu Deus, mate-a! Carlos, mate-a!... Mate-a, Carlos!... (Desce da cadeira e corre para subir noutra no canto oposto ao da baratinha.)

Carlos — Ah! Ei-la...

(Toma de sobre a secretária um livro da mulher e atira-o na baratinha. Um outro... Enfim dezenas... Salta. Corre. Derruba cadeiras. Gesticula. Luta. Vence. Consegue assassinar a infeliz mesmo no centro da sala indiscretamente diante do leitor. Está de joelhos com a baratinha na frente sob o livro "L'épuisement du courage et le féminisme" da célebre escritora belga, Mlle. Frayssier. A scena é trágica de mudêz. Carlos contempla com olhos infelizes o livro, com olhos que choram: "Pobre baratinha!... Tão graciosa e tão moça!..." Doutora Gilberta Cavalcanti de Albuquerque desce da catedra, um pouco envergonhada. Ouve-se ao longe nalgum galinheiro talvez...

O galo — Cocoricooooo...

E nada mais. Mas Carlos solta uma gargalhada esplendidamente rida. Como sabe rir bem! Mostra as duas filas inteirinhas de dentes como si fossem dois cordões de... luzinhas eletricas numa avenida semicircular. Aposto que o leitor estava esperando as perolas... Pois eram luzinhas eletricas. Gilberta acende mais cigarro. Carlos ri. Dir-se-ia que não parará mais de rir. De repente fica serio. Olhos brancos de novo. Pura cal. Queimam sem ter vida. Porquê será que pintou outra vez os olhos de branco? Dizem que o branco é luto, mas na China... Terá Carlos a alma enlutada?... Não se sabe porquê não diz coisa alguma. Ergue apenas uma poltrona revirada no combate e deixa-se cair nela. Olha fixo "L'épuisement du Courage et le Féminisme" da extraordinaria Mlle. Frayssier... Doutora Gilberta Cavalcanti de Albuquerque quer falar mas parece que o não sabe mais... Tem um nó na garganta... E' pena! Si não fosse a desastrada baratinha ela continuaria a expor as suas teorias feministas e no calor da fala o público teria visto as faces dela neblinadas pelas leituras noturnas colorirem-se dum cor-de-rosa sonoro, os seus olhos acenderem-se como pecados convidativos e mesmo ouviria a sua voz legítima semelhante á frauta de Pan nas tardes lánguidas de estio. (Vide Debussy.) Mas é tarde. E Gilberta nada vê de milhor a fazer que sair da sala. Acho que fez bem. O público começava a inquietar-se pelo futuro do pacifico lar... Baratinha bemfeitora! Carlos, só, lembra-se de a mandar por fóra. Chama).

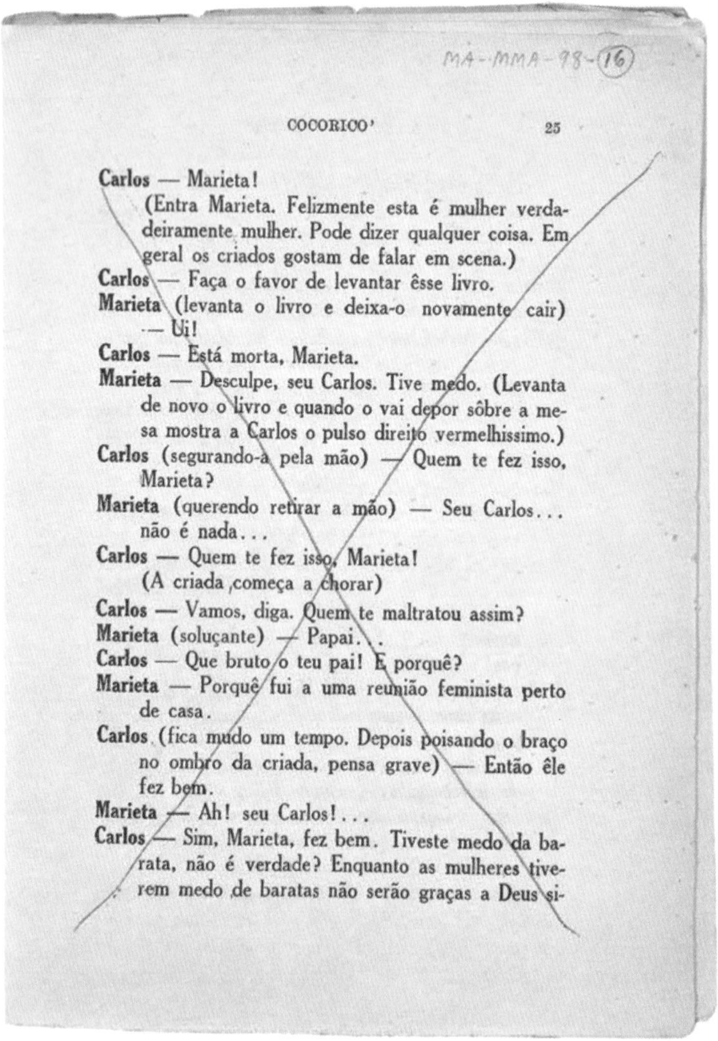

Carlos — Marieta!

(Entra Marieta. Felizmente esta é mulher verdadeiramente mulher. Pode dizer qualquer coisa. Em geral os criados gostam de falar em scena.)

Carlos — Faça o favor de levantar êsse livro.

Marieta (levanta o livro e deixa-o novamente cair) — Ui!

Carlos — Está morta, Marieta.

Marieta — Desculpe, seu Carlos. Tive medo. (Levanta de novo o livro e quando o vai depor sôbre a mesa mostra a Carlos o pulso direito vermelhissimo.)

Carlos (segurando-a pela mão) — Quem te fez isso, Marieta?

Marieta (querendo retirar a mão) — Seu Carlos... não é nada...

Carlos — Quem te fez isso, Marieta!

(A criada começa a chorar)

Carlos — Vamos, diga. Quem te maltratou assim?

Marieta (soluçante) — Papai...

Carlos — Que bruto o teu pai! E porquê?

Marieta — Porquê fui a uma reunião feminista perto de casa.

Carlos (fica mudo um tempo. Depois poisando o braço no ombro da criada, pensa grave) — Então êle fez bem.

Marieta — Ah! seu Carlos!...

Carlos — Sim, Marieta, fez bem. Tiveste medo da barata, não é verdade? Enquanto as mulheres tiverem medo de baratas não serão graças a Deus sinão verdadeiramente mulheres. Nunca mais frequentes as reuniões feministas do teu bairro. E sobretudo: não escrevas nunca um livro! Seria a perdição. Nunca pensaste em casar?

Marieta (fonografica) — Dona Bernardina só fala de amor livre nos discursos...

Carlos — Ah! dona Bernardina, essa dramatica portuguesona que irá pr'o inferno! Não podia falar noutra coisa! Nunca amou. Nem poderia amar!... Mas tu, Marieta, és tão mocinha ainda... Tens boca vermelha faces vermelhas tudo vermelho pedindo amor...

Marieta — Seu Carlos...

Carlos — Verdade. E's bem bonita. Nunca sonhaste com casamento?

Marieta (desamparando-se levanta o mento para o ar no gesto classico de quem expressa ideais. Consequencia fisica: encosta a cabeça no braço de Carlos) — Sim!... Sonho algumas vezes, sempre!

Carlos — Então estás salva! Has-de casar com um homem enorme com enormes pés enormes mãos um bigode espantoso mas serás feliz! Que felicidade ser feliz! Não serás membro de nenhuma sociedade mirabolante! Como és feliz! Como êle será feliz, teu carniceiro! Carniceiro ou padeiro, hein! Terão a casa cheia de crianças que nunca serão artificiais! Quero felicitar-te, Marieta.

(Dá-lhe um beijo. Mas como o apetitoso rubor das

faces femininas tem a propriedade de certos vinhos Carlos embriaga-se. Beija mais uma vez por tontura. Uma terceira por costume. A criadinha soltará um par de "Seu Carlos!" que será de susto ou de agradecimento mas nunca de repulsa ou indignação. Não ha de quê. Carlos não pecou mortalmente, palavra de honra. Apenas se poderá dizer que foi um pouco... glutão. Gilberta entrava como se entra sempre nas comedias. E' aliás o que ha de mais realmente verdadeiro no teatro: as mulheres chegam sempre no momento psicologico. Ora com franqueza, a função da mulher desde a criação do mundo é de... combler les vides. Assim: Gilberta chegou psicologicamente na horinha. Ouviu os beijos todos e pode muito bem ser que visse alguns. Para estarrecida junto á porta. Marieta que se escapara das mãos de Carlos, abaixa-se, pega o inséto dum modo que não seja muito repugnante, com um papel, por exemplo, e vai sair. Encontra os olhos da doutora e para. E continua.)

Marieta — Ah!... (abaixa a cabeça, fica cor de crepusculo e apaga-se pela porta com a rapidez do pecado. Marieta pecou.)

O galo (ao longe) — Cocoricooooo...

Dirão que a comedia é simbolista... Palavra que não! Puro realismo. Si o galo cantou e pode ser ouvido pelo público, é verdadeira personagem. Ora escrevendo o que se passará daqui a alguns anos não posso tirar o galo da peça. Ha possibilidades futuras de confrontação. Não sou simbolista. Quanto a sugerir... O galo cantou. Depois: varios metros de siléncio tangivel. Outro defeito: minha peça parece toda feita de silencios. Que te importa isso pois que o autor não para e estás na tua preguiçosa, leitor amavel!

Carlos tambem sentou-se de novo na cadeira de braços e atirando a cabeça para traz fechou os olhos. Gilberta dá uns passos. Francamente não sabe que fazer. A vida não lhe dá uma deixa para que continue a falar. Está mais ou menos como a Manon de Massenet. Parece até que vai cantar com a vozinha cor de cascata: "Je suis encore toute étourdie!" Mas não canta coisa nenhuma. Antes preferiria chorar... Mas uma doutora nunca chora, não é? Si Gilberta chorasse todos os seus preconceitos se apagariam com as lagrimas. Preconceito de mulher é questão de mais ou menos giz. Questão de mais ou menos agua. Todo o edificio daquele orgulho daquela empáfia se inundaria. Não chorará. Mas toma uma folha de papel de sobre a secretária e a rasga. Colhe uma flor do vaso, espatifa-a. Por fim joga uma cadeira no chão.

Carlos — Que foi? Levei um susto! Será ainda outra enorme baratinha...

Gilberta (arquifuriosa) — Quem lhe deu licença para caçoar de mim!

Carlos — Mas...

Gilberta — Não ha "mas". Quem fala sou eu. Digolhe que não quero brincadeiras. Estou absolutamente cansada com o senhor. Não vale coisa alguma... Nem siquer tem espirito... Trabalho, ganho para o sustento da casa e quando...

Carlos (quebrando tudo) — Falas muito no teu dinheiro, Gilberta. Por acaso eu não trabalho tambem? E justamente nestes ultimos 3 mezes si não fossem os meus seicentos milréis mensais... Marieta me disse que lhe deste apenas para o pão quarenta milreis. Quarenta!!

Gilberta (tonta) — E' falso. Você não ganha seicentos milréis!

Carlos — Si não ganhasse como seria? Não falei nisso porquê não queria que suportasses a vergonha de **ver teu marido** sustentar a casa... Obriguei Marieta a mentir-te. Querias pagar tudo sózinha... Paga si és capaz! Mas si não fosse meu dinheiro estariamos na rua a estas horas.

Gilberta (de subito muito calma) — E' justo. Não tenho muito trabalho por ora... Deviamos economizar um pouco mais... Poderiamos... Poderiamos por enquanto... Experimentemos...

Carlos — O que?

Gilberta — Poderiamos despedir Marieta...

Carlos — Isso nunca! Seria maldade. E' tão pobre, coitadinha! Ia apanhar do pai... Não ha quasi nenhuma casa em que se aceitem criadas... Só os homens é que praticam essas funções agora!

Gilberta (tirando a máscara) — Mas eu quero despedir Marieta!

Carlos (esgotado) — Mas eu não quero.

Gilberta (explodindo) — Quem manda em minha casa então?

Carlos — Em nossa casa, minha senhora. Deixei-a mandar até agora como queria porquê imaginei faze-la feliz assim... Infelizmente estou convencido que ninguem é feliz aqui.

Gilberta — Tem razão! Sou a mais infeliz de todas as mulheres!

Carlos — Sou o mais infeliz de todos os maridos!

Gilberta (boca fechada) — E' isso.

Carlos (boca aberta) — E' isso.

Gilberta — E' milhor separarmo-nos.

Carlos — Separemo-nos.

Mais silêncio. Gilberta desabridamente pega no medonho chapéu de palha e enterra-o na cabeça. Olha Carlos, de esguelha. Ele tranquilo fumando o cigarro na cadeira de braços... O verde dos olhos dêle é agora o verde do oceano que promete quem sabe? o descobrimento do Brasil e muitas vezes esconde a traição dos naufragios. Gilberta deixará o marido só com Marieta? Não é possivel! Todavia:

Gilberta — Vou jantar na cidade.

Carlos (Não fala. Poderia encurtar o desfêcho.)

Gilberta escova-se. Procura um livro. Acha-o. Per-

MA-MMA-98-(19)

de-o outra vez. Torna a acha-lo. Enfim sorri luminosa.

Gilberta — Marieta!

Marieta — A senhora chamou?

Gilberta — Não, ouviu!

Marieta — Mas...

Gilberta — Basta! Janto na cidade. E, como não preciso mais de você... por hoje, pode ir já para a casa de seu pai. Voltará amanhã.

Carlos (levantando-se) — Não pode ser. A senhora não precisa mais dela mas preciso eu. Carlico choramingou o dia inteiro... Pode recomeçar e inda tenho uma lição de inglês ás oito horas.

Gilberta — O que tu queres é que ela fique aquí contigo!

Carlos — Isso não é mais de sua conta pois que nós nos separamos.

Gilberta — Mas ainda não estamos separados, e eu não quero que meu marido me engane!

Carlos — Mas... é por acaso a autora do "Amor Livre" que estou ouvindo?!

Gilberta — Não se trata de livro. Não estou falando ideas falo sôbre nossa familia e faço questão de não ser enganada, pronto!

Marieta que positivamente estragava a scena ha muito já que se evaporou.

Carlos, — Mas si a senhora me deixou sempre só com Marieta porquê agora...

Gilberta — E'! Pensas que não vi o que fazias com ela ha pouco...

Carlos — Que é que eu fazia?

Gilberta (chora não chora) — Tu a beijavas!

Carlos (gostoso) — Mas não...

Gilberta (com lagrimas na voz. Lagrimas genuinas que si ainda não atingiram os olhos é porquê do coração aos olhos passa-se sempre pela boca) — E' sim! Beijaste-a. Amas Marieta e eu não quero que ames Marieta!

Carlos — Pois bem: amo Marieta. E' tão gentil tão fraca tão mulher... Amo-a. E que tem isso?

Gilberta — Pois eu fico, está'í!

E' a frase mais gentil da peça. Si não produzir efeito ratei. Gilberta arranca o chapéu com tanta raiva que a cabeleira chove sobre os ombros. (1) Toda tremula apoia-se á secretária. Nos olhos uma primeira estrêla que brilha que brilha!... Franqueza: si ela não tivesse êsse colete branco êsse colarinho essa gravata realizaria o tipo sonhado da amorosa que toda inteira se entrega corpo e alma ao seu amor.

Carlos contempla-a. De repente avança para ela com seus olhos atlanticos. Toma-a pelo colarinho. Vai esgana-la! Santo Deus, ela morre! Já desfalece! Pega assassino!... Não, leitor, acalma-te! Vais estragar todo o final! Não é nada disso.

(1) Quando chegar a data dêste ato se realizar juro que terão voltado as cabeleiras compridas.

Carlos tira um pouco rudemente, é verdade, a gravata o colarinho de Gilberta, abre-lhe o colete e o começo da camisa, não muito, e contempla-a na sua inteira beleza de mulher.

Carlos — Gilberta... como és bonita! Teu pescoço é esbelto e virgem. Tão bonito! Como teus olhos são grandes são negros! Não chores! Eu te amo... eu te adoro. Maltratei-te... Me perdoa! Eu te amo. Nunca parei de te adorar!...

Gilberta (soluçando muito gritadinho) — E Marieta?...

Carlos — Que vá pr'o diabo! Gilberta...

Gilberta — Queria que a mandasses embora...

Carlos — Mando-a já. Mando tudo o que quizeres. Arranjo-lhe outro emprêgo... mas eu te amo.

Gilberta — Não queria mais ve-la...

Carlos — Pois sim. Sairá pela escada do fundo mas eu te amo, Gilberta! Eu tambem quero querer alguma coisa agora. Não quero mais ser teu marido, quero que sejas minha mulher! Minha mulherzinha minha de mim... Vou trabalhar bastante porquê quero que tenhas um vestido de seda cor-de-rosa... Eu quero querer tudo! Quero que não vás mais ao teu comité e quero que não escrevas mais livros como êsse do "Amor Livre" porquê havemos de escrever juntos um romance que se chamará: "O Amor Escravo"!... Não é verdade, Gilberta? Eu te amo... Quinze capitulos, não? Quinze capitulinhos, queres?... Nós teremos quinze filhos que nos serão dados por Nosso Senhor sem nenhuma intervenção de máquina inglêsa... Volta o teu rosto para o lado da luz! Eu te amo... Como são lindos os teus olhos humedecidos de amor! Não! não quero que leiam mais as tolices das feministas: foram feitos para ler canções de amor! nem tuas mãos são brancas para suportarem bengalas ou gesticular diante do júri!... Quero-as alinhavando as fraldas dos meus filhos ou se perdendo em meus cabelos!... Eu te amo, Gilberta! Eu te adoro! Bem sei que é tempo de acabar a comedia mas não me canso de dizer que te amo, que te adoro, que te adorarei até o fim do fim!...

Marieta (regando o incêndio) — Seu Carlos, o aluno chegará dentro dum quarto de hora... O senhor ainda não jantou...

Carlos (que á entrada de Marieta cobrira a cabeça da mulher com os braços) — Marieta, vá embora! Gilberta não te quer mais! E' mesmo necessario que partas imediatamente pela escada dos fundos porquê nós não queremos mais que insultes nossos olhos!... Não te aflijas, boa Marieta! Continuarei a te pagar até que aches outro ofício. Sai depressa! Não te esqueças de nós e sobretudo toma cuidado: não te faças doutora... (Sorrindo na vitória e no perdão. Pura aurora) Não ganharias mais de quarenta milréis por mês.

Marieta (fingindo tristeza) — Então... passe bem, seu Carlos.
Carlos — Adeus, boa Marieta.
Marieta — Passe bem, dona Gilberta.
(Gilberta estremece. Esconde o rosto no peito do marido e não responde. Marieta transforma-se numa nuvem azul azul azul e se dissipa. E muito no longe em surdina um galo).
O galo — Cocoricooooo...
Gilberta (insultada) — Galo insuportavel!
Quis dizer "insuportavel" mas só pronunciou "insuport..." porquê Carlos já a enroscara nos seus dois longos braços de homem e lhe proibira o fim do verso gritando num beijo a vitória que ha de ser sempre nossa, ouviram? de Pedro, de João, Guilherme, Artur, de todos os homens afinal.
E acabou.

(1916)

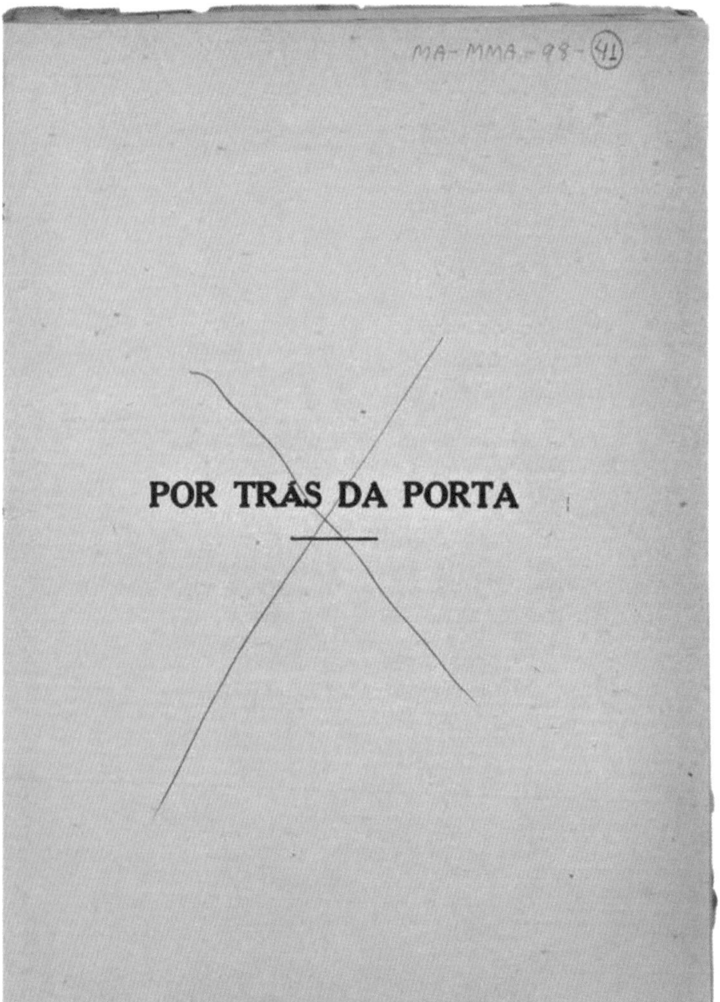

Esquete excluído no exemplar de trabalho de Primeiro andar vinculado a *Obra imatura* [1943].

Personagens:

Pai — 48 anos. Medalha antiga. A' barba o lusco-fusco da primeira velhice. Autoridade artificial muito fisica.

Mãi — 37 anos. A nulidade de certas mãis. Eco do marido e trata-o por senhor. Papel de Lua.

Avó — Mãi dele. 70 anos. Imenso e cansado perdão.

Helena — 20 anos. Filha do casal. Tipo de tranzição. Humildade cheia de revoltas evanescentes. Grandes olhos negros de marnel. Sensualidade na testa curta, na grossura dos dedos, na agudez dos joelhos.

Boaventura — 3 anos. Filho de pais velhos. Doentio. Gelido. Muito loquaz.

Tempos de agora.

1ª. scena

(Sala-de-jantar, pouso e prisão da familia. Dos moveis antigos mas bons ressumbra ar de abastança

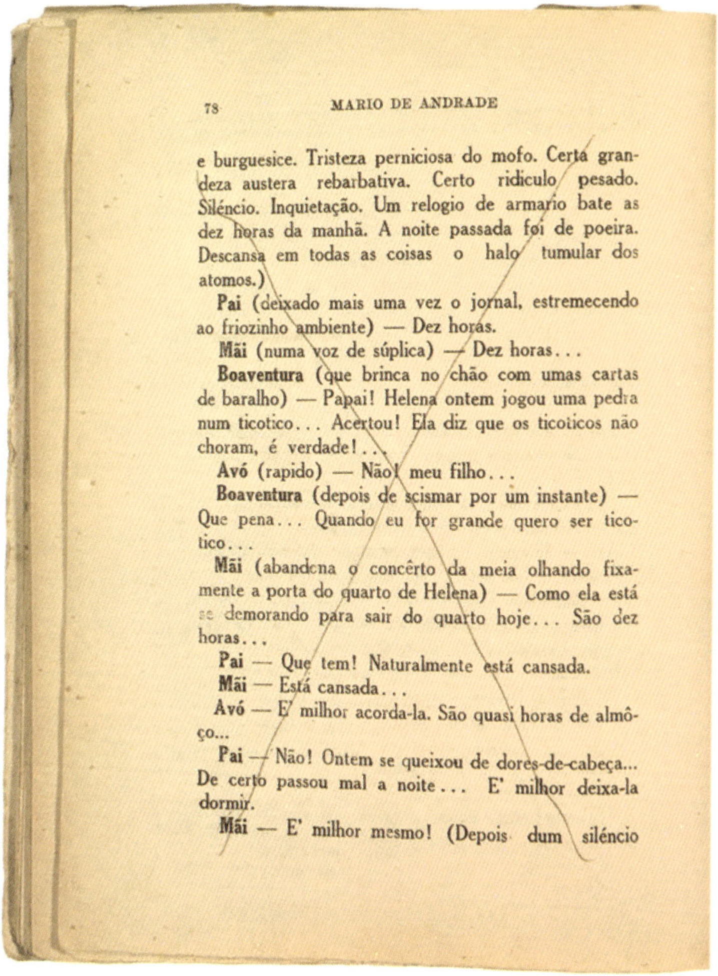

78 MARIO DE ANDRADE

e burguesice. Tristeza perniciosa do mofo. Certa grandeza austera rebarbativa. Certo ridiculo pesado. Siléncio. Inquietação. Um relogio de armario bate as dez horas da manhã. A noite passada foi de poeira. Descansa em todas as coisas o halo tumular dos atomos.)

Pai (deixado mais uma vez o jornal, estremecendo ao friozinho ambiente) — Dez horas.

Mãi (numa voz de súplica) — Dez horas...

Boaventura (que brinca no chão com umas cartas de baralho) — Papai! Helena ontem jogou uma pedra num ticotico... Acertou! Ela diz que os ticoticos não choram, é verdade!...

Avó (rapido) — Não! meu filho...

Boaventura (depois de scismar por um instante) — Que pena... Quando eu for grande quero ser ticotico...

Mãi (abandona o concêrto da meia olhando fixamente a porta do quarto de Helena) — Como ela está se demorando para sair do quarto hoje... São dez horas...

Pai — Que tem! Naturalmente está cansada.

Mãi — Está cansada...

Avó — E' milhor acorda-la. São quasi horas de almôço...

Pai — Não! Ontem se queixou de dores-de-cabeça... De certo passou mal a noite... E' milhor deixa-la dormir.

Mãi — E' milhor mesmo! (Depois dum silêncio

ergue-se olhando para o marido) Vou saber como passou...

Pai e avó (juntos fazendo-a estacar, num susto sem razão) — Não vá!...

(A Mãi olha-os. Senta-se. Silêncio.)

Avó (tocando na ferida) — Esta doença de Helena me incomoda... Não é natural. Ontem quasi que não saiu do quarto...

Mãi — E tem chorado tanto!...

Pai (secamente) — E' inutil. Todos os caprichos passam. O de Helena ha-de passar.

Boaventura (jogando as cartas) — Vermelho, preto, vermelho, preto, verm...

Mãi — Ha-de passar!

Avó — Mas já fazem mais de oito meses!

Pai (irritadissimo) — Fossem dez anos! Já disse que êsse casamento é impossivel. Helena tem que obedecer. (Sossegando) Ha-de passar.

Mãi (sempre sem emitir luz propria) — Ha-de passar... Esse moço não presta. Vem só atrás do dinheiro dela...

Avó — Pois até propôs separação de...

Pai — Isso não quer dizer nada! Esses casamentos são ridiculos. O marido continua a fazer o que quer do dinheiro da mulher... Alem disso: num casal a riqueza tem de ser comum.

Mãi — E' mesmo. O que não posso compreender é como Helena tão bem educadinha se apaixone assim por uma pessoa que nem sabe quem é...

Pai — Não é paixão! E' capricho!

Avó — Capricho mas minha neta está doente de verdade. Eu é que vejo como está magrinha, não come...

Pai — A senhora queria então que eu consentisse nesse casamento!

Avó (assustada) — Não! Não digo isso mas... carece trata-la com mais carinho...

Boaventura — Papai! porquê que o Joly foge de mim, hein! Gosto tanto dele! Cachorro mau!...

Pai — Mais carinho do que eu tenho para ela! A senhora não está vendo! Levanta-se quando quer!

Mãi — Aqui todos se levantam ás sete...

Pai — Até Boaventura. E' verdade que êle dorme cedo... Mas já são dez horas e ninguem foi acordar Helena! Tambem é só porquê está doente sinão...

Avó — Quem sabe si é milhor chamar o dr. Cerquinho...

Pai — Posso chamar... Porêm isso é doença que não se cura com remedio...

Avó (sêca) — E ela está cada vez pior, isso é que é verdade.

Mãi (num sôpro) — Tão fraquinha...

(Siléncio. O pai busca ler pela quinta vez o jornal.)

Boaventura — Preto, preto, preto, vermelh...

Mãi (num sôpro, com o filho) — Era tão forte...

Pai (sobressaltado larga do jornal e quasi grita) — Quem falou em morte!

Avó — Ninguem, credo!

Mãi — Jesus!...

(Silêncio de morte.)

Pai (levantando-se) — Vou acordar Helena!

Mãi (seguindo-o) — E' milhor mesmo.

Boaventura — Ah, mamãi!... misturou todos os pretos com os vermelhos...

Avó (pregada na cadeira, horrorizada ao imaginar a porta aberta. Grande gesto) — Não batam!

Pai (no mesmo horror, indeciso, querendo se irritar) — Mas... mas porquê não hei-de bater!...

Mãi — E' milhor mesmo...

Avó — Deixe ainda minha neta no quarto!... Que durma em paz!

Pai (pusilanime) — Está bom. (Indo novamente sentar-se) Tem mocidade bastante... Vence qualquer desgôsto. E' doença leve... Passará. (Um tempo) O que não vale de nada é estarem pensando que Helena vai morrer. Vocês, mulheres... Quem sabe até si não estão imaginando que ela já morreu só porquê ainda está no quarto! Não morreu não! Está dormindo. (Fala em arrancos de convicção, com a certeza inconsciente de que Helena está morta.) Ontem quasi não saiu do quarto. Teve dores-de-cabeça. Naturalmente passou mal a noite e adormeceu de manhãzinha. Não se morre assim atoa não! Está dormindo!

Mãi — Está dormindo...

Boaventura — Papai! Acho que o ticotico ficou muito machucado. Na asa. Você não sabe si... (Põe a mãozinha na boca e olha o pai que por sua vez o fita colerico).

Pai — Como é!

Boaventura (pianissimo) — O senhor...

Pai — Não lhe disse que não quero que me trate por você! Não somos iguais ouviu! Estas crianças!... Si repetir outra vez puxo-lhe as orelhas, seu... malcriado!

Boaventura (tremulo, num terror, repete insensivelmente) — Na asa... na asa...

Avó — Porquê você é tão aspero com meu neto? Ele enganou-se!

Pai — Pois que não torne a se enganar!

Avó — Depois hoje é costume os filhos tratarem os pais por você...

Pai — E'! e por isso vê-se tanto escandalo! Ninguem respeita os mais velhos! Cada filho faz o que quer!

Mãi — E' verdade.

Pai — Hei-de seguir a educação que a senhora mesma me deu. No meu tempo havia muito mais respeito e muito menos imoralidade, isso é que é. Vejam Helena... Si tivesse recebido uma educação mais sôlta, á moderna, nem sei o que faria com êsse capricho! Mas minha autoridade foi suficiente. Teve que baixar a cabeça. Aceitou o que eu quis. E que é só para bem dela!

Avó — Mas sofre tanto... coitadinha de minha neta!

Pai (irritado) — O importante era obedecer! Si não fosse o respeito que tem por mim batia o pé gritava dava escandalo, era capaz... (deslumbrado) era capaz até de fugir!

Mãi (horrorizada) — Jesus!

Avó (tremendo, tremendo a olhar desvairadamente a porta) — Fugir... Não! minha neta, minha neta!...

Boaventura (sorrindo no brinquedo) — Na asa... na asa...

(Mas o pai se levantou dum salto, correu para a porta abriu-a entrou no quarto. Seguem-no a mãi e a avó, mais atrasada pelo fraquear das pernas.)

2.ª scena

(O quarto. O pai e a mãi junto da cama para sempre feita adivinham as letras duma carta. A avó se arrasta até junto deles e ajoelhando-se afunda os olhos na cama. Chora.)

Pai (tapando os olhos com as mãos deixando-se cair tambem de joelhos, rosto na cama) — Mas si eu deixava! si eu deixava!...

Mãi (refletindo o gesto) — Minha filha!...

(Longo silêncio.)

Boaventura (entra e sorri) — Assim! Fiquem assim que vou me esconder, ouviram? Quando Boaventura disser "E' hora!" todos vêm me procurar. (Rindo meio assustado). Mas não me achem!

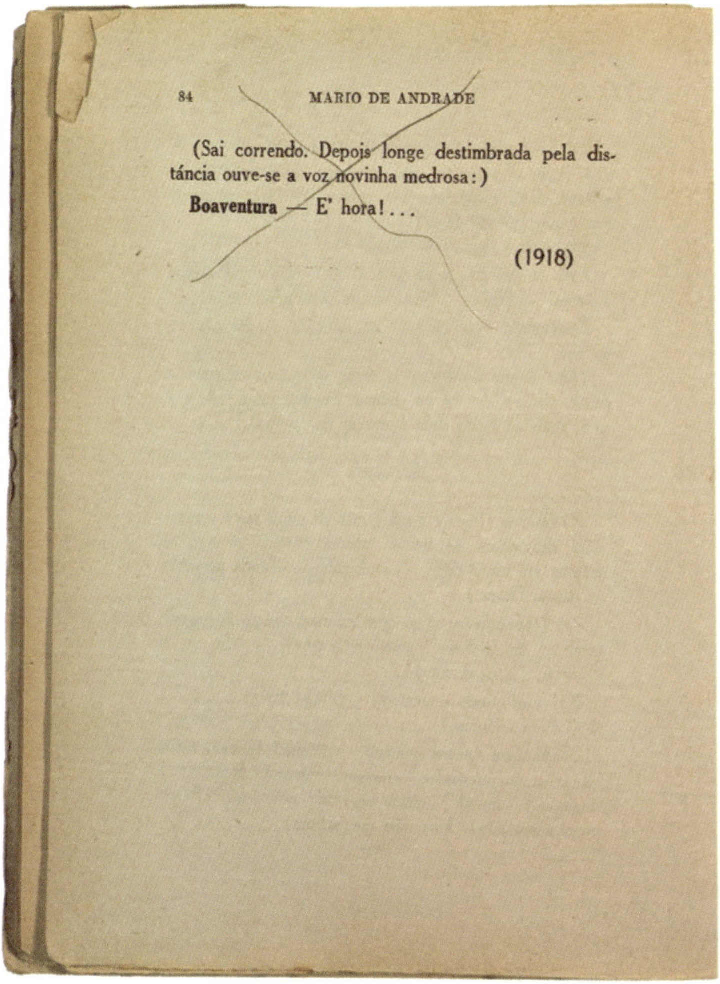

(Sai correndo. Depois longe destimbrada pela distáncia ouve-se a voz novinha medrosa:)

Boaventura — E' hora!...

(1918)

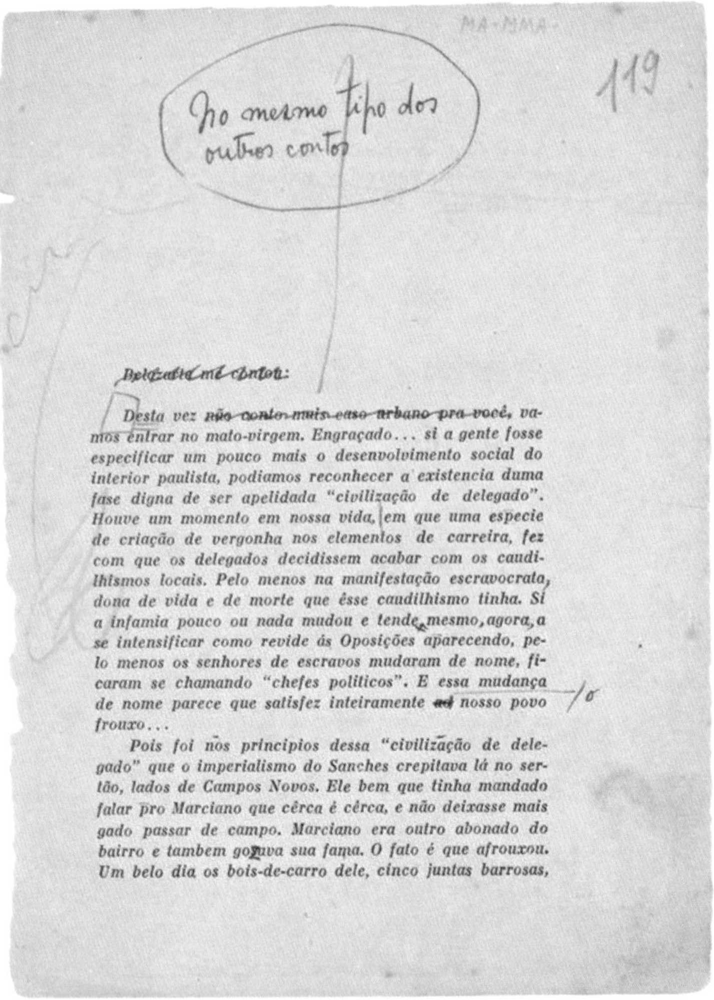

~~Delegado me contou:~~

Desta vez ~~não conto mais caso urbano pra você,~~ vamos entrar no mato-virgem. Engraçado... si a gente fosse especificar um pouco mais o desenvolvimento social do interior paulista, podiamos reconhecer a existencia duma fase digna de ser apelidada "civilização de delegado". Houve um momento em nossa vida, em que uma especie de criação de vergonha nos elementos de carreira, fez com que os delegados decidissem acabar com os caudilhismos locais. Pelo menos na manifestação escravocrata, dona de vida e de morte que êsse caudilhismo tinha. Si a infamia pouco ou nada mudou e tende mesmo, agora, a se intensificar como revide ás Oposições aparecendo, pelo menos os senhores de escravos mudaram de nome, ficaram se chamando "chefes politicos". E essa mudança de nome parece que satisfez inteiramente ao nosso povo frouxo...

Pois foi nos principios dessa "civilização de delegado" que o imperialismo do Sanches crepitava lá no sertão, lados de Campos Novos. Ele bem que tinha mandado falar pro Marciano que cêrca é cêrca, e não deixasse mais gado passar de campo. Marciano era outro abonado do bairro e tambem gozava sua fama. O fato é que afrouxou. Um belo dia os bois-de-carro dele, cinco juntas barrosas,

Caso em que entra bugre, página da versão rasurada para Primeiro andar em *Obra imatura* [1943].

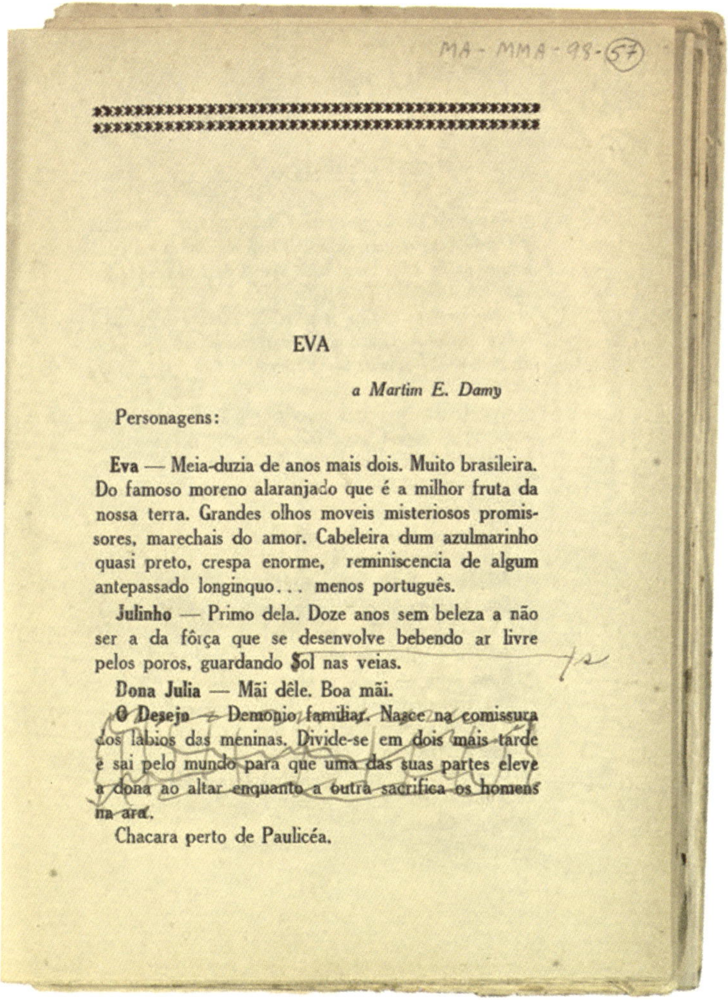

EVA

a Martim E. Damy

Personagens:

Eva — Meia-duzia de anos mais dois. Muito brasileira. Do famoso moreno alaranjado que é a milhor fruta da nossa terra. Grandes olhos moveis misteriosos promissores, marechais do amor. Cabeleira dum azulmarinho quasi preto, crespa enorme, reminiscencia de algum antepassado longinquo... menos português.

Julinho — Primo dela. Doze anos sem beleza a não ser a da fôrça que se desenvolve bebendo ar livre pelos poros, guardando Sol nas veias.

Dona Julia — Mãi dêle. Boa mãi.

O Desejo — Demonio familiar. Nasce na comissura dos labios das meninas. Divide-se em dois mais tarde e sai pelo mundo para que uma das suas partes eleve a dona ao altar enquanto a outra sacrifica os homens na ara.

Chacara perto de Paulicéa.

Página da versão do esquete no exemplar de trabalho de PRIMEIRO ANDAR para *Obra imatura* [1943].

Briga das pastoras, versão do conto em *O Cruzeiro*. Rio de Janeiro, 23 dez. 1939. Ilustração de Mário Pacheco.

CONTO DE
MARIO DE ANDRADE
(Especial para O CRUZEIRO)
BRIGA DAS PASTORAS

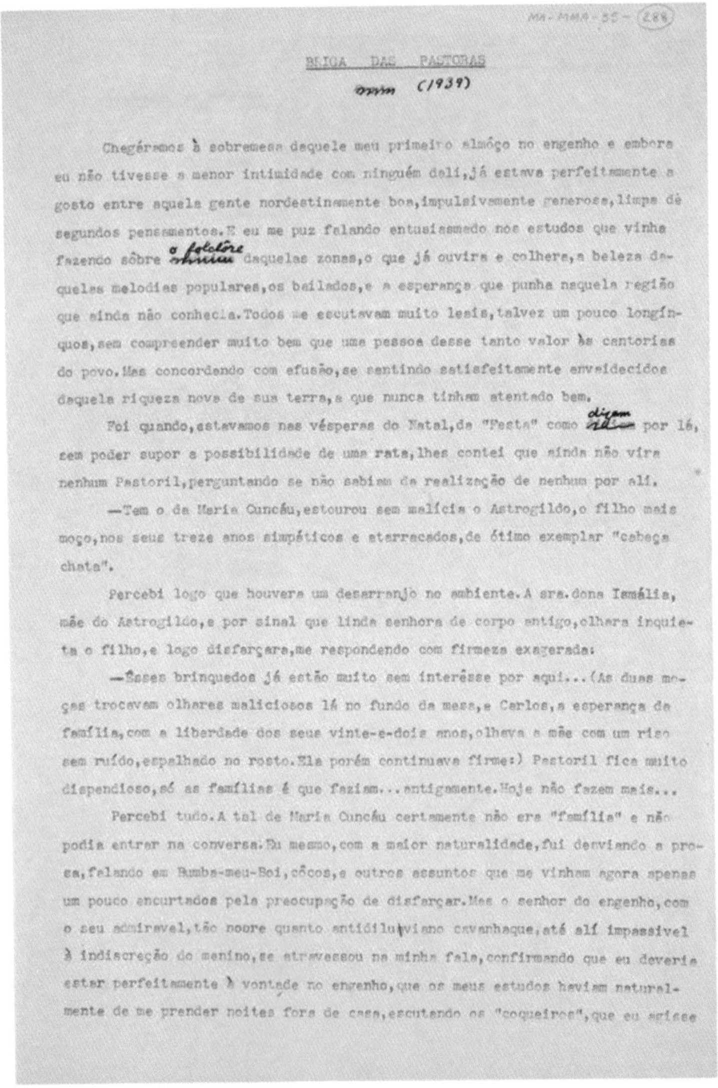

MA-MMA-35-288

BRIGA DAS PASTORAS

(1939)

Chegéramos à sobremesa daquele meu primeiro almôço no engenho e embora eu não tivesse a menor intimidade com ninguém dali, já estava perfeitamente a gosto entre aquela gente nordestinamente boa, impulsivamente generosa, limpa de segundos pensamentos. E eu me puz falando entusiasmado nos estudos que vinha fazendo sôbre o folclore daquelas zonas, o que já ouvira e colhera, a beleza daquelas melodias populares, os bailados, e a esperança que punha naquela região que ainda não conhecia. Todos me escutavam muito lesis, talvez um pouco longínquos, sem compreender muito bem que uma pessoa desse tanto valor às cantorias do povo. Mas concordando com efusão, se sentindo satisfeitamente envaidecidos daquela riqueza nova de sua terra, a que nunca tinham atentado bem.

Foi quando, estavamos nas vésperas do Natal, da "Festa" como dizem por lá, sem poder supor a possibilidade de uma rata, lhes contei que ainda não vira nenhum Pastoril, perguntando se não sabiam da realização de nenhum por alí.

—Tem o da Maria Cuncáu, estourou sem malícia o Astrogildo, o filho mais moço, nos seus treze anos simpáticos e atarracados, de ótimo exemplar "cabeça chata".

Percebi logo que houvera um desarranjo no ambiente. A sra. dona Ismália, mãe do Astrogildo, e por sinal que linda senhora de corpo antigo, olhara inquieta o filho, e logo disfarçara, me respondendo com firmeza exagerada:

—Êsses brinquedos já estão muito sem interêsse por aqui... (As duas moças trocavam olhares maliciosos lá no fundo da mesa, e Carlos, a esperança da família, com a liberdade dos seus vinte-e-dois anos, olhava a mãe com um riso sem ruído, espalhado no rosto. Ela porém continuava firme:) Pastoril fica muito dispendioso, só as famílias é que faziam... antigamente. Hoje não fazem mais...

Percebi tudo. A tal de Maria Cuncáu certamente não era "família" e não podia entrar na conversa. Eu mesmo, com a maior naturalidade, fui desviando a prosa, falando em Bumba-meu-Boi, côcos, e outros assuntos que me vinham agora apenas um pouco encurtados pela preocupação de disfarçar. Mas o senhor do engenho, com o seu admiravel, tão nobre quanto antidiluviano cavanhaque, até alí impassivel à indiscreção do menino, se atravessou na minha fala, confirmando que eu deveria estar perfeitamente à vontade no engenho, que os meus estudos haviam naturalmente de me prender noites fora de casa, escutando os "coqueiros", que eu agisse

BRIGA DAS PASTORAS, versão do conto em datiloscrito do escritor, 1940.

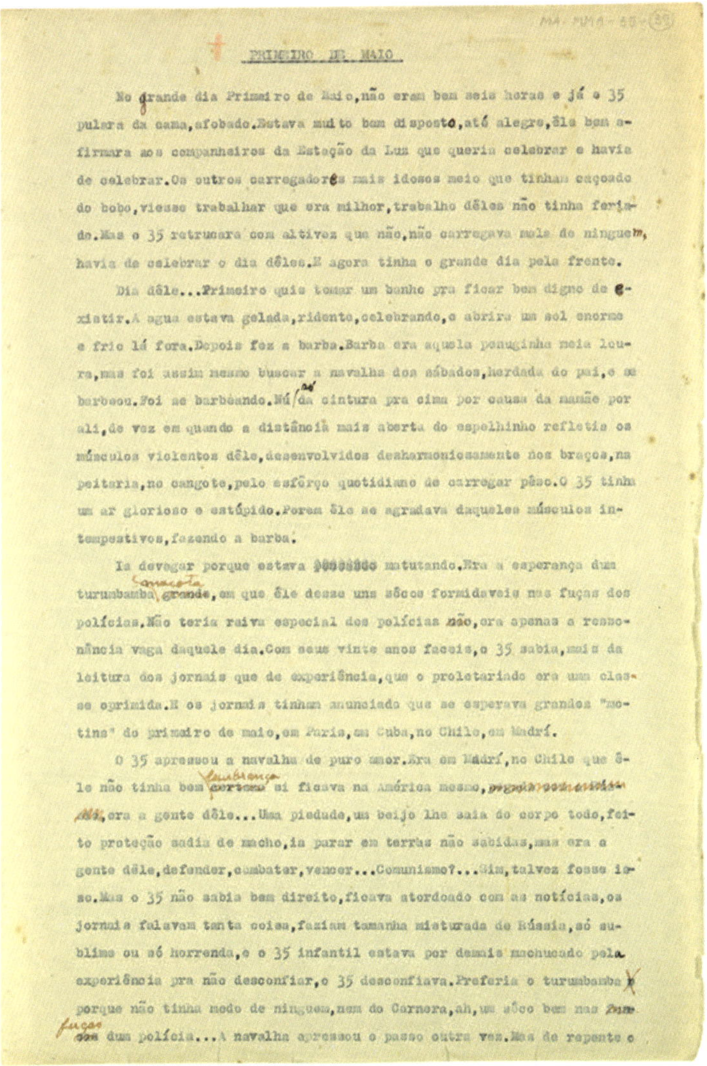

PRIMEIRO DE MAIO

No grande dia Primeiro de Maio,não eram bem seis horas e já o 35 pulara da cama,afobado.Estava muito bem disposto,até alegre,êle bem afirmara aos companheiros da Estação da Luz que queria celebrar e havia de celebrar.Os outros carregadores mais idosos meio que tinham caçoado do bobo,viesse trabalhar que era milhor,trabalho dêles não tinha feriado.Mas o 35 retrucara com altivez que não,não carregava mala de ninguem, havia de celebrar o dia dêles.E agora tinha o grande dia pela frente.

Dia dêle...Primeiro quis tomar um banho pra ficar bem digno de existir.A agua estava gelada,ridente,celebrando,e abrira um sol enorme e frio lá fora.Depois fez a barba.Barba era aquela penuginha meia loura,mas foi assim mesmo buscar a navalha dos sábados,herdada do pai,e se barbeou.Foi se barbeando.Nú dos cintura pra cima por causa da manhã por ali,de vez em quando a distância mais aberta do espelhinho refletia os músculos violentos dêle,desenvolvidos desharmoniosamente nos braços,na peitaria,no cangote,pelo esfôrço quotidiano de carregar pêso.O 35 tinha um ar glorioso e estúpido.Porem êle se agradava daqueles músculos intempestivos,fazendo a barba.

Ia devagar porque estava [illegible] matutando.Era a esperança duma turumbamba grande,em que êle desse uns sôcos formidaveis nas fuças dos polícias.Não teria raiva especial dos polícias não,era apenas a ressonância vaga daquele dia.Com seus vinte anos faceis,o 35 sabia,mais da leitura dos jornais que de experiência,que o proletariado era uma classe oprimida.E os jornais tinham anunciado que se esperava grandes "motins" do primeiro de maio,em Paris,em Cuba,no Chile,em Madrí.

O 35 apressou a navalha de puro amor.Era em Madrí,no Chile que êle não tinha bem lembrança si ficava na América mesmo,[illegible],era a gente dêle...Uma piedade,um beijo lhe saia do corpo todo,feito proteção sadia de macho,ia parar em terras não sabidas,mas era a gente dêle,defender,combater,vencer...Comunismo?...Sim,talvez fosse isso.Mas o 35 não sabia bem direito,ficava atordoado com as notícias,os jornais falavam tanta coisa,faziam tamanha misturada de Rússia,só sublime ou só horrenda,e o 35 infantil estava por demais machucado pela experiência pra não desconfiar,o 35 desconfiava.Preferia o turumbamba porque não tinha medo de ninguem,nem do Carnera,ah,um sôco bem nas fuças duma polícia...A navalha apressou o passo outra vez.Mas de repente o

Primeiro de maio, versão do conto em datiloscrito rasurado do escritor [1935?|1943?].

2

35 não imaginou mais em nada por causa daquele bigodinho de cinema que era a milhor preciosidade de todo o seu ser. Lembrou aquela moça do apartamento, é verdade, nunca mais tinha passado lá pra ver si ela queria outra vez, safada! Riu.

Afinal o 35 saiu, estava lindo. Com a roupa preta de luxo, um nó errado na gravata verde com listinhas brancas e aqueles admiraveis sapatos de pelica amarela que não pudera sem comprar. O verde da gravata, o amarelo dos sapatos, bandeira brasileira, tempos de grupo... E o 35 se comoveu num hausto forte, querendo bem o seu imenso Brasil, imenso colosso gigan-ante, foi andando depressa, assobiando. Mas parou de sopetão e se orientou assustado. O caminho não era aquele, aquele era o caminho do trabalho.

Uma indecisão indiscreta o tornou conciente de novo que era o primeiro de maio, êle estava celebrando e não tinha o que fazer. Bom, primeiro decidiu ir na cidade pra saber alguma coisa. Mas podia seguir por aquela direção mesmo, era uma volta, mas assim passava na Estação da Luz pra dar um bom-dia festivo aos companheiros trabalhando. O bom-dia festivo, mas não gostou porque êles riram dêle, bêstas. Só que em seguida não encontrou nada na cidade, tudo fechado por causa do grande dia Primeiro de Maio. Pouca gente na rua. Deviam de estar almoçando já, pra chegar cedo no maravilhoso jôgo de futebol escolhido pra celebrar o grande dia. Tinha mas era muito polícia, polícia em qualquer esquina, em qualquer porta cerrada de bar e de café, nas joalherias, quem pensava em roubar! nos bancos, nas casas de loteria. O 35 teve raiva dos polícias outra vez.

E como não encontrasse mesmo um conhecido, comprou um jornal pra saber. Lembrou de entrar num café, tomar por certo uma média, lendo. Mas a maioria dos cafés estavam de porta cerrada e o 35 mesmo achou que era preferivel economizar dinheiro por enquanto, porque ninguem não sabia o que estava pra suceder. O mais prático era um banco de jardim, com aquele sol maravilhoso. Nuvens? umas nuvenzinhas brancas, ondulando no ar feliz. Insensivelmente o 35 foi se encaminhando para os lados do Jardim da Luz. Eram os lados que êle conhecia, os lados em que trabalhava e se entendia mais. De repente lembrou que ali mesmo na cidade tinha banco mais perto, nos jardins do Anhangabaú. Mas o Jardim da Luz êle entendia mais. Imaginou que a preferência vinha do Jardim da Luz ser mais bonito, estava celebrando. E continuou no passo em férias.

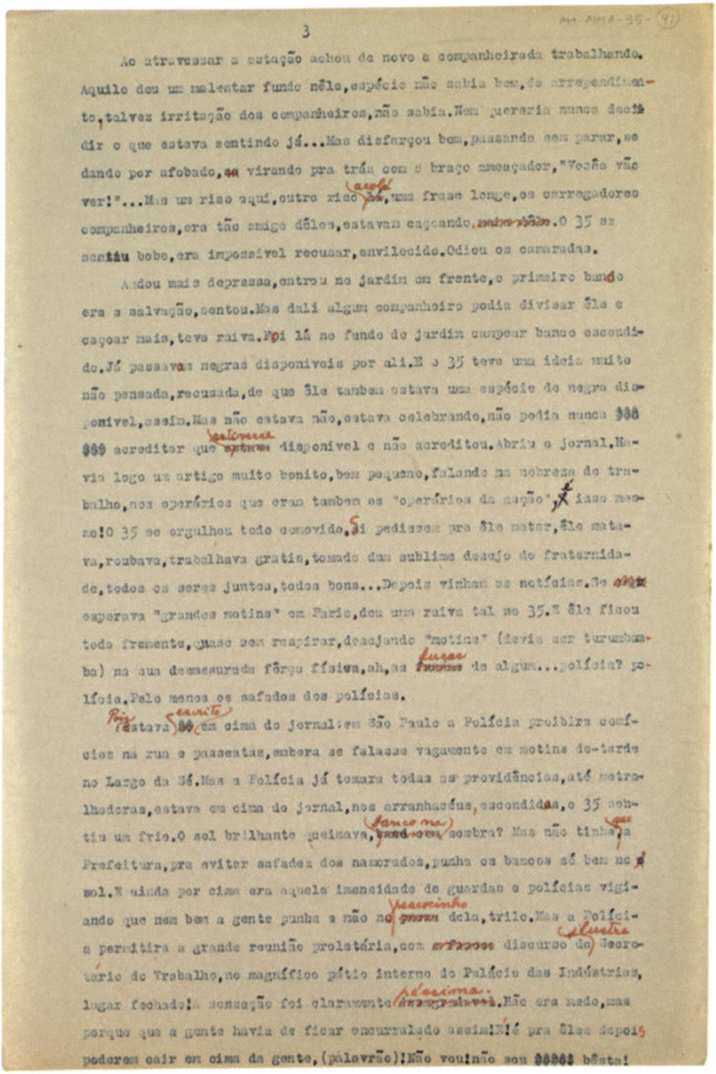
3

Ao atravessar a estação achou de novo a companheirada trabalhando. Aquilo deu um malestar fundo nêle, espécie não sabia bem, de arrependimento, talvez irritação dos companheiros, não sabia. Nem quereria nunca decidir o que estava sentindo já... Mas disfarçou bem, passando sem parar, se dando por afobado, virando pra trás com o braço ameaçador, "Vocês vão ver!"... Mas um riso aqui, outro riso [illegible], uma frase longe, os carregadores companheiros, era tão amigo dêles, estavam caçoando [illegible]. O 35 se sentiu bobo, era impossivel recusar, envilecido. Odiou os camaradas.

Andou mais depressa, entrou no jardim em frente, o primeiro banco era a salvação, sentou. Mas dali algum companheiro podia divisar êle e caçoar mais, teve raiva. Foi lá no fundo do jardim campear banco escondido. Já passavam negras disponiveis por ali. E o 35 teve uma ideia muito não pensada, recusada, de que êle tambem estava uma espécie de negro disponivel, assim. Mas não estava não, estava celebrando, não podia nunca acreditar que [illegible] disponivel e não acreditou. Abriu o jornal. Havia logo um artigo muito bonito, bem pequeno, falando na nobreza do trabalho, nos operários que eram tambem os "operários da nação", isso mesmo! O 35 se orgulhou todo comovido. Si pedissem pra êle matar, êle matava, roubava, trabalhava gratis, tomado dum sublime desejo de fraternidade, todos os seres juntos, todos bons... Depois vinham as notícias. Se [illegible] esperava "grandes motins" em Paris, deu uma raiva tal no 35. E êle ficou todo frement, quase sem respirar, desejando "motins" (devia ser turumbamba) na sua desmesurada fôrça física, ah, as [illegible] de algum... polícia? polícia. Pelo menos os safados dos polícias.

Estava [illegible] em cima do jornal: em São Paulo a Polícia proibira comícios na rua e passeatas, embora se falasse vagamente em motins de-tarde no Largo da Sé. Mas a Polícia já tomara todas as providências, até metralhadoras, estava em cima do jornal, nos arranhacéus escondidas, o 35 sentiu um frio. O sol brilhante queimava, [illegible] sombra? Mas não tinha, a Prefeitura, pra evitar safadez dos namorados, punha os bancos só bem no sol. E ainda por cima era aquela imensidade de guardas e polícias vigiando que nem bem a gente punha a mão no [illegible] dela, trilo. Mas a Polícia permitira a grande reunião proletária, com [illegible] discurso do Secretário do Trabalho, no magnífico pátio interno do Palácio das Indústrias, lugar fechado! A sensação foi claramente [illegible]. Não era medo, mas porque que a gente havia de ficar encurralado assim! E! é pra êles depois poderem cair em cima da gente, (palavrão)! Não vou! não sou [illegible] bêsta!

4

Quer dizer: vou aí! desaforo! (palavrão), sôcos, uma visão tumultuária, rolando no chão, se machucava mas não fazia mal, saiam todos enfurecidos do Palácio das Indústrias, pegavam fogo no Palácio das Indústrias, não! a indústria é a gente, "operários da nação", pegavam fogo na igreja de São Bento mais próxima que era tão linda por "drento", mas porquê pegar fogo em nada! (O 35 chegara até a primeira comunhão em menino), é milhor a gente não pegar fogo em nada, vamos no Palácio do Govêrno, exigimos tudo do Govêrno, vamos com o general da Região Militar, deve ser gaúcho, gaúcho só é farda, pegamos fogo no palácio dêle. Pronto. Isso o 35 consentiu, não porque os lingüiças e ovenos separatismo (é o aprendido no grupo escolar?) mas nutria sempre uma espécie de despeito por São Paulo ter perdido na revolução de 32. Sensação aliás quase de esporte, questão de Palestra-Corintians, cabeça inchada, porque não vê que êle havia de se matar por causa de uma bêsta de revolução diz-que democrática, vão "êles"!... Si fosse o Primeiro de Maio, pelo menos... O 35 mal percebeu que se regava todo por "drento" dum espírito generoso de sacrifício. Estava outra vez enormemente piedoso, morreria sorrindo, morrêr... Teve uma nítida, envergonhada sensação de pena. Morrer assim tão lindo, tão moço. A moça do apartamento...

Salvou-se lendo com pressa, ah! os deputados trabalhistas chegavam agora às nove horas, e o jornal convidavam (sic) o povo pra ir na Estação do Norte (a estação rival, desapontou) pra receber os grandes homens. Se levantou mandado, procurou o relógio da tôrre da Estação da Luz, ora! não dava mais tempo! quem sabe si dá!

Foi correndo, estava celebrando, raspou distraido o sapato lindo na beirada de tijolo do canteiro, (palavrão), parou botando um pouco de cuspe no raspão, depois engraxo, tomou o bonde prà cidade, mas dando uma voltinha pra não passar pelos companheiros da Estação. Que alvorôço por dentro, ainda havia de aplaudir os homens. Tomou o outro bonde pro Brás. Não dava mais tempo, êle percebia, eram quase nove horas quando chegou na cidade, ao passar pelo Palácio das Indústrias, o relógio da tôrre indicava nove e dez, mas o trem da Central sempre atrasa, quem sabe? bom: às quatorze horas venho aqui, não perco, mas devo ir, são nossos deputados no tal de congresso, devo ir. Os jornais não falavam nada dos trabalhistas, só falavam dum que insultava muito a religião e exigia divórcio, o divórcio o 35 achava necessário (a moça do apartamento ...), mas os jornais contavam que toda a gente achava graça no homenzinho, vós, burguêses!, e toda a gente, os jornais contavam, ...

5

"Vós,burguêses",e toda a gente,os jornais contavam,acabaram se rindo do tal de deputado.E o 35 acabou não achando mais graça nêle,teve até raiva do tal,um sôco é que êle merecia.E agora estava quase torcendo pra não chegar com tempo na estação.

Chegou tarde.Quase nada tarde,eram apenas nove e quinze.Pois não havia mais nada,não tinha aquela multidão que êle esperava,parecia tudo normal.Conhecia alguns carregadores dali tambem e foi perguntar.Não, não tinham reparado nada,decerto foi aquele grupinho que parou na porta da estação,tirando fotografia.Aí outro carregador conferiu que eram os deputados sim,porque tinham tomado aqueles dois sublimes automoveis oficiais.Nada feito.

Ao chegar na esquina o 35 parou pra tomar o bonde,mas varios bondes passaram.Era um moço bem-vestidinho,decerto procurando emprêgo por aí, olhando a rua.Mas de repente sentiu fome e se reachou.Havia por dentro,por drento dêle um desabar neblinoso de ilusões,de entusiasmo e uns raios fortes de remorso.Estava tão desagradavel,estava quase infeliz...Mas como perceber tudo isso si êle precisava não perceber!...O 35 percebeu que era fome.

Decidiu ir a-pé pra casa,foi a-pé,longe,fazendo um esfôrço penoso para achar interesse no dia.Estava era com fome,comendo aquilo passava.Tudo deserto,era por ser feriado,primeiro de maio.Os companheiros estavam trabalhando,de vez em quando um carrêgo,o mais eram conversas divertidas,mulheres de passagem,comentadas,piadas grossas com as mulatas do jardim,mas só as bem limpas mais caras,que êle ganhava bem,todos simpatizavam logo com êle,era porque que hoje me deu de lembrar aquela moça do apartamento!...Tambem:moça morando sozinha é no que dá. Em todo caso,pra acabar o dia era uma ideia ir lá,com que pretexto?... Devia ter ido em Santos,no piquenique da Mobiliadora,dêra o convite, mas o primeiro de maio...Recusara,recusara repetindo o "não" já com raiva,muito interrogativo,se achando exquisito daquela raiva que lhe dera.Então conseguiu imaginar que êsse piquenique monstro,aquele jôgo de futebol que apaixonava êles todos,assim não ficava ninguem pra celebrar o primeiro de maio,sentiu-se muito triste,desamparado.É milhor tomo por esta rua.Isso o 35 percebeu claro,insofismavel que não era milhor,ficava bem mais longe,ora,que tem!Agora êle não podia se confessar mais que era pra não passar na Estação da Luz e os companheiros não

6

rirem dêle outra vez. E deu a volta, deu com o coração cerrado de angústia indizivel, com um vento enorme de todo o ser assoprando êle pra junto dos companheiros, ficar lá na conversa, quem sabe? trabalhar...

Não eram bem treze horas e já o 35 desembocava no parque Pedro II, à vista do Palácio das Indústrias. Estava inquieto mas modorrento, que diabo de sol pesado que acaba com a gente, era por causa do sol. Não podia mais se recusar o estado de infelicidade, a solidão enorme, sentida com vigor. Por sinal que o parque já se mexia bem agitado. Dezenas de operários, se via, eram operários endomingados, vagueavam por ali, indecisos, ar de quem não quer. Então, nas proximidades do palácio, os grupos se apinhavam, conversando baixo, com melancolia de conspiração. Polícias por todo lado.

O 35 topou com o 486, grilo quase amigo, que policiava na Estação da Luz. O 486 achara jeito de não trabalhar aquele dia porque se pensava anarquista, mas no fundo era covarde. Conversaram um pouco de entusiasmo se-mostradeiro, um pouco de primeiro de maio, um pouco de "motins". O 486 era muito valentão de boca, o 35 pensou. Pararam bem na frente do Palácio das Indústrias, que fagulhava de gente nas sacadas, se via que não eram operários, decerto os deputados trabalhistas, havia até moças, se via que eram distintas, todos olhando para o lado do parque onde êles estavam.

Foi uma nova sensação tão desagradavel que êle deu de andar quase fugindo, polícias, centenas de polícias, moderou o passo como quem passeia. Nas ruas que davam pro parque tinha cavalarias aos grupos, cinco, seis, escondidos na esquina, querendo a discreção de não ostentar fôrça e ostentando. Os grilos ainda não fazia mal, são uns (palavrão)! O palácio dava ideia dum fortaleza enfeitada, entrar lá drento, eu!... O 486 então, exaltadíssimo, descrevia coisas piores, massacres horrendos de "proletários" lá dentro, descrevia tudo com a visibilidade dos medrosos, o pátio fechado, dez mil proletários no pátio e os polícias lá em cima nas janelas, fazendo pontaria na maciota.

Mas foi só quando aqueles tres homens bem vestidos, se via que não eram operários, se dirigindo aos grupos vagueantes, falaram pra êles em voz alta: "Podem entrar! não tenham vergonha! podem entrar!" com voz de mandando assim na gente... O 35 sentiu um medo franco. Entrar êle! Fez como os outros operários: era impossivel assim sôltos, desobedecer aos tres homens bem vestidos, com voz mandando, se via que não eram operários. Fo-

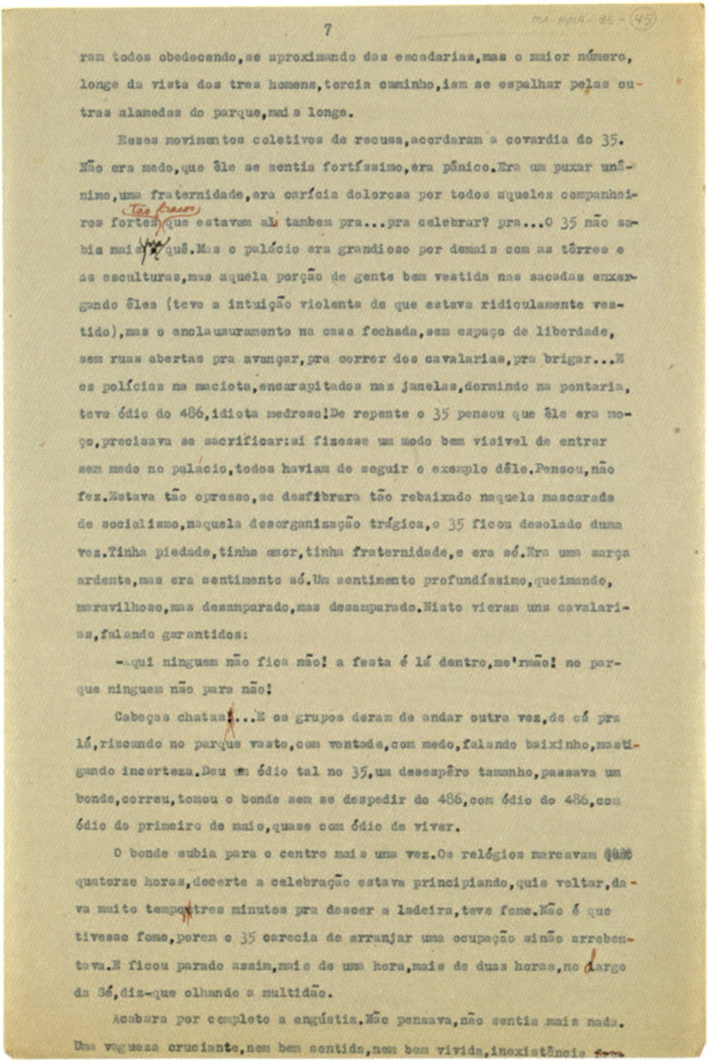

7

ram todos obedecendo,se aproximando das escadarias,mas o maior número, longe da vista dos tres homens,torcia caminho,iam se espalhar pelas outras alamedas do parque,mais longe.

Esses movimentos coletivos de recusa,acordaram a covardia do 35. Não era medo,que êle se sentia fortíssimo,era pânico.Era um puxar unânime,uma fraternidade,era carícia dolorosa por todos aqueles companheiros fortes,que estavam ali tambem pra...pra celebrar? pra...O 35 não sabia mais quê.Mas o palácio era grandioso por demais com as tôrres e as esculturas,mas aquela porção de gente bem vestida nas sacadas enxergando êles (teve a intuição violenta de que estava ridiculamente vestido),mas o enclausuramento na casa fechada,sem espaço de liberdade, sem ruas abertas pra avançar,pra correr dos cavalarias,pra brigar...E os polícias na maciota,encarapitados nas janelas,dormindo na pontaria, teve ódio do 486,idiota medroso!De repente o 35 pensou que êle era moço,precisava se sacrificar:si fizesse um modo bem visivel de entrar sem medo no palácio,todos haviam de seguir o exemplo dêle.Pensou,não fez.Estava tão opresso,se desfibrara tão rebaixado naquela mascarada de socialismo,naquela desorganização trágica,o 35 ficou desolado duma vez.Tinha piedade,tinha amor,tinha fraternidade,e era só.Era uma sarça ardente,mas era sentimento só.Um sentimento profundíssimo,queimando, maravilhoso,mas desamparado,mas desamparado.Nisto vieram uns cavalarias,falando garantidos:

–Aqui ninguem não fica não! a festa é lá dentro,me'rmão! no parque ninguem não para não!

Cabeças chatas!...E os grupos deram de andar outra vez,de cá pra lá,riscando no parque vasto,com vontade,com medo,falando baixinho,mastigando incerteza.Deu um ódio tal no 35,um desespêro tamanho,passava um bonde,correu,tomou o bonde sem se despedir do 486,com ódio do 486,com ódio do primeiro de maio,quase com ódio de viver.

O bonde subia para o centro mais uma vez.Os relógios marcavam quatorze horas,decerto a celebração estava principiando,quis voltar,dava muito tempo,tres minutos pra descer a ladeira,teve fome.Não é que tivesse fome,porem o 35 carecia de arranjar uma ocupação sinão arrebentava.E ficou parado assim,mais de uma hora,mais de duas horas,no largo da Sé,diz-que olhando a multidão.

Acabara por completo a angústia.Não pensava,não sentia mais nada. Uma vagueza cruciante,nem bem sentida,nem bem vivida,inexistência

399

MANUSCRITOS E EDIÇÕES

fraudulenta, cínica, enquanto o primeiro de maio passava. A mulher de encarnado foi apenas o que lhe trouxe de novo à lembrança a moça do apartamento, mas nunca que êle fosse até lá, não havia pretexto, na certa que ela não estava sozinha. Nada. Havia uma paz, que paz sem côr por drento...

Pelas dezessete horas era fome, agora sim, era fome. Reconheceu que não almoçara quase nada, era fome, e principiou enxergando o mundo outra vez. A multidão já se esvaziava, desapontada, porque não houvera nem uma briguinha, nem uma correria no largo da Sé, como se esperava. Tinha claros bem largos, onde os grupos dos polícias resplandeciam mais. As outras ruas do centro, essas então quase totalmente desertas. Os cafés, já sabe, tinham fechado, com o pretexto magnânimo de dar feriado aos seus "proletários" tambem.

E o 35 inerme, passivo, tão criança, tão já experiente da vida, não cultivou vaidade mais; foi se dirigindo num passo arrastado para a Estação da Luz, pra os companheiros dêle, êsse era o domínio dêle. Lá no bairro os cafés continuavam abertos, entrou num, tomou duas médias, comeu bastante pão com manteiga, exigiu mais manteiga, tinha um fraco por manteiga, não se amolava de pagar o excedente, gastou dinheiro, queria gastar dinheiro, queria perceber que estava gastando dinheiro, comprou uma maçã bem rubra, oitocentão! foi comendo com prazer até os companheiros. Eles se ajuntaram, agora sérios, curiosos, meio inquietos, perguntando pra êle. Teve um instinto voluptuoso de mentir, contar como fôra a celebração, se enfeitar, mas fez um gesto só, (palavrão) cuspindo um muchocho de desdem pra tudo.

Chegava um trem e os carregadores se dispersaram, agora rivais, colhendo carrêgos em porfia. O 35 encostou na parede, indiferente, estando com dentadinhas cuidadoras os restos da maçã, junto aos caroços. Sentia-se cômodo, tudo era conhecido velho, os chofêres, os viajantes. Surgiu um farrancho que chamou o 22. Foram subir no automovel mas afinal, depois de muita gritaria, acabaram reconhecendo que tudo não cabia no carro. Era a mãe, eram as duas velhas, cinco meninos repartidos pelos colos e o marido. Tudo falando: "Assim não serve não! As malas não vão não!". O chofêr garantiu energico que as malas não levava, mas as maletas elas "não largaram não", só as malas grandes que eram quatro. Deixaram elas com o 22, gritaram a direção e partiram na gritaria. Mais cabeça-chata, o 35 imaginou com muita aceitação.

O 22 era velhote. Ficou na beira da calçada com aquelas quatro malas pesadíssimas, preparou a corrêia, mas coçou a cabeça.

-Deixa que eu te ajudo, chegou o 35.

e foi logo escolhendo as duas malas maiores, que ergueu numa só mão, num esfôrço (satisfeito) de músculos. O 22 olhou pra êle, feroz, imaginando que o 35 propunha rachar o ganho. Mas o 35 deu um sôco só de pândega no velhote, que estremeceu socado e cambaleou tres passos. Cairam na risada os dois. Foram andando.

Mario de Andrade

Observação pra meu uso: Foi publicado primeiro em "Rumo" e depois transcrito em "Novella" a 5 de junho de 1935. A primeira redação é de 1934 inspirada no Primeiro de Maio dêste ano. Esta é a versão definitiva, bastante modificada de passagem.

Produzido em conjunto
com a Equipe Mário de Andrade
do Instituto de Estudos Brasileiros
da Universidade de São Paulo (IEB-USP),
coordenada por Telê Ancona Lopez.

Projeto gráfico
Ana Luisa Escorel | Ouro sobre Azul

Capa
Direção de arte | **Ana Luisa Escorel** | Ouro sobre Azul
Design | **Laura Escorel** | Ouro sobre Azul

Fotografia da capa
Arquivo Ouro sobre Azul

Revisão
Bruno Correia

Produção editorial
Lucas Bandeira de Melo

CIP BRASIL. CATALOGAÇÃO NA FONTE
SINDICATO NACIONAL DOS EDITORES DE LIVROS RJ

A568c

Andrade, Mário de, 1893-1945
Obra imatura
Mário de Andrade;
estabelecimento de texto Aline Nogueira Marques
coordenadora da edição: Telê Ancona Lopez
Rio de Janeiro: Nova Fronteira, 2013
Conteúdo: Há uma gota de sangue em cada poema,
Primeiro andar, A escrava que não é Isaura

ISBN 978 85 209 3539-2

1. Andrade, Mário de, 1893-1945 - Coletânea.
I. Marques, Aline Nogueira. II. Título

08 5107 CDD 869.98
CDU 821 134 3(81) 8

Editora Nova Fronteira Participações S.A.
Rua Nova Jerusalém, 345| Bonsucesso
CEP 21042 235 | Rio de Janeiro RJ
T 21 3882 8200 | F 21 3882 8212 | 3882 8313

Este livro foi composto com Adobe CaslonPro
e impresso em 2015, para a Editora Nova Fronteira.